DANNY WALLACE

Der unglaubliche Sommer des Tom Ditto

DANNY WALLACE

Der unglaubliche Sommer des Tom Ditto

ROMAN

Aus dem Englischen
von Jörn Ingwersen

HEYNE

Die Originalausgabe erschien unter dem Titel
WHO IS TOM DITTO?
bei Ebury Press, an imprint of Ebury Publishing
A Random House Group Company

MIX
Papier aus verantwortungsvollen Quellen
FSC® C014496

Verlagsgruppe Random House FSC® N001967
Das für dieses Buch verwendete
FSC®-zertifizierte Papier *Super Snowbright*
liefert Hellefoss AS, Hokksund, Norwegen.

Printed in Germany
Redaktion: Thomas Brill
Umschlaggestaltung: Johannes Wiebel | punchdesign, München
Satz: Schaber Datentechnik, Wels
Druck und Bindung: GGP Media GmbH, Pößneck

ISBN: 978-3-453-26951-4

www.heyne.de

Für Wag und Will

Die Jungs

»Mach's gut.«

EZRA COCKROFT, 1982

EINS

Im Grunde war der Abend des 12. Juni natürlich aus vielerlei Gründen ungewöhnlich. Vor allem aber war er ungewöhnlich, weil der Abend des 12. Juni der Abend war, an dem mich meine Freundin nicht verließ.

Tom,
ich habe dich nicht verlassen. Aber ich bin weg.
Mach bitte weiter wie immer.

In Liebe,
Hayley

Ich starrte die Worte an und setzte mich auf meinen Stuhl.

ZWEI

Ich will nicht sagen, dass ich kein Vertrauen habe.

Ich will nicht sagen, dass man den meisten Menschen nicht vertrauen kann. Aber wenn man jemandem begegnet, dem man trauen kann, dann merkt man das normalerweise gleich. Bei Hayley war es so offensichtlich wie ihre großen blauen Augen, wie die Locke, die sie sich ständig hinters Ohr klemmte.

Sie also – Hayley –, *das* war ein Mädchen, dem man trauen konnte.

In dem Moment, als sie mir ihre Nummer gab, tat ich das, was ich immer tue, wenn mir jemand seine Nummer gibt.

Ich sah sie mir an, dann sagte ich: »Wow, gibt's ja nicht! Das ist meine *Lieblingsnummer!*«

Der Spruch ist ziemlich gut.

Bei so einem Einstieg braucht man sich nur noch zurückzulehnen und abzuwarten, bis das Lachen verhallt. Das ist ein Selbstläufer. Damit ist man auf der sicheren Seite. Wenn einem das keinen Lacher einbringt, macht man irgendwas falsch und sollte vielleicht mal darüber nachdenken, wie man alles andere im Leben so angeht, denn möglicherweise ist man nicht mal in der Lage, ein Sandwich richtig zu belegen.

Und jetzt saß ich in meiner Wohnung, im Dunkeln, auf einem Stuhl in der Ecke, und wählte diese Nummer wieder und wieder und wieder und wieder und wieder.

Mittlerweile war sie schon nicht mehr meine Lieblingsnummer.

Merkwürdig, verlassen zu werden und dabei versichert zu bekommen, dass man nicht verlassen wurde.

Was soll man damit anfangen? Einfach auf Solobetrieb umschalten? Einfach »Na gut« denken und ab sofort für einen Singlehaushalt einkaufen?

Vier Stunden waren vergangen, und ich saß immer noch auf diesem Stuhl. Klimperte mit meinen Schlüsseln. Lauschte den Hunden draußen. Aus Dämmerung war Dunkelheit geworden. Aus Fassungslosigkeit war Wut geworden, und die lag mir wie ein dicker Klumpen im Magen.

Wo war Hayley hin?

Ich glaube, das war für mich die entscheidende Frage.

Aber natürlich fragte ich mich auch: *Warum* war sie weg? Wie lange würde sie wegbleiben? Warum wusste ich nicht, wo sie hin war? Warum hatte ich nichts davon gewusst, dass sie weggehen würde? Warum sagte sie, dass sie mich nicht verlassen hatte, obwohl es doch offensichtlich war?

Fast zwei Jahre waren wir zusammen. Wir hatten Verpflichtungen. Wir hatten Daueraufträge.

Selbstverständlich hatte ich ihr diverse Nachrichten auf der Mailbox hinterlassen. Bei der ersten klang ich eher verstört. Bei der zweiten wütend. Bei der dritten und vierten besorgt. Als ich zur fünften und sechsten kam, klang ich verzweifelt, und schließlich folgte die stumme siebte.

Ich hatte ihr eine SMS geschrieben.

Wo bist du?

Wo bist du hin?

Hayley, ruf mich an.

Ich hatte noch andere Leute angerufen. Mehrere.

Ihre beste Freundin Fran. Ihren Bruder, ihre Schwester …

»Annie, hier ist Tom«, hatte ich gesagt, mit gesenktem Kopf, hängenden Schultern und beginnendem Kopfschmerz, am Fenster stehend, eine Hand an der Wand, das Telefon zu fest ans Ohr gepresst, weil ich dermaßen unter Strom stand. Es war laut, da wo Annie war. Ein Restaurant? Vielleicht ein Pub? »Ist Hayley bei dir?«

Ein Augenblick verging.

»Nein, Tom …«

Sie wusste es. Sie wusste, dass sie weg war. Es steckte genau da zwischen dieser Pause und dem, wo ein »Wie meinst du das?« hätte sein sollen. Also ja, ihre Schwester wusste, dass sie weg war, aber schlimmer noch: Annie hatte gewusst, dass sie wegwollte.

»Warum hast du mir nichts gesagt?«

»Hayley meinte, es sollte eine Überraschung werden.«

»Eine … *Überraschung?*«

Sie klang kühl. Was hatte das zu bedeuten? War Annie drauf und dran, sich von mir zu verabschieden? Distanz zu schaffen? Mich langsam aus ihrem Leben zu löschen? Das war kein gutes Zeichen. Seinen Expartner kann man noch eine Weile vereinnahmen, das ist er einem schuldig. Solange man über alles reden muss, ist man noch Bestandteil seines Lebens. Aber seine Freunde, die Familie … die drehen im selben Moment ab, in dem sie die Spitze des Eisbergs sehen.

»Die Überraschung ist ihr gelungen«, sagte ich laut und aggressiv, um sie bei der Stange zu halten und zu verhindern, dass sie das sinkende Schiff verlassen. »Was bedeutet das, Annie? Wo ist sie?«

»Sie hat dich nicht verlassen, Tom, falls das deine Sorge sein sollte.«

Falls das deine Sorge sein sollte.

Aber ich musste vorsichtig sein. Annie klang gereizt. Als würde ich überreagieren. Als wäre es *typisch* von mir, dass ich überreagierte, wenn mein Ein und Alles weglief. Als ginge es hier um eine Wüstenrennmaus oder so was.

»Das sagt sie zwar, Annie, aber – verdammte Scheiße – die Tatsachen sprechen doch wohl dafür, dass sie mich verlassen hat!«

Mittlerweile bebte meine Stimme.

»Hör auf zu fluchen.«

»Wo ist sie?«

»Das weiß ich nicht.«

»Red keinen Scheiß!«

»Hör auf zu fluchen. Ich *weiß* es nicht, Tom, ehrlich. Hat sie dir denn überhaupt nichts davon erzählt?«

»Meinst du, ich würde dich anrufen, wenn …«

»Okay, Tom, tut mir leid.«

»Scheiße, das ist echt ein Schlag ins Gesicht, und …«

»Hör auf zu fluchen, und außerdem …«

»Annie, sie ist verschwunden, und du weißt, wo sie steckt, oder?«

»Pass auf dich auf, Tom.«

Mit diesen letzten Worten bestätigte sie meine Befürchtungen.

Pass auf dich auf, Tom.

Klick.

Das hatte sich erledigt, oder?

»Weißt du, was ein guter Name für eine Band wäre?«, fragte Pippy und drehte sich auf ihrem Stuhl um. »R.E.M.«

»Ich glaube, es gibt schon eine Band, die R.E.M. heißt«, sagte ich, ohne aufzublicken, mit trüben Augen, fahler Haut. »Die weltberühmte Band R.E.M.«

Es war vier Uhr morgens, und ich saß an meinem Schreibtisch.

»Ich sag ja nur, dass R.E.M. ein guter Name für eine Band wäre«, erwiderte sie. »Ich habe dich nicht gebeten, die komplette Musikgeschichte runterzubeten. Ich sage nur, wenn man eine Band gründen wollte, wäre R.E.M. ein guter Name.«

»Es wäre ein denkbar schlechter Name«, sagte ich. »Denn es gibt schon eine Band, die R.E.M. heißt, womit ich einmal mehr auf die weltberühmte Band R.E.M. hinweisen möchte.«

»Weil man einfach an Musik denken muss, wenn man R.E.M. sagt, nicht?«, sagte sie, weil sie mir nicht zuhörte.

»Man muss an die Musik von R.E.M. denken, ja.«

»Bingo«, sagte sie. »Wenn ich R.E.M. sage, denkst du an Musik.«

»Ja, ich denke an R.E.M.-Musik.«

»Na, sag ich doch. Die Firma dankt. Beehren Sie uns bald wieder.«

Verdammt, es wäre mir lieber gewesen, Pippy hätte woanders gesessen. In Belgien zum Beispiel. Sie war ja ganz nett – sehr klein, langer Pony, Pulli mit Hund drauf –, aber als Produzentin bei Londons drittbeliebtestem R&B-Sender eher unglücklich besetzt. Wenn sie mit Bark und Lyricis den Flur entlanglief, sah sie aus wie deren Pflegerin. Sie war etwas älter als ich, benahm sich aber jünger. Wollte »relevant« bleiben.

»Du siehst schlimm aus, mein Lieber, bist du krank?«, fragte sie. »Ich sag's nur.«

Pippy sagte gern etwas Beleidigendes und hängte dann ein »Ich sag's nur« hintendran, weil sie dachte, dass sie damit so beleidigend sein konnte, wie sie wollte, ohne dass andere sich daran störten, weil sie es ja schließlich »nur sagte«.

»Hab nicht geschlafen«, sagte ich und las immer wieder die erste Zeile meines Skripts …

Heute ist Mittwoch, der 13. Juni. Ich bin Tom Adoyo mit den taufrischen Meldungen für Aufgeweckte …

»Dabei *musst* du doch schlafen«, sagte sie, als käme dieser Rat direkt vom Dalai Lama. »Frühaufsteher, mein Lieber.«

In dieser Woche sprang ich für Kate Mann ein, bei Talk Londons Sendung *London Calling mit Leslie James*. Das Frühstücksradio.

Zwei Fragen fallen den Leuten spontan ein, wenn sie erfahren, dass man einen Job wie meinen hat. Die erste ist: »Um wie viel Uhr musst du aufstehen?« Die zweite ist: »Um wie viel Uhr musst du ins Bett?« Die Antwort auf beide Fragen lautet: »Zu früh.« Aber wenn es denn sein muss:

Ich versuche, so um neun im Bett zu sein. Was ich im Fernsehen verpasse, nehme ich auf. Ich bin mir sehr wohl darüber im Klaren, dass ich dem allgemeinen kulturellen Diskurs immer etwas hinterherhänge. Ich stehe um 3:45 Uhr auf, sitze um 4:10 Uhr im Bus, bin um 4:50 Uhr im Büro. Mal abgesehen von diesem einen Tag, an dem ich um vier Uhr morgens lieber mit Pippy zusammen war, als im dunklen Zimmer zu liegen und den Füchsen beim Liebesspiel zu lauschen.

Ich sammle die News zusammen (womit ich meine, dass ich mir ansehe, was mein Vorgänger so getrieben hat), ich plane voraus (womit ich meine, dass ich mir überlege, wie ich die einzelnen Nachrichten etwas umformulieren kann, damit es so klingt, als würde ich arbeiten), ich sehe nach, ob ich O-Töne finde, klappere die Agenturen ab – PA, Sky, Reuters – und sehe nach, ob von der Polizei was reingekommen ist.

(Das sind übrigens die Pressemitteilungen, die am meisten Arbeit machen. Wieso benutzt die Polizei diese eigene, absonderliche Sprache?) *»Der Verdächtige wurde dabei beobachtet, wie er sich in westlicher Richtung entfernte.«* So redet doch niemand. Kein einziger funktionstüchtiger Mensch auf Gottes grüner Erde redet so. Vor Kurzem hatten sie auf der A6 einen Popstar geschnappt. *»Um null Uhr zwoundzwanzig machte sich eine auffällige Person durch ihre verkehrsgefährdende Fahrweise verdächtig, und bei der ordnungsgemäßen Fahrzeugkontrolle konnte bei dem sechsundvierzigjährigen männlichen Fahrzeugführer unmittelbar ein starker Duft von Spirituosen wahrgenommen werden.«* Alter, du hast einen betrunkenen Autofahrer angehalten! Du sollst doch keine Parfumwerbung schreiben!) Ich formuliere meinen Text, ich lese meinen Text, ich bin um sechs im Studio und um zwölf wieder draußen.

Ich weiß sehr wohl, dass unsere Nachrichten keine echten Neuigkeiten sind. Nur sehr wenige Leute decken wirklich Neues auf. Ich helfe lediglich, die frohe Botschaft zu verbreiten. Ich bin ein Teil dieser Massenillusion. Aber wenigstens schreibe ich mein eigenes Zeug. Oder zumindest schreibe ich das Zeug von anderen selbst um. Manche Sprecher lesen die Nachrichten nur vor. Die haben Autoren, kommen reingeschwebt und schweben wieder raus. Diese Typen sind nur Show. Aber so passieren dann die Fehler. Was man selbst geschrieben hat, weiß man. Man kennt seine Stimme, weiß, wie man Sachen sagen muss, wann man Pausen lassen muss, welchen Passagen man Nachdruck verleihen sollte.

Apropos Druck …

»Du wirst nie besser werden, wenn du hier unausgeschlafen auftauchst«, sagte Pippy. »Ich sag's nur.«

Meine Güte, dachte ich, wenn du es nur sagst, dann sag es doch einfach. Sag es nicht, um dann zu sagen, dass du es nur gesagt hast. Damit sagst du es gar nicht. Du sagst es nur, wenn du es sagst.

»Na ja, im Moment ist einiges los«, murmelte ich und wollte am liebsten nach Hause. Ich bin keiner von denen, die ihren Job nicht leiden können. Ich mag ihn sehr. Obwohl ich manchmal fürchte, dass ich ihn nur mag, weil er mir leichtfällt. Apropos: Was zum Henker machte ich hier eigentlich? Um vier Uhr morgens in einem grell beleuchteten Studio mit hellblauen Stühlen und gräulich grauen Wänden, um darauf zu warten, dass meine Schicht begann, in einer Stadt, mit der ich nicht so recht warm werden wollte, und – trotz einer Frau namens Pippy – mutterseelenallein.

Natürlich hätte ich gern mit jemandem darüber geredet. Aber seit ich nach London gezogen war, hatte es nur Hayley und Hayleys Freunde gegeben. Alle in Bristol – mein alter Chef, mein Zahnarzt, mein bester Freund Calum – hatten gesagt, es sei ein Fehler. Es sei zu früh. Ich kannte diese Frau ja kaum. Nur Dad sagte nichts. Ich hatte ihn eines Abends angerufen – für ihn war es ungefähr Mittagszeit. Im Hintergrund konnte ich seine Frau und seine Kinder hören. Ich glaube, sie wollten gerade irgendwohin, und er meinte nur, ich solle tun, was ich für richtig halte. Es tat ihm leid, dass er sie noch gar nicht kennengelernt hatte.

Und schneller als erwartet hatte ich einen Job gefunden und mein Zeug nach Stoke Newington geschafft, und da war ich nun. Also nein: Ich hatte nicht geschlafen. Und nein: Mit meinen Freunden zu Hause wollte ich nicht darüber sprechen, denn vielleicht war es nur eine Phase, vielleicht machen Pärchen so was ständig durch, und ich wollte nicht wie ein Volltrottel dastehen, was im Stillen alle von mir erwarteten.

Am Abend zuvor hatte ich nichts anderes zustande gebracht, als mich vom Stuhl zum Bett zu schleppen und dazuliegen. Fassungslos. Ich ging die letzten paar Wochen durch, versuchte rauszufinden, was passiert war, was der Auslöser gewesen sein mochte, was sie dazu veranlasst hatte zu gehen.

»Wie geht's Hayley?«, fragte Pippy, die möglicherweise etwas ahnte. Sie gehörte zu den Menschen, die sich für hellseherisch begabt halten, und ich hatte es mir zur Aufgabe gemacht, ihr bei jeder sich bietenden Gelegenheit das Gegenteil zu beweisen.

»Hayley geht es *großartig*«, sagte ich, und dann stand ich auf, um mich irgendwohin zu verdrücken.

»Arbeitet sie noch bei Zara?«, fragte sie, als ich schon halb zur Tür raus war, und ich blieb stehen.

Denn da hatte sie was gesagt.

»Heute ist Mittwoch, der 13. Juni. Ich bin Tom Adoyo mit den taufrischen Meldungen für Aufgeweckte … Vier Verhaftungen nach Leichenfund … Lehrer äußert sich zu Klassenraumgeburt … und im Sport steht bei Chelsea ein großer Wechsel an … «

London Calling mit Leslie James. Von sechs bis zehn in der Hauptstadt und weit darüber hinaus. Manche Leute hörten uns online in den Staaten, in Singapur oder Australien, weil es ihnen ein Heimatgefühl gab und sie die Ansichten von Leslie James hören wollten. Sein Geschmack war – vorsichtig formuliert – gewöhnungsbedürftig. Taxifahrer liebten ihn – für sie war er einer von ihnen. Er redete Klartext.

Kate – seine reguläre Nachrichtensprecherin, sein »Desk Jockey«, wie er sie nannte, wobei er noch beim tausendsten Mal einen Lacher erwartete – war auf Mutterschaftsurlaub, und ich wurde vom News Team wieder dahin geschickt, wo Not am Mann war.

Wäre ich ein misstrauischer Mensch, würde ich sagen, ich kriege immer die miesesten Jobs. Frühmorgens normalerweise.

Spätabends. Es lag an Maureen von der Personalabteilung, die mich vom ersten Moment an nicht leiden konnte, aufgrund meiner »Launen«. Manches davon ist meine eigene Schuld. Den Rest schiebe ich auf den Umstand, dass mein normaler, entspannter Gesichtsausdruck von drückender Sorge geprägt ist. Ich wirke tiefgründig, melancholisch, wie ein Dichter oder ein Serienkiller oder ein Jurymitglied bei irgendeiner überflüssigen Talentshow. Manchmal habe ich wohl Sorgen, aber es könnte ebenso gut sein, dass ich gerade an einen Hund denke, oder an Badminton. Also meinte sie, an meinen Launen müsse ich noch arbeiten. So lange verweigerte sie mir jede Hilfe. Es wäre unfein von mir – wirklich sehr unfein – zu sagen, dass sie eine Frau ist, die sich an ihrer kümmerlichen Macht aufgeilt.

Ich checkte meine E-Mails.

Von: MAUREEN THOMAS
An: ALLE MITARBEITER

Wenn Sie es NICHT SCHAFFEN, Ihr Papier in die GRÜNE RECYCLINGTONNE zu werfen, werden wir sie Ihnen wegnehmen, weil Sie ofenbar NICHT IN DER LAGE sind, diese zu benutzen. Das ist mein ERNST.

Löschen.

So war ich also am einen Tag bei Talk London, und am nächsten Abend redete ich mit Akzent, um mich Bark and Lyricis bei Vibe anzupassen.

SoundHaus belegt zwei Drittel eines bedrückend nichtssagenden Gebäudes abseits der High Holborn und ist das drittgrößte kommerzielle Radiounternehmen Großbritanniens, Heimat von Talk London, Vibe, Jazz Bar, Rocket!, Harmony und noch zwei weiteren Sendern. Aber eins steht fest: Keinen dieser Sender würde ich mir freiwillig anhören. Nie im Leben. Bin ich verrückt? Solche Sender hört man nur in illegalen Minicabs.

Und alle kämpften sie darum, mit den Sendern von Global und Bauer mitzuhalten … außer vielleicht Talk London mit seinem herausragenden Star, dem *Hitachi Commercial Radio Talk Presenter of the Year* Leslie James.

Leslie James war kein Mann, der sich für seine Ansichten schämte.

Hier ein paar Ansichten, für die sich Leslie James nicht schämte.

»Fuchsjagd. Ja, schlimm, aber ich kann beide Seiten verstehen. Und ich schäme mich nicht, es ehrlich zu sagen.«

»Frauen sollten denselben Lohn bekommen wie Männer, aber – und das meine ich so, ich schäme mich nicht dafür – sie sollten auch genauso hart arbeiten. Oder härter!«

Oder auch:

»Die muslimische Welt *muss* Verantwortung für die Taten einiger übernehmen, die zwar nicht *alle* Muslime repräsentieren, aber in deren Namen schlimme Dinge tun, und ich schäme mich nicht dafür, wenn ich klar und deutlich sage: Nicht *alle* Muslime.«

Darüber ließ sich trefflich streiten.

Auf Sendung konnte er ein kleines Arschloch sein, aber abseits des Mikrofons war er definitiv ein Arschloch.

»… und in der bunten Welt der Unterhaltung durfte sich Jay-Z gestern Abend freuen, als Beyoncé zu ihm auf die Bühne kam. Später in unserem Showbiz Update mit Jen Latham sprechen wir mit Popstar Aphra über ihren Umzug nach Frankreich und den neuen Mann in ihrem Leben …«

Lieber wollte ich über Syrien berichten.

»Es ist sechs Uhr zweiunddreißig, und schon sind Sie wieder auf dem neuesten Stand … «

Ich sammelte meinen Kram zusammen. Kurz vor sieben würde ich wiederkommen. Ich wollte während der restlichen Sendung nicht im Studio sein.

»Ich hab deinen Namen vergessen«, sagte Leslie, als die Werbung lief. Er deutete vage in meine Richtung.

»Oh, ich bin …«

»Es gefällt mir nicht, wenn du sagst: ›Schon sind Sie wieder auf dem neuesten Stand.‹ Es ist doch ziemlich offensichtlich, dass die Leute auf dem neuesten Stand sind, nachdem du sie gerade auf den neuesten Stand gebracht hast.«

»Oh. Das kommt vom News Team«, sagte ich. »Die wollen, dass alle im Sender es verwenden. Wegen der Einheitlichkeit.«

»Entschuldige mal, sind wir hier im Sender oder in meiner Show?«, sagte er, was knifflig war, weil die Antwort »beides« lautete. »Ich sage dir, du sollst es lassen. Also lass es. Womit *du* jetzt auf dem neuesten Stand wärst …«

Fünf nach zwölf, Schichtende.

Ich hatte eilig ein paar Notizen für die nächste Schicht vermerkt und danach nur noch gegoogelt, geklickt, gelesen.

Facebook. Keine neue Nachricht.

Twitter. Kein Tweet seit dem Restaurantbesuch vor ein paar Tagen.

Ich hatte sogar auf ihrer MySpace-Seite nachgeschaut, weil sie immer meinte, da würde sie hingehen, wenn sie mal allein sein wolle.

Keine Updates.

Sollte ich was posten? Aber ich wusste gar nicht, was ich posten sollte.

Ich versuchte es noch mal bei ihrer besten Freundin Fran. Wir hatten uns immer gut verstanden. Aber sie rief nicht zurück, und das machte mich stutzig. Wusste Fran Bescheid? War Fran eingeweiht?

Allerdings hatte Pippy mich auf eine gute Idee gebracht: Zara, an der Long Acre. Hayley war stellvertretende Filialleiterin. Ihre Kolleginnen wussten bestimmt, wo sie war. Die mussten es eigentlich wissen. Höchstwahrscheinlich hatte sie es ihnen erzählt.

Denn so was muss man seinem Arbeitgeber doch mitteilen, wenn man nicht mehr wiederkommen will, oder? Aber was ist, wenn man doch wiederkommen will?

Ich stellte mir die Frage, was es bedeutete, wenn sie nur vor *mir* weggelaufen war. Falls sie noch da war – auch gut, dann würde ich sie eben direkt fragen. Ihr eine Szene machen. Sie fragen, was das alles zu bedeuten hatte. Sie fragen, wo sie die letzte Nacht verbracht hatte.

Verdammt, wo hatte sie die letzte Nacht eigentlich verbracht?

In zehn Minuten war ich hingelaufen, und am Tresen: Volltreffer. Ich erkannte Sonal. Wir waren uns erst zweimal begegnet, aber ich wusste, wie sie hieß. Außerdem trug sie ein Namensschildchen.

»Sonal …«

»Hi …«, sagte sie mit halbem Lächeln.

»Ich bin's. Tom. Hayleys Freund.«

»Tom! Wie geht es dir? Hat sie was vergessen?«

»Ach. Dann weißt du es also?«

»Was weiß ich?«

»Du weißt, dass Hayley weg ist?«

Erwischt. Jetzt hab ich dich. Du wusstest Bescheid, du Schlange.

»Ja, ich weiß, dass sie weg ist«, sagte sie munter. »Selbstverständlich weiß ich, dass sie weg ist. Wieso sollte ich nicht wissen, dass sie weg ist?«

»*Ich* wusste nicht, dass sie weg ist.«

Ich klang panisch und wirr. Zwei Frauen mit schwarzen Kleidern überm Arm – bei Zara gibt es nur schwarze Kleider – drehten sich zu mir um. Sonal sprach leiser und hoffte offenbar, ich würde es auch tun.

»Du wusstest nicht, dass sie weg ist?«

»Wo ist sie hin?«

»Entschuldige – weißt du nicht, wo sie hin ist, oder wusstest du nicht, dass sie weg ist?«

»Beides. Sowohl als auch. Ich habe gestern Abend einen Zettel gefunden.«

Sie blinzelte mich an, ein- oder zweimal, ihre Augen wurden groß, dann wieder klein.

»Einen *Zettel?*«

»Wo ist sie?«

»Hayley? *Verreist,* glaube ich.«

Sie rief nach einer Kollegin.

»Jo? Sie hat doch gesagt, sie will wegfahren, oder? Hayley?«

Jo nickte. Große runde Ohrringe und streng zurückgekämmtes Haar.

»Sie hat gesagt, sie will wegfahren«, beteuerte Sonal.

»*Wohin* wegfahren?«

»Sie meinte, sie wüsste nicht, wohin.«

»Ach, also einfach so wegfahren? Spontanes, zielloses Wegfahren?«

»Na ja, nicht einfach so. Sie hat schon vor einem Monat gekündigt.«

»Vor einem *Monat?*« *Das gibt's doch nicht!* »Ihr wisst es schon seit einem *Monat?*«

»Letzte Woche hatten wir ihre Abschiedsfeier«, sagte Jo.

Meine Knie wurden weich.

»Sie hatte eine *Abschiedsfeier?* Entschuldige, nur damit ich das richtig verstehe: Meine Freundin hatte letzte Woche ihre Abschiedsfeier, und jetzt ist sie auf Reisen?«

Sonal versuchte es mit einem Lächeln, dann mit einem Achselzucken, beides wenig überzeugend.

»An welchem Abend?«

»Bitte?«

»An welchem Abend hatte sie ihre Abschiedsfeier?«, fragte ich.

»Mmh, Donnerstag, glaube ich«, sagte Jo.

Donnerstag. Donnerstags hatte sie Pilates.

Mir wurde schwindelig.

Sie hatte es schon seit einem Monat gewusst. Mindestens. Sogar gefeiert hatte sie.

»Na, das ist aber ungewöhnlich«, sagte Sonal kopfschüttelnd, und dann war die ganze Welt nur noch Lärm, nur Kassenklingeln und Türenbimmeln, nur Verkehr und Wind. »Ja«, sagte ich. »Das ist scheiße noch mal echt ungewöhnlich.«

[1]

Kosinski, M. / Columbia Journalistenschule, 15.03.1984
Bewerbung für den Michael Berg Award

Ein Interview mit Ezra Cockroft

Es ist Weihnachten 1982, und Professor Ezra Cockroft sitzt an seinem Tisch im Keen's an der 72 West 36th Street und stochert in seinem Salat. Wie ich hat er den vom Kellner empfohlenen Spezialsalat des Hauses genommen und die Rote Bete und die kandierten Walnüsse am Rand zu einem ordentlichen, kleinen Turm gestapelt.

Er ist ein hochgewachsener Mann von achtzig Jahren, mit schmalen Händen und langen Gliedern, noch gebräunt vom sonnigen Herbst in Florida, wenn auch jetzt in New Yorker Schwarz gekleidet.

Er nimmt einen Schluck von seinem Getränk – einem hellgrünen Daiquiri, den auch ich bestellt habe, weil mir zufällig aufgefallen ist, dass er hier auf genau dieselbe Weise zubereitet wird, wie ihn meine Großtante in dieser Jahreszeit so oft zu trinken pflegte.

Ich spreche ihn darauf an.

»Sie haben in vollem Vertrauen bestellt«, sagt er. »In dieses Vertrauen habe ich investiert. Investitionen, die mit Vertrauen getätigt werden, bergen von Natur aus ein geringeres Risiko – man unterstellt ein gewisses Vorwissen. Und im Zuge dessen werden diejenigen, die dem Beispiel folgen, mit einer größeren Chance auf Gewinn belohnt.«

Er nimmt seine Serviette und putzt die Ecke eines Bleiglasfensters. Hinter dem messingbeschlagenen Mahagonitresen mixt ein Barkeeper den nächsten Daiquiri.

Mein gedünsteter Finnan Haddie mit ausgelassener Butter wird serviert, wie gleich darauf auch der seine.

DREI

»Heute ist Donnerstag, der 14. Juni. Ich bin Tom Adoyo mit den taufrischen Meldungen für Aufgeweckte ...«

Ich hatte nicht mehr als zwei bis drei Stunden unruhigen Schlaf gefunden, es irgendwie aus dem Bett geschafft und mich zum Nachtbus geschleppt. Ach ja, der Nachtbus ... das ist meine Welt.

Für kurz nach vier ist es dort ziemlich voll. Man sollte meinen, der Bus wäre um diese Uhrzeit leer. Aber da sitzen immer welche. Vor allem Reinigungskräfte, die sich auf dem Weg zu ihren unsichtbaren Jobs in der Stadt bedeckt halten. Oben ein paar Obdachlose, die sich für die Nacht eingerichtet haben, die blassen Gesichter fest an die verschmierten Scheiben gepresst. Alles Menschen, die keiner so behandelt, als wären sie real.

»... Nach Sturm in Mexiko Tausende von Außenwelt abgeschnitten ...«

Im Nachtbus schreibe ich immer das Wetter. Es geht ganz einfach. Natürlich vergewissere ich mich auf der BBC-Website. Aber man sollte auch die Met Office App checken – man darf sich nicht allein auf die BBC verlassen. Ich weiß gar nicht, wieso man denen das immer durchgehen lässt. Leute wie ich müssen darunter leiden. Den lieben langen Tag hat man mit Hörern zu tun, die sich beim Sender beschweren, die SMS schreiben wie: »Sie haben gesagt, es sollte heute regnen, aber es hat heute gar nicht geregnet!«

Also hatte ich alles eingetippt, die Nachrichten gecheckt und mir das Skript selbst gemailt. Manchmal frage ich mich, was die Leute denken, wenn sie mir im Bus über die Schulter blicken. »Wow. Der Typ schreibt aber wirklich *sehr* förmliche E-Mails über das aktuelle Weltgeschehen.«

Jedenfalls lagen die Tageshöchsttemperaturen bei neunzehn Grad.

»... Offiziellen amerikanischen Quellen zufolge könnte Nordkorea mehrere Raketenabschüsse planen ... «

Meine Augenlider wurden schwer. Meine Achseln müffelten. Ich hatte nicht geduscht, nur Deo drübergesprüht. Adewale, der Security-Mann am Eingang, hatte einen Witz gemacht, als ich hereingetaumelt kam. Ich hatte nicht hingehört, war nur weiter durch die schweren Türen in den Korridor gewankt, wo auf jedem einzelnen der sechs LCD-Bildschirme geschrieben stand: HERZLICH WILLKOMMEN, LIEBE FREUNDE VON AIG-VERSICHERUNGEN!, mit zwei kleinen pinken, computeranimierten Luftballons daneben.

»... Wohlfahrtsbetrüger droht zehnjährige Haftstrafe ... «

Ich musste die Augen fest zusammenkneifen, um den Text auf dem Papier zu erkennen. Am Abend zuvor hatte ich im Builder's Arms auf dem Stuhl bei der Tür gesessen und nachgedacht, wollte nicht allein zu Hause sein, wollte nicht auf Schlüsselklappern oder eine SMS warten. Eigentlich trinke ich gar nicht. Ich wollte nur von Leuten umgeben sein, die es tun. Da wird aus vollem Herzen gelacht, man hört das bellende Gelächter geteilter Freude, das sich aufbaut, aufsteigt und explodiert wie ein Feuerwerk am trüben Kneipenhimmel.

»Und später, bei Showbiz: Welcher Popstar zog die Kritik des Vatikans auf sich, weil er nur wenige Meter von der päpstlichen Residenz das Video für den neuen Song ›Carry On‹ drehte ...?«

Am liebsten hätte ich mir die Kugel gegeben.

»Es ist sechs Uhr und drei Minuten, momentan vier Grad in Soho, am Nachmittag Höchsttemperaturen bis zu neunzehn Grad – und schon sind Sie wieder auf dem neuesten Stand.«

Fingerzeig. Senderjingle. Werbung.

»Hey, Arschloch«, sagte Leslie, als ich aufstand, mit toten Augen. »Ich dachte, ich hätte gesagt, du sollst das lassen.«

»Entschuldige, Leslie«, sagte ich.

»Tu endlich, was man dir sagt.«

Ich sah nach meinem Handy. Keine Nachrichten.

Ich schickte noch eine SMS mit den Worten »Wo bist du?« und sah mir an, wie meine Nachricht ins Nirwana schoss.

Reisen. Sie hatte nie irgendwas davon gesagt, dass sie auf Reisen gehen wollte. Wir waren noch nicht mal zusammen im Urlaub gewesen. Seit Monaten bearbeitete ich sie schon, mit mir mal Ferien zu machen. Egal wo, hatte ich gesagt. Ägypten. Algarve. Didcot Parkway. Nur mal raus aus London. Wie es schien, hatte wenigstens einer von uns beiden meinen Rat beherzigt.

Ich hatte es noch bei anderen Leuten versucht, während ich da im Pub saß.

Bei Fran hinterließ ich eine weitere Nachricht.

Dann Hayleys Dad in King's Lynn. Seine Nummer musste ich erst raussuchen, um ihm dann näher erläutern zu dürfen, wer ich war, woraufhin er barsch bestritt, irgendwas zu wissen.

Ich probierte es bei anderen Kollegen und Freunden, deren Nummern ich hatte. Ich versuchte es bei unserem Vermieter Mohammed, der vor allem wissen wollte, ob ich weiter die volle Miete zahlen würde oder vorhatte, ihn runterzuhandeln.

Niemand schien sich Sorgen zu machen.

»Ach, die wird schon wieder auftauchen«, sagte unsere Nachbarin Edith, vierundneunzig, und man kann sich vorstellen, wie beruhigend das war. »Haben Sie mal versucht, sie anzurufen?«

Hayleys Handy war natürlich aus. Aber die Mailbox sprang immer wieder an. Also zahlte sie ihre Rechnungen. Sie brauchte immer noch ein Telefon.

Wem hatte sie also davon erzählt? Wem erzählt man, dass man abtauchen will?

»Vielleicht hast du sie erdrückt«, sagte Pippy mit ihrem schweren Kilbride-Akzent, der in London schmerzhaft schneidend klang. Abwehrend hob sie beide Hände. »Ich bin nur ehrlich.«

Sie nahm einen großen Bissen von ihrem Knoblauchbrot. Wir saßen im Eatalian an der Ecke. Ich hatte mir nur ein Wasser bestellt. Pippy war nicht bei der Sache. Sie hatte sich wieder Herzchen und Sternschnuppen auf die Hand gemalt.

»Es ist einfach so was von durchgeknallt«, sagte sie, wobei sie immer noch nur ehrlich war.

Ich wusste, dass ich mit irgendwem darüber sprechen musste, und ich hatte vorerst niemand anderen als Pippy. Auch wenn mir langsam klar wurde, wie sehr es ihr an Feingefühl mangelte.

»Meinst du, sie hat einen anderen?«, fragte sie.

Ich starrte mein Glas Wasser an.

»Oder gibt es bei ihr eine Vorgeschichte von … irgendwas? Du weißt schon. Psychische Erkrankungen oder so?«

»Sie war eigentlich wie immer. Hat sogar bei Sainsbury's eingekauft. Online. Obwohl sie da ja schon wusste, dass sie viel zu viel Lebensmittel kauft. Wer macht denn so was?«

»Geisteskranke.«

»Sie ist nicht geisteskrank.«

»Dann eben böse.«

»Das geht zu weit.«

Pippy war Single. Sie hatte es bei match.com versucht, sich aber die Finger verbrannt, nachdem sie ihr Profil mit den Worten »Ich bin siebenunddreißig und Schottin« begonnen hatte und sich darauf niemand meldete. Es dauerte drei Wochen, bis sie merkte, was sie *tatsächlich* geschrieben hatte: »Ich bin sieben und dreiste Schottin.«

»Dieser Einkauf ...«, sagte sie. »Vielleicht meinte sie *das* mit ›Mach weiter wie immer‹. Vielleicht möchte sie einfach nur, dass du weitermachst wie immer.«

»Ach so?«, sagte ich. »Dann möchte sie, dass ich abends für zwei koche? Den Tisch für zwei Personen decke?«

»Ihr esst am Tisch? Nicht vorm Fernseher, wie alle anderen?«

Wir aßen nie am Tisch. Wir hatten ihn gemeinsam bei IKEA in Edmonton gekauft und uns vorgestellt, wir würden Freunde einladen und Salsa selber machen und rustikales Landbrot kaufen und dann mit interessanten Leuten zu Abend essen und bis spät in die Nacht über Wladimir Putin und die Welt der Hochfinanz diskutieren. In Wahrheit legten wir da unsere Schlüssel hin.

»Manchmal essen wir auch am Tisch. Wir sind doch keine Tiere.«

»Ist schon irgendwie *schräg*«, sagte sie und seufzte, und ich war einfach nur dankbar, jemanden zu haben, der mir zustimmte.

Zu Hause, am Abend, saß ich auf dem Fußboden zwischen ihren Kleidern, mit meinem Kopf in den Händen.

Über mir hing ihr Wandkalender. Voller Termine, die wir nun nicht mehr wahrnehmen würden. Am 23. – Janeys Hochzeit. Am 10. – Fraser & Iona/Essen bei uns. Am 12. – Kino?

Ich hatte den Kleiderschrank verwüstet. Ich war ausgeflippt. Ein fünfundvierzigsekündiger Wutanfall, weil sie einfach abgehauen war und mich so im Ungewissen ließ.

Ein Koffer fehlte – der mittelgroße aus dem Dreierset. Worauf deutete das hin? Eine Woche? Einen Monat? Vielleicht darauf, dass sie wiederkam. Wenn man weiß, dass man für immer weggeht, nimmt man doch den großen Koffer, oder?

Es sei denn, man merkt, dass man das meiste sowieso nicht mehr haben will.

Ich sah mich in der verspiegelten Schranktür.

Was stimmte denn nicht mit mir?

Ich sehe ganz gut aus. Bin groß, wie mein Dad. Das kommt von seinen kenianischen Genen, obwohl er schlanker geblieben ist als ich. Mum war Französin, und angeblich habe ich ihre traurigen Augen geerbt. Sie sagte immer, damit würde ich eines Tages viele Herzen brechen, aber bisher steht es mehr oder weniger unentschieden. Ansonsten bleibe ich eher unauffällig. Ordentliche Frisur, meist schwarze Kleidung. Ich glaube nicht, dass es da etwas gibt, was irgendwen dazu veranlassen könnte, bei meinem Anblick wegzulaufen.

Es liegt also hoffentlich an meiner Persönlichkeit.

Ich werde schnell wütend, sage jedoch nur selten was. Aber wenn ich was sage, dann sage ich es klar und deutlich.

Dumme Menschen kann ich nicht leiden, und doch muss ich sie erleiden.

Dann gärt und brodelt es in mir. Macht mich mürrisch und schweigsam, sodass ich lieber allein sein möchte, wenn auch nicht ganz allein.

Und dann klingelte es an der Tür.

Es war acht Uhr abends. Ungewöhnliche Zeit für Besuch.

Sie ist wieder da. Es ist vorbei!

Ich rappelte mich auf, rempelte mit der Schulter gegen den Türrahmen und humpelte eilig in den Flur, mit rasendem Herzen und pochendem Schädel, und packte den Türgriff …

»Schönen guten Abend, Sainsbury's«, sagte der Mann, umzingelt von blauen Kisten und orangefarbenen Tüten.

Ich fragte mich, warum sie so viel bestellt hatte. Sie sorgte sich wohl um mich. Achtete darauf, dass ich nicht verhungerte. Dass ich meine fünf Mahlzeiten am Tag bekam.

Die scheinheilige Schlange.

Ich aß an diesem Abend am Tisch, räumte mir eine kleine Ecke frei zwischen den Schlüsseln und dem Papierkram, den Zeitschriften und den Flyern vom Lieferservice.

Mit der Zeit entwickelte ich direkt einen Widerwillen gegen diese Wohnung. Dieses Zweizimmerapartment, das mehr darstellen wollte, als es war, fünf Minuten vom Fish-&-Chips-Laden und gleich um die Ecke vom Clissold Park, wo man im Sommer entspannte Sonntage am Teich verbringen konnte. Mohammed hatte gesagt, wir könnten die Wohnung streichen, aber inzwischen konnte ich mich darin immer weniger wiederfinden. Diese knallpinke Wand in einem ansonsten in Magnolia gestrichenen Wohnzimmer. Die »schrulligen« Knäufe an den Küchenschränken wie in diesem Laden … wie hieß er noch … *Apostroph? Semikolon?*

Alles war ein Ausdruck von Hayleys Persönlichkeit. Oder zumindest von dem, was sie lautstark zu ihrer Persönlichkeit *erklärt* hatte. Als wir neu eingezogen waren, hatte sie endlose Stunden damit verbracht, die Seiten alter Ausgaben von *Living Etc* durchzublättern, hatte Tapeten von Cole & Son oder Farben von Farrow & Ball umkringelt und komische Worte wie »Rockett St. George« auf bunte Post-its geschrieben. Ich hatte versucht, sie daran zu erinnern, dass es eine Zweizimmerwohnung in Stoke Newington war, nicht Babington House, aber sie kaufte und umkringelte immer weiter. Hayley mochte Zeitschriften. *Heat, Grazia, Stylist, Elle, Cosmo.* Ein Riesenstapel, eselsohrig, zerknittert, vom Badewasser aufgeweicht. Der Feind in den eigenen Reihen. Hatten diese Blätter sie irgendwie gegen mich aufgebracht? Tuschelten sie hinter ihrem Rücken über mich? Führten sie ihr vor, wie unausgefüllt sie war? In dieser Mietwohnung im Londoner Norden, mit einem mittelmäßigen Mann in mittelmäßigen Klamotten, in ihrem mittelmäßigen Leben zu zweit? Ich nahm die oberste Zeitschrift vom Stapel und sah mir das Cover an.

FASHION. STYLE. FOOD. GLAMOUR. TRAVEL.
Für die Frau, die alles will –
und es für gewöhnlich auch bekommt!

Diese Zeitschriften fanden, dass ich nicht gut genug war, dass ich ein fauler Sack war, ein Neandertaler.

Ich warf sie auf den Boden und schob meinen Teller weg. Mein Kebab war sowieso inzwischen kalt.

Und dann, im Augenwinkel.

Ein kleines rotes Licht blinkte am Boden beim Sofa, im kläglichen Bemühen um Aufmerksamkeit.

Der Anrufbeantworter.

Ich drückte auf PLAY.

»Hallo, Miss Anderson, hier ist Mark, der Sainsbury's-Bote. Ich melde mich nur, um das Zeitfenster für unsere Auslieferung zwischen 19:00 und 20:00 Uhr zu bestätigen.«

Mich verließ der Mut.
Verlassen ging ich zu Boden.
Doch der Anrufbeantworter lief weiter.
»Mittwoch. Elf … Uhr … neunzehn.«
Eine alte Nachricht. Schon abgehört.
Ich wollte sie gerade löschen.
»Hayley … «
Eine Männerstimme.

VIER

Es war halb sechs, und ich saß da und starrte auf den Bildschirm. Der Cursor blinkte mich an.

Dieses dämliche Zwinkern.

»Mach schon!«, sagte es putzmunter, unermüdlich. »Schreib was!«

Ach ja, Cursor? Wieso schreibst du nicht selbst was?

»Guten Morgen!«, sagte Pippy, während ich meine leere Seite anstarrte. »Hast du diesen O-Ton bekommen?«

Irgend so ein Bericht. Wir schicken frühmorgens einen Reporter raus, ein zweiter wechselt ihn mittags ab. Die beiden nehmen irgendwelches Zeug mit ihren Handys auf und schicken es uns. Im Grunde ziehen sie los, um Volkes Stimme einzufangen. Wenn in East London einer erstochen wird, suchen sie sich jemanden, der sagt: »Ich hätte nie gedacht, dass in dieser Gegend so was passiert.« Das ist der Job. Leute dazu zu bringen, dass sie sagen: »Ich hätte nie gedacht, dass in dieser Gegend so was passiert.« Es ist jeden Tag dasselbe. Im Grunde könnte man bei jedem Bericht, egal zu welchem Thema, denselben O-Ton nehmen. Raubüberfall in Kilburn? Ich hätte nie gedacht, dass in dieser Gegend so was passiert. Lotteriegewinner in Kennington? Ich hätte nie gedacht, dass in dieser Gegend so was passiert. Es kommt einem vor, als könnte sich niemand mehr vorstellen, dass irgendwo mal irgendwas passiert.

Ich klickte den O-Ton an und nahm meine Kopfhörer.

Irgendjemand hätte nicht gedacht, dass ihm etwas zustoßen würde, und zum ersten Mal wusste ich genau, wie ihm zumute war.

Denn wer zum Teufel war dieser Andy, und was war »der Laden«?

Ich hatte mir die Nachricht immer wieder angehört.

»Hayley … hier ist Andy vom Laden.«

Einmal noch.

»… Andy vom Laden.«

Es ging noch weiter.

»Hab mich nur gefragt, ob du deine Vorbereitungen tatsächlich getroffen hast. Ich versuch's auf deinem Handy.«

Die Stimme – ausdruckslos, emotionslos. Keiner bestimmten Schicht zuzuordnen. Eindeutig britischer Akzent.

»Hab mich nur gefragt, ob du deine Vorbereitungen tatsächlich getroffen hast.«

Tatsächlich? Es hatte also Zweifel an diesen unbestimmten Vorbereitungen gegeben? Hatte sie mit Andy darüber gesprochen, dass sie wegwollte? Hatte sie sich ihm anvertraut? Er klang nicht wie ein Mann, der seine Geliebte anruft. Er klang wie ein Mann, der nachfragt, ob jemand seine Tabellenkalkulation fertig oder eine E-Mail weitergeleitet hat.

»Andy vom Laden.«

Keine Pause, bevor er »vom Laden« sagte. Kein Zögern, kein Nachdenken nötig. Er nannte ihn immer so. Auch keine Betonung der Worte – er ließ nichts aus, versah sie nicht mit imaginären Gänsefüßchen. Er musste nichts erklären. Sie wusste Bescheid. Hayley wusste genau, welchen Laden er meinte.

Und es war keine Bar, kein Restaurant und auch kein Laden, der »Der Laden« hieß. Es klang beiläufig, alltäglich, wohlbekannt, irgendwie vertraulich.

Vertraulich.

Vermutlich halten Sie mich wegen meiner Gedanken für verrückt, aber ich kenne mich mit Worten aus. Ich weiß, wie sie klingen. Lesen ist mein Beruf. Laut lesen. Vor Fremden. Ich habe diese Worte vor Augen, wenn ich sie höre, wie Untertitel eines Films, den nur ich sehe. Ich kann Worte *fühlen*.

Und diese Worte fühlten sich *schräg* an.

Viertel vor acht, und Leslie legte sich mächtig ins Zeug für eine eingestreute Werbebotschaft.

So was ist gar nicht einfach. Die Leute vom Verkauf lieben diese bezahlten Meldungen, aber die sind ja auch nicht beim Verkauf, weil sie so gut schreiben können. Man sah Leslie an, wie er sich bemühte, den Worten einen Sinn zu geben, wie er die falsche Rechtschreibung verbesserte, Wörter umstellte und ehrlich versuchte, sie nicht mit Verachtung auszuspucken, sondern so zu tun, als wäre es das Natürlichste auf der Welt, den Hörern zu empfehlen …

»… falls Sie heute irgendwo in der Nähe von Lakeside in Thurrock sein sollten, versäumen Sie es nicht, nach Tony Ram und seinem Talk-London-Team Ausschau zu halten, die Gutscheine über hammermäßige zwanzig Prozent Nachlass bei jedem Einkauf über fünfzehn Pfund im Body Shop verteilen!«

Die Adern an seinen Schläfen pulsierten … das Problem mit dem Verkauf war, wie Leslie einem immer wieder erklärte, dass diese Leute in ihm nur ein Sprachrohr für ihre Worte sahen, nicht den *Künstler*, der damit zu ringen hatte … er ballte schon die Fäuste …

»Aber nicht vergessen! Es sind *Teilnahmebedingungen zu erfüllen. Sämtliche Infos dazu finden Sie auf unserer Website.«*

Er setzte ein gequältes Lächeln auf. Das Schlimmste hatte er hinter sich …

»Besuchen Sie die Crazy Gang beim Body Shop, zweite Verkaufsetage, gleich gegenüber von Foot Locker! Und sagen Sie Tony, er soll mir ein Fußpeeling für meine rissigen Hacken mitbringen! Happy Shopping!«

Jingle. Werbung. Fertig.

»Ich hasse diesen Mist!«, sagte er. »Ich bin kein Kaufmann. Ich bin ein Ideenmensch. Wieso rede ich hier von zwanzig Prozent Rabatt beim Bodyscheiß in Lakeside? Ich sollte über den Iran reden!«

Er würde nicht über den Iran reden. Er würde über eine neue Studie in der *Daily Mail* reden, nach der neun von zehn Hundebesitzern wünschten, ihre Hunde könnten sprechen.

»Happy Shopping? Wieso haben die das drin? Warum muss ich ›hammermäßig‹ sagen? Gebt mir einfach die Fakten und lasst mich mein Ding machen! Das mit dem Fußpeeling und den rissigen Hacken war meine Idee.«

»Das hatte Power«, sagte ich.

Er musterte mich kalt, suchte nach Anzeichen für Spott, dann entschied er zugunsten des Angeklagten.

»*Genau*. So bringt man Leben in die Sache. So bringst du Mrs. Bingo in Stroud Green dazu, die Ohren zu spitzen und hinzuhören! Nicht mit ›Es sind Teilnahmebedingungen zu erfüllen‹.«

Janice, die Produzentin, verdrückte sich lieber aus dem Studio. Sie spürte das aufkommende Unwetter.

»Was kriegt Tony Ram dafür, dass er das macht?«

Das rote »Telefon« leuchtete auf.

Irgendjemand hatte nichts gegen die Sache mit den rissigen Hacken, weil das zum Senderprofil passte, fand aber, Leslie sollte das Reporterteam nicht als »Crazy Gang« bezeichnen, damit die Leute keine Angst vor ihnen bekamen.

Leslie sagte ihnen, wohin sie sich seine Hacken stecken konnten. Es war ein beängstigendes Bild, das sich einem nicht sofort erschloss.

Die Nachricht blieb nicht unbemerkt.

Pling, pling.

Eine SMS.

Hayley?

Inzwischen war ich zu Hause, an diesem vergeudeten Tag, schreckte benommen auf dem Sofa hoch. Ich rieb mir die Augen, um die Worte zu entziffern.

Tom. Hier ist Fran. Tut mir leid, dass ich jetzt erst antworte. Können wir über Hayley reden?

Ich hatte Fran seit einer halben Ewigkeit nicht mehr gesehen.

Das macht diese Stadt mit einem. Lautere Absichten verblassen mit der Zeit und der Entfernung und den Abgasen, bis sie fast gar nicht mehr zu erkennen sind, wie ein U-Bahn-Plan, den man auf der Fensterbank liegen gelassen hat.

Bei unserer letzten Begegnung hatten wir viel Spaß gehabt, wir drei. Die Rede war von »Das sollten wir öfter machen!« und »Nächstes Mal kommst du zu uns!«, von Picknick und Grillpartys.

Eine Weile klebten Hayley und Fran förmlich aneinander und verstanden sich fast ohne Worte. Sie hatten sich vor Jahren zufällig in der City kennengelernt, beim Shoppen, waren spontan was trinken gegangen und sofort auf einer Wellenlänge gewesen. Es war eine unkomplizierte Freundschaft. Ich mochte Fran, also wartete ich im Daily Grind an der Clerkenwell Road, einem dieser Läden, die gestern noch nicht da waren und vermutlich morgen nicht mehr da sein werden. Viel geschmiedetes Eisen und gebeiztes Holz und raffinierte Eggs Benedict, mit einem Tresen aus gebürstetem Stahl, hinter dem ein Barista steht und lettische Schönheiten anweist, fünf Pfund teure Croissants aus der Küche zu holen.

Ich rührte meinen Kaffee und starrte die Wand an, fühlte mich schwer. Dunkle Schatten über meinem Kopf und unter meinen Augen. Ich kannte dieses Gefühl.

Ich kam zu dem Schluss, dass ich sie möglicherweise falsch verstanden hatte. Vielleicht kam Fran, um mir von Andy zu erzählen. Das war doch möglich. Fran und ich hatten uns immer gut verstanden, und vielleicht hielt Hayley es für das Beste, einen Unbeteiligten zu schicken, jemanden, der den Schlag abmildern und ein besorgtes Gesicht machen und Sachen sagen konnte wie: »Sie liebt dich immer noch, Tom, aber sie ist nicht mehr verliebt in dich.« Und: »Andy ist wirklich ein netter Kerl, ich glaube, ihr beide würdet euch echt gut verstehen.«

Und dann war sie da. Vintage Look. Roter Lippenstift. Handtasche auf dem Tisch. Stirn gerunzelt.

»Tom …«

»Hey, Fran …«

»Du siehst …«, sie suchte nach dem passenden Wort, während sie sich setzte und eine rote Locke hinters blasse Ohr strich, »… okay aus.«

Ich nahm einen Löffel, um mich darin zu betrachten. Eigentlich gefiel ich mir so ganz gut.

»Es tut mir leid … was du durchmachst«, sagte sie. »Es ist so …«

Sie zuckte mit den Schultern, schüttelte den Kopf, sah zum Kellner hinüber und bestellte einen Kaffee.

Fran malte kleine Bäume auf Teller und verkaufte sie auf Märkten an irgendwelche Hipster, für ein kleines Vermögen. Ich fragte mich oft, wie sie das anstellte. Es waren nur kleine Bäume auf Tellern.

»Eigentlich weiß ich gar nicht, was ich durchmache«, sagte ich, und mir fiel ihre Brosche auf. Darauf war ein kleiner Baum abgebildet. »Hayley blieb in ihren Aussagen doch eher vage.«

»Dann war das alles? Du hast diesen Zettel bekommen und sonst nichts?«

»Hat sie dir irgendwas davon erzählt?«

Mit gespielter Überraschung zog Fran die schmalen Augenbrauen hoch.

»Tom, ich habe sie doch kaum noch gesehen.«

Ich kniff die Augen zusammen.

»Ihr habt euch *ständig* gesehen.«

»Wann war denn das letzte Mal?«

»Keine Ahnung. Vor zwei Wochen?«

»Januar.«

Ich runzelte die Stirn. Ihr Kaffee kam.

»Wir hatten Streit«, sagte sie, als die Kellnerin ging und wir wieder sprechen konnten. »Hat sie dir nichts erzählt?«

»Nein, gar nichts«, sagte ich. »Moment, worüber? Worüber habt ihr gestritten?«

»Ich habe Sachen gesagt, die ich damals so meinte, die aber wahrscheinlich etwas schroff klangen.«

»Was für Sachen?«

Sie brauchte einen Moment.

»Wir waren abends unterwegs«, sagte sie. »Mayfair. Sie wirkte so abwesend, als würde sie sich mehr für das interessieren, was am Nachbartisch los war. Ich bin gar nicht mehr zu ihr durchgedrungen. Sie kam mir vor, als wäre sie immer auf der Suche nach was Besserem oder jemand Interessanterem.«

»Sie war unzufrieden in ihrem Job«, sagte ich. »Vielleicht war sie nur abgelenkt.«

»Sie war immer abgelenkt«, sagte sie. »Und das habe ich ihr auch so gesagt. Ich habe die seltsamen Tapas vorgeschoben und gesagt, ich müsste los, aber sie hat kaum was mitbekommen, hing nur diesen Typen an den Lippen, die mit ihren Weihnachtsboni oder irgendwas prahlten, und da habe ich ihr dann gesagt, dass sie sich zu ihrem Nachteil verändert hat und …«

Die Worte gingen wie eine Flut über mich hinweg. Das ergab doch alles keinen Sinn. Ich drohte zu ertrinken. Ich winkte sie zurück.

»Halt, stop! Inwiefern verändert?«

Nun war Fran wieder an der Reihe, die Stirn zu runzeln.

»Findest du denn nicht, dass sie anders war?«

»Nein. Sie war halt … Hayley. Vielleicht hast du dich ja verändert, nicht sie.«

Fran lächelte milde und sagte dann ganz sanft: »Mit wem sitzt du denn hier und trinkst Kaffee? Wer ist faktisch *anwesend?*«

Ich warf noch einen Blick auf mein Spiegelbild im Löffel.

»Ich hatte irgendwie das Gefühl, sie wollte jemand anders sein. Zuerst waren es nur kleine Dinge. Die Haare.«

Die Haare. Na und? Sie hatte ihre Frisur verändert. Frauen verändern ihre Frisuren. Es war mir aufgefallen, dass sie irgendwie anders aussah, und ich hatte gesagt: »Hübsche Haare.« Wir hatten darüber gesprochen. Sie und ich, wir hatten darüber gesprochen.

»Die Klamotten.«

Und? Frauen kaufen sich ständig neue Klamotten. Manchmal ganze Schränke voll.

»Das Make-up.«

Meine Güte.

»Und dann waren da noch diese anderen Sachen …«

Oha, was kam jetzt? Sie hatte angefangen, Blend-a-med zu kaufen, nicht mehr Colgate?

»Ständig wollte sie irgendwo anders hin.«

Auf Reisen gehen. Mir wurde etwas übel.

»In Läden, die irgendwie nicht zu uns passten. Und ich fand auch nicht, dass sie zu *ihr* passten. Anfangs war das ja ganz spannend, aber mit der Zeit wurde es echt … großspurig.«

Großspurig?

»Ich meine, ich liebe gute Restaurants. Aber sie sagte: ›Gehen wir ins Nobu!‹ Echter Luxus, weißt du? Aber es macht Spaß, und da zieht man eben mit. Doch dann schrieb sie am nächsten Tag eine SMS: ›Gehen wir ins Roka!‹ Oder Hakkasan. Oder in *Clubs*. Ich bin zu alt für Clubs! Ich habe einen Job, ich muss um acht auf der Matte stehen, ich kann nicht …«

»Moment mal«, sagte ich erleichtert, dass ich mich daran beteiligen konnte, erleichtert, dass ich nicht völlig im Dunkeln tappte. »Von einem Club hat sie gesprochen. Sie meinte, es gebe da eine Indie Night in der Islington Academy und dass wir da mal hingehen sollten. Britpop, die alten Suede, solche Sachen.«

»Nein«, sagte Fran, beugte sich vor und zeigte mit dem Finger auf mich. An diesem Finger steckte ein überdimensionaler Ring mit einem kleinen Baum darauf. Hayley hatte auch so einen. »Ich meine so was wie das Chinawhite. Das Boujis. Weißt du?« Sie lachte. »*Solche* Läden. Läden, in die russische

Oligarchen gehen, um sich an marokkanischen Popstars aufzugeilen. Und wenn ich Nein gesagt habe, wurde sie ganz seltsam und hat sich aufgeführt, als wäre ich ein Loser – das Wort hat sie allen Ernstes benutzt –, und dann hat sie noch gesagt, ich sei langweilig. Und das war dann sozusagen der Moment, in dem ich ihr gesagt habe, dass sie mich mal gepflegt am Arsch lecken kann.«

Fran lehnte sich auf ihrem Stuhl zurück und spielte trotzig mit ihrer Brosche herum.

»Das *Chinawhite?*«, sagte ich.

Mir gegenüber hatte sie das Chinawhite nie erwähnt. Wir gingen höchstens mal in den Pub. Manchmal holten wir uns auf dem Nachhauseweg noch eine Flasche Wein. Wozu um alles in der Welt sollte sie ins *Chinawhite* gehen wollen? Ich wusste nicht mal, wo das war. Natürlich kannte ich es aus der Zeitung, und Fran hatte recht. Da waren nur Leute aus Reality Shows und David Hasselhoff und Mädchen in kurzen Röcken, die nach Prince Harry Ausschau hielten.

Es war alles etwas … abgeschmackt.

»Wann hatte sie Zeit, um …«

Ich stutzte. Abends um halb neun putze ich mir die Zähne. Um diese Zeit machte sie sich oft gerade fertig. Aber nicht, um in Clubs zu gehen. Doch wohl, um … na ja … Leute wie Fran zu treffen.

»Als ich sie kennengelernt habe, an diesem Tag bei Topshop, war sie ein solcher Sonnenschein. Ich hab mich umgedreht, und plötzlich stand sie da, aus heiterem Himmel, und bewunderte meine Halskette und wollte wissen, wo ich die herhatte. In letzter Zeit habe ich mich nicht mehr getraut, sie darauf anzusprechen, und gehofft, die alte Hayley würde schon wieder zum Vorschein kommen«, sagte Fran. »Und es kam mir illoyal vor, zu dir zu gehen. Außerdem dachte ich, du würdest mich vielleicht für langweilig halten, weil ich nicht ins Nobu oder so was will, denn langsam habe ich es selbst geglaubt.«

»Ich … ich weiß nicht, was ich mit dieser Information anfangen soll«, sagte ich. »Ich dachte, sie wäre beim Pilates oder mit dir zusammen oder …«

»Aber ist dir denn gar nichts aufgefallen? Die Veränderungen? Komm schon, dir muss doch irgendwas aufgefallen sein.«

»Sie hatte andere Haare, ja, das ist mir aufgefallen«, sagte ich.

»Sei nicht so ein Klischee. Mach dir doch nichts vor. Wie kannst du mit ihr zusammenleben und nichts gemerkt haben?«

»Ehrlich, Fran. Sie hat kein einziges Mal erwähnt, dass sie in eine Disco wollte oder essen im … was weiß ich, wo. Kein einziges Mal. Daran würde ich mich erinnern. Ich hätte mich *bepisst* vor Lachen. Das ist doch nichts für *uns!*«

Fran lehnte sich auf ihrem Stuhl zurück. Die Worte hingen in der Luft. Da merkte ich, dass möglicherweise *ich* das Problem war.

»Darf ich dich was fragen?«, sagte ich, und Fran nickte. »Wer ist Andy?«

»Andy?«

»Andy.«

Sie wirkte ratlos, während sie überlegte. Ich rutschte herum, machte mich bereit. Wenn Hayley einen anderen hatte, wusste Fran davon. Und Fran als guter, moralischer Mensch hätte ihr geraten, die Sache zu beenden. Vielleicht hatten die beiden sich ja deshalb gestritten. Vielleicht war es das.

Doch dann: »Ich weiß nicht, wer Andy ist«, sagte sie.

»Was ist mit dem ›Laden‹?«, sagte ich verzweifelt. »Hat sie jemals einen Laden erwähnt, den sie ›den Laden‹ nannte? Oder weißt du, was ›der Laden‹ sein könnte?«

»Ich weiß nicht«, sagte Fran. »O Gott, meinst du, dieser Andy ist …«

»Ich weiß es ja selbst nicht«, sagte ich. »Hat sie jemals einen anderen Mann erwähnt?«

»Ich wünschte, ich könnte dir helfen.«

»Ich bin so *wütend*«, sagte ich.

Fran langte über den Tisch und drückte meine Hand, und da erst merkte ich, dass ich weinte.

Als ich nach Hause kam, fühlte ich mich bedrückt wie nie zuvor. Hayley war wie eine tonnenschwere Last auf meinen Schultern.

Als ich durch die Tür trat, ging ich in die Knie.

Griff hinter mich und knallte sie zu.

Dunkelheit.

Ungewissheit.

Ich war machtlos. Ich konnte nichts tun.

Was blieb mir? Sie verlassen? Aber wie sollte ich sie verlassen, wenn ich es ihr nicht mal sagen konnte? Ich konnte tun, was sie wollte, und weitermachen wie immer. Aber es gab kein »wie immer« mehr, denn das hatte sie mitgenommen, und wie sich herausstellte, fast alles andere auch.

Ich konnte nur … hier sein.

Was hatte ich noch? Einen Job, den ich mochte, der mich aber nicht *glücklich* machte, eine Wohnung, die ich mir mit jemandem teilte, der weg war, ohne echte Freunde in der Stadt, ohne eine Ahnung, wohin ich mich wenden sollte.

Ich schloss die Augen und legte mich auf den Boden, die raue Fußmatte kratzte an meiner Wange, der Gestank von Staub und Mist und Dreck umtanzte mich, meine Kraft sickerte aus allen Poren, und ich dachte nach, über alles Mögliche, eine Minute, eine Stunde, vielleicht viel länger.

Und als ich ganz unten war, drehte ich meinen Kopf und starrte das Telefonkabel an, das straffe weiße Telefonkabel, dick und massiv, mit stahlgrauen Krampen an der Wand befestigt. Ich griff danach und berührte es, und da kam mir ein Gedanke, den ich bisher noch nicht gehabt hatte.

FÜNF

»Es ist sechs Uhr und eine Minute, Samstag, der 16. Juni. Ich bin Tom Adoyo mit den taufrischen Meldungen für Aufgeweckte … «

Die letzte SMS, die ich von Hayley bekommen hatte, kannte ich auswendig.

Sie lautete: »Bin in fünf Minuten da. Komm am Weinladen vorbei. Fläschchen Weißwein vielleicht?«

Ich antwortete: »Logo.«

Nur das. Die letzte SMS, von der ich wusste, dass sie sie bekommen hatte.

»… und in der bunten Welt des Showbiz erinnert sich Jay-Z an Glastonbury, und wer hat bei den MTV Europe Awards in Paris doppelt abgesahnt … ?«

Samstagmorgen, was Gott sei Dank bedeutete: ohne Leslie. Der weilte bestimmt in Yewtree – seinem protzigen Nachbau eines alten Fachwerkhauses in Surrey –, wo er vermutlich in seinem Indoor-Pool herumschwabbelte oder Golfbälle ins Grün ballerte, mit seinen Nachbarn, allesamt alternde Radiostars, die schon bessere Zeiten gesehen hatten, große Nummern in den 80ern, heute verbittert.

Leslie hasste seine Arbeit beim Sender. Er sagte, man würde ihm nicht den Respekt entgegenbringen, den er verdiente. Ständig sprach er vom »Management« und dessen »Ideen« und befleißigte sich dabei eines freizügigen Umgangs mit Gänsefüßchen. Er war schon zweimal verwarnt worden. Einmal, weil er während der Sendung einen Vegetarier beschimpft hatte, und dann wegen des vagen Gerüchts, er habe eine Praktikantin bedrängt, die daraufhin von einem Tag auf den anderen nicht mehr kam. Aber das war alles nur Klatsch und Tratsch, damit habe ich nichts am Hut. Das Gute daran war, dass er seine Hasstiraden inzwischen nicht mehr in alle Welt hinausposaunte.

»Es hat seinen Grund, dass es in der Kantine nur freitags Eier gibt«, brüllte er einmal, während die Werbung lief. »Sie wollen ihre Arbeiter gefügig machen. Sie wollen uns unterwerfen, also rationieren sie unseren Kraftstoff. Füttern uns mit lausigem Porridge wie Dickens'sche Waisenkinder. Rauben uns allen Mut, damit die Werbekunden von Tango sicher sein können, dass wir nicht ausrasten. Das ist ihre größte Angst, beim ›Management‹ …«, da waren seine Finger wieder in der Luft, »… die freie Meinungsäußerung! Wie lässt sich die am besten ersticken? Tu so, als könntest du im London des 21. Jahrhunderts keine beschissenen Eier kriegen, höchstens mal freitags, als besonderen Leckerbissen!«

Immerhin. Samstags waren wir ihn los.

»… mit Höchsttemperaturen bis zu neunzehn Grad in der Hauptstadt … «, endete ich, und dann aus reiner Gewohnheit: *»Und schon sind Sie wieder auf dem neuesten Stand.«*

Uups.

Mikro runter. Rotes Lämpchen aus. Werbung.

»Entschuldige, du heißt Tom, ja?«, sagte das Mädchen am Mikro. »Ich bin Cass?«

Sie sagte ihren Namen, als würde sie eine Frage stellen, hielt mir ihre Hand hin, und ich schüttelte sie. Sie hatte einen schlaffen Händedruck, als erwartete sie, dass alle anderen die

Arbeit machten. Das Gute daran war, dass sie hier prima reinpasste.

»Ich hätte eben nicht ›Und schon sind Sie wieder auf dem neuesten Stand‹ sagen sollen. Tut mir leid.«

»Was bitte?«

Ich wusste, wer Cass war. Sie hatte erst vor gut drei Wochen hier angefangen. Bisher war ich an Samstagen nicht eingesprungen. Aber Cass war früher bei Key 103 gewesen, oben im Norden. Hatte einen Sony Rising Star gewonnen. Hatte Bands interviewt. Genau genommen war sie eine Musikmoderatorin. Eine DJane. Keine *echte* Moderatorin oder Rundfunksprecherin, wie Leslie es genannt hätte.

»Leslie mag es nicht, wenn ich ›Und schon sind Sie wieder auf dem neuesten Stand‹ sage. Aber ich sage es trotzdem, denn schließlich habe ich die Leute gerade auf den neuesten Stand gebracht, sodass sie jetzt auch auf dem neuesten Stand sind. Außerdem ist das nur so ein Spruch.«

Cass lachte. So ein … Gackern. Ihre Augen leuchteten, und mir fielen ihre Arme auf. Gebräunt, geschmeidig. Nur ihr Lachen dauerte etwas zu lang. Zumal ich eigentlich gar nicht witzig sein wollte.

»Ist das dein Ernst? So was interessiert ihn?«

Ich leerte meinen Kaffee und stellte schweigend den Becher ab. Ich sah zu Janice drüben in der Ecke hinüber. Normalerweise saß sie hinter der Scheibe, aber sie blieb wohl im ersten Monat bei Cass hier drin, um sicherzustellen, dass nichts schiefging. Sie blickte nicht auf. Seit Jahren schon war sie Leslies Produzentin. Und dabei benahm sie sich wie seine persönliche Assistentin, sorgte dafür, dass sein Starbucks-Kaffee schon auf ihn wartete, wenn er reinkam, und dass freitags seine Eier auf dem Tisch standen. Es gab Gerüchte, dass sie ihm auch in anderer Hinsicht dienlich war. Aber das war nur Klatsch und Tratsch, und wie gesagt, damit habe ich nichts am Hut. Tatsache war allerdings, dass Leslie von den Leuten, mit denen er zu tun hatte, einiges erwartete. Es war mutig, über Leslie James zu lachen. Er kriegte alles mit. *Alles.*

Dann sagte Cass: »Der Typ ist doch ein Wichser, Mann«, und machte mit ihrer Sendung weiter.

Von: MAUREEN THOMAS
An: ALLE MITARBEITER

Leser dieses Verteilers werden gebeten, ihre Becher BITTE am Ende der Schicht wieder in die Küche zu bringen. Man kann vom Reinigungspersonal NICHT verlangen, dass es sich darum auch noch kümmert. BITTE BEDENKEN SIE, dass wir eine GEMEINTSCHAFT sind und KEINER hinter uns aufräumt.

Ich ging mir meinen Becher holen, dann nahm ich mein Handy.

»Hi, ich rufe wegen der Telefonrechnung meiner Freundin an …«

Das war die Idee, die ich am Abend davor gehabt hatte. Meine großartige Idee. Was war, wenn sie Andy zurückgerufen hatte? Dafür hätte sie ihr Handy benutzt.

»Und sind Sie der Kontoinhaber?«

»Ich muss nur irgendwie darauf zugreifen können.«

»Ich verstehe, und sind Sie der Kontoinhaber?«

»Nein, das Konto läuft auf meine Freundin, aber ich bin der Freund von meiner Freundin.«

»Nun, ich müsste mit der Kontoinhaberin sprechen.«

»Sie sagt, das geht in Ordnung.«

»Nun, ich müsste mit der Kontoinhaberin selbst sprechen, um das zu verifizieren.«

»Ich kann Ihnen alle Daten sagen.«

»Ich müsste mit der Kontoinhaberin sprechen.«

»Fragen Sie mich, was Sie wollen.«

Hayley Grace Anderson (Telefonanbieter: TelSun, Zahlungsweise: monatlich, Konto-Passwort: Hayl3y1) gab mir ihre Nummer an dem Abend, an dem wir uns das erste Mal begegnet waren, und ich brachte den Spruch, den ich immer bringe, wenn mir jemand seine Nummer gibt. Den habe ich Ihnen schon erzählt, und bestimmt haben Sie sich bereits vorgenommen, ihn selbst mal anzubringen.

Und Hayley hatte sich darüber halb schlapp gelacht, denn schließlich ist es ja auch ein ziemlich guter Spruch, und ich hatte so breit gegrinst und fühlte mich so wohl in meiner Haut, dass ich in diesem Augenblick recht attraktiv gewirkt haben musste, denn sie nahm mir den Zettel gleich wieder weg, änderte ihre Meinung und gab mir ihre *richtige* Nummer.

Hayleys Freundin hatte bei Bristol City Sound 98.8 Konzertkarten gewonnen. Wir waren ein kleines Team, teilten uns die Arbeit und übergaben die Tickets persönlich, anstatt sie mit der Post zu schicken, denn Briefmarken waren zu teuer. Aber man versicherte uns, es sei eine »fantastische Gelegenheit, unseren Hörern Auge in Auge gegenüberzutreten«.

Ich konnte mir gut vorstellen, wie wütend Leslie wurde, wenn er sich so etwas anhören musste.

»Für die sind wir doch nur blöde Schafe!«, schrie er mal und schlug mit der Faust auf einen Aktenschrank, während alle drum herum so taten, als wäre nichts. »Die nur in diesem hässlichen Büro rumlungern und auf ihre ach so wundervollen Verlautbarungen warten! ›Tolle Neuigkeiten, Leute! Wir halbieren euren Lohn! Das ist eine *wirklich spannende Gelegenheit*, wieder mal auf den Boden zu kommen, uns unserer Wurzeln zu erinnern, um unseren Lohn mal wieder wertzuschätzen. Es ist eine großartige Chance, unsere Ansprüche zu überdenken und *das Beste aus unserem Geld zu machen*. Viel Spaß dabei!‹ Sie kennen nur die eine Leier, und die ist der allerletzte Scheißdreck!«

Jedenfalls baten wir die Gewinner immer darum, zu uns zu kommen, und oft genug waren es verstörte, nicht mehr ganz junge Frauen, die gar nicht mehr wussten, um welche Tickets es überhaupt ging. Die haben ein eigenes Netzwerk. Gelangweilte Hausfrauen, die sich gegenseitig simsen, wo es was zu gewinnen gibt, und dann die Beute teilen. Denen ist es ganz egal, was sie gewinnen, um welchen Sender es geht oder ob sie die Sendung überhaupt kennen. Konzertkarten. Kurztrips. Krönchen. Sie schnüffeln gierig überall herum, wo es was zu holen gibt. Pete Lawson von Vibe nennt sie »Trüffelschweine«. Das hat er mal auf Sendung gesagt. Hat leider keiner mitbekommen.

Aber Hayley und ihre Freundin machten einen anderen Eindruck. Sie machten den Eindruck, als würden sie sich den Sender tatsächlich anhören.

»Hört ihr diesen Sender?«, fragte ich.

»Nein«, sagten sie.

Und ihre Freundin Laura, mit der Hayley damals ständig zusammen war – wenn ich es recht bedenke, weiß ich gar nicht, wieso sie es nicht mehr ist –, fragte dann: »Wie viele Tickets waren das noch gleich?«

»Vier«, sagte ich und überreichte sie ihr.

»Aber wir sind nur zu zweit«, sagte Hayley.

Damals ging ich nie aus. Also fast nie. Zweimal im Monat vielleicht mit Calum, bevor er diesen Job in Dublin angeboten bekam. Wir waren schon auf der Schule befreundet, und er hatte mir geholfen, all das durchzustehen, was passiert war … aber er war mir immer ein bisschen voraus gewesen. Inzwischen hatte er Familie. Eine richtige, erwachsene Ehe mit kinderfreien Abenden und Jahrestagen und großen Familienfeiern. Trampolin im Garten hinterm Haus. Ein Garten hinterm Haus! Firmenwagen, ein Familienhandy und ein Geschäftshandy, die Insignien des Erwachsenendaseins. Doch nicht einmal er, den ich so gut kannte, konnte mir damals das Gefühl nehmen, in dieser Welt fehl am Platz zu sein.

An diesem Abend aber hatte ich Spaß. Ich ließ los. Ließ mich treiben. Tat, was mein alter Arzt mir immer geraten hatte: »Mach das, was alle anderen machen!« Das Konzert war in Colston Hall, Abbey Grant, der letzte Gig ihrer ersten Tour, unter Vertrag bei Universal und – wie man gerüchteweise hörte – auf dem Weg nach Amerika … aber vorher hier in Bristol.

Wir waren zu viert: Hayley, Laura, ich und ein Fremder aus der Schlange, dem wir das letzte Ticket geschenkt hatten. Die Mädels hatten mich spontan gefragt, weil sie in Bristol sonst niemanden kannten, und mir gefiel Laura, also sagte ich sofort zu.

»Sie hat so eine Aura, nicht?«, sagte Hayley, als Laura zur Toilette gegangen war. »Ich nenne es die Laura-Aura.«

Und dann schämte ich mich etwas, weil man es mir offensichtlich anmerkte. Als wäre ich Hayley gegenüber unhöflich. Also fing ich an, mich eingehender mit ihr zu unterhalten, als wir eine Bar unten am Jachthafen fanden. Und je mehr ich mit ihr redete, desto mehr versuchte ich, sie zu beeindrucken, desto wichtiger wurde es mir, dass sie mich auch mochte.

Sie waren aus Stockport und ein paar Tage in der Stadt, weil eine Freundin in einer Kapelle bei Frome heiraten wollte, aber ihnen war die Decke auf den Kopf gefallen.

»Ich dachte, ihr zwei seid Schwestern«, sagte ich zu den beiden und glaubte eine leichte Verstimmung auszumachen, als hätte ich sie darauf hingewiesen, dass sie dasselbe Top trügen oder so was.

»Wir haben nur einen sehr ähnlichen Geschmack«, sagte Hayley.

Es ging alles sehr schnell.

Wir hatten uns am nächsten Tag getroffen, zu dritt, und ich zeigte ihnen die Clifton Suspension Bridge. Warum auch immer. Denn so beeindruckend sie auch sein mochte, war es letztendlich doch nur eine Brücke, also besorgten wir uns was zu essen und plauderten und merkten kaum, dass Laura sich zurückzog.

Und am nächsten Tag, als Laura sagte, sie habe Kopfschmerzen und müsse noch einiges erledigen, fuhren wir allein aufs Land, spazierten zwei Meilen am Kanal entlang von Bath zum »George« in Bathampton und tranken dort gemütlich unser Bierchen im strahlenden Sonnenschein, während ein paar Kinder bei der Brücke Cricket spielten. Es fiel mir leicht, mit Hayley zu reden. Es klingt so simpel und naiv, aber es war, als mochte sie alles, was ich auch mochte.

Bands. Platten. Sogar bestimmte *Versionen* von Stücken.

Länder. Städte. Sogar bestimmte *Viertel* von Städten.

Fernsehserien. Figuren. Sogar bestimmte *Sprüche* dieser Figuren.

Und je seltsamer es wurde und je mehr wir vorgaben, es nicht fassen zu können, desto begeisterter waren wir, weil es bedeutete, dass wir dafür keine Verantwortung übernehmen mussten. Es war, als hätte es uns der Himmel selbst geschickt.

»Laura? Hier ist Tom … Hayleys Tom …«

Meine Stimme klang fröhlich, freundlich, herzlich. Ich hatte geübt, und *herzlich* kann ich gut.

»Tom?«

Ihre Stimme klang nicht ganz so herzlich.

»Ja! Hey, hast du einen Moment Zeit?«

»Nein … eigentlich nicht, Tom … worum geht es?«

Sie klang distanziert, unfreundlich. Vielleicht weil sie was wusste? Versteckte sie Hayley? Hatte ich das Rätsel geknackt, und sie versuchte dahinterzukommmen, wie?

»Ich hab nur gedacht … hast du vielleicht was von Hayley gehört?«

Pause.

»Ich habe nichts von Hayley gehört, nein«, sagte sie.

Ich wartete. Keine Ahnung, worauf. Auf eine Frage vielleicht. Irgendein Anzeichen von Interesse. Nichts.

»Weißt du, wo sie sein könnte?«, fragte ich. »Ich rufe nur an, weil …«

»Ich habe nichts von ihr gehört und gehe auch nicht davon aus, dass ich etwas von ihr hören werde«, sagte Laura, und für mich klang es, als wäre ihr Satz zu Ende. Aber irgendetwas in ihrer Stimme schlug Funken, wie Feuerstein auf Stahl, ein kurzer Blitz von Zorn und Ungeduld, und sie sagte: »Ich dachte, ich hätte mich klar ausgedrückt. Wenn das hier also eine miese Nummer werden soll, irgendein abgekartetes Spiel, dann vergiss es, Tom.«

Ich blinzelte.

»Bitte?«

»Die Frau ist total psycho. Ruf mich bitte nie wieder an.«

Und die Leitung war tot.

[2]

Cockroft nimmt einen Schluck von seinem Wein – einem dunkelroten 1975er Chateau Patache d'Aux. Er hebt sein Glas, hält es ans Licht und bringt es mit seinem schwarzen Fingernagel zum Klingen.

Das Pärchen am Nachbartisch bekommt von alledem nichts mit.

»Der Wein ist köstlich«, sagt er und streicht mit einer Hand seinen silbernen Bart glatt. »Beeren. Lakritze. Vollmundig. Langer Abgang. Kosten Sie nur.«

»Er ist nach Ihrem Geschmack?«

»Ich trinke ihn zum ersten Mal. Ehrlich gesagt, habe ich noch nie von ihm gehört.«

Unwillkürlich muss ich lächeln. Hinter ihm fallen mir die langstieligen Pfaffenpfeifen auf, die einst Leute wie Roosevelt, Hoover und Ziegfeld geraucht haben. Damals konnten die Gäste für fünf Dollar jährlich ihre Pfeife hierlassen. Wenn ein Clubmitglied starb, zerbrach man den Stiel. Eine Pfeife würde Cockroft auch gut stehen. Der Wirtshausphilosoph, der Denker.

»Sie haben Vorbehalte«, sagt er, und ich merke, dass er mich schon eine Weile anstarrt.

»Stimmt wohl«, sage ich.

»Sie meiden das Wasser, das ich bestellt habe, Sie trinken nicht von dem Wein …«

»Ich möchte nicht unhöflich sein«, sage ich.

»Das kommt recht häufig vor«, erwidert er, und ich merke, dass seine Körpersprache die meine widerspiegelt. Ich rutsche herum und fühle mich nicht wohl bei dem Gedanken, dass er glauben könnte, ich hätte Angst vor ihm. »Nur müssen Sie wissen, dass Sie längst mittendrin sind. Ein Hypnotiseur im Varieté würde Ihnen erklären, dass die Menschen, die zu ihm kommen, bereits hypnotisiert sind. Sie glauben daran, deshalb sind sie da. Warum sind Sie hier?«

»Nicht weil ich daran glaube«, sage ich, »sondern weil ich darüber schreiben will.«

»Sie berichten. Sie betrachten die Welt aus der Ferne. Haben Sie denn nie das Bedürfnis, sich auf etwas einzulassen? Warum nur berichten? Warum bringen Sie sich nicht ein?«

SECHS

6:27 Uhr. Montag. Zweiter Nachrichtenblock.

Ich war unruhig, abgelenkt.

Adewale vom Empfang hatte mir eine Dose Tango gegeben. Er hatte selbst schon drei davon getrunken und konnte seine Füße nicht mehr stillhalten. Grinsend saß er da, vor ihm drei weitere Dosen, unter einem gigantischen Plasmabildschirm, auf dem stand: HERZLICH WILLKOMMEN, LIEBE FREUNDE VON BRITVIC PLC!

Er konnte sein Glück kaum fassen.

Total psycho, ja?

Ich setzte mich, checkte die Agenturen.

Eine Meldung über First Capital Connect.

First. Capital. Connect.

Wer hatte sich diesen Namen bloß ausgedacht? Versuchen Sie mal, es schnell zu sagen, auf Sendung, wenn halb London zuhört. First Capital Connect. Sie müssen die Worte strecken. First. Capital. Connect. Auch wenn man es langsam sagt. Es fließt einfach nicht, klingt sperrig und eckig. Was hatten die sich dabei gedacht? Wieso hatte es da kein Meeting gegeben? Ich zwang meinen Blick wieder darauf. Ich musste mich konzentrieren.

Psycho. Psychopath. Man hält meine Freundin für eine Psychopathin.

Ist sie überhaupt noch meine Freundin?

Mist – Stanislas Wawrinka spielte am Abend gegen Murray.

Ich bin kein Tennisfan. Davon verstehe ich nichts. Es gehört nur zu meinem Job, die Begriffe und Zahlen mit einer gewissen Autorität auszusprechen, mir die effizienteste Methode anzueignen, Kenntnisse vorzutäuschen, zu wissen, wie man »sechs zu zwei, sechs zu zwei, sechs zu vier« oder »zweiundzwanzig unter Par« oder »zweihundertfünfundsechzig für sieben« sagt.

Ich wünschte Stanislas Wawrinka von ganzem Herzen nur das Schlechteste für seine Karriere. Ich hoffte, er würde hoch verlieren und beschließen, sich zur Ruhe zu setzen, vorzugsweise nachdem er seinen Namen geändert hatte, zu so was wie Bobby Easyname.

Stanislas Wawrinka.

Meine Güte!

»Tom«, sagte Pippy, die neben einem flaumbärtigen Neunzehnjährigen im knallgrünen Hoodie stand, der mit einer Hand nervös durch seine zerzausten braunen Haare fuhr. Mit Stolz trug er ein schmuddeliges Armband von Rock Ness. Außerdem sah er ziemlich fertig aus. Als hätte er bis zu diesem Moment nicht mal gewusst, dass es so etwas wie 6:28 Uhr am Morgen überhaupt gab. »Das ist Paul, der neue Praktikant. Er fängt heute bei uns an und …«

»Stanis*las*. Waw-*rinka*«, murmelte ich, nickte kaum, schon war ich durch die Studiotür und entnahm einigen subtilen Hinweisen, dass Leslie eher unglücklich war.

»Diese blöden *Wichser* mit ihrer beschissenen Flatulenz von Floskeln und Phrasen – Schwaden aus ihren Mäulern wie Smog, grüner Smog, der den Raum erfüllt, Ideen erstickt, jede Art von neuem Denken, alles, was nicht von ihnen kommt oder durch eine Fokusgruppe abgenickt wurde …«

Er sah mich an, mit wildem Blick, dann wieder Janice.

»Hast du diese Fokusgruppen schon mal gesehen? Ja, hast du? Kinnlose Einfaltspinsel, die mit Pizza-Hut-Coupons bezahlt werden. Und ausgerechnet *die* sagen mir, was *ich* zu tun habe!«

Sein Blick zuckte zum Bildschirm. Zweiundvierzig Sekunden bis zur Sendung. Er entspannte sich und deutete auf den Schrank.

»Weißt du, was sie letzten Monat gemacht haben?«

Jetzt geht's los.

»Die haben gesagt, wir dürfen da drin keine Marmelade aufbewahren. Die haben ein beschissenes Memo an alle im Sender geschickt, in dem steht, dass wir in diesem ganz speziellen Schrank keine Marmelade aufbewahren dürfen.«

Ich sah mir den Schrank an. Es war nur ein Schrank. Er zuckte mit den Schultern, fassungslos.

»Er ist leer, dieser Schrank, und doch dürfen wir kein schlichtes Marmeladenglas darin aufbewahren, für den Fall, dass ein Kunde reinkommt …«

»Heute ist es Britvic«, sagte ich in dem Versuch dazwischenzugehen.

»… denn aus unerfindlichem Grunde beschließt der beschissene Billy Britvic, einen Blick in diesen Schrank zu werfen, sieht die Marmelade und denkt: ›Ich glaube nicht, dass ich Hunderttausende Pfund an Werbebudget in diesen Radiosender investieren werde, denn als ich mal einen Schrank aufgemacht habe, stand da allen Ernstes *Marmelade* drin‹.«

»Wäre die Küche nicht eigentlich der richtige …«, setzte Janice an, ohne ernsthaft davon auszugehen, dass sie ihren Satz beenden würde.

»In der *Küche* überlebt diese Marmelade keine fünf Sekunden, denn die Techniker stehen den lieben langen Tag am Kühlschrank und löffeln die Marmelade direkt aus dem Glas, Janice. Ich habe es gesehen. Es ist widerwärtig, die sind kaum besser als diese Fokusgruppen. Ehrlich, die Typen, diese *Scheißtypen* da oben …«

Er zeigte zur Decke, stach wiederholt mit dem Finger danach.

»… das sind doch gottverdammte *Trittbrettfahrer*. Sie bereichern sich an unseren Ideen, betrachten uns als ihre Nutztiere, domestiziert und handzahm, und dann reiten sie unsere Kreativität zuschanden. Warum bringen sie es nicht hinter sich und bauen uns gleich einen beschissenen Exerzierplatz?«

Erstaunlich fand ich, dass Leslie es immer noch nicht kapierte. Fünfunddreißig Jahre beim Radio, und noch immer war der Groschen nicht gefallen, blind und selbstverliebt, wie er in seiner Arroganz war. Die Werbung war nicht dazu da, seine Sendung zu verbessern. Seine Sendung war dazu da, die Werbung an den Mann zu bringen. Leslie war lediglich ein Platzhalter, jemand, der seine Zuhörer bei der Stange halten sollte, bis zur nächsten Kwik-Fit-Werbung.

»Also, im nächsten Nachrichtenblock …«, sagte ich hoffnungsvoll, aber er legte schon wieder los.

»Beschissene *Korinthenkacker!* Dieser ewige Kampf mit kleinkarierten Pennern! Wenn ich schon sehe, wie sie reinkommen in ihren pisspinken Scheißhemden, irgendein Problem erfinden, es aufblasen und dann wieder rausspazieren, als hätten sie irgendwas *geklärt*. Was für eine jämmerliche Art, seinen Lebensunterhalt zu verdienen!«

Ich senkte meinen Blick, um mich zu konzentrieren.

»Ohne jedes Talent! Ohne jedes Einfühlungsvermögen!«

Noch fünfzehn Sekunden bis zur Sendung. Ich versuchte, mit dem Ellbogen auf den Bildschirm zu deuten, aber Leslie kam erst richtig in Fahrt.

»Die schleichen hier rum in ihren billigen Anzügen, ausgesucht von Ehefrauen, denen alles *längst* egal ist, oder in extrasmarten Anzügen von Burton, was bedeutet, dass sie eine Geliebte haben oder haben wollen. Höhnisch grinsend lungern sie hier rum. Weißt du, wie man sie auch nennen könnte? Die blöden Wichser? Programm*vermeidungs*wächter! Das sind doch echte PVWs. Alle, wie sie da sind!«

Dann war die Werbung vorbei, und er reagierte wie ein Profi – Mikro rauf, Stimme runter …

»… kurz vor halb sieben, und hier kommen die News, das Wetter, Reisen, Sport und Showbiz, mit … « – er sah mich an, suchte in meinem Gesicht nach einem Namen und entspannte sich, als er beschloss, dass es nicht so wichtig war – *»… Kate Mann.«*

Blick runter. Mikro rauf. Nachrichtenblock.

Die üblichen drei Meldungen, dazu der Sport von mir und die unvermeidlichen Warnhinweise wegen des Blackwall Tunnels, am Ende die Höchsttemperaturen.

Stanislas. Waw*rin*ka.

»Heute ist Montag, der 18. Juni. Ich bin Tom Adoyo mit den taufrischen Meldungen für Aufgeweckte … «

Langsam fing ich an zu glauben, dass sich an Hayley die Geister schieden.

Was sollte das hier eigentlich werden?

Lauras Worte wirbelten wild in meinem Kopf herum.

Außerdem fing ich langsam an, Hayley zu hassen. Sie regelrecht zu hassen.

Ich saß an meinem Schreibtisch, meine Welt unter einer dunklen Wolke, und bog einen Stift, bis er knackte, bis er kurz davor war zu zerbrechen.

»Kann ich irgendetwas für Sie tun?«, sagte eine Stimme, und vor Schreck zerbrach ich meinen Stift.

Es war Praktikant Paul. Er sah aus, als wollte er sich unbedingt nützlich machen, als wollte er gern helfen.

Ping.

Von: MAUREEN THOMAS

An: ALLE MITARBEITER

Leser dieses Verteilers werden gebeten, BITTE daran zu denken, die benutzten Becher NICHT EINFACH IN DIE SPÜLE ZU STELLEN. Für Ihre Becher sind Sie SELBST VERANTWORTLICH, und falls Sie nicht in der Lage sein sollten, sich nach der KORRECKTEN Vorgehensweise zu richten, werden wir die Becher einbehalten, und Sie werden Ihre EIGENEN BECHER mitbringen müssen.

Warum musste sie die Mails nur immer an ALLE schicken? Sie wusste doch, dass ich es war. Alle wussten, dass ich es war. Warum dieses passiv-aggressive Verhalten? Warum musste sie mich bloßstellen?

Aber das war meine geringste Sorge. Denn ich hatte nachgedacht: Was war, wenn ich ohne Hayley nicht leben konnte? Wenn ich krank wurde? Wenn unsere Eltern Probleme bekämen? Wenn ich vom Bus überfahren wurde? Wenn unsere Wohnung ausbrannte? An wen sollte ich mich wenden? Zu wem würde die Polizei Kontakt aufnehmen? Und was glaubte sie eigentlich, wie ich auf das alles reagieren würde?

Es war nicht nur egoistisch. Nein, es war auch grausam.

»Nicht mal einen Kaffee oder Tee oder irgendwas?«

Verdammt, Praktikant Paul stand immer noch da.

»Ich brauche nichts, danke«, sagte ich. »Vielleicht setzt du dich einfach hin, und wenn mir was einfällt, sag ich Bescheid.«

Er machte sich auf die Suche nach einem Stuhl, während ich mit diesem nagenden Zweifel kämpfte, diesem Stachel der Angst, ich könnte für Hayleys Verschwinden verantwortlich sein. Zwar hatte es mich nicht sonderlich interessiert, aber es war mir doch aufgefallen, dass sie sich seltener mit Fran traf. Ich hatte es nicht hinterfragt. Genauso mit Laura. So was passiert einfach. Wenn man als Paar zusammenlebt, hat man weniger Zeit für seine Freunde. Das ist simple Beziehungsmathematik.

Und *natürlich* musste es jemandem wie Hayley – flatterhaft, enthusiastisch – schwerfallen, mit jemandem wie mir zusammen zu sein. An meine Arbeitszeiten gebunden. Früh zu Bett. Zunehmend uninspirierter. Wer wusste schon, was sie alleine so getrieben hatte? Aber ich hatte ihr vertraut. Wir waren ein Paar gewesen.

Und ein tolles Paar dazu, hatte ich eigentlich gedacht. Natürlich nicht wie Calum und Joanne, denn die redeten immer davon, sie seien verwandte Seelen. Aber immerhin sagten die Leute zu uns: »Ihr habt so viele Gemeinsamkeiten!« Oder: »Ihr seid wie *Topf und Deckel!*« Und das schien zu genügen. Immer öfter hatte sie bei mir an der Bragg's Lane übernachtet, und ich wollte, dass wir uns ein Leben in Bristol einrichteten, aber sie wollte dahin, wo die Chancen warteten. Im Jahr zuvor war Laura nach London gezogen, und Hayley hatte eigentlich mit ihr zusammenziehen wollen, sich dann aber für mich entschieden.

Es kam mir vor, als hätte sich zum ersten Mal jemand für mich entschieden. Irgendjemand. Egal wobei.

Ich seufzte.

An ihre papierlosen Telefonrechnungen war kein Rankommen. Ich versuchte es mit ihren üblichen Passwörtern, von Hayl3y1 über And3r50n bis sonst was, aber nein, nichts. Keins davon funktionierte. Wohl ein Indiz dafür, wie es um unser gegenseitiges Vertrauen wirklich stand. Nicht nur behielt sie ihre Passwörter für sich – ich versuchte auch noch, *ihre Passwörter zu erraten*.

Ich musste Andys Nummer herausfinden. Ich musste mit Andy sprechen. Mit Andy zu sprechen war *unerlässlich*.

»Ich will ja nicht komisch sein«, sagte sie, womit ich auch nicht gerechnet hatte. »Aber du bittest mich, gegen das Gesetz zu verstoßen.«

»Nur ein ganz kleines bisschen. Ist das ein Problem?«

»Nein, das ist mir egal«, sagte sie. »Ich sag's nur. Ich will nicht komisch sein, aber genau das hast du vor.«

Mir stellten sich die Nackenhaare auf, aber ich versuchte, es mir nicht anmerken zu lassen. Ich brauchte Pippy für diese Sache.

»Ich führe dir nur vor Augen, was du da tust. Du kommst langsam an einen Punkt in deinem Leben, an dem du riskierst, in eine sehr steile Abwärtsspirale zu geraten. Ich bin nur ehrlich.«

»Damit kann ich leben«, sagte ich.

Wir standen im Flur, bei der Treppe, unter einem Riesenfoto von Bark und Lyricis von Vibe. Lyricis hatte seine Hand auf Barks kahlem Kopf, was Bark lustig fand. Wir sprachen leiser, als ein Techniker vorbeikam.

»Das Wetter heute?«, sagte er, als er mich entdeckte.

»Bis neunzehn«, sagte ich, und schon lief er weiter.

»Und was willst du machen, wenn du diese Nummer hast?«, zischte Pippy. »Doch nicht etwa …«

»Ich werde ihm nichts antun, keine Sorge. Hör zu, du musst nur sagen, dass du dein Passwort vergessen hast, und die Sicherheitsfragen beantworten. Ich habe dir alles genau aufgeschrieben. Geburtsdatum, zweiter Vorname …«

Sie sah sich die Notizen an.

»Jetzt habe ich einen gut bei dir«, sagte sie mit einem Finger in der Luft.

Damit ließ ich sie allein.

Es war erst kurz nach zehn. Ich nahm meinen Becher mit in die Küche, wusch ihn so ab, dass er den sendereigenen Vorgaben peinlich genau entsprach, und kehrte an meinen Schreibtisch zurück. Ich musste mir die nächsten Nachrichten zurechtlegen, sie für Colin Jay am Mittag vorbereiten.

Ein Fußballer hat einen anderen Fußballer gebissen.

Der Blackwall Tunnel ist wieder frei. Der Verkehr staut sich zurück bis Clacket's.

Lady Gaga hat sich bizarr angezogen. Aphra sagt, sie kann es kaum erwarten, mit Rapstar Blaze nach Paris zu ziehen.

Höchsttemperaturen in der Hauptstadt um die neunzehn Grad.

Ich glaube, ich bin in meinem Job ziemlich gut. Es ist nicht so schwer, wie es aussieht. Es gibt da ein paar Tricks. Zum Beispiel hat man für einen Aufmacher fünfundvierzig Sekunden. Aber mindestens fünfzehn davon möchte man für O-Töne nutzen. Man muss sich was zusammenbasteln. Das ist kein Problem, wenn man bei Sky News was runterladen kann. Man sucht sich eine Pressekonferenz, schneidet sie auseinander und nimmt sich, was man brauchen kann. Man fügt etwas hinzu, das wir »Slug« nennen, BLAIR AUDIO UNBEARBEITET zum Beispiel, und wenn es reinpasst – zack –, hat man eine

Story, bringt sie in den Zwölf-Uhr-Nachrichten, und es klingt, als wäre man höchstpersönlich bei ihm zu Hause gewesen.

Falls man keinen O-Ton hat, muss man sich was einfallen lassen. Angenommen, es gab einen Schaufenstereinbruch in Westfield Stratford. Wenn man sich vorbereitet, schreibt man: »In Westfield Stratford kam es zu einem Schaufenstereinbruch … *mein Kollege Simon Lamp weiß mehr* …«

Dann schlendert man in die Küche, macht unterwegs vielleicht kurz am Automaten halt, um nachzusehen, ob sie Snickers nachgefüllt haben, und stößt auf Simon Lamp, der sich gerade eine Tütensuppe in einem fremden Becher zubereitet.

»Lies das laut«, sagt man zu Simon Lamp, der seine Radiostimme zum Einsatz bringt (wir haben alle unsere Radiostimme), und siehe da, plötzlich klingt es, als wäre Simon Lamp der großen Story selbst hinterhergejagt, mit einer ganzen Meute hungriger Nachrichtenspürhunde, die unablässig durch die Straßen Londons streifen, immer auf der Suche nach Knüllern, Quellen und Informanten, plattfüßig und grimmig, mit Presseausweisen an den schmuddeligen Hüten, die gefalteten Fünfer ausgestreckt, ganz nach dem Motto: »Vielleicht frischt *das* ja Ihre Erinnerung auf …«

In Wahrheit weiß Simon Lamp nicht mal, was er da vorliest, und inzwischen ist er mit seinem Becher Suppe bereits wieder auf dem Weg zu seinem Schreibtisch, wobei er unterwegs vielleicht kurz am Automaten haltmacht, um nachzusehen, ob sie schon Snickers nachgefüllt haben.

Die Trickserei ist nötig. Es ist eine Kunst für sich.

»Und schon sind Sie wieder auf dem neuesten Stand.«

Zehn Uhr morgens, meine beste Stunde. *LC mit LJ* war zu Ende, und die Leute, die zu normalen Zeiten arbeiteten, trudelten langsam ein, noch völlig verpennt, obwohl sie doch ausschlafen konnten, mit ihrem Latte von Costa und den fettigen Croissants in braunen Papiertüten. Unablässig bimmelten die Fahrstühle.

Oberster Stock: Management (mit freiem Zugang zum Dachgarten). Dritter Stock: Marketing (mit freiem Zugang zum Café). Zweiter Stock: Werbung & Verkauf (mit freiem Zugang zu Kaffee- *und* Süßigkeiten-Automaten *und* erster Halt für den Sandwich-Mann). Unser Stock: Empfang und Senderteams (mit freiem Zugang zu den Toiletten). Die Hackordnung war unschwer zu erkennen.

Ich hatte oft daran gedacht, dass es nett wäre, einige der Kollegen näher kennenzulernen. Aber bei meinen Arbeitszeiten … Ich hatte Feierabend, wenn sie sich gerade überlegten, was sie zu Mittag essen wollten. Da ich permanent asynchron lebte, konnte ich höchstens auf eine Abschiedsfeier oder einen kleinen Umtrunk hoffen, wenn jemand in den Ruhestand ging, und wenn das höchste der Gefühle ein Umtrunk mit einem Fünfundsechzigjährigen ist, mit dem man vorher noch nie ein Wort gewechselt hat, dann sollte man sein Leben radikal überdenken.

Ich wollte mit jemandem über Hayley sprechen. Aber wie konnte ich das Gespräch darauf lenken? Wenn man mit Leuten arbeitet, die man kaum kennt, darf man so was nicht zu früh in die Konversation einflechten. Sollte ich ihnen einfach von unserer Trennung erzählen und auf ihr Mitgefühl setzen? Aber heutzutage wollen die Leute wissen, *wie* man sich getrennt hat. Das kommt gleich nach der Frage nach dem *Warum*. Wie bald würde sich ihr Mitgefühl in Klatsch und Tratsch verwandeln?

Nein. Ich beschloss, das lieber für mich zu behalten. Es sollte zwischen mir und Pippy bleiben.

»Wie ich höre, hat sich deine Freundin aus dem Staub gemacht!«, sagte Leslie und ragte über mir auf, mit einer Hand auf meiner Schulter, während ich am Schreibtisch saß. Er sagte es laut. So laut, dass das ganze Büro hören konnte, wie witzig und kühn und wunderbar politisch unkorrekt er war.

Leslie verabscheute die »PC-Brigade«. Er verabscheute den Wildwuchs der Political Correctness. Er verabscheute die Gutmenschen dafür, dass sie immer Gutes taten.

»Diese elenden Gutmenschen!«, fluchte er manchmal, wenn er im *Telegraph* oder der *Mail* blätterte. Er verkrampfte schon beim bloßen Gedanken daran, dass ihm irgendein Wichtigtuer weiszumachen versuchte, die Sorge um die Polkappen sei berechtigt, oder die Leute sollten vor Schulen langsamer fahren.

Manchmal schien es mir, als verabscheute er Gutmenschen noch mehr als Schlechtmenschen.

Aber das hier? Was mir passiert war? So was fand er grandios.

»Sie ist nur verreist«, sagte ich mit rotem Kopf, weil ich wusste, dass sämtliche Ohren der sechzig Mitarbeiter in diesem Raum auf mich gerichtet waren.

»Wohin denn?«, fragte er. »Wo ist sie hin?«

Ich wollte etwas Geistreiches sagen. Der Moment war gekommen.

Und dann, wie ein Blitz aus heiterem Himmel, wie ein *Wunder …*

»Ich weiß nicht genau.«

Leslie warf den Kopf in den Nacken und johlte. Ich hatte noch nie jemanden johlen gehört. Ich kann mich nicht mal erinnern, dieses Wort je benutzt zu haben, aber er johlte und wollte, dass alle Welt erfuhr, wie lustig er das fand. Ein reißender Strom des Gelächters.

»Aber sie hat sich nicht von dir getrennt? Sie ist nur weg?«

»Jep«, sagte ich, und seine Schultern bebten vor reiner Freude darüber.

»Aber du bist noch mit ihr zusammen? Du hast sie nicht abserviert?«

Mir blieb nichts anderes übrig, als ihn einfach reden zu lassen, während hundertzwanzig Ohren und hundertzwanzig Augen beobachteten, ob ich mitlachen würde oder nur einer von der langweiligen PC-Brigade war. Ein Spielverderber. Jemand, der keinen Spaß vertragen kann.

»Du armes Würstchen!«, platzte er heraus, und das Gejohle schien kein Ende nehmen zu wollen. Doch als der reißende Strom schließlich zu einem Bächlein verebbte, ließ er meine Schulter los und stampfte ab nach Soho, dieser geschwätzige Rasurbrand im Poloshirt, um einen betroffenen Begleitkommentar für eine wohltätige Demenz-Stiftung zu sprechen, »die mir ganz besonders am Herzen liegt«, für nur 400 Pfund die Stunde und fünf Riesen allein für die Verwertungsrechte.

Ich sammelte meinen Kram zusammen, fuhr meinen Computer herunter und sah mich um. Jetzt wussten sie also Bescheid.

Erstaunlich, wie Leute, die man kaum kennt, auf Neuigkeiten wie meine reagieren. Sie kennen einen nicht, also ist das, was passiert ist, nicht wirklich so, als wäre es tatsächlich passiert. Es ist kein Ereignis. Es ist wie etwas Schlimmes, von dem man liest, oder eine Krankheit oder so was, und sie wollen sich nicht anstecken oder sonst wie gefährden. Frauen weichen deinem Blick aus, weil du ein Mann bist, und dazu ein Mann, der verlassen wurde. Sie möchten nicht, dass du dir falsche Hoffnungen machst, möchten den Eindruck vermeiden, als wollten sie sich an dich ranmachen. Männer weichen deinem Blick aus, weil Männer für gewöhnlich den unbekümmerten Einstieg in eine Freundschaft vorziehen – ein gemeinsames

Ziel, ein Interesse, ein gemeinsamer Freund, eine Meinung –, nicht diese schwere Kost, jedenfalls nicht gleich, nicht schon am Anfang.

Niemand möchte Therapeut spielen – außer einem Therapeuten.

Ich dachte daran, Calum anzurufen. Er würde alles wieder geradebiegen.

Ich fing Pippys Blick auf, als ich ging. Sie packte gerade ein neues Handy aus. Hoffnungsvoll hielt ich beide Daumen hoch und machte große Augen.

»Noch nicht, Hase«, rief sie und wedelte mit dem Zettel, den ich ihr gegeben hatte. »Steht aber ganz oben auf meiner Liste!«

Ich saß im 73er und schwitzte sechs Tassen Nescafé aus, weil ich einen kurzen Sprint einlegen musste, um den Bus zu erwischen. In meinem Kopf pochte das Koffein, von der wässrigen Plörre mit ihrem billigen, beigefarbenen Schaum. SoundHaus lässt sich den Kaffee kübelweise liefern. Der kann gar nicht gesund sein. Bestimmt mischen die billiges Pulver darunter, das sie sich bei irgendwelchen Panschern im tiefsten Chinatown besorgen.

Leslie war stets fein raus, mit einer luftdicht verschlossenen Tüte Carte Noire in seinem Postfach. Eine Weile hatte er versucht, Praktikanten dazu zu bewegen, ihm seinen Kaffee von woanders zu besorgen. Dann hatte die Firma ein paar von diesen Heißwasserboilern angeschafft, sodass man seinen Becher nur über eine Spüle halten musste, und nach vier Sekunden war man mit dem Thema durch. Leslie meinte, dass der Kaffee im Knast bestimmt genauso zubereitet wird.

»Ist unsere Terrasse denn etwas anderes als ein Gefängnishof?«, hatte er geschäumt.

Diesen Scherz brachte er ungefähr einmal die Woche.

Sanfter Regen sprenkelte die Scheiben, und ich überlegte, ob ich Laura noch mal anrufen sollte. Es war aber kein Gespräch, das ich im Bus führen wollte, neben einem Mann, der für seinen Husten vermutlich schon Preise gewonnen hatte. Etwas anderes gab es für mich nicht zu tun. Meine Arbeit war getan. Meine Pflicht erfüllt.

Ich hatte mein Rezept abgeholt. Mir meine Tabletten besorgt. Und am Ende hatte ich Dr. Moon die ganze Geschichte erzählt – verschollene Freundin, fehlender Schlaf. Er hatte gelächelt, einfühlsam, wenn auch mit Blick auf die Uhr. Also war ich gegangen und hatte mir einen Flusskrebs-Wrap gekauft.

Meine Nachmittage schienen mir um Stunden länger, seit Hayley weg war. Der Anruf bei Laura war ein riesiger Kringel auf meinem ansonsten leeren Kalender – ob sie nun mit mir sprechen wollte oder nicht. Aber warum wollte sie nicht? Weil sie dachte, ich wäre irgendwie *Teil* von irgendwas. Aber wovon? Einer Verschwörung? Einer Intrige? Außerdem dachte sie, Hayley könnte mich vielleicht angestiftet haben, sie anzurufen. Warum?

Als wir auf der Southampton Row gerade an der Sicilian Avenue vorbeifuhren, tippte ich eine SMS. Ich wollte sie aufbewahren und den richtigen Moment abwarten.

Laura, hier ist Tom noch mal. Entschuldige, ich habe nur angerufen, weil Hayley weg ist. Sie ist einfach abgehauen. Aber ich muss wissen, was du damit meintest, dass sie »psycho« ist. Ich verspreche, dass ich es nicht bin. T x

Ich fragte mich, was zwischen den beiden vorgefallen sein mochte. Sie waren so eng miteinander gewesen, so vertraut. Jeder kennt solche Leute, die gerade noch beste Freunde waren und im nächsten Moment schon Feinde sind. *Freinde?* Und wenn sie in der *Freinde*-Phase sind, sagen sie dann: »Wir sind uns einfach zu ähnlich, das ist unser Problem!«?

So war das mit den beiden. *Wie Pech und Schwefel.* Weshalb mir Lauras Haltung umso seltsamer vorkam.

Ich zuckte mit den Schultern. Schüttelte den Kopf. Wie hatte sich alles so schnell verändert?

Die sind doch alle verrückt.

Ich drückte auf SENDEN.

Und als ich eine halbe Stunde später die Church Street entlanglief, in Richtung Albion Road, summte mein Handy, während ich in meiner Tasche gerade nach den Schlüsseln wühlte.

Laura. Das musste Laura sein.

Unbekannte Nummer.

Hey Leute! Das ist meine neue Nummer! Pip pip! Pippy xxx

Genervt und total erledigt stieß ich die Tür zu unserer Wohnung – meiner Wohnung – auf, und da war er wieder, dieser Augenblick, der mir so vertraut geworden war. Das Lauschen, das Vergewissern, die drückende Stille. Keiner zu Hause. Unverändert.

Ich ging hinein und rutschte kurz auf etwas aus.

Eine Speisekarte von Wok 'n' Roll. Eine andere von Thaitanic.

Ich schob sie beiseite, trat meine Schuhe auf der Matte ab und bemerkte dann gleich daneben … ein Bild.

Ich stand da, noch nicht bereit, es aufzuheben. Ich ließ es auf mich wirken.

Viele kleine Autos, die einen Torbogen umkreisten. Sattes, kräftiges Blau erstreckte sich darüber. Keine Wolke in Sicht.

Ein Wort in der Mitte. Blockbuchstaben und unterstrichen.

Ein Name.

SIEBEN

Tom,
verzeih, dass ich dir fern bin. Ich bin nur anderswo. Bestimmt bist du verletzt und fragst dich, ob ich dich noch will. Hoffe, du machst einfach weiter wie immer.

In Liebe
Hayley

Ich war nicht böse, als ich das las, eher fasziniert. Was mochte in ihrem Kopf nur vor sich gehen?

Es war unfair, die Karte mit »In Liebe« zu unterschreiben. Liebe birgt Hoffnung, aber was ist, wenn damit Freundschaft oder Mitgefühl gemeint ist? Dann kann man sich die Liebe sonst wohin stecken.

Also … warum bist du abgehauen? Im Ernst jetzt. Ich will es nur wissen.

Es tut dir leid, dass du mir so fern bist? Das kann man wohl sagen. Du bist in Paris.

Wieso bist du in Paris? Du hast nie auch nur ein Wort über Paris verloren.

Also wundere ich mich natürlich. Du weißt wenigstens, was los ist, und zu wissen, was los ist, dürfte wohl die Grundvoraussetzung dafür sein, sich nicht zu wundern.

Aber ja, ja, ich kann mir gut vorstellen, dass du hoffst, ich würde weitermachen wie immer. Denn es würde dir alle Verantwortung abnehmen, stimmt's? Dann müsstest du dir keine Sorgen mehr um mich machen, habe ich recht? Das ist egoistisch. Du bist ein egoistischer Mensch.

So, ich hatte es ausgesprochen, laut und deutlich, während ich aus dem Bett stieg, durch die Wohnung rannte, mit der Faust auf den Tisch schlug, nach der Treppe trat, einen Schuh durch den Flur gegen die Tür kickte, wo er nun lag, ratlos und traurig wie ein kleiner Lederwelpe.

Und dann sah ich die Stapel ihrer Zeitschriften auf unserem Tisch. Und dachte daran, dass Fran davon gesprochen hatte, Hayley habe sich verändert – anderer Look, andere Klamotten, anderer Geschmack, anderer Wohnort …

FASHION. STYLE. FOOD. GLAMOUR. TRAVEL.

Für die Frau, die alles will – nur nicht ihren Freund!

Ich wischte die Zeitschriften vom Tisch. Sie flatterten gegen die Wand und fielen auf den Boden. Kleine Neon-Post-its neben Schuhen und Oberteilen lugten heraus.

Ich nahm mein Handy hervor und sah, dass Pippys Nachricht noch auf dem Display war.

Unbekannte Nummer.

Hey Leute! Das ist meine neue Nummer! Pip pip! Pippy xxx

Ich drückte auf RÜCKRUF. Sie ging sofort ran.

»Hi!«

»Hast du es schon erledigt? Könntest du es gleich tun? Ich glaube, ich werd verrückt.«

»Ruhig Blut, Brauner«, sagte sie. »Zuallererst: Hast du Praktikant Paul gesagt, dass er auf einem Stuhl sitzen und auf deine Anweisungen warten soll?«

»Was? Nein. Ich meine, ich habe ihm gesagt, er soll sich hinsetzen, und wenn mir was einfällt …«

»Fünf Stunden hat er dagesessen. Hat nicht mal Mittag gemacht.«

»Pippy, hast du Hayleys Handyleute angerufen?«

»Habe eben mit ihnen gesprochen.«

»Und?«

»Die meinten, sie könnten mir nicht helfen. Sie haben mir meine ›Geheimfrage‹ gestellt. Ich hatte keine Ahnung, wer in der Schule ihre Lieblingslehrerin war, also habe ich einfach ›Frau Lehrerin‹ gesagt.«

»Mist.«

»Aber dann habe ich sie angefleht. Ich habe gesagt, es ginge um Leben und Tod. Ich habe gesagt, ich müsste mein Passwort ändern, weil ich Angst hätte, dass mein gewalttätiger Freund es kennt und nachprüft, wen ich angerufen habe.«

»Gewalttätig?«

»Das Wort habe ich benutzt, ja. Es könnte also sein, dass sich die Behörden bei dir melden. Das Mädchen konnte mich gut verstehen.«

»Also hast du ein neues Passwort?«

»Nein, aber sie konnte mich gut verstehen.«

Ihre Telefonrechnung würde mich also nicht zu ihr führen. Ich tigerte auf und ab, während wir beide am Hörer schwiegen.

»Kann man iPhones nicht irgendwie aufspüren?«, fragte sie im nächsten Moment.

»Hab ich schon versucht«, sagte ich. »Sie hat es ausgestellt. Aber ich weiß, wo sie ist. Sie hat mir eine Postkarte geschickt.«

»Oh, wie … nett von ihr.«

»Sie ist in Paris.«

Kurze Pause.

»Paris«, sagte Pippy. »Irgendwer hat neulich erst Paris erwähnt. Wer war das noch?«

»Bitte?«

»Irgendwer hat neulich erst Paris erwähnt. Da bin ich mir ganz sicher. Weil ich noch weiß, dass ich dachte: Oh, Paris.«

»Viele Leute erwähnen Paris. Es ist ziemlich bekannt.«

»Ja, aber es war so etwas wie eine *besondere* Erwähnung«, sagte sie.

»Wer hat Paris erwähnt?«

»Ich kann mich nicht erinnern.«

»*Denk nach.* Wer hat Paris erwähnt?«

Noch eine Pause.

»Ich glaube, das warst *du*.«

Warum hätte ich Paris erwähnen sollen? Daran hätte ich mich doch erinnert. Vielleicht verwechselte sie mich mit jemand anderem. Vielleicht wurde ich *wirklich* verrückt. Ich schlief immer noch nicht gut. Ich wusste gar nicht mehr, wann ich das letzte Mal richtig geschlafen hatte.

Ich hatte Calum angerufen. Ich brauchte seine Meinung. Er ging nicht ans Telefon. Wahrscheinlich war gerade Badezeit für die Kinder oder Märchenstunde oder Schlafenszeit. Zwei Stunden später schickte er eine SMS.

scheiße mann. hab ich nicht gleich gesagt dass mit der was nicht stimmt? hab ich's nicht immer schon gesagt? bist du noch wach?

Doch ich mochte nicht mehr reden. Calum war nie ein großer Fan von Hayley gewesen. Manche Leute können einfach nicht miteinander.

Allmählich versank ich in Selbstmitleid. Ich schämte mich. Es war mir peinlich.

Ich lehnte mich an die Wohnzimmerwand, rutschte daran herunter und saß still da.

Vielleicht war es an der Zeit, die Zeitschriften wegzuräumen. Das hätte Calum getan. Calum mit seinem geordneten Leben und seiner flexiblen Hypothek, der sich seine Lebensmittel nach Hause liefern ließ. Ich blätterte ein, zwei Seiten um, die Hayley gekennzeichnet hatte. Wahrscheinlich Outfits, die ihr gefielen. Telefonnummern von Einzelhändlern. Web-Adressen. Schuhe. Auch ein paar Sachen, die ich wiedererkannte – ein marineblaues Oberteil, hellgelbe Schuhe mit hohen Absätzen. Vielleicht Sachen, die sie für ihre Reise gekauft hatte. Ich blätterte zur nächsten markierten Seite.

Noch eine Liste mit Nummern. Telefonnummern.

Händler?

Aber nein, Moment mal, waren das nicht private Handynummern?

Warum also standen sie auf einem knallpinken Post-it auf Seite 47 von *Harper's Bazaar*?

»Es ist sechs Uhr und eine Minute am 19. Juni. Ich bin Tom Adoyo mit den taufrischen Meldungen für Aufgeweckte … «

Autopilot.

Telefonnummern. Post-its. Postkarten. Paris. Psychos.

Leslie sah mich kaum an. Er schäumte. Er hatte auf seinem Computer eine E-Mail geöffnet.

Von: MAUREEN THOMAS
An: ALLE MITARBEITER

NOCH MAL: DIE SCHRÄNKE HABEN IMMER LEHR ZU SEIN. Diese Schränke gehören nicht IHNEN, sie gehören dem SENDER und sind auch ALS SOLCHE zu behandeln.

Er schüttelte den Kopf, die Finger schwebten über der Tastatur, machten sich bereit, wärmten sich auf, um mit Gift und Galle zurückzuschießen.

»Sir Alex Ferguson von Manchester United zieht den Zorn der Schiedsrichter auf sich …«

Ich war froh, dass er mich keines Blickes würdigte. Ich konnte mir seine Begeisterung vorstellen, wenn er von der Postkarte erfuhr.

»Unser Kinderschutzprogramm schwächelt, sagen Abgeordnete …«

Mein Telefon war ausgestellt, wie es sich im Studio gehört. Man macht es ganz automatisch, ohne dass man erst darum gebeten werden muss. Genauso wie man jemandem, der auf eine Hebebühne klettert, nicht erst erklären muss, dass er einen Helm aufsetzen soll.

»… und Polizeichefs fordern mehr Ausnüchterungszellen in der Hauptstadt …«

Hatte Hayley Depressionen? Manche Menschen verbergen ihre Depressionen vor dem Partner. Manche lassen sich alles Mögliche einfallen, um davon abzulenken. Manche können es überspielen. Manche verhalten sich höchst ungewöhnlich. Vielleicht litt sie unter Depressionen, und das war ihre Lösung. Sie hatte einen Nervenzusammenbruch gehabt. Das musste es sein.

»… Höchsttemperaturen von neunzehn Grad an diesem Morgen … «

Auf meine SMS vom Abend zuvor hatte niemand geantwortet. Warum nicht?

»… und schon sind Sie wieder auf dem neuesten Stand. «

Ich starrte den Bildschirm an. Blinzelte.

War ich geliefert?

Senderjingle. Werbung. Ja, gut. Alles gut.

»Diese beschissenen *Schrank-NAZIS*«, sagte Leslie mit starrem Blick auf den Bildschirm, den Kopf kaum merklich nach links geneigt, um anzuzeigen, dass er mit mir sprach. »Ich würde liebend gern mit ansehen, wie jeder einzelne von diesen *Fotzen* an die Wand gestellt wird, wenn ich dafür meine beschissene Marmelade in meinen beschissenen Schrank stellen dürfte!«

Ich war nur froh, dass er nicht mitbekommen hatte, wie ich »Und schon sind Sie wieder auf dem neuesten Stand« gesagt hatte. Doch als ich meinen Stuhl zurückschob und mich umsah, um vage Zustimmung zu äußern, fing ich Janice' Blick hinter der Scheibe auf.

Sie sah erschrocken aus.

Zu Tode erschrocken.

Sie war eben erst wieder hereingekommen, mit einem Kaffee in der Hand. Sie hatte ihren Platz nur kurz verlassen.

Ich weiß, es war ein ziemlich schlimmes Wort, das Leslie da benutzt hatte – das schlimmste –, aber derart Empörung mimen? Es musste um was anderes gehen. Sie war auf einem komplett anderen Level. Die Augen weit aufgerissen, wedelte sie mit den Papieren in ihren Händen herum und brüllte irgendwem irgendetwas zu. Panisch.

Ich runzelte die Stirn.

Wie hatte sie uns hinter der Scheibe hören können?

»Verfickte *Scheißnazis*«, sagte Leslie noch einmal, ohne etwas zu ahnen, und als mein Blick durch den Raum strich, auf der Suche nach dem Grund für ihr Entsetzen, sah ich direkt über seinem Kopf, an der Wand, neben der Uhr … das rote Licht.

Es leuchtete.

ACHT

Leslie und ich wurden bei voller Bezahlung beurlaubt, noch bevor die Zeitungen über uns herfielen. Janice bekam eine offizielle Abmahnung und konnte nun keinem mehr in die Augen sehen, nicht mal sich selbst.

»Du Kretin«, hatte Leslie ausgespuckt, nur Zentimeter vor meinem Gesicht, so nah, dass ich die Weetabix zwischen seinen Zähnen hätte inhalieren können. »Du erbärmlicher Kretin!«

Ich wollte mich verteidigen. Das Licht war doch an! Der Regler war oben! Man hätte es sehen können! Aber es war mein Mikro. Mein Regler. Meine Verantwortung. Falls Janice die Gelegenheit gehabt hatte, den Notknopf zu drücken, so hatte sie diese verpasst, als sie sich einen Kaffee holte. Dafür hatte ich Verständnis. Es liefen Nachrichten. Keiner von denen hörte sich die Nachrichten an. Für die war das nur eine Pause. Was sollte während der Nachrichten schon passieren? Das Ende hatten sie natürlich mitbekommen, aber den Stein des Anstoßes, das Wort, das aus dem Studio in eine halbe Million kleiner Radios entschlüpft war, in Küchen, Cafés und Schulbussen …

Leslie war aus dem Studio gestürmt, hatte seinen Agenten schon angerufen, und ich sah mir an, wie er auf und ab lief. Einen Arm an der Stirn, die Adern an seinem Hals prall und blau, deutete er mit wütendem Finger immer wieder auf mich, durch das Bullauge, das nicht schalldicht genug war, um seinen Zorn zu dämpfen.

Er entschuldigte sich noch während der Sendung – wortreich und professionell –, doch Twitter war nicht auf seiner Seite. Radio Today postete Minuten später einen Link. Der *Media Guardian* stürzte sich mit Begeisterung darauf. Radiofail bewahrte es für die Ewigkeit, und der *Standard* brachte die Sache auf die Straße, schwarz auf weiß, unumkehrbar, unabänderlich, am Ende des Tages.

LESLIE VON TALK LONDON: IRRER MARMELADENNAZI-KOLLER

Leslie war hauptsächlich darum besorgt, dass man ihn als »lokalen DJ« bezeichnete.

»London ist doch mehr oder weniger *landes*weit«, sagte er immer wieder. »Wir sind im Digitalradio! Wir sind online! Das ist so gut wie *welt*weit!«

Das machte es leider auch nicht besser. Es bedeutete nur, dass die ganze Welt seinen Ausraster mitbekommen hatte.

Schon wenige Minuten später war er in den obersten Stock bestellt worden, und zwar keineswegs, um den Dachgarten zu besichtigen. Mark Brundell musste seine Sendung zwei Stunden früher beginnen, und ich konnte in einem kleinen Radio hören, wie er über Einwanderung sprach, während ich draußen vor Jenny Gardeners Büro saß, direkt gegenüber von einem Plakat, das einen grinsenden Leslie in gebleichten Jeans und Weste zeigte, der beide Daumen hochhielt.

Ich wusste, dass ich eine Woche später wieder auf Sendung sein würde. Es war mein Fehler. Ich würde einen Auffrischungskurs in Studio-Etikette belegen müssen und ein paar Formulare unterschreiben, um zu beweisen, dass ich teilgenommen hatte. Doch ich war nicht derjenige, der das »F«-Wort auf Sendung gesagt hatte, und wie sich herausstellte, war das der Punkt, auf den sich die meisten Leute eingeschossen hatten.

Ich weiß bis heute nicht, was in dem Büro gesprochen wurde, in dem Leslie saß. Zweifelsohne hatte er versucht, Jenny Gardener alles zu erklären. Janice hätte dort sein sollen, um zu verhindern, dass das anstößige Wort rausging. Warum hatte sie sich einen Kaffee geholt, wenn die Nachrichten liefen?

Aber trotzdem war er es gewesen, der das Wort laut ausgesprochen hatte.

Am Ende des ersten Tages waren vierzehn Beschwerden bei der Medienaufsichtsbehörde eingegangen.

Zweihundertsechsundsechzig, als die *Mail* ihrer Empörung am darauffolgenden Morgen Luft gemacht hatte.

Leslies Urlaub war beendet.

Leslie hatte seine letzte Sendung moderiert.

Ich will gern zugeben, dass mich die ganze Geschichte davon abgelenkt hatte, auf eine Antwort zu warten.

Das Problem war nur, dass das Warten auf eine Antwort mich zuvor von meiner Arbeit abgelenkt hatte.

Ich hatte an Pippys SMS vom gestrigen Abend denken müssen.

Unbekannte Nummer.

Hier ist meine neue Nummer.

Und mir war aufgefallen, wie blind man einer solchen Nachricht vertraut. Tut man einfach. Niemand zuckt auch nur mit einer Wimper. *Die Nachricht muss von einem Freund sein. Von wem denn sonst? Sie ist ja auch bei mir angekommen!*

Also hatte ich es eingetippt, um zu sehen, wie es aussah.

Leute! Hab mein Telefon verloren! Hier ist meine neue Nummer. Hayley. Xxx

Jeder, der das bekam, würde nur denken: »Oh, Hayley hat ihr Handy verloren.« Nicht: »Oh, offenbar habe ich es hier mit Hayleys verärgertem Partner zu tun, der sich als sie ausgibt.« Ich meine, *ich* wäre drauf reingefallen, und dabei hatte ich es selbst geschrieben.

Daraufhin würden sie antworten, und wenn ich es richtig anstellte, konnte ich per Ausschlussverfahren bald herausfinden, wer – wenn überhaupt – Andy-aus-dem-Laden war. Denn einer davon musste ja schließlich Andy-aus-dem-Laden sein, oder?

Aber nichts. Rein gar nichts. Von niemandem.

Nachdem man mich nach Hause geschickt hatte, saß ich da, starrte mein Handy an und überlegte, ob ich Leslie eine Nachricht schreiben sollte, um mich noch mal bei ihm zu entschuldigen. Er hatte am Nachmittag das Gebäude verlassen und war mit Janice direkt rüber ins Nellie Dean. Anscheinend hatte sie wortlos an einer schalen Pepsi herumgenuckelt, während er sich auf den Macallan gestürzt und gegen die Industrie gewettert hatte: »Die haben doch nur nach einem Grund *gesucht*. Na, das machen unsere Hörer bestimmt nicht mit. Die werden schon sehen, wie ihnen am Montagmorgen die Scheiße um die Ohren fliegt. Die werden gar nicht mehr wissen, wo vorn und hinten ist.«

Noch bevor er aus dem SoundHaus gestürmt war, konnte ich spüren, wie seine Wut in Häme umschlug. Für Leslie war seine Kündigung nur ein Beweis für die Verschwörung gegen ihn. Er war zu alt, er war zu weiß, er war zu erfahren, er war zu mächtig, er war zu teuer. Sie fürchteten ihn. Wie begegnet man Furcht? Man vertreibt sie. Nun, einen Leslie James konnte man nicht vertreiben. Der würde wieder aufstehen, vielleicht seinen eigenen Sender gründen. Er brauchte lediglich ein Mikrofon und ein paar Gerätschaften. Er konnte Podcasts aufnehmen, sich die Arbeitszeiten aussuchen, von zu Hause aus arbeiten. Möglicherweise war es das Beste, was ihm je passiert war. Aber wer sollte an seine Stelle treten? Mike Brundell? Viel Glück dabei. Nein, ein Titchmarsh oder Edmonds musste her. Vielleicht ein Nick Ferrari. Aber war einer von denen in der Lage, die Hörerschaft zu besänftigen? Im Leben nicht. Leslie brannte lichterloh. Leslie war der personifizierte Zorn.

Also schrieb ich ihm lieber doch nicht.

Stattdessen nahm ich das Festnetztelefon und wählte eine Nummer.

»Hallo?«

»Nicht auflegen.«

»Wer ist da?«

»Hier ist Tom, ich rufe von zu Hause aus an ...«

»Ich hab dir doch schon ...«

»Ich kann gar nicht sagen, wie *dringend* ich mich mit dir treffen muss.«

Eine Pause. Unentschlossenheit.

»Bitte.«

NEUN

Ich checkte meine Mails, während die letzten Sonnenstrahlen auf meinen Tisch fielen. Fliegen tanzten auf dem Wasser, leuchteten im stillen Abendrot.

Der Kanal sah nett aus. Enten belästigten einander drüben bei den Hausbooten, der dumpfe Donner eines Zuges, der King's Cross verließ, etwa eine halbe Meile entfernt. Die hohen Bogenfenster rot geklinkerter Fabriken in der Ferne, in Reih und Glied, ordentlich, uniform.

Von: MAUREEN THOMAS
An: ALLE MITARBEITER

ALLEN MITARBEITERN SEI GESAGT dass morgen um 14:00 Uhr ALLE MITARBEITER an einem WORKSHOP FÜR STUDIO-ETIKETTE und GRUNDKENNTNISSE DER MISCHPULTARBEIT TEILZUNEHMEN HABEN aufgrund verschiedener Indeskritionen in letzter Zeit die wir NICHT DURCHGEHEN LASSEN KÖNNEN danke.

War ich damit gemeint? Ich war beurlaubt. Welcher Anordnung sollte ich Folge leisten? Am besten der angeordneten Beurlaubung.

Laura hatte eingewilligt, sich hier mit mir zu treffen, nachdem ich mehrfach beteuert hatte, dass wir auf derselben Seite standen. Ich schlug ihre Wohnung oder meine vor. Sie nannte mir diesen Pub. Es blieb unausgesprochen, war aber klar, dass sie sich mit mir nur in der Öffentlichkeit treffen wollte.

Ich hoffte, sie würde merken, dass ich inzwischen eher verstand, was sie gemeint hatte. Und ich war kein gekränkter Freund mehr, auch nicht mehr das Opfer, als das ich mich neulich noch gefühlt hatte. Irgendwie seltsam, aber fast kam ich mir inzwischen wie ein Zuschauer vor. Zeuge eines Verbrechens. Und als sie schließlich kam, vierzig Minuten verspätet, vermutlich schon das eine oder andere Glas Wein intus, machte ich mich gleich daran, diesen Eindruck zu untermauern.

»Jetzt weiß ich, was du mit ›total psycho‹ meinst«, sagte ich und schwenkte den Rest Cola in meinem Glas.

Sie runzelte die Stirn. Sie hatte sich kein bisschen verändert. Wie beruhigend es ist, wenn sich jemand überhaupt nicht verändert.

»Ich glaube, sie hatte so wohl etwas wie einen Zusammenbruch. Aber ich weiß, dass sie jetzt in Frankreich ist.«

»Sie ist in Frankreich?«

»Paris. Sie hat mir eine Postkarte geschickt. Aber ich weiß nicht, wo. Und ich habe nur ihre Handynummer, E-Mails beantwortet sie nicht. Ich glaube, ich weiß vielleicht sogar, weshalb sie weg ist, auch wenn ich es nicht ganz nachvollziehen kann, und …«

»Das Problem ist, dass sie sich überhaupt nicht verändert hat.«

Ich setzte ein Lächeln auf und tat, als wäre ich abgelenkt von einem Mann, der die Enten mit Brot bewarf.

»Ich glaube, darüber ließe sich möglicherweise streiten«, sagte ich so beiläufig wie möglich.

»Ist das dein Ernst?«, sagte sie. »Dir ist nichts aufgefallen? Habt ihr nie darüber gesprochen?«

»Bitte sag einfach, was du sagen wolltest.«

Laura beugte sich vor, sprach ganz leise.

»Als ich Hayley kennengelernt habe, hat sie sich in mich verliebt. Das waren ihre Worte. Was glaubst du, wie lange kannte ich sie wohl, als wir dir in Bristol begegnet sind?«

Ich zuckte mit den Schultern.

»Ich weiß nicht. Eine Ewigkeit.«

»Zwei Monate. Wir kannten uns zwei Monate.«

Da stimmte doch was nicht.

»Ich dachte, ihr wärt – ich weiß nicht – zusammen aufgewachsen oder ...«

»Es war einfach unglaublich. Wir hatten genau denselben Geschmack. Ich konnte sagen, was ich wollte – wir fanden immer eine Verbindung. Egal wobei. Lieblingsfilm? *E-Mail für Dich.* Wir beide.«

»Sie konnte *E-Mail für Dich* noch nie leiden. Sie hat diesen Film gehasst. Ich weiß noch, dass er letztes Jahr an Weihnachten im Fernsehen lief und sie sagte, dass sie ihn nicht ausstehen kann.«

Laura lachte, schlug mit der flachen Hand auf den Tisch und verschüttete ihren Wein.

»Nein – *du* hast diesen Film gehasst! *Du* konntest *E-Mail für Dich* nicht ausstehen.«

Sie lehnte sich auf ihrem Stuhl zurück, starrte mich an und wartete, bis das alles bei mir eingesickert war.

»Was missfiel ihr sonst noch?«, fragte sie, während ich da saß, ratlos.

»Tacos? Talentshows? Oh – Rosé.«

»Und was davon magst du nicht?«

»Du willst mir also sagen ...«

»Sie will gefallen. Das glaube ich. Sie versucht, sich einzufügen, sie formt ihre Vorlieben nach stärkeren Persönlichkeiten. Und daran hält sie dann fest, warum auch immer, bis ihr jemand anderes über den Weg läuft. Nach mir kamst du. Weißt du eigentlich, wie viel Roséwein wir damals getrunken haben? Weißt du noch, was du sagtest, als du uns in Bristol zum ersten Mal gesehen hast? Du dachtest, wir wären Schwestern.«

»Oder … oder Cousinen …«

»Die Haare, nicht? Die Klamotten. Die verdammten Sonnenbrillen. Alle dachten es. Kapierst du, was ich sage?«

Doch ich hörte schon nicht mehr zu, denn ich musste an diesen Spaziergang denken, den wir zum »George« in Bathampton gemacht hatten, und an die Gespräche, die wir geführt hatten … ernst und bedeutungsvoll, während wir einander tief in die Augen blickten und über all das lachten, was uns verband, all die Dinge, die wir mochten, all die Pläne, die wir einander verlegen anvertrauten, in der Hoffnung, dass der andere sie teilte …

»Ich konnte sie nicht mehr ertragen, als es mir bewusst wurde. Das ist doch keine Freundschaft, oder? Das ist krank und gruselig. Ich habe ihr gesagt, dass sie mich in Ruhe lassen soll, aber sie tauchte einfach überall auf, wenn sie wusste, dass ich irgendwo hinging. Gott sei Dank seid ihr zwei damals gerade zusammengekommen. Du kannst dir gar nicht vorstellen, wie froh ich war, dass sie dich gefunden hatte und ich sie … na ja …«

»Los war.«

»Genau.«

»Eigentlich war sie schon immer jemand anders«, sagte ich, und es traf mich hart. Plötzlich war ich kein Zuschauer mehr. Ich war ganz direkt davon betroffen. Ich fühlte mich … beraubt.

»Ich weiß nicht, was ich tun soll«, sagte ich.

»Vergiss sie.«

»Aber wie soll ich ...«

»Vergiss sie einfach. Blick nicht zurück. Ich habe es dir schon letztes Mal gesagt, und ich sage es dir noch mal: Solche Menschen tun einem nicht gut. Zieh dich lieber raus. Besonders nachdem ... na ja, wie du zu ihr warst.«

Ich winkte ab, als wäre das nicht der Rede wert.

»Eine Frau, die dir das antun konnte, nach alldem«, sagte sie. »Nachdem du gesagt hattest, sie hätte dich da rausgeholt, sie hätte dir *geholfen*.«

»Okay.«

»Es ist mein Ernst. Du hast immer gesagt, sie hätte dich gerettet. Und jetzt sieh dir an, was sie getan hat!«

Da kam mir ein Gedanke.

»Wie habt ihr zwei euch noch kennengelernt?«

»Es war im Topshop. Plötzlich stand sie da. Sie hat mir an die Schulter getippt und gesagt, wie hübsch sie meine Kette fände.«

Mir wurde übel. War das ihre Masche?

»Da muss noch irgendwas anderes sein«, sagte ich. »Ich glaube, da ist ein Mann im Spiel.«

»Oh, Tom«, sagte sie traurig. »Sie wäre zu allem fähig.«

Irgendwo in der Nähe bellte ein Hund. Enten flogen auf.

Ich lief die Caledonian Road entlang, in Richtung Barnsbury, vorbei an den hohen viktorianischen Häusern, neuerdings mit Jalousien und Plastikpflanzen aufgepeppt, die zu grün waren, um glaubhaft britisch zu sein. Richmond Avenue, mit den seltsamen Pyramiden und den rabenschwarzen Sphinxen, die draußen Wache hielten, obwohl niemand zu wissen schien, wieso eigentlich, oder auch nur neugierig genug war, um nachzufragen.

Ich hatte Laura aufgewühlt zurückgelassen. Auch sie vermisste Hayley irgendwie. Oder zumindest ihre Version von Hayley. Schon kurz nach unserem Treffen hatte sie mir eine Nachricht geschickt und geschrieben, wie schön es war, mich gesehen zu haben, und dass wir uns irgendwann mal wieder treffen sollten. Aber wir wussten beide, dass es nie dazu kommen würde. Unsere Verbindung war Hayley gewesen – zumindest hatte ich das geglaubt. Jetzt blieb uns nicht mal mehr das. Wir waren nur zwei Menschen, die sich einmal gekannt hatten. Früher.

Wieder summte mein Handy in der Tasche, aber ich konnte nicht gleich die nächste Nachricht von ihr ertragen, denn ich wusste, es wäre ein »Kopf hoch« oder ein »du Ärmster« oder ein trauriger Smiley oder so was in der Art. Ich würde damit warten, bis ich ein Taxi gefunden hatte. Ich wollte an diesem Abend nicht nach Hause laufen.

Beim Regent winkte ich mir ein schwarzes Taxi herbei und stieg ein.

»Stoke Newington«, sagte ich, und der Fahrer nickte.

»Schönen Abend gehabt?«, fragte er.

»Könnten wir bitte das Radio anmachen?«, sagte ich, um ihn gleich abzuwürgen.

Er fügte sich. Irgend so ein Dance Track und ein DJ, der sich überschätzte. Kleiner Scherz übers Wetter, Uhrzeit, Songintro. Eine Überleitung, ein kurzer Gedanke – angeblich können Zuhörer nicht mehr verdauen. Vielleicht stimmt es sogar. Manchmal will man ein Radio, dem man nicht zuhören muss.

Ich nahm mein Handy und überlegte, was ich Laura antworten sollte.

Doch die Nachricht war nicht von Laura.

Unbekannte Nummer.

Hi Süße. Viel Glück. A. x

A?

A für Andy?

Mein Herz raste. Das musste er sein. Wer sonst? »Hi Süße« mit einem Küsschen? Das *musste* der Typ sein.

Sollte ich ihm zurückschreiben?

Oder ihn anrufen?

Er würde glauben, es wäre Hayley – er würde rangehen.

Aber was dann? Wie hielt ich ihn bei der Stange? Wie kam ich an Antworten?

Ich starrte aus dem Fenster, während wir den Weg über Islington nahmen, zum Kreisel hin.

Und dann …

»Hey, Mann …«, rief ich. »Hey!«

Erschrocken drehte sich der Taxifahrer um.

»Bitte?«

»Was ist das?«, sagte ich panisch. »*Das*, was ist das?«

»Das *was?*«, fragte er.

»Diese Musik«, sagte ich so schnell wie möglich, damit ich sie weiter hören konnte, doch sie wurde langsamer, verklang. »Was war das für *Musik?*«

Ich hatte sie immer noch im Kopf, als ich nach Hause kam. Dort behielt ich sie, wiederholte die Worte immer und immer wieder.

Ich war mir ganz sicher, dass ich gehört hatte, was ich gehört hatte.

Aber was, wenn nicht? Wurde ich langsam verrückt?

Verzeih, dass ich dir fern bin. Ich bin nur anderswo. Bestimmt bist du verletzt und fragst dich, ob ich dich noch will …

Ich nahm die Postkarte vom Tisch. Las sie. Sank auf mein Sofa.

Diese Worte. Sie stammten aus einem Song.

Ich nahm mein Handy, bereit, anzurufen, mir diesen Andy vorzuknöpfen, doch dann dachte ich: *Warte, warte … mach jetzt keinen Fehler. Du hast seine Nummer. Warte noch. Bestimmt ergibt sich eine bessere Möglichkeit.*

Ich klappte mein Notebook auf.

Gab seine Nummer bei Google ein.

Ein Treffer.

CC UK – mittwochs. 18:30 Uhr. Holiday Inn Express. Wandsworth.

Dann die letzten paar Worte …

Andy ist zu erreichen unter …

[3]

Ich sitze auf einem Eames Chair in der Ecke seiner Wohnung an der Bleecker.

Auf dem Herd steht eine frische Kanne Kaffee, und im Fernseher in der anderen Ecke läuft *Saturday Night Live*. Der Komiker Eddie Murphy macht den Musiker Stevie Wonder nach, was das Publikum zum Grölen bringt.

Der alte Mann kümmert sich um die Blumen am Fenster, kniet auf einer Patchwork-Ottomane.

»Ein Aspekt, den viele nicht begreifen wollen«, sagt Cockroft, als er sich erhebt, um den Fernseher auszumachen, »ist, dass die meisten Menschen andere Menschen sind.«

»Wie das?«, sage ich.

»Ihre Gedanken sind die Meinungen anderer, ihre Leben Nachahmungen, ihre Leidenschaften nur Zitate.«

»Gilt das auch für Sie?«

»Das will ich meinen«, sagt er und wendet sich mir zu. »Es ist ein Zitat von Oscar Wilde.«

»Wie sind Sie da hineingeraten?«, frage ich, als er sich an den Tisch setzt.

»Ich bin da nicht hineingeraten«, sagt er. »Ich habe mich regelrecht hineingestürzt. Ich habe mich mit aller Kraft und Sehnsucht und Leidenschaft hineingestürzt.«

»Aber wieso?«

Er stellt zwei Tassen hin und schiebt den Zuckertopf in meine Richtung.

»Weil ich etwas gefunden hatte.«

Ich nehme einen Zuckerwürfel und lasse ihn in meine Tasse fallen.

»Allein die Tatsache, etwas zu finden, war Ihnen Grund genug?«, frage ich. »Hatten Sie denn noch nicht genug?«

»Ich hatte etwas gefunden, aber nein, etwas zu finden ist für sich allein nicht genug. Um herauszufinden, ob man etwas gefunden hat, das es wert ist, gefunden zu werden, muss man erst etwas verloren haben, das es wert war, verloren zu gehen.«

Er nimmt einen Zuckerwürfel und lässt ihn an der Innenseite seiner Tasse hinuntergleiten.

Ich sage nichts, lasse die Stille das Ungesagte übertönen. Was ich ihn bei unserer letzten Begegnung gefragt hätte, ist nicht unbedingt das, was ich ihn jetzt fragen würde. Ich wünschte, er würde es mir erzählen, ohne dass ich ihn darum bitten müsste.

Er holt tief Luft.

»Erst verlor ich Mae an einen anderen Mann und dann an die Götter.«

American Airlines Flug 330 von Chicago.

»Sie kam nach New York zurück, vielleicht um es mir zu sagen, vielleicht auch nicht.«

Es war 1965. An diesem Abend klopfte man an seine Tür. Er wusste es in dem Moment noch nicht, aber er hatte sie bereits an den Mann verloren, der neben ihr in der Maschine saß.

»Ich hatte damit zu kämpfen, selbstverständlich hatte ich das. Als sie nicht mehr da war, wurde mir bewusst, was mir noch blieb. Ich. Nur ich. Unsere kleine Tochter natürlich, doch war ich mit meinen Erinnerungen allein. Und mir blieb nicht mal die Verbitterung, dass sie vielleicht bei einem anderen Trost gesucht haben mochte, sondern nur die Tatsache, dass sie weg war und ich nicht.«

Er wurde damit nicht fertig. Er hatte kein Leben, auf das es sich zurückzublicken lohnte. Mit seiner Vergangenheit war auch seine Zukunft zerstört.

Und in diesem Moment wurde Ezra Cockroft zum ersten Mal bewusst, dass es für ihn noch etwas anderes zu tun geben musste.

ZEHN

Das Holiday Inn Express in Wandsworth.

Dreißig Minuten freies WLAN. Eine neue Speisekarte in der Lounge Bar, unter anderem Chicken Tikka Masala (£ 9.95) und Chili con Carne (£ 8.95). Frühstück mit (ausgewählten) warmen Speisen. Schreibtisch und Haartrockner in allen Zimmern. Nur wenige Schritte zum Kreisverkehr an der Trinity Road.

Das alles wusste ich, weil ich mir die Website auf meinem Handy angesehen hatte, während ich in einem Costa in der Nähe saß. Und da ich schon mal hier war … also, hier hatten sie sich immer getroffen? Hayley und Andy? Um Händchen zu halten? Oder um … zu tun, was sie zusammen tun mochten? Warum im Holiday Inn Express? Warum gönnten sie sich nicht das richtige Holiday Inn? Wozu die Eile?

In der Lounge Bar war es still. Schalensitze. Leise Musik – vornehmlich Klarinette –, hin und wieder ein Rauschen, wenn hinter einer dünnen Wand der Milchschäumer gereinigt oder mit einer Kaffeekanne geklappert wurde.

Links von mir saß ein unglückliches Pärchen schweigend an einem zu kleinen Tisch.

Sie war jünger als er. Blasse Haut, streng zurückgekämmtes schwarzes Haar, knallenge Jeans, Mitte zwanzig vielleicht. Er war größer, älter, ein schwarzer Mann mit einer *Daily Mail*, der vor einem Teller Rührei saß und ihren Blick mied.

Er nahm einen Schluck von seinem Wasser, und sie nahm einen Schluck von ihrem.

Er stellte sein Glas sanft ab.

Sie seufzten.

Schlechte Nachrichten? Streit? Oder einfach nur synchronisierte Miesepetrigkeit? Eine Taktik, um das Gespräch zu meiden, basierend auf jahrelanger Erfahrung? Keiner von beiden blickte auf, als ich mich an ihnen vorbeidrückte und versuchte, mich nicht anstecken zu lassen. Sie starrte ihn an. Er starrte aus dem Fenster. Keiner aß das Rührei.

Ich suchte mir einen Platz weiter hinten, auf einem niedrigen, harten Sofa, von dem aus ich den ganzen Raum überblicken konnte. Außer mir, der engen Jeans und dem Eiermann war niemand da. Und dann sah ich an einer tapezierten Säule, gleich unter einem dekorativen Lampenschirm, ein kleines, laminiertes Schild.

CC →

Ich blieb noch einen Moment sitzen.

Stand auf.

Folgte dem Pfeil.

Diese Sache, von der Laura gesprochen hatte. Die schwere Zeit und Hayleys Hilfe.

Da würde ich gern was klarstellen.

Nehmen wir an, Hayley hätte mäßige Depressionen. Nehmen wir das einfach mal an, und sagen wir, sie wären nur mäßig. Aber doch stark genug, um sich auszuwirken.

Denn als »mäßig« bezeichnete sie Dr. Moon, und ich denke, verglichen mit den Abgründen, in die andere stürzen, mögen sie es wohl sein. Aber für jemanden, der sich damit auseinandersetzen muss, sind sie keineswegs mäßig. Dann könnte man ebenso gut einen Mord als mäßig bezeichnen oder sagen, jemand sei eines mäßigen Todes gestorben. Depressionen sind nicht mäßig. Sie sind real.

Man stelle sich etwas Klammes vor. Neblig. Verschwommen. Man stelle sich das Moos an einem ansonsten gesunden Baum vor, eine Öllache auf Wasser. Ein Geschwür, ein Hindernis, man stelle sich vor, was einem als Erstes einfällt. Es hat nichts mit dem halb leeren Glas zu tun – man sollte es nicht mit Pessimismus verwechseln. Es geht um die totale, alles verzehrende Überzeugung von der eigenen Wertlosigkeit, eine hilflose Hoffnungslosigkeit, die sich auf alles auswirkt, von dem Moment an, in dem man das bemerkt, was manche den schwarzen Hund nennen … er lauert im Augenwinkel. Man muss nicht hinsehen, um zu wissen, dass er da ist, man hört ihn hecheln, man hört ihn sich setzen, und in genau diesem Augenblick verlässt alles Wohlbefinden und Selbstwertgefühl den Körper – wie ein Geist. Und wie in einem Traum, in dem man keinen Halt findet, kann man nur hilflos zusehen, wie man ihn verliert, und muss der Leere und Verzweiflung und Erschöpfung ihren Platz an der Tafel zugestehen. Vorsicht vor der steigenden Flut, Vorsicht vor dem aufkommenden Nebel, Vorsicht vor dem Hund, der an seiner Kette zerrt.

Nehmen wir also meinetwegen an, Hayley litte unter mäßigen Depressionen.

Tut sie nicht.

Aber wenn sie es täte, dann wäre sie genau wie ich.

Und jetzt dürfte klar sein, wieso ich Klarheit brauchte, was Hayley anging. Jetzt dürfte klar sein, warum ich Hoffnung, warum ich ein Ziel brauchte. Meine Tage sind umnebelt genug, wenn es mich trifft. Eigentlich ist »treffen« das falsche Wort. Wenn es sich »anschleicht« – das ist besser. Und wenn es sich *anschleicht* – wie es sich jeden Tag angeschlichen hat, seit ich sechzehn war, wie es seinen Schleier über mein Leben geworfen hat –, muss ich darum kämpfen, den Kopf über Wasser zu halten, um atmen zu können. Ich wollte wissen, was hier los war. Und ich musste dafür sorgen, dass mein Geist nicht wieder meinen Körper verließ.

In letzter Zeit hatte ich mich ganz gut im Griff gehabt. Ich konnte lachen, statt zu weinen. Manchmal tat ich beides.

Aber ich musste Gewissheit haben.

Denn die Zeiten änderten sich. Und ich hatte das Gefühl, verrückt zu werden.

Es stellte sich heraus, dass der Konferenzraum des Holiday Inn Express in Wandsworth sowohl mit einer Kaffeemaschine als auch mit einer Klimaanlage ausgestattet war. Darüber hinaus gab es zehn Stühle, einen lackierten Tisch aus Kiefernholz, augenmordende Teppiche und schottisch karierte Vorhänge.

Als ich eintrat und an der Tür stehen blieb, waren vier Plätze besetzt.

Was war das hier? Wo blieb Andy? War das eine … Selbsthilfegruppe? Ein Swingerclub?

»Pia konnte noch nicht sagen, ob sie kommt«, sagte eine Frau, mittelalt, billige Brille. So eine Frau, die immer gern Sachen weiß, die andere gar nicht wissen wollen. »Und Jeremy kommt natürlich nicht.«

Ich räusperte mich, und ein überdimensionaler, kastanienbrauner Pulli mit einem Mann darin blickte zu mir auf. Er war Mitte vierzig – meliertes Haar, breites, erwartungsfrohes Grinsen, große Plakette mit der Aufschrift: »Ich bin Tim!«

Das ist nicht Andy.

»Ich bin Tim!«, sagte er, offenbar erfreut, mich zu sehen, und eine blasse Hand griff nach meiner.

»Hi, Tim«, sagte ich. »Ich bin …«

»Du bist hier, weil du …?«

Er sprach es nicht aus, überließ es mir, ihm die Antwort zu geben …

Clever. Was sollte ich sagen?

»Nein«, sagte ich. »Ich bin nur … ich habe nur jemanden gesucht, und …«

»Aha«, sagte Tim, und ich merkte, dass er immer noch meine Hand festhielt. Dieser Händedruck hätte längst beendet sein sollen.

»Ja, ich habe meinen Kumpel gesucht, und …«

Er wollte nicht loslassen, und mittlerweile war die Frau aufgestanden, dürr wie eine Bohnenstange, nur Haut und Knochen. Hoffnungsvoll sah sie mich an, und mir fiel ihre Plakette auf.

CC ME.

»CC?«, sagte ich, um es mit einer neuen Taktik zu versuchen.

»*Si si!* Du musst Italiener sein!«, sagte Tim noch immer grinsend und ließ endlich meine Hand los. »*Si! Si!*«

Darüber lachte er ausgiebig, während er sich im Raum umsah, ob sich jemand mit ihm freute. Offenbar durfte ich bleiben.

»Das macht dann fünf Pfund – für den Kaffee und die Kekse und dergleichen«, sagte er, und ich fischte in meiner Tasche nach Kleingeld. Das schien mir überhaupt nicht Hayleys Szene zu sein. Nicht mal das, was ich für ihre neue Szene gehalten hatte. Fünf Pfund für Kaffee und Kekse klang in meinen Ohren nicht gerade nach Leuten, die gern in teure Restaurants gehen.

»Hör nicht auf Tim!«, sagte die Frau und setzte sich wieder an den Tisch. »Mit Neuen macht er immer seine italienischen Witze!«

»Schuldig«, sagte Tim. »Schuldig im Sinne der Anklage!«

»Ich bin Jackie, und du bist herzlich willkommen«, sagte die Frau, die aussah, als würde sie stricken und Sci-Fi-Conventions für unbekannte Achtzigerjahre-Comics besuchen, die in finsteren Boxhallen in Derbyshire stattfinden. »Wie heißt du, mein Junge?«

»… Serge«, sagte ich.

Serge? Wie kam ich denn auf Serge?

Ein plumper, orangefarbener Teenager an der Kaffeemaschine sah sich um.

»Wo ist Andy?«, fragte er. »Andy sollte längst hier sein.«

Was zum Teufel war das? Bräunungscreme? Dazu pechschwarze Haare, ein so reines Schwarz, wie es die Natur im Leben nicht zustande bringt.

Der Vierte der vier stand am Fenster, fummelte am karierten Vorhang herum und starrte auf die Straße hinaus.

»Das ist Victor«, sagte Jackie. »Für ihn ist es auch das erste Mal.«

Victor wandte sich nicht um.

Aber Andy kam. *Andy.*

Denn das hier war *der Laden*.

Und dann kam Andy in diesen Laden und war absolut nicht das, was ich erwartet hatte.

»Zuallererst«, sagte Andy, der nicht der Schlankste war, »begrüßen wir die Neuen und erkundigen uns nach ihren Erwartungen …«

Er war Ende dreißig. Khakifarbene Armeehosen. Ein riesiges, kariertes Hemd. Zweistärkenbrille unter einem Wust von langen, dünnen Locken, dazu ein rotes Klemmbrett in der Hand.

Er schien mir keine ernsthafte Bedrohung darzustellen.

»Also, Victor – du zuerst! Was führt dich zu uns?«

Victor zuckte mit den Schultern.

»Okay, das macht nichts«, sagte Andy. »Aber was erhoffst du dir davon?«

Wieder zuckte Victor mit den Schultern.

»Weiß nicht genau.«

»Aha, aha«, sagte Andy nickend. »Aber verrate mir bitte, wie hast du von uns erfahren? Denn wie ich immer sage: Die erste Regel bei CC ist, dass niemand über CC spricht.«

Darüber musste Tim so heftig lachen, dass er sich auf die Schenkel schlug. Victor zuckte nur mit den Schultern.

Wie um alles in der Welt passte Hayley hierher? In diesen Trupp von … *trüben Tassen?*

»Was ist mit dir, Serge?«, fragte Andy, und alle im Raum drehten sich zu mir um. »Wie hast du von uns erfahren?«

Darauf war ich nicht vorbereitet. Ich wusste nicht, was ich sagen sollte. Ich konnte mir was ausdenken. Oder mit offenen Karten spielen. Frühzeitig die Oberhand gewinnen.

»Mein Name ist Tom. Meine Freundin hat mir von euch erzählt«, sagte ich.

»Verstehe«, sagte Andy. »Normalerweise tun wir das nicht … ich meine, ist sie Mitglied in dieser Ortsgruppe oder in einer anderen oder …?«

»Mit ›dieser Ortsgruppe‹ meinst du …?«

»Ich meine, nutzt sie dieses CC? Oder besucht sie vielleicht ein anderes CC …«

»Ihr Name ist Hayley«, sagte ich, und der einzige Mensch im ganzen Raum, der darauf nicht reagierte, war Victor.

»Hayley Anderson?«, fragte Jackie.

»Nachnamen sind bei uns verpönt«, sagte Andy mit ernster Miene, strengem Blick.

Er wandte sich mir zu.

»*Die* Hayley?«

Ich hatte gedacht, ich würde wütend werden. Ich hatte gedacht, ich würde vielleicht Sachen umstoßen. Herumschreien. Aber stattdessen saß ich da und starrte meine Schuhe an.

»Hayley nimmt es sehr ernst, Tom«, sagte Andy nickend, während der Raum von gespannter Stille erfüllt war.

Jackie sagte inzwischen gar nichts mehr. Und auch Tim fand nicht mehr alles lustig. Der Orangenjunge, dessen Name Felix lautete, starrte nur seine Daumen an. Victor war gegangen, als ihm klar wurde, dass das hier kein Swingerclub war.

»Und wir waren für sie da«, sagte er. »Immer für sie da.«

»Inwiefern für sie da?«, fragte ich, ohne aufzublicken, weil ich noch nicht konnte.

»Sie hatte sich erst kürzlich Wandsworth angeschlossen«, sagte er. »Vorher gehörte sie zu … Highgate, war es, glaube ich, nicht wahr, Jackie?«

»Highgate, ja.«

»Und davor Stockwell?«

»Stockwell, ja.«

»Aber die fand sie nicht besonders … inspirierend.«

»Wie lange?«, fragte ich. »Wie lange kommt sie schon hierher?«

»Das kann ich gar nicht sagen.«

»Hat sie gesagt, wieso sie damit angefangen hat?«

Andy schüttelte den Kopf.

»Aber *wieso* denn? Versteht mich nicht falsch, bestimmt seid ihr alle total … nett. Aber was hat das hier mit ihrem Leben zu tun? Denn ich für meinen Teil sitze hier im Holiday Inn Express in Wandsworth, und *ich weiß nicht, wieso*.«

»Wir helfen Menschen«, sagte Andy, und das ließ mich stutzen.

»Was für Menschen?«

»Festgefahrenen. Menschen, die nicht mehr so recht wissen, wer und wo sie sind.«

Ich starrte ihn an.

»Ich verstehe nicht.«

»Manchmal haben Menschen Probleme«, sagte Tim sanft. »Das ist wie beim Auto. Hin und wieder ist die Batterie leer. Und man braucht ein anderes Auto, das einem Starthilfe gibt. Wir sind sozusagen das Überbrückungskabel.«

»Ihr helft Menschen, die sich festgefahren haben oder deren Batterien leer sind. Das klingt wie ein Automobilclub. Also frage ich noch mal: Was macht ihr?«

Andy rutschte auf seinem Stuhl herum, beugte sich vor und sprach mit Bedacht.

»Manchmal kommt man in eine Stadt, in der man sich nicht zurechtfindet.«

»Hayley kennt sich in London aus.«

»Vielleicht weiß man nichts mit sich anzufangen.«

»Sie hatte einen *Job*. Sie *mochte* ihn.«

»Vielleicht ist man hergezogen und musste seine Freunde hinter sich zurücklassen, und man sieht sich um und fühlt sich allein.«

Aber Hayley hatte doch *mich*.

»Oder manchmal passiert etwas im Leben, das einen aus der Bahn wirft, und plötzlich denkt man: *Wer bin ich?* Verstehst du? *Was tue ich?* Vielleicht gibt es da eine Vorgeschichte. Oder vielleicht fühlt man sich einfach nur *uninspiriert*. Wir haben es uns zur Aufgabe gemacht, andere zu *re*-inspirieren. Ihre Batterien wieder aufzuladen. Ihnen zu zeigen, wer sie wieder sein könnten.«

Ich sah mich im Raum um. Felix mit seinen Lederarmbändern. Tim, der Krautsalat aus einem Becher aß. Jackies Wangen, rhabarberrot mit einem Hauch von silbrig schimmernden Härchen.

»Dann geht es also um Selbsthilfe? Ihr seid eine Selbsthilfegruppe? Ihr sitzt im Kreis und lest euch gegenseitig Lebensweisheiten vor?«

»Nicht ganz«, sagte Andy mit Geduld und vielleicht ein wenig Drama. »So sieht unsere Hilfe eigentlich nicht aus.«

»Wie dann?«, fragte ich verlegen, denn vielleicht war ich ja der Einzige, der es merkte, aber irgendwann – nachdem wir angefangen hatten, über Inspiration zu reden und davon, dass man sich selbst aus den Augen verlieren konnte – schien es mir, als würden wir nicht mehr nur über Hayley sprechen.

»Wir kopieren«, sagte Jackie, um das Schweigen zu brechen.

»Ihr kopiert«, sagte ich, doch die Worte ergaben keinen Sinn.

»Wir kopieren andere«, sagte sie. »Wir folgen ihnen, wir kopieren sie. Wir kopieren andere.«

Andy nickte langsam.

»Warum?«, fragte ich. »Was?«

»Du gehst zu Bett«, sagte Andy. »Du stehst auf, du gehst zur Arbeit, du gehst nach Hause, du gehst ins Bett. Du isst jeden Abend das Gleiche, und du isst es auf demselben Platz.«

»Na und?«, sagte ich. »Das machen viele Menschen so.«

»Ich meine nicht dich speziell. Ich meine die Menschen allgemein. Und wir helfen, dagegen anzugehen. Man verfällt so schnell in eine Routine. Man denkt, die eigene Methode wäre die einzig mögliche.«

Er lächelte, nahm einen Stift aus seiner Hemdtasche und deutete zum Fenster.

»Aber wenn man sich da draußen jemanden aussucht …«

»Jemanden, der so ist, wie man selbst gern wäre …«, sagte Felix aus heiterem Himmel.

»Dann lernt man vielleicht, man selbst zu sein«, sagte Jackie, und ich musste ein paarmal blinzeln, um das alles auf mich wirken zu lassen.

»Das ist doch verrückt«, sagte ich.

»Du solltest wissen, dass du unsere vollen Namen nie erfahren wirst. Wir schützen die Identität unserer Mitglieder.«

»Und wer schützt die Identitäten, die ihr klaut?«, fragte ich. »Moment mal. Ist das überhaupt legal? Ihr stehlt anderen ihre Identität …«

»O ja, das ist es«, sagte Andy leicht gereizt und wackelte mit dem Zeigefinger.

»Es gibt kein Gesetz dagegen«, sagte Jackie.

»Ich will damit sagen, dass du meinen Nachnamen nie erfahren wirst. Du wirst mich nur als Andy Double kennen. Wie die anderen auch.«

Ich schüttelte den Kopf. Das war doch irre.

»Das da drüben ist Felix Echo.«

Felix hob eine Hand. Ich sah, dass er ein T-Shirt von 'N Sync trug, was er sicher ironisch meinte.

»Die anderen nennen mich Jackie Ape«, sagte Jackie lächelnd. »Ich fand das lustig.«

»Pass auf, das wird dir gefallen«, sagte Tim. »Ich bin Timitat.«

Das war die *uncoolste* Konversation, die ich je gehabt hatte. Das Ganze war *dermaßen* uncool.

»Manche Leute fangen damit an, dass sie anderen nur folgen«, sagte Andy, immer noch mit dieser sanften Stimme, diesem sanften Blick. »Ein neuer Heimweg, ein anderer Park. Manche joggen dabei, weil es unauffälliger ist. Vielleicht gehen sie in ein neues Restaurant, probieren ein anderes Gericht. Es geht darum, den eigenen Horizont zu erweitern. Um bessere, spannendere Optionen zu finden.«

»Oder darum, jemand anders zu sein«, sagte ich. »Warum sollte man das wollen?«

Andy beugte sich vor, legte seine Hand auf meine.

»Wir nennen uns gern Replikaner, im Gegensatz zu Replikanten.«

Ein leises Kichern von Timitat.

Ich stand auf.

Und ich sagte: »Okay, es war schön, euch alle kennenzulernen.«

Ihre Mienen wurden lang. Es schien, als wäre Andy davon überzeugt gewesen, bei mir etwas bewegt zu haben.

»Und es ist schön zu sehen, dass Hayley ihre Zeit damit verbracht hat, in einem Hotel in Wandsworth herumzusitzen und sich mit einem Haufen komischer Käuze darüber zu unterhalten, wie man andere Leute kopiert.«

»Oje«, seufzte Tim. »Oh-oh.«

»Es gibt tatsächlich kein Gesetz, das es einem verbietet«, sagte Jackie noch mal. »Und es ist eigentlich nicht kauzig. Es ist nur ein Hilfsmittel. Wir sagen, es ist nur eine andere Art, sich dem Leben zu verschreiben.«

»Wo ist Hayley hin?«, fragte ich so direkt, wie ich konnte. »Irgendjemand hier weiß es, und ihr müsst es mir jetzt sagen.«

Andy hob beide Hände.

»Das kann ich nicht.«

»Doch, das kannst du. Und das wirst du auch, denn sonst rufe ich auf der Stelle die Polizei und lasse den Laden hier schließen.«

»Es gibt eigentlich kein Gesetz dagegen ... eigentlich«, sagte Jackie wieder, und ich fand es bedenklich, dass sie sich ihrer Sache nicht ganz sicher zu sein schien.

»Ich kann es dir nicht sagen, weil ich es nicht weiß«, sagte Andy. »Ihre Geschichte ist ihre Geschichte. Sie hat sich zu etwas entschlossen, von dem ich ihr persönlich abgeraten habe, aber ich konnte ihr nur einen Rat geben.«

»Du wusstest, dass sie wegwollte. Du wusstest es, denn du hast eine Nachricht auf meiner Mailbox hinterlassen. So habe ich dich gefunden. Du hast nichts dagegen unternommen. Du wusstest, dass sie mir das antun würde, aber du hast nichts dagegen unternommen!«

Andy stand ganz ruhig auf und sah mir tief in die Augen.

»Tom, hör mal ...«, sagte er. »Du musst verstehen, und es wird dir helfen, wenn du weißt, dass es nichts mit dir zu tun hatte.«

Er legte mir zwei feiste, rosige Hände auf die Schultern.

»Sie hat es *für sich selbst* getan.«

Hals über Kopf stürmte ich aus dem Holiday Inn Express in Wandsworth.

Am Kreisel links und über die Brücke, mit gesenktem Blick und schnellem Schritt, ohne einmal aufzublicken, während Autos und Lieferwagen und Motorräder vorbeirasten.

Wie sollte ich das alles irgendjemandem erklären?

Wie es Hayley so geht? Oh, ganz gut. Sie hat sich mit einem Haufen Spinner in einem Hotel zusammengetan, um Fremde zu kopieren, und ist dann nach Frankreich abgereist. Aber keine Sorge, sie tut es für sich selbst. Ob wir noch die Wohnung haben? O ja. Und ich? Ja, mir geht's gut. Ich stehe mitten in der Nacht auf, um laut vorzulesen, und mein Name ist eine Fußnote in der Biografie eines Mannes, der sich im Radio über Marmelade ereifert hat.

Ich stürmte weiter, denn ich musste in Bewegung bleiben, weg von dort, durch die Straßen stratzen, als hätte ich ein Ziel, denn ich war überflüssig, nur ein zielloser Trottel, vor dem ein Mädchen lieber wegläuft, als bei ihm zu bleiben. Ich bog rechts ab in die King's Road, ließ World's End links liegen, und weiter, rauf zum Green Park, die Pall Mall hinunter, The Strand entlang, ohne aufzublicken, ohne mich umzudrehen. Und als meine Füße nicht mehr konnten, ging ich zur Waterloo Bridge, lehnte mich mit schmerzenden Beinen an das weiße Geländer und betrachtete vorwurfsvoll diese Stadt, die mir das alles angetan hatte.

Fast wäre es mir lieber gewesen, wenn Hayley es aus Bosheit getan hätte. Oder wegen eines anderen Mannes. Aber der Umstand, dass sie das alles »für sich selbst« getan hatte, machte es mir unmöglich, es aus meinen Gedanken zu verbannen. In ihrem Leben fehlte etwas.

Tja, in meinem auch.

Aber was sollte ich tun?

Wieder nach Bristol ziehen.

Das Ganze hier knicken.

Mohammed sagen, wohin er sich seine Wohnung stecken konnte.

Talk London sagen, wohin sie sich ihren Job stecken konnten.

Einfach wieder nach Hause gehen, in eine vertraute Umgebung, zu vertrauten Menschen.

Bristol fehlte mir wirklich. Die Brücke, die Kathedrale. Die Schlachterei in Southville. Der Hafen, die Tabakfabrik, die Schlucht. Es gab Zeiten, da fand ich es langweilig. Doch in diesem Moment schien es mir machbar. Sicher. Berechenbar. Perfekt.

Das also wollte ich tun. Die Möglichkeiten vergessen, London vergessen. Meine Karriere vergessen. Wieder dorthin gehen, wo die Menschen nicht so viele seltsame Dinge auf so seltsame Weise tun. Mich auf Bristol einlassen, die braven Leute, meine Tage in einem Pub am Kanal verbringen, vielleicht Arbeit auf einem Bauernhof suchen, *irgendwas*.

Und während ich nach einer Pille in meiner Tasche tastete und sie dabei von einer Ecke in die andere schob, konnte ich die Schatten der Stadt spüren – das phallische Gherkin, das arrogante Shard, das London Eye, Big Ben, so stolz und selbstgefällig – alles so groß, und alles überragte mich, verhöhnte mich dafür, dass ich die Stirn besaß, hier zu stehen, verhöhnte dieses kleine Fenster echter Zuversicht, das ich mir irgendwie erhalten hatte, und ich sah nach rechts und fing einen Blick auf.

Jemand folgte mir.

[4]

»Kommen Sie«, sagt er, mit einem Arm um meine Schulter, ermunternd. »Versuchen wir es.«

»Was versuchen?«, sage ich.

»Sie möchten eintauchen«, sagt er. »Dann tauchen Sie ein. Kanalisieren Sie Ihren inneren Salinger. Spielen Sie verrückt. Suchen Sie sich jemanden aus.«

Ich lächle, dann lache ich.

»Ich meine es ernst«, sagt er. »Suchen Sie sich ein Spielzeug aus.«

»Für Sie sind sie Spielzeug?«, frage ich. »Aber es sind doch Menschen.«

»Sie müssen die anderen als Spielzeug betrachten. Sie dürfen nicht unterwürfig sein. Täuschen Sie sich nicht: Sie sind der Herr. Die anderen sind Ihre Untertanen. Wenn Sie sich vor ihnen verneigen, werden Sie sich nicht hervortun, nie etwas anderes sein als eine blasse Imitation von jemand anderem. Die anderen sind das Spielzeug – Sie sind das Kind.«

Ich sehe mich um. Wir sind wieder in Greenwich Village, an der 3rd Street in der Nähe des Golden Swan Park.

»Der da?«, sage ich.

Ein Mann kommt aus dem Café Reggio und läuft über die Straße, mit einer Aktentasche in der Hand.

»Nein«, sagt er. »Sie haben sich jemanden ausgesucht, der genauso ist wie Sie.«

Ich betrachte den Mann. Er ist nicht wie ich.

»Sie haben einen weißen Mann gewählt, in ähnlichem Alter, mit ähnlicher Statur, ähnlich gekleidet, wahrscheinlich einer ähnlichen Mutter, wahrscheinlich ein ähnlicher Mensch. Sie suchen sich etwas aus, das Sie kennen, Sie wählen die Vertrautheit. Doch wenn man etwas entdecken will, darf es nicht um Vertrautheit gehen.«

Er weiß, was ich denke.

»Ja, okay, Berlin, Sie haben recht. Ich fühlte mich zu Vertrautem hingezogen. Aber bedenken Sie – es war mir auch fremd. Denn meine Entscheidungen hatten mich auf einen anderen Weg geführt. Dieser Mann lebte ein Leben, das absolut nicht wie meines war. Es war wie ein Schatten dessen, was hätte sein können. Kurz gesagt, wusste ich, was fehlt. Sie dagegen glauben, Sie hätten alles durchschaut. Ergo *wissen Sie gar nicht*, was Ihnen entgeht.«

Er schiebt mich vorwärts, und wir schließen uns einem Chinesen an, der wütend durch die Menge drängt.

ELF

An der Ecke gab es einen Tesco Express.

Ich konnte sie in der Menge abschütteln.

Sie war mir über die Brücke gefolgt, was ich ihr nicht verdenken konnte, denn auf einer Brücke sind die Möglichkeiten doch begrenzt. Aber sie überquerte die Straße, wenn ich es tat, blieb stehen, wenn ich es tat, und kehrte um, wenn ich es tat. Sie hatte sich noch etwas übergezogen, nachdem sie mir das erste Mal begegnet war. Einen weiten blauen Parka. Armeestiefel über schwarzen Jeans. Grauer Beanie über die Haare gezogen. Sie sah aus wie ein kleiner Eskimo.

Ich hielt den Kopf gesenkt, als ich eintrat, blickte kurz zum Überwachungsmonitor in der Ecke auf, umkreiste einen Moment die Zeitungen und nahm mir eine *Times*. Ich schlug sie auf, ließ die Eingangstür nicht aus den Augen.

Ich hätte hier nicht reingehen und mir einfach ein Taxi nach Hause nehmen sollen. Aber ich war neugierig. Im normalen Leben wird man nicht verfolgt. Bestimmt war es Zufall. Musste doch. Konnte gar nicht anders sein. Ich musste den Bann nur durchbrechen. Distanz schaffen.

Die Tür ging auf, und sie kam herein – verdammt! Hektisch sah sie sich um. Ich faltete die Zeitung zusammen, steckte sie zurück und wandte mich ab.

Es prickelte in meinem Nacken.

Sie sah mich, folgte mir.

Bei den Marmeladen wurde ich langsamer, damit sie überholen konnte. Sie wollte nicht reden. Was dann? Ich starrte die Päckchen mit der Götterspeise an, bis sie an mir vorbei war. Dann drehte ich mich um, ging in die andere Richtung.

Ich hastete durch einen langen Gang auf die Milch zu, nahm eine kleine Magermilch mit rotem Deckel, achtete auf meine Deckung, lief weiter, schnappte mir ein paar Würstchen. Ich wollte etwas in der Hand halten, um mich nicht verdächtig zu machen.

Sie war nirgends zu sehen.

Am liebsten hätte ich laut losgelacht. Das Ganze war doch absurd. Aber ich war wild entschlossen, mich zu ärgern, und ließ mir nicht anmerken, wie absurd ich die Situation fand. So war ich auch bei Hayley gewesen, wenn wir uns stritten – so versessen darauf, ihr böse zu sein, dass ich nicht lächeln konnte, wenn sie etwas Lustiges sagte, obwohl es die Spannung abgebaut hätte. Wie oft war ich lieber sauer gewesen, als über etwas hinwegzugehen?

Ich trottete weiter, glaubte sie zu sehen, dann kniete ich am Schnapsregal, nahm eine kleine Flasche Rum und hielt sie, als müsste ich das Etikett studieren. Ein junger Bursche im Tesco-Kittel stolzierte mit einem Armvoll grüner Flaschen Holunderblütensirup vorbei und lachte über etwas, was ein Kollege ihm aus weiter Ferne zurief. Eine Fahne von Haargel und Deo blieb hinter ihm zurück.

Da kam sie um die Ecke, betrachtete mich mit hochgezogenen Augenbrauen, lächelte etwas verkniffen und ging weiter.

Schwarze Haare, enge Jeans. Kleine Plakette an ihrem Parka: »I ♥ VEGANER«. Sie war nicht bei dem Treffen gewesen, diese kleine Björk. Aber ich hatte sie gesehen. Sie hatte schweigend bei dem großen Kerl im Hotel gesessen, der sein Rührei nicht aß und sich alle Mühe gab, so auszusehen, als würde er sie ignorieren.

Sie schlenderte an mir vorbei, die Augen groß und unschuldig, mit Sommersprossen im Gesicht. Und als sie auf meiner Höhe war, sah ich, was sie in ihrem Korb hatte: eine kleine Flasche Magermilch mit rotem Deckel und ein paar Würstchen.

Ich scannte meine Würstchen an der Selbstbedienungskasse ein, dann die Milch. Dann die Götterspeise. Die Erdnüsse.

Vielleicht lag es an meinen Medikamenten. Vielleicht lag es am Schlafmangel, dem frühen Aufstehen, dem Chaos mit Hayley und allem, was sie angerichtet hatte.

Jedem Piepen der Kasse folgte eine halbe Sekunde später ein zweites direkt hinter mir.

Der Rum.

»Altersbeschränkte Ware«, sagte die Stimme aus der Maschine.

Dann, eine Sekunde später, direkt hinter mir, die andere Maschine: *»Altersbeschränkte Ware.«*

Auf dem Bildschirm: *»Bitte warten Sie auf einen Mitarbeiter.«*

Verdammt.

Ich drehte mich um und sah das Mädchen finster an.

Auf ihrem Bildschirm: *»Bitte warten Sie auf einen Mitarbeiter.«*

Sie wich meinem Blick aus, sah sich im Laden um, welcher Mitarbeiter uns aus dieser Situation befreien würde.

Schweigend standen wir da, kaum anderthalb Meter voneinander entfernt.

Sie weiß, dass ich es weiß, dachte ich bei mir. *Sie weiß, dass ich es weiß, und sie weiß, dass ich weiß, dass sie weiß, dass ich es weiß.*

Dann sah sie mir in die Augen.

»Was gibt's da zu glotzen?«, sagte sie so aggressiv, dass *ich* mir wie ein Spanner vorkam.

»Wieso folgst du mir?«

»Tu ich nicht. Ich kaufe ein.«

»Bist du wohl.«

»Was?«

»Mir gefolgt.«

»Ich weiß.«

»Wieso?«

»Du machst einen interessanten Eindruck.«

Ich starrte sie an. Sie starrte mich an.

»SANDRA!« – *wow*, war das laut. *»SANDRA!«*

Eine Tesco-Frau unter einer Wolke von dünnen, orangefarbenen Haaren winkte einer anderen Frau, von der ich nur vermuten konnte, dass es sich dabei um Sandra handelte. Nennen wir sie Tesco-Sandra.

»Ich mach das schon!«, rief sie und winkte Tesco-Sandra zu. Sie sah sich den Rum an, dann mich. »Tut mir leid, ich brauch meinen Kassenschlüssel.«

Sie ging weg. Wir saßen fest.

»Wo ist dein Freund?«, fragte ich.

»Welcher Freund?«, fragte das Mädchen.

»Der große schwarze Typ mit den Eiern.«

»Welcher große schwarze Typ mit den … oh, der große schwarze Typ mit den Rühreiern im Hotel?«

»Ja genau, der große schwarze Typ mit den Eiern. Den meine ich. Wo ist dieser große schwarze Typ mit den Eiern?«

»Wo ich ihn zurückgelassen habe, glaube ich. Er ist Geschäftsführer bei Foxtons.«

Ich zuckte mit den Schultern.

»Ich dachte, das wäre vielleicht ein interessantes Detail. Nein, ich weiß nicht, wo er ist. Ich kenne ihn nicht. Das mit Foxtons habe ich aus dieser Zeitung, die er sich dauernd vors Gesicht gehalten hat.«

Sie sah hübsch aus. Etwas fertig vielleicht. Blass, mit einer faszinierenden Konstellation aus hellbraunen Sommersprossen und zwei grünen Augen.

Ich weiß selbst nicht, wieso ich eben »zwei« geschrieben habe.

Aber was *wollte* sie?

»Dieser Typ und ich, wir haben überhaupt nicht miteinander geredet«, sagte sie.

»Du hast mit ihm zusammengegessen.«

»Nein, hab ich nicht. Ich saß ihm gegenüber. Wir haben kein Wort miteinander gewechselt.«

»Der Laden war leer.«

»Na und?«

»Hast du bei ihm gesessen oder er bei dir?«

»Ich habe mich zu ihm gesetzt.«

»Du hast dich einfach zu ihm an den Tisch gesetzt, in einer leeren Bar, zu einem Fremden?«

»Er schien mir interessant zu sein.«

Ein mikroskopisches Schulterzucken, der Kopf leicht geneigt, was mir sagen sollte: *Wo ist das Problem?*

»Hör zu, ich weiß, dass du eine von denen bist. Eine von diesen … von diesem Dingsda.«

»Ich weiß. Es ist ziemlich offensichtlich. Und außerdem wusste ich, dass du es wissen würdest.«

»Okay!«, sagte die Frau mit den orangefarbenen Haaren, und wir schwiegen, als sie die Flasche aus meinem Korb nahm. »Das ist Rum, was? Ooh, sehr gut!«

Sie wischte oder tippte oder tat, was die große Hüterin der Güter tun muss, und gestattete mir mit ihrer ungeheuren Macht, eine kleine Flasche von etwas zu kaufen, das ich niemals trinken würde, während ich damit zu kämpfen hatte, wie ich mich verhalten sollte. Dieses Mädchen … War sie Freund oder Feind? Kannte sie Hayley? Hatte sie sie ermuntert?

»Und jetzt Sie, meine Liebe …«, sagte die Tesco-Frau, als sie sich dem Mädchen zuwandte, und dann, als sie die Waren bemerkte: »Oh, Sie beide sind *Einkaufs*-Zwillinge!«

Sie deutete auf die Waren, mit wachsender Begeisterung.

»Magermilch – Würstchen, dieselbe Sorte – genau die gleiche Flasche Rum!«

Wir starrten sie beide nur an.

»Erdnüsse – Götterspeise …!«

Sie setzte eine Miene allergrößter Überraschung auf, mit weit offenem Mund.

»Sandra!«, rief sie. »Das *musst* du sehen!«

Draußen wartete ich an der Tür. Die kleine Durchgeknallte kam heraus und zauberte eine Selbstgedrehte aus ihrer dunkelblauen Parkatasche, mit einer Plastiktüte am schmalen Handgelenk.

Die orangehaarige Frau hatte uns überreden wollen, eines Tages zu heiraten. Und bei der Hochzeit müssten dann alle Gäste Würstchen, Götterspeise und Erdnüsse essen, meinte sie. Und Milch mit Rum trinken. Die kleine Durchgeknallte sagte, das würde bestimmt die schlimmste Hochzeit aller Zeiten, und beschuldigte mich, ihren Einkauf kopiert zu haben. Da hatte sich die orangehaarige Frau dann langsam nach der Security umgesehen.

Ich zog los, mit finsterer Miene.

Sie steckte sich ihre Kippe an und kam mir hinterher.

»Du folgst mir *immer* noch«, sagte ich.

»So lebe ich«, sagte sie. »Finde dich damit ab.«

»Dein ganzes Leben?«

»Was?«

»Du hast dein *ganzes Leben* darauf eingerichtet?«

»Nein«, sagte sie naserümpfend und deutete die Straße hinunter. »Eingerichtet habe ich mich *da hinten irgendwo*.«

Abrupt blieb ich stehen, sah sie fragend an.

»Okay, ich gehe in diese Richtung.«

»Und?«

»Und du folgst am besten jemand anderem.«

»Traumtänzer«, sagte sie, überholte mich, steckte sich einen Stöpsel ins Ohr und drückte den Startknopf an einem unsichtbaren iPod. Dann drehte sie sich einmal um – nur einmal –, zeigte mir kurz den Stinkefinger und lächelte.

ZWÖLF

Man hatte mich für eine Besprechung zur Arbeit bestellt. Ich wusste, was das bedeutete. Man wollte mich ausrangieren, bei *London Calling* absetzen, um Platz zu schaffen für Mike Brundell und dessen rechte Hand Sharon News. Jahrelang hatte man sie Sharon Travel genannt, war aber der Ansicht gewesen, dass dieser Name wie etwas klang, das man im Supermarkt kauft.

Radio macht so was. Steckt einen in Schubladen. In kleine Kästchen. Es ist verständlich. Man braucht leicht identifizierbare Figuren mit leicht identifizierbaren Aufgaben. Bisher hatte ich mich so durchgeschummelt und mit dem Namen Adoyo sehr wohl dazu beigetragen, dass der Sender multikultureller klang. Mit dem Namen schien es beinahe, als hätten sie mich mit dem Bus aus Kenia herangekarrt, statt mich zu bitten, den Bus um 17:30 Uhr ab Bristol Temple Meads zu nehmen.

Auf halbem Weg die Portland Street hinunter wetzte ein Jogger an mir vorbei, und ich schlurfte weiter. Im nächsten Moment noch einer.

Nach dem Treffen mit den Leuten von CC und dem Mädchen auf der Brücke hatte ich die Augen offen gehalten. Überall sah ich Verfolger und Verfolgte. Wer konnte denn sagen, dass es nicht überall um mich herum passierte? Oder dass es nicht schon seit Jahren so ging? Was war, wenn alle anderen Bescheid wussten?

Das Mädchen dort, das gerade beim Zeitungsstand losging und der alten Frau mit den vielen Tüten hinterherlief. Hatte das etwas zu bedeuten? Was sprach dagegen?

Oder der Mann, der dem Bus hinterherrannte. Was war, wenn es ihm eigentlich gar nicht um den *Bus* ging? Ich meine – wenn diese Leute sogar schon Treffen abhielten! Sie mieteten Räume im Holiday Inn Express. Welche anderen Treffen hatte Andy noch erwähnt? Stockwell? Highgate? Wo trafen sich die anderen Tims und Jackies und Felixe? Sie meinten, es wäre so etwas wie eine Selbsthilfegruppe. Wer war sonst noch an dem Tag verschwunden, an dem Hayley plötzlich weg war? Wer hatte sonst noch alles hinter sich zurückgelassen und warum?

Und warum sollte man alles aufgeben wollen? Welcher Mensch, der noch bei Verstand ist, würde das Leben eines anderen leben wollen?

Ping.

Von: MAUREEN THOMAS
An: ALLE MITARBEITER

Sie werden gebeten, AUF KEINEN FALL IHR EIGENES SPÜHLMITTEL MIT ZUR ARBEIT ZU BRINGEN.

Löschen.

Ich hatte Maureen letzte Woche meinen Ausweis aushändigen müssen, wie ein ehrloser Polizist, nicht wie ein geschasster Nachrichtensprecher eines Lokalsenders, aber ich bekam immer noch ihre E-Mails.

Adewale behielt mich im Auge, als ich an der Rezeption saß und darauf wartete, von einem Praktikanten abgeholt und nach oben geführt zu werden. Ich sah mich um.

»HERZLICH WILLKOMMEN, LIEBE FREUNDE VON BONJELA!«

Und neben diesem Bildschirm, in riesigen Buchstaben einmal quer über die Wand, die Erklärung zur Mission von SoundHaus:

WIR SIND DIE STIMME, DIE GEHÖRT WIRD!
Eine Stimme, einig, leidenschaftlich!
Eine Stimme für London, eine Stimme für Großbritannien! Wir wollen dienen, unterhalten, informieren – das hier ist das SoundHaus.
Seien Sie uns herzlich <u>willkommen</u>!

Es hatte einen internen Wettbewerb gegeben. Jonathan von der Online-Abteilung war der Gewinner. Er nannte seinen Vorschlag »Eine Stimme«. Das stand jetzt überall auf dem Briefpapier: »SoundHaus – Eine Stimme«. Jonathan bekam für seinen Einfall eine Nacht im Barnsley House spendiert, und selbst mit einem erstklassigen Dinner in den Cotswolds war das ungefähr dreitausend Prozent billiger, als wenn man eine richtige Marketingfirma dafür engagiert hätte. Die einzige Bedingung war, dass das Wort »leidenschaftlich« darin vorkommen musste, denn man hatte einige Publikumsbefragungen durchgeführt, und für zwei Drittel der Altersgruppe zwischen 18 und 34 stand das Wort »Leidenschaft« ganz oben auf der Liste erwünschter Attribute moderner Musik oder kommerzieller Radiounternehmen mit dem Schwerpunkt auf Wortbeiträgen.

Ich machte mich auf zur Nachrichtenredaktion. Für gewöhnlich hielt ich mich damals von diesem freudlosen Ort eher fern. Acht Schreibtische, sechs Computer, zwei Fernseher, Neonröhren, Fenster mit Blick auf eine fleckige Mauer. Sky News durchgehend im Flüsterton. Nachrichtenchefin in kleinem, abgeteiltem Büro. Hüten muss man sich vor allem vor den Verkehrsleuten. Acht Stunden täglich Kamerabilder anstarren und Rückstaus analysieren ist guten Anekdoten nicht gerade förderlich. »Der Stau reicht bis nach Clacket's«, sagen sie an den meisten Tagen und schütteln dabei langsam den Kopf. Der Stau reicht immer bis nach Clacket's.

Bron steckte ihren Kopf aus dem Büro und winkte mich herein.

»Wie ich höre, gab es in Ihrem Privatleben in jüngster Zeit einige Probleme«, sagte sie mit Blick auf den Bildschirm. Las sie das ab? Bekam sie von der Personalabteilung eine E-Mail mit dem Skript? »Wir möchten Ihnen unsere Unterstützung zusichern und der Hoffnung Ausdruck verleihen, dass sich die persönlichen Probleme nicht auf Ihre Arbeit auswirken.«

Meine Arbeit. Das bedeutet …

»Jetzt kommt's. Halten Sie sich fest«, sagte Bron, und plötzlich änderte sich ihre Stimme, als sie die E-Mail wegklickte und sich die unteren Knöpfe ihrer Bluse spannten, weil sie sich auf ihrem Stuhl zurücklehnte. Ihr Telforder Akzent war so schwer wie sie selbst. »Ab Montag sind Sie wieder beim Frühstücksradio.«

Ich rang mir ein Lächeln ab.

»Okay«, sagte ich. »Vielen Dank für Ihr Verständnis.«

»Die Medienaufsicht wird gegen uns vorgehen. Wie zu erwarten. Wir haben das schlimmste Wort gesendet, das man senden kann. Kennen Sie die Liste?«

Sie schob mir auf dem Schreibtisch eine Akte zu.

Da waren sie alle versammelt, die Wörter, ordentlich in Kategorien getrennt.

Slangwörter für Sex.
Beleidigungen mit sexuellem Unterton.
Alltagssprache.
Ethnische Wörter.
Menschen mit Behinderungen.
Rassistische oder religiös diffamierende Schimpfwörter.
Religiöse Wörter.
Körperteile und/oder Körperfunktionen, z. B. »Titten«.

Und da – genau da, ganz oben, fett gedruckt, sodass man es unmöglich übersehen konnte.

Das Wort, das Leslie gesagt hatte.

»Es gibt keinen Weg drum herum«, sagte Bron achselzuckend, während sie eine E-Mail vom Bildschirm ablas. *»Rundfunksprecher sind angehalten, zu Tageszeiten, in denen auch Kinder sie hören könnten, besondere Vorsicht walten zu lassen.«*

Sie machte ein Gesicht, das andeutete, dazu könne möglicherweise auch die Frühstückszeit zählen.

»Der Übergang zu erwachseneren Themen darf nicht unangemessen abrupt geschehen.«

Ich machte ein Gesicht, das andeutete, ich wäre bereit einzuräumen, dass man Leslies Wutausbruch möglicherweise als *unangemessen abrupt* bezeichnen konnte.

»Vermutlich müssen wir mit einem rekordverdächtigen Bußgeld rechnen. Sie können von Glück sagen, dass Sie überhaupt noch hier sind, aber es war ja nicht Ihre Schuld.«

Irgendwie doch.

»Es lag in Leslies Verantwortung«, sagte sie, verscheuchte eine Fliege und sah ihr hinterher. »Und deshalb musste Leslie seinen Hut nehmen.«

Ihr Blick blieb an mir hängen, und sie deutete ein Lächeln an. Das sagte alles. Leslie hatte recht. Sie hatten nur nach einem Grund gesucht.

»Selbstverständlich sieht Leslie das … nicht ganz so. Es wäre möglich, dass er Sie angreift, in der Presse. Sollte er das tun, geben Sie bitte der Personalabteilung Bescheid. Ich sorge dafür, dass die dem einen Riegel vorschieben.«

Ein breites Lächeln, mit vielsagendem Blick.

»Haben Sie die Videos gesehen?«

O ja, ich hatte die Videos gesehen. Leslie breitete sich wie ein Lauffeuer aus. MARMELADENNAZI war ein Riesending. Sechshunderttausend Klicks in fünf Tagen. *Listen Again* hatte den Beitrag so schnell wie möglich wieder von der Seite genommen, aber trotzdem war die Website unter dem Andrang zusammengebrochen, und die Aufnahme fand sich bei SoundCloud wieder. Mittlerweile waren es Dutzende. Manche mit Musik untermalt. Manche animiert. Manche nur mit einem ernsten schwarz-weißen Publicityfoto, das Leslie mit einem Pott in der Hand zeigte, bei der Verleihung der *Which?*-Awards 2004. Es gab die üblichen Parodien und Remixe – einen schreienden Hitler, eine Dubstep-Version, irgendwas mit Kätzchen. Die Kunde drang sogar bis nach Amerika, aber dann war es auch schon wieder vorbei, viraler Schnee von gestern, umgehend ersetzt durch die Schmach eines anderen. Vielleicht eine dicke Frau, die bei McDonald's in einem Kinderstuhl feststeckte, oder ein Betrunkener, der nackt gegen eine Wand rannte.

»Das Ganze hat allerdings auch seine Vorteile«, sagte Bron. »Der Bekanntheitsgrad des Senders ist ... nun, statistisch hat die Mundpropaganda zugenommen. Chris Evans hat bei Radio 2 darüber gesprochen.«

Radio 2? Oh, Leslie wäre begeistert gewesen. Offen gesagt, hatte es ihn hart getroffen. Er konnte gar nicht fassen, wie schnell es sich ausbreitete. Vermutlich hatte er immer noch geglaubt, das Internet wäre nur ein »großes Forum« und eine Live-Sendung schon vergessen, sobald sie vorbei war.

Tja, jetzt wusste er es besser. Der Toningenieur, dem man aufgetragen hatte, Leslies Sachen einzusammeln und sie ihm nach Hause zu bringen, erzählte, er habe ihn im Wintergarten angetroffen, über seinen PC gebeugt, in einem kurzen blauen Morgenmantel, während er gegen »die Trolle« anwetterte und wissen wollte, was PSML bedeutete, eine zerschlagene Flasche Glenfiddich in der Ecke und eine weitere im Papierkorb.

»Dann arbeite ich wohl mit Mike Brundell, was?«

Oje, Mike Brundell war ein schrecklicher Langweiler. Den Höhepunkt seiner Karriere hatte er 1988 mit *What's Your Story?*, der ITV-Version von *That's Life!*. Bis dahin war er Nachrichtensprecher bei BBC Northwest gewesen, hatte eine Kolumne im *Reader's Digest*, tauchte immer noch bei *Dictionary Corner* auf und nutzte jede Gelegenheit, von dem einen Mal zu erzählen, als Noel Edmonds ihm einen ausgefuchsten Streich gespielt hatte, und wäre dieser Streich nicht »aufgrund der knappen Sendezeit herausgeschnitten worden«, wäre *alles* ganz anders gekommen.

»Nein, mit Mike Brundell eigentlich nicht.«

Wer dann? Tony Ram mit seinen komischen Pullis? Der passiv-aggressive Ray Singer?

»Wir stellen einiges um. Mit Rücksicht auf den sich wandelnden Geschmack unseres Kernpublikums. Wir haben es noch nicht öffentlich gemacht, aber Sie werden mit Cassandra Tailor arbeiten. Wobei wir sie einfach Cassandra nennen. Oder vielleicht Cass. Wir testen beides.«

Die testeten Namen.

»Cass?«, fragte ich. »Aber ist sie nicht … ich meine, sie ist eine *DJane*, oder? Keine *Moderatorin* und …«

»Das war von vornherein der Plan. Deshalb haben wir ihr an den Wochenenden das Frühstück gegeben. Eigentlich sollte es noch ein gutes Jahr so gehen.«

Gerade rechtzeitig für Leslies Vertragserneuerung.

»Sie ist … nicht so erfahren«, sagte Bron, womit sie »billig und formbar« meinte. »Wir haben schon drei Pilotsendungen mit ihr produziert. Sie ist gut. Und *sexy* …«

Sie schenkte mir ein Dinosaurierlächeln, das Gesicht hart wie Stahl, wenn sie die Zähne bleckte.

»… und ich habe sie besonders darauf hingewiesen, dass sie nicht über ihre rissigen Fersen sprechen soll. Leslie hat *sehr oft* über seine rissigen Fersen gesprochen. Er meinte, es würde ihn zu einem einfachen Mann machen, mit dem man sich identifizieren kann. Ich habe ihm gesagt, dass es ihn zu einem einfachen Mann mit rissigen Fersen macht.«

Achselzuckend stimmte ich ihr zu.

»Wir möchten Sie also dabeihaben, um eine gewisse Stabilität zu gewährleisten. Eine vertraute Stimme für die Hörer. Nur bis Cass sich eingelebt hat. Also, willkommen daheim!«

Cass war auch im Haus. Sie hatte mit ihrer Agentin die i-Tüpfelchen ihres Vertrags überprüft. Offenbar wollte sie mich sprechen, bevor ich ging, also trieb ich mich in der kleinen Küche herum und hielt nach ihr Ausschau.

»Tom!«

Ich fuhr herum. Pippy mit Praktikant Paul im Schlepptau.

»Ich habe gerade eine gute Nachricht bekommen«, sagte ich.

»Du glaubst, *du* hast eine gute Nachricht?«, sagte sie strahlend und kam näher.

»Du nicht?«, fragte ich.

Sie tippte an den Rand ihrer Brille. Normalerweise trug Pippy keine Brille, schon gar nicht so eine, denn diese Brille war ein *Statement*.

»Der Mann, der diese Brille entworfen hat …«, sagte sie, »wurde für einen Oscar nominiert!«

Ich blinzelte.

»Wow«, sagte ich etwas verdutzt. Es war noch gar nicht Oscar-Saison. Hatte ich irgendwas verpasst? »Wer ist er?«

Verschwörerisch beugte sie sich vor.

»Tom Ford«, sagte sie.

Sie lehnte sich wieder nach hinten und tippte noch mal an den Rand ihrer Brille.

»Tom Ford … der Designer?«, fragte ich.

»Genau«, sagte sie.

Mir wollte nicht einfallen, wieso das eine gute Nachricht sein sollte.

»Und … kennst du ihn?«

»Nein«, sagte sie. »Aber er hat Regie in einem Film geführt, und gestern meinte so ein Typ im Fernsehen, dass Tom Ford damit für einen Oscar nominiert ist. Da fiel mir ein, dass ich eine Brille von Tom Ford besitze.«

»Oh«, sagte ich. »Und wurde sie … speziell für dich angefertigt?«

»Nein, nein«, sagte sie. »Hab ich im Laden gekauft.«

»Na, dann«, sagte ich und gab mir alle Mühe. »Das ist wirklich eine gute Nachricht.«

»Ich konnte es gar nicht glauben«, sagte sie und schüttelte ungläubig den Kopf, als würde sie mir erzählen, sie habe eine Katze gemolken und flüssiges Gold herausgepumpt. »Ich so: Tom Ford? Oscar? Der hat meine Brille designt!«

Sie sah Praktikant Paul an, der nicht ganz so begeistert wirkte, und hielt seinem Blick stand, bis er zustimmend nickte. Der arme Junge hatte immer noch nichts zu tun, außer sich zu kratzen.

»Hast du es Bron schon erzählt?«, fragte ich.

»Meinst du, es würde Bron interessieren?«

»Sie wird begeistert sein, wenn sie davon erfährt.«

»Dann werde ich mich beeilen und ihr davon berichten.«

»Ich bin *begeistert*, Mann«, sagte Cass und drückte mich an sich. »Total begeistert.«

»Ja, das ist eine tolle Nachricht, Cass«, sagte ich und wusste nicht, wo ich meine Arme lassen sollte. Bestimmt gab es da eine Vorschrift. Wahrscheinlich lauerte Maureen schon vor ihrer Tastatur und wartete nur darauf, irgendwas abzufeuern. »Glückwunsch.«

»Nein, ich bin total begeistert, mit *dir* arbeiten zu dürfen. Ich habe darum *gebeten*.«

Sie lächelte und zeigte reihenweise Zähne, die perfekt für Plakatwände geeignet waren.

»Die werden uns eine Weile im Auge behalten. Offenbar reichlich Manöverkritik.«

Manöverkritik. Na toll. Eine Stunde nach der Sendung saß man da, hörte sich ausgewählte Segmente an und musste sich sagen lassen, warum irgendwas Mist war. Jen Latham hatten sie bei der Gelegenheit mal erklärt, sie würde ihren Namen falsch aussprechen.

»Natürlich tut mir Leslie leid, Mann«, sagte Cass. »Das war wirklich … unglücklich.«

»So könnte man es nennen. Ich schätze, jetzt hast *du* die Verantwortung für die Mikros.«

Sie lachte. Sie fand das lustig. Dabei war es nicht mal ein Scherz.

»Deshalb wollte ich dich haben, Mann. Du bist einfach der *Burner*.«

Igitt. Sie hatte das Wort »Burner« verwendet. Das konnte ein Alarmsignal sein. Ich wusste nicht, ob ich mit jemandem arbeiten konnte, der das Wort »Burner« verwendet. Andererseits habe ich gerade eben »igitt« geschrieben.

»Obwohl ich das Wort ›Burner‹ hasse wie die Pest«, sagte sie. »Hau mir eine rein, wenn ich es noch mal sage. Es liegt an meiner Schwester. Wir wohnen zusammen. Sie sagt es ständig. Wir brauchen ein Burner-Verbot.«

»Gerade hast du es schon wieder gesagt.«

»Du bist echt lustig«, sagte sie.

Eigentlich hatte ich nur die Wahrheit gesagt, aber ich ging nicht weiter darauf ein.

»Ich will gerade mit meiner Agentin noch was trinken gehen und wollte Janice fragen, ob sie mitkommt, und vielleicht Pippy – für sie gab's heute auch eine gute Nachricht. Hast du schon gehört?«

Sie zwinkerte mir zu.

Es war das erste Mal, dass ich irgendwohin eingeladen wurde, seit einer Ewigkeit.

»Na klar«, sagte ich und wurde bereits warm mit ihr.

Janice konnte nicht mitkommen. Sie hatte wohl immer noch ein schlechtes Gewissen wegen Leslie. Sie hatte jahrelang mit ihm gearbeitet – seit seiner Zeit bei Radio Trent. Und sie war ihm treu quer durchs Land gefolgt, zur *Love Hour* bei Rock Radio, zu seiner Late-Night-Show bei West Country Gold und schließlich zu *London Calling*. London – die ganz große Nummer. Schon immer hatte es Gerüchte über die beiden gegeben. Und außerdem bekam sie zunehmend mysteriöse Anrufe, deretwegen sie den Raum verlassen musste. Aber das war nur Klatsch und Tratsch, und damit habe ich bekanntermaßen nichts am Hut.

Serena von der Agentur Ketsu Talent hinterlegte ihre Karte am Tresen des Punch & Judy und entschwebte, um eine zu rauchen und ihr Blackberry zu malträtieren. Sie hatte die Firma gegründet und – als sie Allied Agents verließ – einen ganzen Haufen Klienten mitgenommen. Erst kürzlich war sie darauf gestoßen, dass das versehentliche Weglassen des »i« bei »Ketsui« zur Folge hatte, dass es sich dabei nicht mehr um das japanische Wort für Entschlossenheit, sondern um einen japanischen Slangausdruck für »Po« handelte. Momentan arbeitete sie an einem neuen Firmennamen.

»Komm schon«, sagte Cass und berührte meinen Arm. »Wir werden sehr eng zusammenarbeiten. Du musst mir alles erzählen.«

»Was denn? Über den Job? Was dich erwartet?«

»Na ja, ich meinte eigentlich über dich, aber wenn du lieber über die Arbeit reden willst, mach nur.«

Darüber dachte ich nach.

»Also, du kennst es ansatzweise von den Wochenendschichten, aber wenn man während der Woche so früh rausmuss … man ist unterwegs, bevor die Stadt erwacht. Bevor die Sonne aufgeht. Das dunkle London schimmert gelblich und sieht irgendwie verlassen aus …«

Sie beugte sich vor. Und bedeutete mir fortzufahren.

»Na ja, ich meine … man hört das Klappern der Milchkarren, das Klirren der Flaschen, was du wahrscheinlich seit der Kindheit nicht mehr gehört hast. Und wenn man zum Beispiel an der Ampel steht, fällt einem alles Mögliche auf.«

»Was denn?«

»Keine Ahnung. Weiße Lieferwagen, die drinnen ganz gelb vom Nikotin sind. Männer, die Tageszeitungen oder so was ausladen, und sie haben ihre Radios für die Uhrzeit viel zu laut aufgedreht. Und … also …«

Es kam mir vor, als wären wir ganz allein, obwohl drei Tische weiter ein Mann saß, der jede Gelegenheit nutzte, Cass anzustarren.

»Verbeulte Kombis. Die letzten illegalen Minicabs der Nacht, die betrunkene Singles nach Hause fahren, sofern sie deren Lallen ein Fahrziel entnehmen konnten. Und die Mädchen haben die klebrigen Scheiben heruntergekurbelt, um nach Luft zu schnappen, und man weiß, dass sie einen feuchten Fünfer in der Hand halten, und ihr Täschchen ist mit Sambuca vollgekleckert.«

»Klingt ja zauberhaft.«

»Das ist es auch, auf irgendwie schmuddelige Weise. Man sieht die Rückseite der Stadt. Die Unermüdlichen, die es fast bis in deinen Tag hinein geschafft hätten, beschließen das letzte Kapitel ihrer Nacht. Die Partygänger. Oder ein paar Milchbärte im Smoking, die mit einer Flasche Rotwein unter einer Statue sitzen, direkt von der Verleihung irgendeines Marketing-Awards, keine Ahnung, vielleicht ›International Outsource Team of the Year‹, den sie an die Typen von Capita verloren haben, aber trotzdem stoßen sie auf ihre Zukunft an. Und sie wissen gar nicht, wie glücklich sie sich schätzen können, denn nur wenige Meter entfernt …«

»*Milchbärte.* Daran musst du mich irgendwann erinnern.«

»… denn nur wenige Meter entfernt sieht man Stapel von Zeitungen draußen vor den Läden, neben umgekippten Mülltonnen und Kebabresten, die Zeitungen ganz tot und grau, weil keiner sie weggeräumt hat, und Männer mit Kapuzen und Rucksäcken schleichen um die Milchpaletten beim Tesco. Überall nur nervöse Blicke und Maulhelden. Du sitzt im Nachtbus und siehst einen Schatten, der eine Telefonzelle mit Zeitungspapier tapeziert, damit er in Ruhe seine Crackpfeife rauchen kann. Oder die Frau in der Seitenstraße bei der Theobalds Road, die nach späten Freiern Ausschau hält, bis …«

»Was?«

»Bis *wir* kommen.«

»Bei dir klingt es schrecklich. Und irgendwie schön.«

»Ist es auch. Ich meine, es ist zwar viel, viel schrecklicher als schön, aber man könnte es als schön bezeichnen, weil es echt ist. Es ist weder künstlich noch kontrolliert. Niemand räumt es auf. Es ist einfach da. Die Leute reden immer von Zuhörern, die sich von unserer Sendung wecken lassen, die noch im Bett liegen oder uns unter der Dusche zuhören. Ich stelle mir gern Leute vor, die uns nicht zuhören. Die nichts mitbekommen. Die unberührt sind von … Radiogeplauder. Von Populärkultur. Die mit Verkehrsnachrichten nichts anfangen können.«

»Als du sagtest, du wolltest mir was über den Job erzählen, dachte ich, du meintest ›Die Kaffeemaschine ist meistens kaputt‹ oder ›Maureen von der Personalabteilung schreibt gern E-Mails‹.«

»Und dann dämmert der Morgen«, sagte ich, registrierte wohl, was sie gesagt hatte, nahm ihr Lächeln wahr. Aber ich ließ mich davon nicht bremsen, hatte ich doch noch viel mehr zu sagen. »Und die Polen und Nigerianer und Afghanen strömen aus den Bussen, alle in Schwarz, mit gesenkten Köpfen, um unsere Büros zu putzen oder unsere Kantinen zu betreiben, und später schleichen sie wieder zurück in ihre Wohnblöcke oder ihre Einraumwohnungen und stellen ihr Radio an ... und dann hören sie, wie Leslie James ihnen erzählt, dass sie nicht gebraucht werden, dass sie unerwünscht sind.«

»Nun denn«, sagte sie und hob ihr Glas, um mit mir anzustoßen. »Trinken wir auf den Wandel! Führen wir London einem sonnigeren Morgen entgegen!«

Sie lachte. Das war ziemlich clever, was sie auch wusste. Aber irgendwie klang sie damit ein bisschen wie Hitler.

»Ich bin kein Führer«, sagte ich und stieß mit ihr an.

»Soll mir recht sein«, sagte sie, und dieser Mann, vermutlich Italiener, fand schon wieder einen Grund, sie anzustarren. »Auf die Gefolgschaft!«

Es entstand eine Pause, in der sie sich für irgendetwas sammelte.

»Jetzt erzähl mir was über *dich*«, sagte sie. »Und was mit deiner Freundin passiert ist ...«

»Du weißt davon?«

Es kribbelte in meinem Nacken.

»Tom ...«, sagte sie und legte ihre Hand auf meine. »*Alle* wissen davon.«

Die kannten doch nur die halbe Wahrheit.

Nach unserem Treffen schöpfte ich wieder Hoffnung. Cass hatte um mich *gebeten*. Als ich die Parker Street entlanglief, auf dem

Weg nach Kingsway und zur U-Bahn, und es um mich herum Abend wurde und ich die Augen nach einem Taxi offen hielt, randvoll mit Pinot auf Kosten von Ketsu Talent, da musste ich an die andere Hälfte der Wahrheit denken. Und als ich den Kopf leicht nach rechts drehte, wurde mir etwas mulmig zumute.

Da ging ein Mann, direkt hinter mir, also überquerte ich die Straße, und mit diesem flauen, entmutigenden Gefühl wurde mir bewusst, dass ich schon wieder verfolgt wurde.

Ich überlegte kurz, ob ich stehen bleiben sollte, ob ich lachen und mich ihm vorstellen sollte. Denn wie oft wird man schon zweimal so kurz nacheinander verfolgt? Aber er war groß, und er kam immer näher, bis er mir ein Bein stellte, und als ich ins Stolpern kam, rempelte er mich an, und schon fand ich mich in einer kleinen Gasse wieder und entfernte mich rückwärts gehend von der Hauptstraße, weil dieser Mann, der nun direkt vor mir stand, mit seiner Hand an meiner Brust, mich stieß, mich rückwärts stieß und sich dabei umsah, ob uns jemand beobachtete. Da merkte ich, dass er gar nicht das war, wofür ich ihn gehalten hatte, und ich stieß ihn instinktiv von mir weg und wollte mich abwenden. Da packte er mich am Hals und drückte mich mit Gewalt gegen die Mauer, und ich hob beide Hände, um mein Gesicht zu schützen, doch ich knallte so fest gegen die Wand, dass ich mir die Hüfte aufschürfte und ein stechender Schmerz durch mein Bein ging wie ein Nagel durch Knochen.

DREIZEHN

Sein Griff wurde fester, dann ließ er los.

»Geld.«

»Was?«, sagte ich. »Oh, Sch…«

Der erste Schlag traf meine Nieren, der zweite – gleich danach – etwas höher. In die Rippen.

»Her damit«, sagte er, als meine Knie nachgeben wollten und ich die Augen wieder aufbekam.

»Ich hab kein …«

Der nächste Schlag war härter. Wieder in die Nieren, und ich hatte das Gefühl, dass etwas in mir nachgab. Man stellt sich immer vor, dass man sich in so einer Situation wehrt, aber in Wahrheit hätte ich heulen können.

Die Hand packte wieder meinen Hals und riss mich herum, schlug meinen Kopf an die Mauer, aber meine Beine gaben nach, und ich wollte nicht sehen, wer dieser Mann war, denn wenn ich nichts sehen konnte, hörte er vielleicht auf.

»Ich hab kein …«

Und dann blitzte es in meinen Augen, und ich sah Sterne, als er auf mich einprügelte, hart, schnell, mit der offenen Hand ins Gesicht.

Ich kauerte am Boden, hob die Hände.

»Ich hab ein Handy«, sagte ich eilig. »Hier, ich kann dir meine Brieftasche geben …«

Ich suchte in meiner Jacke danach und blickte zu ihm auf, sah ihn zum ersten Mal an. Rote Augen, blutunterlaufen. Grob. Leerer Blick. War er auf Droge?

Das war das Schlimmste. Man konnte dann nicht mit ihnen reden. Ich sah sie manchmal, draußen vor dem Sender, wenn ich wartete, dass die Security mich reinließ. Normalerweise waren sie freundlich, aber es gab auch welche, die hart am Rande des Wahnsinns standen. Und das waren die, die jederzeit ausflippen konnten. Unvermutet. Aggressiv. Sie traten an einen heran, baten vielleicht um Geld, fragten vielleicht nach Feuer, umkreisten einen wie Haie. Wenn es nur einer war, hatte man normalerweise gute Karten. Mit zweien konnte es problematisch werden, aber *sicher* war man nie. Wenn sie einen ins Gespräch verwickelten, konnte man nur zuhören. Man musste lächeln. Beschwichtigen.

Gib ihnen keinen Grund, paranoid zu werden. Sag nur nichts Provozierendes. Tu so, als wärst du schwer beeindruckt von allem, was sie erzählen, als wäre dir das alles neu. Gib ihnen das Gefühl, dass du ihnen glaubst, was es auch sein mag, ob es um die Regierung geht oder ums Sozialamt oder den Mann, der ihnen diese Schnittwunden, diese gebrochene Nase verpasst hat.

Man beruhigte sie, man widersprach nicht, bevormundete sie nicht, und während man seine Hände aus den Taschen nahm und bereithielt, gab man ihnen keinerlei Anlass, einen nicht zu mögen. Man durfte ihnen nicht das Gefühl geben, dass man sich für etwas Besseres hielt, dass man sie irgendwie amüsant oder lustig fand.

»Ich hätte auch noch einen iPod«, sagte ich. Ich versuchte, guten Willen zu zeigen. Bot ihm etwas an, von dem er noch gar nichts wusste. Im besten Fall hielten sie einen für schwach und gratulierten sich zu ihrem Riecher, weil sie das richtige

Opfer ausgewählt hatten. Schlimmstenfalls erntete man Mitleid und vielleicht ein paar Schläge aus Spaß an der Freude.

Hinter ihm machte London einfach weiter. Leute hetzten an der Gasse vorbei, mit gesenktem Blick und Kopfhörern.

»Was noch?«, fragte er.

»Das ist alles«, antwortete ich, und in einem Wutanfall schlug er mir seine mächtige Pranke an die Wange, wobei der Schlag einen Moment lang gar nicht bei mir ankam. Doch dann schrie meine Haut, als sich der Schreck in Schmerz verwandelte und ich Metall schmeckte, weil ich blutete.

»Warte, Mann!«, rief ich, aber schon bekam ich den nächsten Schlag mit der offenen Hand ins Gesicht, und diesmal nicht nur, um mich einzuschüchtern, um seine Argumente zu untermauern – diesmal wollte er mir ernsthaft wehtun.

Ich wollte nur, dass er endlich abhaute. Er kam mir wie ein Riese vor, und ich wollte mich nur noch in Sicherheit bringen und langte in meine Tasche, um irgendwas herauszuholen, irgendwas, das ich ihm anbieten konnte. Ich fand einen Fünfer und ein paar Pfefferminzpastillen und hielt sie ihm jämmerlich hin, während ich aufstand, gebückt, kein Mensch mehr, kein Mensch mit einem Namen, nur noch nutzlose eins achtzig in einer kleinen Gasse abseits der Hauptstraße.

Dann: »Juuhuu!«

Die Stimme eines Mädchens.

Juuhuu?

Die ganze Welt blieb stehen. Stille. Kein Auto fuhr, kein Vogel sang.

Ich wagte einen Blick, mit erhobenen Händen … der Mann drehte sich um, erschrocken, bereit für die nächste Schlägerei …

Großer blauer Parka. I ♥ VEGANER. Das Handy vor ihr ausgestreckt. Der unwahrscheinlichste aller Engel.

»Bitte recht freundlich.«

Es kam wieder Leben in die Welt. Sie filmte. Ich wusste nicht, wie ich mich fühlen sollte. Erleichtert, dass Hilfe kam? Erniedrigt, dass sie von diesem Mädchen kam? Der Mann verbarg sein Gesicht. Drehte sich weg. Merkte, dass es zu spät war. Drehte sich wieder zurück, um ihr Angst zu machen. Brust raus, Schultern gerade.

»O ja, so ist gut, die Einstellung ist viel besser«, sagte das Mädchen und wich zurück, zur Straße hin, wo inzwischen mehr Leute standen, nicht viel mehr, aber mehr, und vielleicht waren sie auch Zeugen, vielleicht hatten sie auch Kameras. Eine Frau musste kurz stehen bleiben und ihr ausweichen, genervt stöhnend, als wäre sie die wichtigste Person auf der Welt und es gäbe nichts Dringlicheres, als dass sie schnell nach Hause kam.

»Ja, komm ins Licht«, sagte das Mädchen ohne Angst in der Stimme. »Sehr schön.«

Er hatte meinen iPod. Die Brieftasche und den Fünfer würde er mir lassen. Er nahm nichts, solange er gefilmt wurde. Er tat auch sonst nichts weiter, solange er gefilmt wurde. Er versuchte, den Kopf so weit wie möglich einzuziehen, und schlenderte davon, die Kapuze ins Gesicht gezogen, an McDonald's vorbei und weiter, während die Leute einen großen Bogen um ihn machten, seine Stimmung spürten, seinem Blick auswichen.

Wankend kam ich auf die Beine, stützte mich mit einer Hand an der Wand hinter mir ab und spürte stechende Schmerzen im Rücken, wenn ich mich bewegte.

»Alles okay?«, fragte das Mädchen.

Die lädierte Wange war das Schlimmste. Die andere Seite war rot, wo er mich geohrfeigt hatte. Geohrfeigt! Wer wird denn *geohrfeigt?* Andererseits – wer sagt schon *juuhuu?* Außerdem hatte ich Rippenschmerzen, auch wenn seine Schläge mich offenbar vor allem einschüchtern sollten.

Ich betrachtete das Mädchen auf dem Sitz neben mir, als das Taxi an der Amwell Street scharf links abbog. Na super. Bodenschwellen auf den nächsten drei Meilen. *Langsam, langsam, schnell, schnell, langsam.* Der Taxifahrer-Foxtrott.

»Du bist mir schon wieder gefolgt«, sagte ich.

»Willst du dich beschweren?«

»Es ist schon ziemlich schräg.«

»Du *willst* dich beschweren!«

»Nein. Nein, diesmal nicht, nein.«

Wir hatten uns das erste Taxi geschnappt, das wir finden konnten. Ich wollte einfach nur weg. Ich wollte einfach nur nach Hause. Das Mädchen war mit eingestiegen. Mir taten die Rippen weh, aber ich war dankbar, dass ich überhaupt etwas spürte. Der Schock würde schon noch kommen. Seltsamerweise fühlte ich mich im Moment ganz gut. Adrenalisiert.

»Ich bin dir erst gefolgt, als du aus dem Pub kamst«, sagte das Mädchen.

»Und woher wusstest du, dass ich im Pub war?«, fragte ich.

»Ich bin dir dahin gefolgt.«

»Eben, also folgst du mir schon länger. Seit wann verfolgst du mich?«

»Erst seit der Arbeit.«

Ich seufzte.

»Und woher wusstest du, wo ich arbeite?«

»Dein Hosenstall hat es mir verraten.«

Dieses Mädchen lebte in anderen Sphären. Warum auch nicht? Warum sich nicht ein Taxi mit einer Hellseherin teilen, die einem sagt, wo man arbeitet, indem sie einen Blick auf den Hosenstall wirft?

Und dann zeigte sie auf den Ausweis, der an meinem Gürtel baumelte.

Mein Name in großen blauen Lettern.

»Ist mir aufgefallen, als wir uns letztes Mal – du weißt schon – getroffen haben.«

»Als du mir letztes Mal *gefolgt* bist«, sagte ich.

Da kam ihr ein Gedanke, und sie sah mich ernst an.

»Hey, ich hab dich gegoogelt. Tut mir leid, das zu hören, das mit dem Marmeladennazi und so.«

Ach, du meine Güte.

»Ja, das war unglücklich.«

»Es gibt da tolle Videos. Hast du das eine gesehen, wo sie …«

»Ich habe sie alle gesehen, ja.«

»Wir sollten die Polizei anrufen.«

»Ja«, sagte ich. »Mein Gott, natürlich. Verdammt, es ist so verrückt …«

»Was?«, fragte sie.

»Man denkt doch nicht, dass einem in dieser Gegend so was passieren könnte.«

Die Polizei war mir bisher gar nicht in den Sinn gekommen. Ich war noch nicht wieder ganz bei mir. Natürlich sollten wir die Polizei anrufen.

»Das machen wir bei dir zu Hause«, sagte sie. »Ich bin deine Zeugin.«

»Und du hast das Video.«

»Ach, ich hab gar nicht gefilmt«, sagte sie. »Ich hab nur so *getan*, als würde ich filmen.«

»Sag mal, wie heißt du eigentlich?«

Sie lächelte.

»Lincoln Racksmackle«, sagte sie.

»Wie?«

»Ich bin Pia«, sagte sie. »Mein Name ist Pia.«

Ich ging ins Bad, während Pia, die mir nicht ganz geheuer war, sich eine Tasse Tee machte.

Ich lauschte für den Fall, dass ich mitbekam, wie Schubladen aufgezogen wurden. Sie würde nichts Wertvolles darin finden. Ein paar Speisekarten. Etwas Kleingeld vielleicht.

Ich starrte mich im Spiegel an. Wann hatte ich angefangen, anderen Leuten zu misstrauen?

Ach ja, richtig.

Ich würde Prellungen davontragen. Ich hatte mich schon immer gefragt, was ich wohl tun würde, wenn ich überfallen wurde. Tja, nun wusste ich es. Ich würde die Hände hochnehmen und zusammenklappen.

Ich fand eine uralte Flasche Hexachlorophen und etwas Watte.

»Warum machst du das, Pia?«, rief ich, während ich mit dem Antiseptikum auf einer Stelle herumtupfte, an der die Haut aufgeplatzt war. »Warum verfolgst du andere Leute? Warum mich?«

»Das solltest du eigentlich wissen«, sagte sie. »Du warst doch selbst beim Treffen.«

»Ja, aber ich war nicht deshalb da. Ich bin nicht hingegangen, weil mir was *fehlt*.«

»Doch, genau deshalb warst du da.«

»Ich war wegen meiner Freundin da.«

»Und sie ist das, was dir fehlt.«

Sie saß im Wohnzimmer, hatte die Beine hochgelegt und eine offene Dose Weihnachtskekse auf dem Schoß, von der ich gar nicht wusste, dass wir sie hatten.

»Du riechst gut«, sagte sie und tat, als müsste sie kotzen.

Sie war sehr selbstbewusst, das musste man ihr lassen.

»Aber deine Wohnung gefällt mir«, sagte sie und sah sich um. »Oh, und da ist ja auch deine Freundin …«

Sie zeigte auf den Kaminsims. Ein Foto von Hayley an dem Tag, an dem wir eingezogen waren. Haare zusammengebunden, erschöpft auf dem Sofa fläzend, von Kisten umgeben.

»Kennst du sie?«, fragte ich. »Von diesen Treffen?«

»Ich kenne sie ein bisschen. Sofern man bei diesen Treffen überhaupt was über jemanden erfährt. Ich bin mir aber nicht sicher, ob sie mich kennt.«

»Wusstest du, dass sie tun würde, was sie getan hat?«

»Ja.«

Ich starrte sie ein paar Sekunden an.

»Ja?«

»Ja, ich wusste es von Anfang an. Sie kam rein, und ich wusste es. Sie war voll bei der Sache. Voller Ideen. Sie war schon bei anderen Treffen gewesen. Sie tat es nicht, um sich selbst zu helfen.«

»Warum dann?«

»Ich habe mich gefragt, ob mit ihr vielleicht irgendwas nicht stimmt«, sagte sie achselzuckend. »Sie kam mir so zwanghaft vor. Weil sie solchen Druck machte.«

»Aber wusstest du, dass sie abhauen würde?«

»Ich glaube, sie wollte … die Beste sein. Sie wollte ihr Engagement beweisen und zeigen, dass sie alles stehen und liegen lassen würde, um jemand anders zu werden. Ich glaube, sie hat es für Andy getan.«

Andy?

»Für ihn? Du meinst, sie fand ihn … *begehrenswert* oder so was?«

»Andy ist nicht begehrenswert. Ich war schon bei Andy zu Hause. Er wohnt beim großen Lucozade-Schild in Brentford. Er hat eine Steckdosenleiste auf dem Boden liegen und acht Lufterfrischer eingestöpselt. Es riecht, als würde man durch ein Feld mit giftigem Lavendel laufen.«

Wieder zog sie eine Grimasse, als müsste sie kotzen.

»Komm mal wieder runter«, sagte sie. »Ich meine, genau genommen hat sie dich doch gar nicht verlassen, oder?«

»Hast du jemals mit ihr darüber gesprochen?«

»Ich habe eigentlich nie mit ihr gesprochen. Ich habe nur bei diesen Treffen zugehört. Ich dachte, darum ginge es eigentlich. Ums Zuhören. Nicht darum, seine eigenen Ziele voranzutreiben.«

»Wie oft machst du das?«

»Was?«

»Verfolgen. Kopieren.«

»Nur wenn ich jemanden interessant finde. Dich finde ich interessant.«

»Wieso?«

»Wegen dem, was dir zugestoßen ist. Ich wollte wissen, was es mit dir macht.«

Kopfschüttelnd sah ich sie an.

»Ich glaube, dir ist selbst was zugestoßen. Du hast doch nicht mehr alle Nadeln an der Tanne.«

»Du solltest es probieren.«

»Was probieren?«

»Verfolgen.«

Ich lachte bitter. *Ja. Klar. Ganz bestimmt.*

Sie griff in ihre riesige Parkatasche und holte die kleine Flasche Rum hervor, die sie neulich gekauft hatte. Sie drehte sie auf, nahm einen Schluck. Wie sollte ich sie bloß wieder loswerden?

»Hat sie sich mal gemeldet?«, fragte sie. »Ich meine, wenn man bedenkt, was sie dir angetan hat, wäre es doch mies, wenn man nicht …«

»Ja. Einmal. Eine Postkarte.«

»Darf ich die sehen?«

Ich überlegte kurz. Ich hatte sie noch niemandem gezeigt. Aber ich starrte sie oft an. Die ganze Nacht. Ich hatte Calum eine E-Mail diesbezüglich geschrieben. Er hatte mich angerufen, klang besorgt, schlug mir einen Trip nach Dublin vor, um einen klaren Kopf zu bekommen. Aber ich hatte ihm abgesagt, um in London zu bleiben, für den Fall der Fälle. Aber für welchen Fall denn eigentlich? Dass sie übers Festnetz anrief? Dass sie plötzlich wieder auftauchte? Calum meinte, ich sollte auf mich aufpassen, er würde an mich denken, und ich sollte ihn sofort anrufen, falls irgendwas passierte. Er meinte, er müsse eine Präsentation für eine Konferenz in Utrecht vorbereiten, andernfalls wäre er mit der nächsten Maschine nach London gekommen. Ich konnte seine Kinder im Hintergrund hören, *Peppa Wutz* ging zu Ende, sein Leben rief ihn. Ich kam mir albern vor. Es war erniedrigend, es war kindisch, und ich fühlte mich klein.

Aber warum sollte ich ihr die Karte nicht einfach zeigen? Das machte nichts. Sie war nur eine Fremde.

Sie las die Karte leise.

»Nur eins ist komisch«, sagte ich. »Ich glaube, das ist ein Songtext.«

»Bitte?«

»Ich saß in einem Taxi, da lief dieser Song im Radio. Ich hab den Text gegoogelt, aber offenbar hat sie ihn leicht verändert.«

»Sie hat dir einen Songtext geschickt?«, sagte sie. »Statt einer Erklärung? Du solltest wirklich unbedingt auch damit anfangen.«

Ich hielt mir die Augen zu und lächelte.

»*Solltest* du!«, sagte sie, und als ich aufs Sofa sank, musste ich unwillkürlich schon wieder lachen.

»Wer möchtest du sein, Tom?«

Ich verschränkte meine Beine, dann die Arme.

»Blöde Frage.«

»Wer möchtest du sein?«, fragte sie noch mal und reichte mir die Flasche.

»Ehrlich?«

»Ehrlich.«

»Millionen Leute. Axl Rose. Bradley Cooper.«

»Warum?«

»Hör auf. Ich bin kein kleines Kind«, sagte ich, nahm einen Schluck Rum und drehte die Kappe fest drauf. »Ich kann nicht einfach so sein wie diese Leute. Ich weiß ja nicht mal genau, wieso ich Axl Rose gesagt habe.«

»Okay, dann jemand aus dem wirklichen Leben«, sagte sie. »Wen kennst du, dem du gern ähnlich wärst?«

Ich spielte mit. Ich weiß selbst nicht, wieso. Um dem Ganzen einen Sinn zu geben? Um mit jemandem zu reden? Um an was anderes zu denken? Um *Konversation zu betreiben?*

»Aus dem wirklichen Leben?«

»Genau.«

»Ich kann nicht gerade sagen, dass die Leute, die ich im wirklichen Leben kenne, besonders … inspirierend wären.«

»Liegt es daran, wie sie sind, oder daran, wie du sie siehst?«, fragte sie, nahm die Flasche, drehte sofort die Kappe ab und schnippte sie durchs Zimmer.

Sie bot mir die Flasche an. Ich hob eine Hand, lehnte ab.

»Aus rein medizinischen Gründen«, sagte sie.

Ich gab nach.

»Komm raus mit mir«, sagte sie. »Jetzt gleich.«

»Nein.«

»Wir folgen jemandem. Ich zeig's dir. Es macht Spaß.«

»Du spinnst doch.«

»Da draußen wartet eine ganze Welt auf dich. Milliarden Menschen, die Milliarden Dinge tun. Glaubst du wirklich, dass nichts von diesen Milliarden Dingen besser ist als das, was du gerade tust?«

»Was ich tue … was ich …«

»Du sagst also: ›Es reicht. Mehr will ich nicht. Behaltet eure Milliarden Interessen für euch. Nichts davon kann mich reizen …‹?«

»Das habe ich doch überhaupt nicht gesagt …«

»Was glaubst du, was Bradley Cooper gerade macht? Meinst du, es ist besser oder schlechter, als in deiner Bude zu hocken, nach einem Raubüberfall, ohne deine Freundin, von der du nicht mal sicher weißt, ob sie eigentlich noch deine Freundin ist? Wahrscheinlich denkst du schon daran, dass du um Viertel nach drei wieder aufstehen musst – oder wann dein Wecker auch klingeln mag.«

»Da sagst du was«, sagte ich. »Ich sollte mich lieber hinlegen. Was ist mit Axl Rose? Ich frage mich, was Axl Rose wohl …«

»Was glaubt Hayley eigentlich, was du im Moment gerade machst? Und womit würdest du es Hayley gern mal so richtig heimzahlen?«

Sie zeigte auf das Foto auf dem Kamin. Hielt die Postkarte hoch.

»Was würde ihr so *richtig* stinken?«

Ah, jetzt hatte sie mich. Geschickt eingefädelt. Denn ja, vielleicht war es an der Zeit zurückzuschlagen, selbst wenn Hayley davon gar nichts mitbekommen würde. Pia merkte, dass sie auf dem richtigen Weg war.

»Du. Da draußen. *Das* würde ihr stinken. Du, der ihr zeigt, wie es geht. Und der dann sein eigenes Leben weiterlebt.«

Die Flasche an meinem Mund.

Lieber nicht.

»So gern ich zusehen würde, wie du andere verfolgst«, sagte ich und reichte die Flasche zurück, »sollte ich mich doch lieber hinhauen und …«

»Warum ausruhen, wenn du gar nichts *machst?* Wovon musst du dich erholen? Tu wenigstens irgendwas, von dem du dich erholen musst!«

»Pia, ich wurde gerade zusammengeschlagen.«

Sie lächelte.

»Das ist eine sehr *passive* Aktivität. Selbst das hast du jemand anderem überlassen.«

Damit entlockte sie mir ein Lachen.

»Eine Stunde«, sagte sie.

»Ich sollte nicht mehr vor die Tür gehen! Ich sollte die Polizei anrufen und …«

»Komm schon! Komm mit! Gib mir eine Stunde. Ich weiß, es klingt verrückt, aber du musst *begreifen*.«

Darüber dachte ich nach.

Nein.

Vielleicht?

»Ich hab noch einen gut bei dir.«

»Meinetwegen … ich brauche Milch.«

»Wir holen Milch. Wir gehen raus, um Milch zu holen. Sollte dich noch mal jemand angreifen wollen, mach ich ihm Beine. Komm schon. Ich hab dir heute Abend den Arsch gerettet.«

Dagegen kam ich nicht an.

»Und dann«, sagte sie und nahm noch einen großen Schluck aus der Flasche, »wollen wir doch mal sehen, was als Nächstes passiert.«

Irgendwie wollte ich auch gern sehen, was als Nächstes passierte.

[5]

»Wozu das Ganze?«, frage ich, als wir im Eingang vom Delmonico's an der South William Street Schutz vor dem Regen suchen.

Der Chinese ist längst weg, ersetzt durch einen Homosexuellen mit Schnauzbart und Ledermütze auf dem Weg zu einer Party. Wir sind ihm gefolgt, bis uns der Regen aus den Haaren tropfte.

»Kommen Sie«, sagt er. »Gehen wir rein.«

Wir nehmen einen Tisch mitten im Raum. Er trocknet sich die Stirn und nimmt eine Speisekarte.

»Kennen Sie dieses Restaurant?«, fragt er. »Die ersten gedruckten Speisekarten der USA. Auch die ersten Tischtücher. Hier gab es so einiges zuerst. Der erste Laden, der die Bezeichnung ›Baked Alaska‹ für Baisers verwendete. Angeblich auch der erste Laden, in dem es Eggs Benedict gab. Manhattan Clam Chowder wurde hier erfunden, in dieser Küche da, einen Meter hinter der Tür. Und wissen Sie das Allerbeste?«

Ich ziehe meine Jacke aus und schüttle den Kopf.

»Das Hamburg Steak.«

Ich habe noch nie davon gehört. Cockroft sieht mich verwundert an.

»Der erste Hamburger!«, sagt er. »Hier. Genau hier. Im Jahr 1834. Sie sehen also, es zahlt sich aus, originell zu sein. Man braucht nur diesen einen Moment der Inspiration, und schon hat man seinen Platz in der Geschichte!«

Ich sehe mich um, weil ich spüre, dass er es von mir erwartet.

»Und doch …«, sagt er und beugt sich zu mir vor. »Was ist, wenn man damit nichts anfängt?«

Er sieht mir in die Augen und lässt sich Zeit.

»Wissen Sie, an wie vielen McDonald's-Filialen wir auf dem Weg hierher heute vorbeigekommen sind? Wissen Sie, wie viele es im ganzen Land gibt? Fast sechstausend. Im letzten Jahr haben sie sieben Milliarden Dollar umgesetzt. Dieser Laden hier? Verkauft vielleicht zwanzig Burger am Tag. Heutzutage kriegt man sogar in *London* einen billigen Burger. Oder in *Tokio* – unglaublich, oder? Aber haben die Leute von McDonald's die Idee gehabt? Mitnichten. Sie haben sie nur nachgemacht. Sie haben die Inspiration für sich genutzt, aber inzwischen könnte man durchaus behaupten, dass sie mit Hamburgern gleichgesetzt werden. Und daran erkennt man die Macht einer Idee.«

»Aber Sie tun es doch nicht wegen des Geldes«, sage ich, und mir fällt die Frage wieder ein, der er draußen im Regen so elegant ausgewichen ist. »Warum kopieren Sie andere?«

»Hmm?«, macht er.

»Warum kopieren?«

»Warum kopieren?«, sagt er.

»Ja«, sage ich.

»Ja«, sagt er.

»Ja?«, sage ich.

»Ja?«, sagt er.

Ich lehne mich zurück, spiele nicht mehr mit.

Auch er schiebt seinen Stuhl zurück, mit übertrieben erstaunter Miene.

»Tut mir leid, ich mache nur Spaß«, sagt er, und seine wilden blauen Augen werden sanfter. »Warum ich kopiere? Ich habe es Ihnen doch gerade erklärt. Wir alle kopieren. Es steckt in uns. Es stellt den größten Teil unserer eigenen Persönlichkeit dar. Glauben Sie denn, wir schöpfen alle aus uns selbst? Tun wir nicht. Jedes Buch, das Sie gelesen haben, jeder Film, den Sie gesehen haben, jede Idee, die Sie je für Ihre eigene gehalten haben … alles gab es vorher schon. Im größeren Rahmen betrachtet ist das so, weil wir auf den Schultern von Riesen stehen.«

»Hübsch gesagt.«

»Nicht ich sage das. Es stammt von Isaac Newton. Und Tatsache ist: ›Bücher zeigen dem Menschen, dass seine originellen Ideen gar nicht so neu sind.‹ Abraham Lincoln.«

»Verstehe«, sage ich.

»Origineller Gedanke. Leider hatte Marie Antoinette ihn vorher schon. Und so weiter und so fort. Shakespeare. Alle, wie sie da sind. Alles, was man sagen könnte, wurde bereits gesagt. Alles, was man tun, fühlen und hören könnte, wurde schon getan, gefühlt und gehört.«

»Ich weiß nicht, ob ich verstehe, was Sie mir sagen wollen.«

»Was ich sagen will, und was andere schon vor mir gesagt haben, ist einfach: Warum sollte man nicht eine Abkürzung nehmen und sich gleich die Rosinen herauspicken? Warum sollte man die Lauferei auf sich nehmen, das mühsame Erfinden der tausend kleinen Dinge, die passieren müssen, bis man auf einen Gedanken, einen Geistesblitz, einen Plan stößt? Warum sollte man sich nicht jemanden suchen, der schon auf dem Gipfel angekommen ist, und sich von seiner Freude huckepack nehmen lassen?«

VIERZEHN

Wir standen an der Church Street in Stoke Newington, draußen vor der chemischen Reinigung, unter einer Laterne bei der Bushaltestelle.

Ein Bus fuhr vorbei.

»Na, das macht ja richtig Spaß. Jetzt verstehe ich auch, warum so ein Wirbel darum gemacht wird.«

»Du musst Geduld haben«, sagte Pia. »Was ist mit dem da drüben?«

Sie zeigte mit dem Ellbogen – die Hände tief im Parka vergraben.

»Der Typ da? Dem willst du folgen?«

Zwanzig Meter weiter überquerte ein Mann Mitte dreißig die Straße vor der Town Hall und sah dabei nach links und rechts.

»Warum nicht? Guck dir seine Schuhe an. Converse. Es zeigt, dass er geerdet ist.«

»Oder geizig.«

»Notebook-Tasche, abgewetztes Leder. Also arbeitet er, wahrscheinlich kreativ. Tüten vom Weinladen.«

»Also geht er nach Hause.«

»Er könnte auch zu einer Party gehen. Oder zu einer Weinverkostung. Man weiß es nicht.«

»Er sieht ziemlich … normal aus.«

»Möchtest du denn nicht normal sein?«, fragte sie. »Eine Hypothek abbezahlen? Jeden Freitagabend das gleiche Essen aus demselben Laden holen? Einen Bürojob haben, am Telefon sitzen: ›*Küchenbedarf, guten Morgen, Tom am Apparat …?*‹ Das ist das, was die meisten Leute wollen.«

»Du willst also Durchschnittsbürger verfolgen, die sich ihr Lieblingsessen holen?«, fragte ich.

»Manchmal gefällt mir das. Manchmal gefällt mir dieses ›*Guten Morgen, was kann ich für Sie tun …?*‹.«

»Wie ist eigentlich dein Deckname?«

»Mein was?«

»Andy Double. Felix Folgsam. Wie heißt du?«

»Ich hab einen Doppelnamen«, sagte sie. »Pia Xerox-Ebenso.«

»Das hast du dir doch gerade ausgedacht.«

»Stimmt. Ich finde das alles so was von uncool«, sagte sie und suchte die Straße ab, sah zur Bibliothek hinüber. »Und was ist mit der da?«

Ein junges Mädchen im pinken Jogging-Anzug brüllte in ein billiges Headset, mit einer Schachtel von Luigi's Delicatessen in der Hand. Ihre Worte flogen uns um die Ohren.

»Du willst wissen, von wem ich das hab? Da bin ich ja wohl kaum die Einzige … «

Sie lief an John's Gartencenter vorbei, dann blieb sie stehen, um wieder lauthals in ihr Handy zu keifen.

»Nein danke«, sagte ich.

»Ich mein ja nur. Alle diese Leute gehen irgendwohin. Jeder hat seine Geschichte. Ein Ziel. Ist das nicht interessant?«

»Geht so.«

»Komm mit in die Stadt. Zum Trafalgar Square. Weißt du, wie viele Geschichten da anfangen? Abends, um diese Zeit, bestimmt eine Geschichte pro Sekunde!«

»Am Ende folgen wir nur einem Touristen nach Heathrow. Das ist dann unsere Geschichte. Wir werden vor dem Zeitschriftenladen stehen, während er sich ein Nackenkissen und Pfefferminzpastillen kauft. Und woher wissen wir, wann wir aufhören sollen? Kurz vor Osaka?«

»Hey, guck mal!«, sagte sie, ignorierte mich, und ich folgte ihrem Blick.

Okay, das … das war wirklich interessant. Ein feiner Herr. Nicht nur ein Mann – ein *Gentleman*. Älter. Vielleicht Mitte sechzig. Hut. Klassischer Burberry-Trenchcoat, mandelfarben. Er war im The Fox Reformed gewesen – der Weinbar mit der roten Front, in die ich immer schon mal wollte, mich aber nie getraut hatte. Einen Moment blieb er unter der Büste von Edgar Allan Poe stehen und rückte seinen Hut im rötlich gelben Licht der Straßenlaterne zurecht, während Blätter ihn umwehten.

»Der ist super«, sagte Pia. »Sieh dir seine Aktentasche an.«

Sie war alt, aber gepflegt. Messingschlösser auf kastanienbraunem Leder. Er trug Budapester und hellbraune Lederhandschuhe. Einen Bart und eine kleine, runde Brille. Das Gesicht sprach Bände und war rot wie die Flaschen auf der Weinkarte im Fox.

Ich sah ihn mir genau an. Ich glaube, länger hatte ich noch keinen Fremden angesehen. Ich sah sie überall, Fremde … ich sah sie mir nur nie an.

Der Mann warf einen Blick auf seine Uhr, während er näher kam, und strich im Vorübergehen seinen Mantel glatt.

»Folgen wir ihm«, sagte sie und zupfte an meinem Ärmel.

»Ich fühl mich nicht wohl dabei«, sagte ich und blieb, wo ich war.

»Nur ein bisschen«, sagte sie. »Er haut uns ab …«

Sie starrte mich an wie ein kleines, abenteuerlustiges Mädchen, das kaum glauben kann, dass sein langweiliger Onkel nicht mitmacht.

Und deshalb gab ich nach. Wir hielten Abstand. Wir gingen die Church Street hinunter, blieben hundert Schritte zurück.

An der Green Lanes bog er rechts ab und wurde schneller.

»Er ist spät dran«, sagte sie und zog mich mit. »Er muss irgendwohin. Das ist spannend.«

»Er könnte sonst wohin gehen«, sagte ich genervt. »Lauf langsamer …«

»Aber darum *geht es doch gerade!*«, sagte sie. »Dass er sonst wohin gehen könnte!«

Plötzlich fing er an, mühsam zu rennen, als der 141er kam, winkte, um den Fahrer auf sich aufmerksam zu machen. Doch der Bus fuhr einfach weiter, und der Fahrer besaß nicht mal genug Anstand, entschuldigend die Hand zu heben.

Jeder hat es eilig. Jeder muss irgendwohin.

»Okay«, sagte ich, überrascht, dass ich mitgerannt war. »Er hat seinen Bus verpasst. So viel dazu. Wir wären ihm zu einer Bushaltestelle gefolgt und hätten gesehen, wie er wegfährt. Wie schade, dass uns das entgangen ist.«

»Dein Sarkasmus langweilt mich«, sagte Pia. »Guck mal, er hat einen Plan B.«

Er warf noch einen Blick auf seine Uhr und lief auf der Green Lanes weiter, an der Bronswood und dann am Pirate's Playhouse vorbei.

»Er geht zur U-Bahn«, sagte sie. »Manor House. Das ist die Piccadilly Line. Wo fährt er hin? Kensington?«

»Wenn wir ihn uns schönreden wollen. Vielleicht fährt er auch nach Uxbridge. Oder Heathrow.«

»Bist du dabei?«

»Uxbridge? Nein! Pia, wir sind einem Mann zu einer Bushaltestelle gefolgt, und jetzt laufen wir zu einer U-Bahn-Station. Es ist zehn vor acht. Ich glaube, mir reicht's für heute.«

»Komm schon«, sagte sie. »Du hast doch eine Oyster Card. Du hast eine Oyster Card, weil ich verhindert habe, dass dir jemand deine Oyster Card *klaut!* Und was macht es schon? Geben wir ihm eine Stunde. Um halb zehn liegst du warm und kuschelig im Bett. Versprochen.«

Irgendwas in ihren Augen hatte sich verändert. Sie leuchteten. Sie wollte es wirklich. Ich konnte die ganze Sache beenden. Oder ich konnte mitmachen. Schließlich war es ja nur eine Fahrt mit der U-Bahn.

»Um halb zehn warm und kuschelig im Bett«, sagte ich.

Wir tauchten ins Manor House ab, hielten unsere Oyster Cards an den Fahrscheinautomaten, hinter dem Mann, der sich beeilte, die Treppe hinunterhastete, die eine Hand leicht am Geländer. Sie hatte recht. Er musste irgendwohin. Irgendwie war es doch interessant. Irgendwie wollte ich doch gern wissen, was er vorhatte. Einen kleinen Hinweis.

»Erster Test«, sagte Pia. »Nach Norden Richtung Cockfosters oder südwärts ins *Vergnügen?*«

Wir sahen, wie der Mann die Beschilderung in Augenschein nahm. Er wählte südwärts. Sie gab mir einen Stoß in die Rippen. Einen Blick, der sagte: »Siehst du?« Wir folgten ihm zum Bahnsteig hinunter, tief unter den Straßen und Häusern und Parks von London, und als der Zug eine Minute später eintraf, sprangen wir hinein, fünf oder sechs Schritte hinter ihm.

»Einen Fünfer, dass es King's Cross ist«, flüsterte ich. »Aber das war's dann. Ich werde meinen Abend nicht damit verbringen, mit einem Pendler mitzupendeln.«

»Wir müssen Abstand halten«, sagte sie und zog mich ans andere Ende des Waggons. »Was macht er gerade?«

Ich warf einen Blick hinüber.

»Er setzt sich hin. Er hat seine Zeitung rausgeholt.«

»Welche Zeitung?«

»Den *Telegraph*.«

»Dann ist er Traditionalist«, sagte sie, und ich rollte mit den Augen.

»Müssen wir uns jetzt eine Geschichte über ihn ausdenken?«, fragte ich. »Wie Frischverliebte in einem Simon & Garfunkel-Song? Müssen wir sagen, dass er aussieht wie ein Spion?«

»Aber er sieht wirklich aus wie ein Spion!«, sagte Pia. »Wir sollten uns nachher einen *Telegraph* besorgen. Um nachzusehen, was er liest. Vielleicht finden wir da einen Hinweis.«

»Nachher?«

Und weiter ging die Fahrt, über Finsbury Park, Arsenal, Holloway Road … kurz vor King's Cross machten wir uns bereit, weil wir wussten, dass er hier vielleicht aussteigen würde – Vorsicht beim Öffnen der Türen –, um die Metropolitan Line zu nehmen, oder die Circle Line, oder vielleicht die Treppe hinauf in die georgianische Bahnhofshalle, um mit dem Zug in die Provinz zu fahren.

Doch er blieb auf seinem Platz sitzen und raschelte mit seiner Zeitung.

»Er fährt in die Innenstadt«, sagte Pia und drückte meinen Arm. »Wir lagen beide falsch!«

Und wir ruckelten am Russell Square vorbei, dann Holborn, dann Leicester Square, Covent Garden …

»Er will aussteigen«, sagte sie mir leise ins Ohr und tat dabei, als würde sie woanders hinsehen. »Er kramt sein Zeug zusammen …«

»Okay, also Piccadilly Circus …«

»Vielleicht hat er ein Rendezvous! Vielleicht gibt es da ein cooles, abgelegenes Restaurant, das nur Leute wie er kennen! Oder einen Sex-Club!«

»Du würdest diesem Mann tatsächlich in einen Sex-Club folgen, stimmt's?«

Der Zug wurde langsamer, Bremsen kreischten, und wir spannten uns an, um dem ruckenden Halt zu begegnen.

Der Mann stand schon an der Tür.

»Du hast noch eine halbe Stunde«, sagte ich, und sie klatschte dreimal in die Hände, als hätte ich ihr einen Besuch im Disneyland versprochen.

Er fuhr die Rolltreppe hinauf, und wir fuhren ihm hinterher, drückten uns eilig an den schweigenden Leuten vorbei, schoben den einen oder anderen Touristen nach rechts und drängten durch die Sperre, die Treppe rauf und raus, in die bunte Lichterwelt des Piccadilly Circus.

Er lief schnell, sah wieder auf seine Uhr, richtete seinen Hut und hielt den Kopf gesenkt, schob langsamere Passanten sanft mit seiner Aktentasche aus dem Weg und schlängelte sich elegant zwischen ihnen hindurch. In Soho war viel los an diesem Abend, alles voller Menschen und Busse und Taxis, und wir folgten ihm die Shaftesbury Avenue hinunter, an der Rupert Street vorbei – Chinatown und Junggesellenabschiede zu unserer Rechten –, bis wir zur Feuerwache von Soho kamen. Er hob zum Dank seine Aktentasche, als ein Bus ihn passieren ließ, und lief über die Straße.

»Er läuft kreuz und quer«, sagte ich. »Da ist was faul.«

»Er hat keine Ahnung, dass wir ihm folgen«, sagte sie, während wir hinterherhetzten. »Er will nach Soho. Vielleicht ins Ronnie Scott's. Er sieht aus wie ein Jazzmusiker.«

Aber wir liefen an der Frith Street vorbei.

»Vielleicht ist er Theaterdirektor. Vielleicht kommt er zu spät zur Premiere seines eigenen Musicals.«

An der Dean Street bog er ab.

»Vielleicht will er zum Pizza Express«, sagte ich. »Vielleicht will er eine Pizza essen.«

»Ich glaube, jetzt übertreibst du es aber mit deiner blühenden Fantasie«, sagte sie. »Guck mal.«

Der Mann wich einer Gruppe von Paparazzi aus, vor einem grauen Gebäude, an dem riesige rote Flaggen hingen. Er versuchte durchzukommen, hob höflich eine Hand, zögerte jedoch auch nicht, *versehentlich* jemandem seine Aktentasche ins Kreuz zu rammen.

»Das ist das Randolph«, sagte ich. »Ein Privatclub. Na, das war's dann wohl.«

»Wieso war's das?«

»Weil wir da nicht reinkommen. Man muss Mitglied sein.«

Der Mann war schon drinnen. Die Tür – groß und schwarz und stabil – war zu.

»Nein, man muss nicht Mitglied sein«, sagte sie. »Ich meine, man muss *schon* Mitglied sein. Aber man kann ja einfach so *tun*, als wäre man Mitglied. Du könntest allerdings auch so tun, als wärst du ohne Glied.«

Sie boxte mir in die Rippen. Das tat echt weh.

»'tschuldigung!«, sagte sie. »Nein, man geht einfach rein.«

Wir standen davor, abseits der Fotografen.

»Ich gehe da nicht einfach so rein. Die werden uns nur bitten, wieder zu gehen. Wollen die nicht einen Ausweis sehen oder so?«

»Solche Läden nicht. Die trauen sich nicht, nach dem Ausweis zu fragen, falls man tatsächlich jemand Wichtiges sein sollte. Und man lässt es gar nicht erst so weit kommen, dass sie einen fragen, ob man Mitglied ist. Die haben ein Gästebuch. Man sagt nur: ›Hey, Leute!‹, und tut so, als wäre man ständig da. Oder man sagt: ›Ist oben heute Abend offen?‹, und schon hat man die Besucherliste abgezeichnet, und sie gehen davon aus, dass du dazugehörst. Meinst du denn, die erinnern sich an alle ihre Mitglieder?«

»Du scheinst mir bemerkenswert vertraut mit solchen Situationen.«

»Komm schon, du gehst vor. Sag einfach: ›Hey, Leute!‹, unterschreib und geh weiter.«

»Ganz bestimmt nicht.«

Sie schob mich über den Gehweg zur Tür.

»Nein. Der Spaß ist vorbei.«

Sie schob mich weiter. Ich versuchte mitzuspielen, es alltäglich aussehen zu lassen, aber einer von den Paparazzi hatte sich umgedreht und ahnte etwas. Er hob seine Kamera an, für alle Fälle.

»Hör auf«, sagte ich zu ihr. »Die Leute gucken schon.«

Ich wollte nicht im Mittelpunkt der Aufmerksamkeit stehen. Ich musste mich normal geben. Ich kam zur Tür und stieß sie auf, während Pia hinter mir kicherte.

In einem kleinen Vorraum blickten hübsche Mädchen hinter einem hohen Eichenpult auf. Dreimal knallrote Lippen, dreimal freundliches Lächeln.

Ich hob kläglich eine Hand.

»Hey, Leute!«, sagte ich, damit sie mich nicht fragten, ob ich Mitglied war.

»Hi«, sagte das erste Mädchen mit nachlassendem Lächeln. »Sind Sie Mitglied?«

Mist.

Ich sah Pia an, die schon am Gästebuch stand, den Stift wie ein kleines Kind in der geballten Faust. Sie versuchte, Nägel mit Köpfen zu machen.

»Nein«, sagte ich achselzuckend. »Und sie auch nicht.«

»Wir sind hier mit jemandem *verabredet*«, sagte Pia und warf mir einen Blick zu. »Und *der* ist Mitglied.«

»Und wie ist der Name des Mitglieds, bitte?«

»Matthew Channing«, sagte sie, ohne mit der Wimper zu zucken.

Wer? Ich schaute Pia noch mal an, völlig verdutzt. Dann sah ich, dass sie einen Finger im Gästebuch hatte. Irgendein Name. Jemand, der dort unterschrieben hatte. Matthew Channing.

»Erwartet Matthew Sie?«, fragte das Mädchen. »Er hat nichts davon gesagt, dass er Gäste erwartet.«

»Wir haben gesimst«, sagte Pia. »Gerade eben erst. Er meinte, wir sollten vorbeikommen. Er meinte, dass er in seiner Lieblingsecke sitzt und wir fragen sollen, wo das ist.«

»Okay«, sagte das Mädchen, kam um das Pult herum und öffnete die Tür. »Er ist in der oberen Bar …«

Durch die Türen Gelächter. Ein Mahagonitresen, Kunst an den Wänden – ein Damien Hirst? –, fette, lederne Clubsessel, Espresso Martinis, Klaviermusik.

Nur das Mädchen stand im Weg.

»Ich bringe Sie schnell zu ihm.«

»Ach, das müssen Sie doch nicht«, sagte ich in plötzlicher Panik, denn wir konnten gut darauf verzichten, einem nichts ahnenden Fremden vorgestellt zu werden. »Es geht schon. Ehrlich. Wir finden ihn. Ich meine, so groß kann das da oben ja nicht sein. Oder doch?«

»*Normalerweise* bringen wir Gäste zu ihm«, sagte das Mädchen, was mir einen möglichen Ausweg aus der Situation bot. »Wenn sie keine Mitglieder sind.«

»Nun, das wäre wirklich *sehr freundlich* von Ihnen«, sagte Pia.

Was?

»Bitte, nach Ihnen.«

In der Bar sahen wir rechts von uns den Mann, dem wir von Stokey bis hierher gefolgt waren. Seinen Hut hatte er abgelegt, seinen Trenchcoat auch, und darunter trug er ein auffälliges gelbes Jackett mit gepunkteter Krawatte. Er hatte seine Aktentasche aufgeklappt und holte Noten heraus … dann trat er ans Klavier, im Schatten eines echten Peter Blake. Old Man Stokey war der Hauspianist. Und er war *gut*. Pia warf mir einen Blick zu, als wir durch die Bar und die Treppe hinaufgingen, vorbei an einem Rockstar, der Hand in Hand mit dieser Wie-hieß-sie-gleich herumstolzierte.

»Das hier ist besser als Pizza Express«, flüsterte Pia.

»Pizza Express wird unterschätzt«, sagte ich.

»Matthew geht immer in die obere Bar«, sagte das Mädchen lächelnd, und als Old Man Stokey mit »Paint It Black« loslegte, wurde mir bewusst, dass wir gleich vor einem Mann namens Matthew stehen würden, der uns mitnichten erwartete.

»Hi, Matthew!«, sagte das Mädchen kokett, und ein attraktiver Mann in gut geschnittenem mitternachtsblauem Anzug legte seine Cocktailkarte weg und blickte auf. »Ihre Gäste sind da.«

»Hi!«, sagte Pia munter.

»Hi!«, sagte ich eher leise.

Ich dachte daran, wie wir aussahen. Ein kleines Mädchen im weiten blauen Parka. Ein großer Mann mit dicker Backe, dem in diesem Moment bewusst wurde, dass er zu viel Hexachlorophen aufgetragen hatte.

»Hallo …?«, sagte Matthew, und seine schmalen Augenbrauen bogen sich über dunkelgrünen Augen. Er trug ein selbstbewusstes Oberlippenbärtchen, wie es sich nur die wirklich Attraktiven oder Mörder aus dem 19. Jahrhundert leisten konnten.

»Hi!«, sagte Pia noch mal, während das Mädchen in Schwarz danebenstand, und dann beugte sie sich irgendwie unbeholfen vor und gab ihm einen Kuss auf die Wange. »Wie geht es dir, mein Lieber?«

»Gut, sehr gut«, sagte Matthew und spielte mit. »Lange nicht gesehen.«

Er tat, als würde er uns kennen.

»Ist alles so weit okay, Matthew?«, fragte das Mädchen in Schwarz beiläufig. Als würde sie sich nach Drinks oder Sitzgelegenheiten erkundigen, obwohl sie eigentlich sagen wollte: »Ich möchte nur sichergehen, dass die beiden Komiker zu Ihnen gehören.«

»Alles gut, Berenice, vielen Dank …«

»Ich bitte um Verzeihung, was den Geruch angeht«, sagte sie schnüffelnd. »Offenbar hat jemand die Tische gereinigt.«

Als sie ging, beugte sich Pia zu Matthew vor und sagte: »Darf ich offen sprechen?«

Mein Gott. Das ging schnell.

»Wir sind gar nicht deine Gäste.«

»Bitte?«, sagte Matthew, und ich wich langsam zurück.

»Wir sind Freunde von Lucy«, sagte Pia.

»Oh! Ha!«, sagte Matthew. »Gott sei Dank! Ich wusste nicht, wo ich euch einordnen sollte. Welche Lucy? Lucy Parker?«

Nein!

»Ja. Lucy Parker.«

Was machte sie da?

»Wie *geht* es Lucy?«, sagte Matthew und suchte nach einer Erinnerung. »Arbeitet sie immer noch in der Tate?«

»Du kennst doch Lucy«, sagte Pia, von der ich ziemlich sicher annahm, dass sie Lucy definitiv nicht kannte. »Arbeit, Arbeit, Arbeit. Tate, Tate, Tate.«

»Ich habe sie seit Berlin nicht mehr gesehen. Entschuldige, wart ihr auch dabei? Haben wir uns da …?«

»In Berlin? Nein, wir kennen uns nicht aus Berlin. Was war denn in Berlin?«

»Edgars dreißigster. Oh, hoffentlich bin ich damit jetzt nicht ins Fettnäpfchen getreten …«

Pia machte ein Gesicht, als würde das so manches erklären.

»Ach, na ja, so gut kenne ich Edgar nun auch wieder nicht, also nein – bist du nicht! *Entschuldige,* wie unhöflich von mir! Das ist Tom.«

»Hallo, Tom.«

»Hallo, Mr. Channing.«

Mr. Channing?

»Haha. Nenn mich Matthew. Und ist Lucy heute Abend auch hier?«

Plötzlich kam er mir so bekannt vor, dieser Mr. Channing.

»Sie wollte eigentlich, aber nein. Wir sind nur …«

»Kann ich Ihnen was zu trinken bringen?«, fragte ein Mädchen im engen Rock lächelnd. Sie hielt ein Whiskyglas mit Salzstangen in der Hand, was ich irgendwie ungewöhnlich fand.

»Unbedingt. Setzt euch, nehmt Platz!«, sagte Matthew. »Wie unhöflich von *mir* – nicht dass *ihr* unhöflich gewesen wärt …! Bitte, gesellt euch auf einen Drink zu mir, danach muss ich los zum Abendessen …«

Und plötzlich wusste ich, wer das war. Es lag an der Art und Weise, wie er uns bat, Platz zu nehmen. Der versponnene Brite, voller Selbstironie und Edelmut. Woher kannte ich das? Jonathan Ross? Graham Norton?

»Du bist der Schauspieler!«, sagte ich, als ich mich setzte und mich auf einem überraschend niedrigen Stuhl viel zu weit unten wiederfand. »Du bist Matthew Channing, der Schauspieler!«

Die Kellnerin warf ihm einen fragenden Blick zu, den er weglächelte, mit einem Nicken, das sagte: »Ist schon okay.«

Matthew Channing war nicht nur irgendein Schauspieler. Matthew Channing war einer der begehrtesten jungen Schauspieler des Landes. Es war gemunkelt worden, er würde Dr. Who spielen, sein Name tauchte auf, als es um den zukünftigen James Bond ging, er hatte sich einen Namen mit *Das Tal der Angst* im National Theatre gemacht, war für einen Olivier nominiert worden, hatte ihn aber an Colin Firth verloren, und es bis aufs Innencover von *Vanity Fair* geschafft. Inzwischen hatte Scarlett Johansson ihn angeblich als Mr. Darcy auserkoren, für eine rockigere Adaption von *Stolz und Vorurteil*. Er war *der* Matthew Channing.

Er tat überrascht, als hätte ich ihn erwischt. Ein müdes Lächeln, das andeutete: Kann ich nicht einfach mal *ich selbst* sein?

Ich hätte mir in den Arsch treten können, weil ich mitspielte. Verdammt – wieso hatte Pia ausgerechnet *seinen* Namen ausgesucht? Wenn hier schon Medienleute waren, wieso konnte sie dann nicht jemanden nehmen, der bei ITV2 arbeitete oder die Rückseiten von DVDs betextete?

»Ich bin Schauspieler, ja«, sagte er. »Aber außerdem bin ich durstig. Ich nehme einen Negroni, bitte … Mein Gott, entschuldige, ich habe deinen Namen vergessen …«

Die Kellnerin errötete und strahlte übers ganze Gesicht, vielleicht weil sie sich vorstellte, wie dieser Mann, auf den sie herabblickte, vor ihr auf die Knie fiel und um ihre Hand anhielt.

»Ich heiße Alice.«

»Einen Negroni, bitte – Alice.«

Er schloss die Augen, als er ihren Namen sagte – um zu zeigen, dass er ihn der Schatzkammer der Frauennamen anvertraute, die er im Kopf behielt, und ihm ein eigenes Regal zuwies, um ihr zu zeigen: Ich weiß, wer du bist. Ihr Stift tappte auf dem Bestellblock herum, die Erregung fand einen Ausdruck, wie Luftblasen ihren Weg an die Oberfläche finden.

»Nun, ich glaube, dem schließe ich mich an«, sagte Pia, betrachtete mich mit hochgezogenen Augenbrauen, um sicherzugehen, dass ich mitbekam, wie man es machte. »*Ich nehme auch einen Negroni.* Tom?«

»Was ist ein Negroni?«

»Dann also drei Negronis«, sagte sie.

»Eigentlich heißt es *Negroni*«, sagte Matthew, und obwohl das etwas war, das sie normalerweise bestimmt dazu veranlasst hätte, sich über jemanden zu ereifern, konnte Pia gar nicht aufhören zu lachen … und ich merkte, wie sehr sie sich verändert hatte, seit wir hier hereingekommen waren. Sie war selbstbewusster, lauter – vielleicht sogar etwas vornehmer. Die *Stimme*. Sie passte sich an. Ahmte nach. Machte mit. Plötzlich wirkte der Parka gar nicht mehr so ungepflegt. Er wirkte … kreativ.

»Was *ist* denn ein Negroni eigentlich?«, fragte ich. »Nur weil ich allergisch gegen Gin bin …«

Ich bin nicht allergisch gegen Gin. Ich versuchte nur, mich am Gespräch zu beteiligen. Pia war meisterlich darin. Es gelang ihr mühelos. Ich konnte das nicht. Wenn ich es versuchte, fing ich sofort an, mir selbst fiktive Allergien anzudichten.

»Nun, ich fürchte, da *ist* Gin drin«, sagte Matthew freundlich lächelnd. »Gin ist sogar der Hauptbestandteil. Soll ich ihn lieber abbestellen?«

»Nein«, sagte ich und winkte ab. »Das macht bestimmt nichts.«

»Was treibst du denn gerade so?«, fragte Pia, während ich mich in der Bar umsah. Ich hatte schon vom Randolph gehört. Der Club stand dauernd in der Zeitung. Ich hatte allerdings nicht gedacht, dass es dort wie in der Lounge der Business Class von British Airways aussehen würde. Auslegeware, polierter Tresen, Messingbeschläge. Hier und da ein Farbklecks, gedämpftes Licht, mit dunklen Jalousien, um Soho auf Abstand zu halten. Um mich herum saßen jede Menge Leute – die Dominanten oder Einflussreicheren der einzelnen Gruppen jeweils mit dem Rücken zur Wand, um zu sehen und gesehen zu werden. Und sobald jemand Neues hereinkam, blickten sie auf. Jedes Mal entstanden peinliche Gesprächspausen, wenn eine Geschichte durch Neuankömmlinge unterbrochen wurde, weil der Erzähler für den Bruchteil einer Sekunde überlegte, ob es die Sache wert war oder ob er den Gedanken fallen lassen sollte, um stattdessen lieber den neuen Gast zu begrüßen. Riesige Bilder an den Wänden. Ein Neonfleck. Denise Van Outen zog eine Flappe. Verdammt! Brandon Flowers hinten in der Ecke lehnte sich zurück, während ihm ein zugekokster Mann im Anzug (ohne Krawatte, um cool zu wirken, denn im Grunde war er ein Killer) eindringlich und mit unablässig wippendem Bein etwas erzählte, das Brandon offensichtlich nicht die Bohne interessierte.

»Wow!«, sagte Matthew, und abrupt widmete ich mich wieder dem Gespräch. Ich hatte keine Ahnung, was ihm ein »Wow« abnötigte. »Das macht bestimmt Spaß. Und was ist mit dir, Tom? Was treibst du so?«

Hilfesuchend sah ich Pia an. Was hatte sie erzählt? Hatte sie gelogen, was ihre Arbeit anging? Gute Frage – was arbeitete sie eigentlich?

»Ich bin beim Radio«, sagte ich.

»Oh, welcher Sender?«

»Talk London. Ich spreche die Nachrichten beim Frühstücksradio von Talk London. *London Calling*. Oder zumindest habe ich das mal. Jetzt nicht mehr. Oder bald wieder. Egal.«

»Talk London? Was habe ich darüber gerade gelesen?«

Mir wurde ganz flau.

»Was war das noch?«, sagte er, die Arme verschränkt, die Stirn gerunzelt, ein Finger tippte an die Unterlippe. »Da ging es irgendwie um …«

»Marmeladennazis?«, fragte Pia hilfreich.

»JA!«, rief Matthew. »Die Marmeladennazis! Hey, das war genial. Marmeladennazis. ›Marmelade im Schrank ist verboten! Ich will aber Marmelade im Schrank!‹ Oh, Mann.«

»Das war *er!*«, sagte Pia und deutete auf mich.

»Na ja, ich hab nicht wirklich …«

»Das warst du?!«, sagte er, rückte näher, mit einer Hand auf meinem Knie und einem Ausdruck aufrichtiger Begeisterung im Gesicht.

»Nein, ich war … ich war nur derjenige, der den Regler offen gelassen hat, und …«

»Ha!«, rief Matthew. »Der HAMMER! Der Typ klang wie ein Arschloch. Ist er ein Arschloch?«

Pia war begeistert. Matthew stürzte sich förmlich auf mich.

»Na ja, er ist … schon ein bisschen arschlochig.«

»Seid ihr alle froh, dass ihr ihn los seid?«

»Na ja …«

»Genial. Genial. Wow. Hast du die Videos gesehen? Die Videos sind grandios. Eins davon habe ich an jemanden weitergeleitet, den ich in den Staaten kenne. Einen Regisseur. Oliver Stone. Seine Antwort war: ›Fuck yeah!‹ Oliver ist kein

Mann vieler Worte, aber er kann damit die richtigen Emotionen vermitteln.«

Oliver Stone wusste von den Marmeladennazis. Er wusste vom *Schrank in unserem Studio*.

»Und jetzt sitzt du hier. Eine Internetberühmtheit. Ich möchte ein Foto mit dir machen. Hier drinnen dürfen wir das nicht, das ist nicht erlaubt, aber draußen, okay? Ich möchte ein Foto mit dir, und das möchte ich Oliver Stone schicken.«

Das war kein Satz, den ich schon mal gehört hatte.

Draußen, drei *Negroni* später, stürmte ein rotwangiger Matthew Channing zur Tür des Randolph hinaus, hielt mich im Schwitzkasten, und seine manikürten Finger verwuschelten mir die Haare, bevor ich mich befreien konnte.

»Wozu ein beschissenes Foto mit einem Handy machen, wenn wir es einfacher haben können?«, sagte er, und die Paparazzi spielten verrückt.

Er packte mich noch mal, als sie ihrem Job nachgingen und uns mit tausend Blitzen aus einem Dutzend Kameras blendeten. Auf der anderen Straßenseite, vor dem Thai-Restaurant, blieben die Leute stehen und zeigten herüber. Erst drehte er mich um, als würde er mit mir tanzen, dann hielt er meinen Arm hoch, während die Fotografen schubsten und drängelten, um sich Platz zu verschaffen.

»Geh einfach nachher online und gib meinen Namen ein«, sagte Matthew. »Da findest du die Bilder. Ich wette, die haben sie in fünf Minuten hochgeladen. Und ich hab deine Nummer. Ich schick dir meine, okay?«

Wir sahen ihm hinterher, als das Mädchen im schwarzen Rock ihn zu seiner Limousine führte, während die Paparazzi ihm folgten, um noch ein letztes Foto zu machen, weil sie nach wie vor nicht überzeugt davon waren, dass die bisherigen Bilder möglicherweise ausreichten.

Ich wandte mich Pia zu.

»Na, das war ja …«

»Beschissene Marmeladennazis!« war das Letzte, was wir von ihm hörten – die geballte Faust zum Gruß aus dem offenen Fenster gereckt –, als seine Limousine an uns vorbeidonnerte und auf der Dean Street immer kleiner wurde.

»Wer bist du, Mann?«, fragte ein Reporter, der plötzlich neben mir stand, mit der Kamera um den Hals und einem Zettel in der Hand.

»Tom«, sagte ich verdutzt.

»Tom *Adoyo* von Talk London«, sagte Pia, schrieb ihm den Namen auf und spazierte davon.

»Das war supergeil«, sagte sie und suchte in ihrer Tasche nach einer Selbstgedrehten. »Wohin jetzt?«

»Wow!«, sagte ich mit Alkohol im Blut. »Ich glaube, meine Gin-Intoleranz habe ich endgültig überwunden!«

»Du trinkst nicht viel, was?«

»Ich trinke eigentlich überhaupt nicht«, sagte ich. »Aber momentan empfinde ich ein *enormes* Wohlbehagen.«

»Dito«, sagte sie. »Hey, ich weiß, wie du heißt!«

»Hä?«

»Tom *Ditto!*« Sie lachte.

»Ich will keinen Spitznamen«, sagte ich.

»Tom Ditto!«

»Ich finde ihn eher traurig.«

Und dann, als sich eine Gruppe betrunkener Iren in Rugbyhemden vor den Paparazzi aufspielte, fragte sie: »Wer jetzt? Wohin jetzt?« Die Pubs machten langsam Feierabend. Die Partymeute strebte in die Bars.

»Es ist … verdammt, es ist halb zwölf«, sagte ich. »Es ist schon so spät, Pia, ich muss …«

»Warte«, sagte sie. »Eins noch. Eins müssen wir noch machen.«

Sie winkte eine Rikscha heran.

»Nein, nein«, sagte ich. »Hör zu, wir …«

»Wohin?«, fragte der Fahrer, der nur aus Beinen und umgedrehter Baseballkappe zu bestehen schien.

Sie packte mich, zog mich auf den Sitz. Direkt vor uns stieg ein großer schwarzer Typ, den ich von irgendwoher kannte – Boyband? DJ? –, in ein Taxi, dessen gelbes Licht ausging, als zwei Mädchen in kurzen Röcken mit irgendwelchen Flaschen unterm Arm hinterherkletterten.

»Folgen Sie dem Taxi da!«, rief Pia.

»Wer bist du eigentlich?«, fragte ich, als die Rikscha mit einem Ruck anfuhr.

FÜNFZEHN

»… und auf dieser Strecke staut sich der Verkehr wie üblich bis nach Clacket's … Höchsttemperaturen von neunzehn Grad in der Stadt, genau gesagt, um sechs Uhr einunddreißig am Montagmorgen – und schon sind Sie wieder auf dem neuesten Stand.«

Die erste Sendung mit Cass. Ich war richtig aufgekratzt. Es lag etwas in der Luft. Ein Neubeginn. Die Wolken verzogen sich.

Dad hatte gemailt. Eine Rundmail. Familienfotos von einem Ausflug nach Dunedin, mit tanzenden Kindern auf einem erloschenen Vulkan. Ich antwortete, und er schrieb gleich zurück und fragte mich, was ich so trieb, wie es Hayley ging.

Gut, antwortete ich.

»Danke, Tom!«, sagte Cass, und Musik setzte ein.

Im Stillen überlegte ich, ob Leslie wohl zuhörte.

»Guten Morgen, London. Wie schön, bei euch zu sein! Ihr seid beim nagelneuen *London Calling* – mit mir, Cass Tailor … und als Nächstes …«

Gewaltige, dramatische Musik. Die Sendung klang *wichtig*.

»Bürgermeister Anthony Jackson ist heute bei uns, via Telefon …«

Ich sammelte meine Papiere ein und machte mich zum Gehen bereit. Es war ein ereignisreiches Wochenende gewesen, in mancherlei Hinsicht, aber ich musste die nächsten Meldungen vorbereiten, und außerdem wollte ich gern noch einen …

»Tom, bevor du gehst …«

… Kaffee. Halt, stopp.

»Was ist mit dir passiert?«

Die dramatische Musik brach ab, rüde abgeschnitten.

Ich stand da, verunsichert von der Stille. Was ging hier vor? Mein Blick zuckte zum roten Lämpchen. Wir waren auf Sendung.

»Wie bitte? Nein. Nichts«, sagte ich. Ich war ganz durcheinander, weil ich angesprochen wurde. »Entschuldige, was hast du …?«

»Dein Gesicht, Mann. Was ist mit deinem Gesicht los?«

Schweigen. Tonstörung. Stille.

Was sollte ich sagen? Die Treppe runtergefallen? Gegen eine Schranktür gelaufen? Ich musste was sagen. Nach sechs Sekunden Stille würde das Notprogramm anspringen. Unerklärlicherweise würde London plötzlich Elton John lauschen statt meiner Antwort.

»Ich … mein Gesicht. Ja. Es ist …«

»Hat dich jemand *verprügelt?*«

Ich sah Janice durch die Scheibe an. War es okay, darüber zu reden? Oder sollte ich mit einem Lachen darüber hinweggehen?

»Ja«, sagte ich. »Ich, also … ich bin überfallen worden.«

Ich erwartete, dass die Musik wieder einsetzen würde. Vielleicht ein Tusch oder eine Fanfare, auch wenn das alles etwas zu brachial klang. Vielleicht nur eine kurze Bemerkung, und dann weiter im Text.

»Wo?«, fragte Cass, lehnte sich auf ihrem Stuhl zurück, hatte es nicht eilig, mit der Sendung fortzufahren, klang ehrlich besorgt, was ihrer Neugier ein wenig die Distanzlosigkeit nahm. »Hat man dir was weggenommen?«

Plötzlich spürte ich das Gewicht meiner Worte. London hörte zu. Konzentrierte sich auf mich. Normalerweise war ich nur eine Stimme, aber jetzt war ich ein Mensch.

Durch die Scheibe sah ich Praktikant Paul, der dasaß und nichts anderes zu tun hatte, als mich anzustarren.

»Meinen … iPod«, sagte ich nickend, der unfreiwillige Mittelpunkt der Aufmerksamkeit, der immer noch versuchte, alles auf die leichte Schulter zu nehmen, unbeschwert, eben Frühstücksradio. »Zum Glück gibt es ja noch andere MP3-Player.«

»Unglaublich«, sagte sie. »Der Typ ist das Allerletzte. Vielleicht hört er uns zu. Und wenn du uns hörst …«

Dramatische Musik.

»Du bist das *Allerletzte*. Was ist mit London los, dass so was passieren kann? Seid ihr schon mal Opfer eines Verbrechens in der Hauptstadt geworden? Oder wart ihr Zeugen? Darüber sollten wir mit Bürgermeister Jackson sprechen, wenn er um acht Uhr heute früh in der Sendung ist. Genau das machen wir. Dass so etwas überhaupt in einer …«

Und plötzlich sprach sie nicht mehr mit mir.

Ich wollte gehen, doch sie hob die Hand, um mich aufzuhalten, und lächelte.

»Und wir werden noch weiter mit Tom Adoyo darüber sprechen, was genau passiert ist … Guten Morgen, London. Hier ist Talk London, das Frühstücksradio mit Cass Tailor – und Verbrecher sind hier nicht willkommen …«

Senderjingle. Werbung. Fertig.

Sie drehte sich zu mir um, voller Anteilnahme.

»Ich bin überrascht, dass du heute überhaupt hergekommen bist«, sagte sie besorgt.

»Wollte die erste Sendung nicht verpassen«, sagte ich. »Außerdem ist es schon am Freitag passiert.«

»Am Freitag, nachdem wir was trinken waren? Mein Gott, du Ärmster. Hast du es gemeldet? Was hast du danach gemacht?«

»Nach dem Überfall?«

»Ja«, sagte sie mit mütterlicher Miene, tröstend. »Hast du jemanden angerufen? Du hättest mich anrufen sollen. Was hast du gemacht?«

Ich überlegte, wie ich es formulieren sollte.

»Ich habe mir eine Rikscha genommen und war im Chinawhite.«

Pippy packte mich am Arm, als ich das Studio verließ, um in die Nachrichtenredaktion zu gehen.

»Du bist in der Zeitung«, sagte sie.

»Was?«

»Du bist in der Zeitung! Woher zum Teufel kennst du *Matthew Channing?*«

Sie hielt mir eine Ausgabe des *Londoner* hin. Da waren wir. Zwei alte Kumpel. Auf der Wochenend-Seite.

Die Bildunterschrift: *»Nach seinem Triumph bei den Oliviers letzte Woche macht Matthew Channing mit seinem Freund Tim Adoyo London unsicher.«*

»Ach … er ist nur … ich habe ihn kennengelernt, und wir waren gleich auf einer Wellenlänge.«

»Ist er der neue Mr. Darcy?«

»Ja, na ja. Er lässt sich nicht gern in Schubladen stecken. Er fühlte sich nur sehr geschmeichelt, als Scarlett ihn gefragt hat. Er fürchtet, dass es ihm wie ein Mühlstein am Hals hängen könnte.«

»Im Nacken sitzen.«

»Im Grunde egal wo.«

»Warum hält er dich im Schwitzkasten?«

»Ach, weißt du …«, sagte ich achselzuckend. »Der Typ ist einfach der Burner.«

»Unfuckingfassbar?«, sagte sie wie eine Frage. Tatsache ist, dass es auf Fragen wie »Unfuckingfassbar?« keine Antwort gibt.

»Da-meint-man-man-kennt-jemanden …«

Ich lächelte, als ich mich in die winzige Kabine neben der Küche setzte, um O-Töne für die nächsten Meldungen zu sammeln. Es war ziemlich cool. Matthew Channing. Ich stellte mir vor, Hayley würde das sehen. Vielleicht sah sie es auf irgendeiner Promi-Seite. Das würde ihr eine Lehre sein. Sie würde unbedingt wissen wollen, wieso ich mich plötzlich in derart glamouröser Gesellschaft befand. *Unbedingt.* Ich sah nach, was sonst noch in der Nachrichtenredaktion angekommen war. Oh, der Blackwall-Tunnel war frei. Eine überarbeitete Erklärung des Vatikans wegen dieser Kardinäle. Wieder ein Spieler von Manchester City in eine Schlägerei in einer Möchtegern-Szenebar verstrickt. Und …

»Tom! Komm rein! Schnell!«

Die Tür stand offen. Pippy wieder. Mit wildem Blick. Manisch.

»*Studio!* Cass braucht dich!«

»Was?«

Vor lauter Panik ließ ich meine Papiere fallen und machte mich eilig auf den Weg zu 4K. Ich hielt meinen Ausweis ans Schloss, öffnete die ersten schweren Türen, hörte ihre gedämpfte Stimme, sah das nüchterne rote Lämpchen, spähte durch die Glasscheibe. Cass sah mich, winkte mich herein, mit großen Augen.

Ich schob mich durch die nächste Tür, so leise ich konnte, nahm meinen Stuhl, hörte Cass sagen: »Aber Herr Bürgermeister, das Problem ist doch nicht das, was Sie *tun*, sondern das, was Sie *nicht getan* haben, oder?«

Oha. Der Bürgermeister? Warum war ich hier? Leslie wollte für sein Pläuschchen mit dem Bürgermeister immer allein im Studio sein.

Ich nahm meine Kopfhörer, setzte sie auf und hörte noch den Schluss seiner Antwort.

»Herr Bürgermeister«, sagte Cass, »die Stimme, die Sie gleich hören werden, ist die von Tom Adoyo …«

Sie nickte mir zu.

»Hallo?«, sagte ich und wünschte augenblicklich, ich hätte es nicht als Frage formuliert. Ich klang wie jemand, der zum ersten Mal ein Telefon ausprobiert.

»Hallo, Tom«, antwortete der Bürgermeister, und man konnte hören, dass er vorsichtig war, weil er meinen Namen sagte und sich fragte, wieso er plötzlich mit mir sprach, ob man ihm hier eine Falle stellte, was das alles zu bedeuten hatte. Ein Knistern in der Leitung, eine Frage an einen Mitarbeiter, eine Hand auf dem Hörer, dann wieder Klarheit.

»… und erst letztes Wochenende wurde Tom in eine Seitenstraße gedrängt, mit einem Messer bedroht und ausgeraubt – von einem Verbrecher, der nach wie vor frei durch die Straßen dieser Stadt läuft …«

Na ja. Ich hatte ihn nicht angezeigt. Aber Moment mal – *mit einem Messer bedroht?*

Ich tat mein Bestes, ihr pantomimisch anzuzeigen, dass der Mann gar kein Messer gehabt hatte. Sie runzelte die Stirn und winkte ab.

»Nun, selbstverständlich, Tom«, sagte die Stimme, die mir so vertraut war, aus dem Fernsehen, aus dem Radio, von unzähligen Pressekonferenzen, »lassen Sie mich zuallererst Folgendes sagen: Natürlich bin ich entsetzt darüber, was Ihnen zugestoßen ist, und in jedem Fall …«

»Was werden Sie gegen solche Verbrechen unternehmen, Herr Bürgermeister?«, fiel Cass ihm ins Wort.

»Nun, die Frage ist nicht, was wir …«

»Genau das ist die Frage, Sir, bei allem Respekt, und genau deshalb habe ich sie gestellt.«

»Lassen Sie mich eines unmissverständlich sagen …«

»Ich möchte, dass Sie sich unmissverständlich äußern, Herr Bürgermeister – was werden Sie gegen Verbrechen wie jenes unternehmen, dem Tom zum Opfer gefallen ist?«

»In jedem …«

»Und darüber hinaus – als unser gewählter Repräsentant, der Bürgermeister der großartigsten Stadt der Welt –, sollten Sie Tom um *Entschuldigung* bitten … ich sehe sein armes, zerschundenes Gesicht direkt vor mir, Sir, und rieche den zarten Duft von Hexachlorophen. Denn egal was Sie derzeit auch tun mögen … es funktioniert nicht.«

Sie trieb ihn vor sich her. Ich wusste, dass alle im Gebäude zuhörten.

Sie hielt einen Daumen hoch, als hätte ich irgendetwas zu alldem beigetragen.

»Absolut brillant, Leute«, sagte Bron gleich nach der Sendung. »Ganz großes Kino. Ehrlich. Wir haben dieses Interview mit dem Bürgermeister schon zusammengeschnitten und rausgeschickt. Wir lassen den ganzen Tag über Teaser laufen. Ich meine – eine *Entschuldigung* …«

»Es war nicht wirklich eine Entschuldigung, es war …«

»Aber ein *Eingeständnis* – vom Bürgermeister! Dass etwas nicht funktioniert! Gleich in der ersten Sendung! Gut gemacht. *Beide* – gut gemacht.«

Cass hakte sich bei mir unter und drückte mich.

Mein Handy summte, als ich im Frank's wartete, wo sich ein dicker Mann mit einem anderen dicken Mann stritt. Ich ging ran.

»Yo, Tom Ditto!«, schrie sie. »Kommst du nachher mit?«

»Ja«, sagte ich, ohne zu überlegen. »Ja, okay.«

»Super, denn ich stehe direkt hinter dir. Ich folge dir schon seit vierzig Minuten.«

Ich fuhr herum.

Weit und breit nur dicke Männer im Café.

»Kleiner Scherz«, sagte sie.

Wir verstanden uns immer besser, sie und ich. Sie hatte bei mir auf dem Sofa übernachtet, als wir vom Chinawhite zurückgekommen waren, irgendwann gegen fünf Uhr am Samstagmorgen … der Typ, dem wir gefolgt waren, hatte sich als mäßig bekannter Fernsehstar aus dieser Reality-Serie entpuppt, die in einem walisischen Tanzstudio spielte. *Der letzte Tango von Powys* oder so. Am späten Samstagmorgen nahmen wir bei Käse-Zwiebel-Sandwiches von Co-op minutiös auseinander, was wir erlebt hatten. Wie uns der Mann dorthin geführt hatte, wohin er uns geführt hatte, die ganze Matthew-Channing-Sache, wie wir uns an die *Powys*-Gruppe drangehängt hatten, um uns in den Club zu schleichen … dann Toast mit Bohnen aus der Mikrowelle, ein Nickerchen vor dem flimmernden Fernseher, und schon kam wundersamerweise der Samstagabend.

Zum Essen ging ich mit ihr in ein veganes Restaurant an der Ecke Albion Road.

Sie warf einen Blick in die Karte und rümpfte die Nase.

»Nicht gut?«, fragte ich.

»Avocado-Quinoa mit Grünkohl?«

»Ich dachte, du bist Veganerin«, sagte ich und zeigte auf den Button an ihrer Jacke.

»Was? Nein, den Button habe ich nur angesteckt, weil jemand anders es auch getan hat. Bin ihm zu irgend so einer Konferenz gefolgt. Der Typ hatte einen ziemlichen Schritt am Leib. Bemerkenswerte Energie. Danach habe ich meine Ernährung überdacht.«

Also standen wir auf und schlenderten ein Stück die Straße hinunter, eher ziellos, und kabbelten uns im Spaß darum, was wir unternehmen wollten, bis Pia ein Pärchen entdeckte, das aussah, als wüsste es *genau*, wohin es wollte.

Wir setzten uns an den Nachbartisch. Der Mann sah aus wie ein Banker, und nach allem, was die Frau erzählte, gönnte sie sich ein Sabbatjahr, um das Haus umzugestalten. Sie konnte sich nicht entscheiden, ob sie den Flur in *Cornforth White* oder *London Clay* streichen sollte, und es lastete schwer auf ihrer Seele.

Wir bestellten alle Fisch.

»Ist irgendwas passiert?«, fragte ich leise. »Dass du so was machst?«

»Es fühlte sich von Anfang an richtig an«, antwortete sie. »Und wie du siehst, funktioniert es! Fisch statt Grünkohlnüsse mit Spargelbällchen.«

»Ja, aber … komm schon. Du bist doch nicht eines Tages aufgewacht und hast gedacht: Das ist mal eine gute Idee!«

»Nein, stimmt.«

»Also …?«

Sie zuckte mit den Schultern. Schob Messer und Gabel herum.

»Du trägst immer nur schwarz, oder?«, fragte sie.

»Was?«

»Du trägst immer nur schwarz. Als wäre dein ganzes Leben eine Beerdigung.«

»Wechsel nicht das Thema. Und ich finde Schwarz vorteilhaft. Wie hast du angefangen? Wem bist du zuerst gefolgt?«

»Einem Mädchen«, sagte sie. »Sie sah … ausgeglichen aus. Glücklich.«

»Wo seid ihr hin?«

»Walthamstow. Sie ging zu einer Privatparty. Ich habe eine halbe Stunde draußen vor der Tür gestanden und bin dann nach Hause.«

Wenn ich mir in diesem Moment eine gewisse Inspiration erhofft hatte, wurde ich schwer enttäuscht.

»Okay«, sagte ich. »Aber du hast weitergemacht.«

»Es war besser, als zu Hause zu sitzen.«

Sie wirkte zerbrechlich. Klein.

»Was bedeutet?«

»Wie meinst du das?«

»Inwiefern war es besser, als zu Hause zu sitzen?«

»Da war so ein Typ«, sagte sie. »Es war ernst, hat aber nicht geklappt.«

»Es war ernst?«, sagte ich. »Du siehst kaum älter aus als *neun*.«

Auf mich machte sie nicht den Eindruck, als würde sie sich an jemanden binden wollen. Sie machte nicht den Eindruck, als würde sie sich zu irgendwas bekennen – einem Restaurant, Veganismus, egal was. Von ernsteren, umfassenderen Dingen ganz zu schweigen.

»Und ihr habt euch getrennt?«

»Mh-hm.«

»Wer war schuld?«, fragte ich und merkte, dass ich sie bedrängte.

Sie zuckte mit den Schultern, biss sich auf die Unterlippe.

»So einfach ist das nicht.«

»Triffst du dich noch mit ihm?«

Eigentlich wollte ich fragen: *Bist du über ihn hinweg? Tust du es vielleicht deswegen? Verfolgst du deswegen fremde Leute?*

»Ja, mehr oder weniger. Wir reden. Es war kein Ende mit Schrecken. Also, eigentlich war es schon ein Ende mit Schrecken, aber du weißt, was ich meine.«

»Was macht er so?«

»Hättest du was dagegen, wenn wir damit aufhören?«, sagte sie. »Ich bin müde. Und ich habe keinen großen Hunger. Und es wäre mir lieber, wenn wir …«

»Du stellst mir auch Fragen«, sagte ich. »Fragen über mein Leben.«

»Du brauchst das. Das ist ein Unterschied. Ich brauch das nicht.«

Natürlich wollte ich mehr wissen. *Was treibst du? Wo arbeitest du? Wie alt bist du? Wo wohnst du? Was ist deine Lieblingsfarbe?* Ich konnte nicht anders, als sie zu mögen. Ich fand sie faszinierend. Ich konnte sie mir nicht erklären. Ich verstand sie nicht. Mein Leben lang hatte ich geglaubt, ich könnte die Menschen durchschauen. Auf den ersten Blick erkennen, was sie ausmachte. So viel dazu. Hayley hatte mir das Gegenteil bewiesen. Also sollte ich es jetzt vielleicht lieber nicht versuchen. Ich sollte mich lieber treiben lassen und erleben, wie sich die Menschen vor meinen Augen entwickelten, wie Filme in der Dunkelkammer – das Leben anderer einfach mitspielen, so wie Pia. Aber die höchst ungewöhnliche Art und Weise, wie wir uns kennengelernt hatten, machte sie zu meinem Geheimnis. Etwas in meinem Leben, vielleicht das Einzige, von dem Hayley nichts wusste, und insofern in gewisser Weise ein Sieg. Pia gegenüber wollte ich nicht versuchen, jemand anders zu sein. Ich habe noch nie verstanden, was daran gut sein sollte, sich um einer neuen Freundschaft willen neu zu erfinden. Wenn man das tut, ist die Freundschaft auch nur eine Erfindung. Es war schon komisch, so etwas über jemanden zu denken, den man gerade erst kennengelernt hatte. Denn so wie ich die Situation einschätzte – während wir an unserem Fisch herumnagten –, würden wir uns wohl nie wiedersehen.

»Ich habe eure Sendung heute Morgen gehört«, sagte Pia am anderen Ende der Leitung. Mittlerweile stand ich draußen vor dem Frank's. Dann würde ich sie wohl doch wiedersehen. »Ich fand es sehr nett vom Bürgermeister, dass er sich bei dir persönlich für den Überfall entschuldigt hat.«

Einer der dicken Männer neben mir hatte den anderen einen Wichser geschimpft und war gegangen. Ich sah mein Spiegelbild im Fenster. Ich trug schon wieder schwarz. Zu dieser Zeit ergab es sich von selbst.

»Ja«, sagte ich. »Auch wenn es eigentlich keine Entschuldigung war, insofern …«

»Du hast vergessen zu erwähnen, dass du von einem Mädchen gerettet wurdest, das viel kleiner ist als du.«

»Es schien mir nicht der passende Moment zu sein.«

»Wo bist du denn jetzt?«, fragte sie. »Was willst du machen?«

»Great Titchfield Road«, sagte ich. »Wir könnten einen Kaffee trinken.«

Pause. Das weckte nicht eben ihre Begeisterung.

»Ja, vielleicht«, sagte sie.

»Oder … ins Kino?«, probierte ich, aber ich wusste, was sie machen wollte, und sie wollte, dass ich mitmachte. Und während ich auf ihre Antwort wartete, blieb mein Blick an einem Mann auf der anderen Seite der Scheibe hängen – Mitte fünfzig, beschwingt, deutsches Wörterbuch, stilechte Pfeife. Er knöpfte sein Jackett auf – Harris Tweed, darunter eine Weste – und holte eine silberne Taschenuhr hervor.

»Eigentlich«, sagte ich, »habe ich gerade einen interessanten Mann entdeckt …«

»Ja?«, rief sie begeistert. »Soll ich zu dir kommen?«

Wie war das denn passiert?

»Nein«, sagte ich und war schon halb die Straße hinunter, machte mich bereit, sie zu überqueren, falls er es tat. Für einen kurzen Moment blitzte rosafarbenes Jackettfutter auf, als er seine Taschenuhr wegsteckte. »Ich geb dir Bescheid, wo wir uns treffen …«

SECHZEHN

Zwei Tage nach Montag war – wie so oft – Mittwoch.

Als ich beim SoundHaus ankam, erwarteten mich bereits drei mannshohe Pandas und eine Frau namens Eileen.

»Hi, arbeiten Sie bei SoundHaus?«, fragte sie, flankiert von den großen Bären. »Man will uns nicht reinlassen.«

Sie sah mich flehend an.

»Na ja, drei von Ihnen sind als Pandas verkleidet«, sagte ich.

So was kam öfter vor. PR- und Marketing-Leute wollten auf frei erfundene Themen aufmerksam machen, etwa die »Woche des Brotes« (in Zusammenarbeit mit Warburton's Toast), den »British Apple Pie Day« (in Zusammenarbeit mit Coppenrath & Wiese), die »Eierwoche« (Verband der Geflügelbauern), den »Schuppen des Jahres« (Cuprinol Holzbeize) oder den »Nationalen Würstchentag« im Rahmen der »Britischen Wurstwoche« (an dem möglicherweise jemand wie Simon Rimmer lächelnd mit einem kleinen Teller Plockwurst vor der Tür stand).

»Ja, aber nur weil gerade die ›Internationale Woche der Roten Pandabären‹ ist«, sagte sie.

»In Zusammenarbeit mit?«

»Wieso muss es immer eine Zusammenarbeit geben?«

»Also, mit wem?«

»Epping Forest Safaripark & Zoo«, sagte sie. »Direkt an der M11 bei Chigwell. Ich wollte Ihre Panda-Geschenk-Päckchen abgeben.«

Ich kannte das schon. Bestimmt war da ein Plüschpanda drin. Vielleicht eine Panda-Baseballkappe. Eine Presseerklärung zur Notlage der Roten Pandas und die neuesten, familienfreundlichen 2-für-1-Angebote für den Epping Forest Safaripark & Zoo direkt an der M11 bei Chigwell, einschließlich Hashtags und Themenvorschlägen für Radiosendungen. Leslie hatte gegen so was immer gewettert. »Wir sind hier, um zu berichten! Nicht um zu *helfen!* Eure beschissenen Hashtags könnt ihr euch sonst wohin stecken!«

»Glauben Sie, das könnte etwas sein, worüber Sie im Radio sprechen würden?«, fragte sie. »Arbeiten Sie für Bark und Lyricis bei Vibe?«

»Nein«, sagte ich, und sie machte ein langes Gesicht.

»Na ja, Sie können sich trotzdem einen nehmen«, sagte sie und hielt mir schmollend einen Beutel hin.

Einer der Pandamänner nahm seinen Kopf ab.

Ich setzte mich an meinen Schreibtisch und schaltete den Computer ein.

Ping.

Von: MAUREEN THOMAS
An: ALLE MITARBEITER

Aufgrunt jüngster Vorfälle werden Sie gebeten, BITTE KEIN UNAUTORISIERTES PERSONAL in das GEBÄUDE zu lassen, SELBST WENN ES SICH UM EHEMALIGE MITARBEITER HANDELT.

Ein Vorfall am gestrigen Abend, bei dem sich ein EHEMALIGER Mitarbeiter Zugang zu den STUDIO'S verschaffte, hat zur Folge, dass SÄMT-

LICHE MITARBEITER an einem SICHERHEITS-BRIEFING durch Adawale teilzunehmen haben, das HEUTE NACHMITTAG im dritten Stock stattfindet. OHNE AUSNAME.

....

»Das war Leslie«, sagte Pippy mit leuchtenden Augen. »Er hat dich gesucht!«

»Was?«, sagte ich und schloss die Kühlschranktür, weil ich merkte, dass auf absolut allem ein anderer Name als meiner stand. *Wer schreibt denn seinen Namen auf eine Karotte?*

»Gary, der Toningenieur, hat ihn reingelassen«, sagte sie. »Er meinte, er hätte die Sache mit den Marmeladennazis schon ganz vergessen.«

»Na, war ja auch kein großes Ding«, sagte ich.

Leslie war in der Stadt gewesen, um einen Werbetrailer für Denbigh's Rally Kart & Paintball Center zu sprechen. Normalerweise verschickte er einen so kleinen Job per ISDN, aber er hatte Lust auf einen Ausflug in die Stadt, und da er gleich um die Ecke vom Sender war, schürte er seinen Zorn bei einem Balti im Shakira's und schäumte angesichts der Ungerechtigkeit der ganzen Situation, die ihm Len Barker unablässig aufs Brot schmierte, der inzwischen ausgerechnet bei Radio 2 das Nachtprogramm gestaltete. (»Der hat mir früher meinen Tee geholt!«, hatte Leslie oft getobt und dabei auf seinen winzig kleinen Namen im immer kleiner werdenden Radio-Teil von *Time Out* gedeutet. »Den Knirps hab ich angelernt!«) Also beschloss er, SoundHaus einen Besuch abzustatten. Gary hatte ihn um kurz nach fünf reingelassen, woraufhin Leslie wutschnaubend in der Nachrichtenredaktion aufgetaucht war, mit einer zerdrückten, goldenen Zigarettenschachtel in der Hand.

»Was glaubt er denn, zu welchen Zeiten ich arbeite?«, fragte ich. »Denkt er, ich bin Tag und Nacht hier?«

Denn genau das dachte er. Er wusste es nicht besser, weil er mich nur aus dem Sender kannte. Er wusste nicht, wann ich reinkam, und er hatte sich auch nie für mein Privatleben interessiert, abgesehen von diesem einen Tag, als er sich den Spaß machte, mich der Lächerlichkeit preiszugeben.

Natürlich konnte er mich nicht finden. Er hatte eine Weile bei meinem Schreibtisch herumgelungert und war dann rauf zu den Studios gegangen, hatte an der Tür von 4K gerüttelt, bis Jess »You Can Drive My« Carr die Security rief und ihn rauswerfen ließ.

»Du solltest aufpassen«, sagte Pippy nachdrücklich. »Du solltest aufpassen, dass er dich nicht verfolgt.«

»Er ist fast sechzig!«, sagte ich.

»Das ist das Problem«, sagte Pippy. »Wer engagiert denn Leute wie ihn?«

Nach meiner Arbeit widerstand ich dem Drang, Pia eine SMS zu schicken. Aber eine Sache war klar: Die achtundvierzig Stunden, die ich mit ihr verbracht hatte, waren dafür verantwortlich, dass London sonniger wirkte und mein Leben etwas besser aussah.

Der interessante Mann, der mir im Frank's aufgefallen war, hatte uns erst zu einem Treffen mit einer interessanten Frau mit einem interessanten Hut in einem interessanten Gebäude geführt, das sich als öffentliche Sitzung des hiesigen Bezirksbauausschusses entpuppte, und das war nicht so interessant gewesen, also waren wir wieder gegangen.

Draußen zog uns eine Gruppe fröhlicher, älterer Männer mit der Anziehungskraft eines Planeten in ihren Bann, auf dem

Weg zur Wardour Street, und alle trugen T-Shirts mit der Aufschrift »Ale Trail« …

»Was ist ein Ale Trail?«, fragte ich, und Pia lachte und sagte: »Ist das nicht egal?«

Und so verbrachten wir eine Stunde in Gesellschaft dieser Biernarren – Roger, Michael, Roger und Stan – und zogen vom Dog & Duck übers Three Greyhounds ins Pontefract Castle, lachten mit den Mittsechzigern – Freunde seit Studienzeiten – bei ihrem jährlichen Streifzug durch die Pubs und dachten uns mit ihnen Namen für ungewöhnliche Biersorten aus.

»The Beast!«, schlug ich vor.

»The Bastard!«, kreischte Pia etwas zu laut.

»Oh – Pia ist ein Anagramm von IPA, dem India Pale Ale«, sagte Roger irgendwann, wobei er beim Sprechen spuckte, aber so tat, als täte er es nicht. »Das ist interessant!«

Das war der Moment, in dem wir beschlossen, uns wieder auf den Weg zu machen.

Wir spazierten durch Soho, bis Pia mich anstieß und wir einem exzentrischen Pärchen auf seinem Weg zur Old Compton Street folgten, in Silber-Ponchos, mit silbernen Haaren, goldenen Sonnenbrillen und schwarzen Zigarettenspitzen, und wir hielten die Luft an, als sie uns zu einer Buchhandlung für Erotika führten, an deren Treppe ein Mann mit einem Klemmbrett stand, der offenbar Reservierungen für eine dahinter liegende Bar entgegennahm. Im roten Neonlicht hüpften wir die Treppe hinunter, setzten uns an einen verspiegelten Tresen und bestellten das, was die Leute neben uns bestellten. Dann waren wir schon wieder unterwegs, weil uns ein hagerer, interessanter Herr mit Weste und gegelten Haaren nichts ahnend zu Garlic & Shots an der Frith Street führte, wo er einen

Bloodshot, einen All Black und einen Sweet Death bestellte, alles innerhalb von zehn Minuten.

»Das ist ein Vampir«, sagte Pia. »Der Typ ist garantiert ein Vampir.«

Eigentlich mussten wir uns keine Geschichten zu den Leuten ausdenken, die wir verfolgten. Sie zeigten uns ihre Geschichten. Dünne Scheibchen ihres Lebens, kleine Momente, mundgerechte Häppchen.

Und um fünf vor eins – mittlerweile mit einem schmerzhaften Lächeln im Gesicht – folgten wir einem Pärchen nach Chinatown, und wir rümpften die Nasen, als die beiden ins Mr. Fu's gingen, wo wir sie belauschten, während sie sich über das Musical unterhielten, das sie gerade gesehen hatten.

Sie hieß Jane. Er hieß Steve. Sie waren für eine Nacht aus Middlesbrough gekommen und ziemlich enttäuscht, weil einer der Schauspieler, der ursprünglich dabei sein sollte, nicht dabei gewesen war. Irgendein Typ, für den sie bei *The X Factor* angerufen hatten. »Ist doch egal«, sagte der Mann, von Kopf bis Fuß in Burton gekleidet. »In ein paar Monaten können wir ihn wahrscheinlich umsonst im Nando's sehen.«

Darüber mussten Pia und ich dermaßen lachen, dass er sich umdrehte und uns ansah, drei Tische weiter, in diesem ansonsten stillen Restaurant.

Wir zogen an einen anderen Tisch um, als jemand Interessanteres hereinkam.

»Erst mal eine halbe Knusperente«, sagte dieser Mann mit einem Theaterprogramm und einer Frau im Glitzerkleid. »Danach einmal Hühnchen Kung Po, einmal Rindfleisch Chow Mein, einmal Schweinefleisch süßsauer, zweimal Bratreis und … den *Spezial*tee, bitte.«

Er zwinkerte. Der Kellner schrieb alles auf.

»Wir nehmen erst mal eine halbe Knusperente«, rief Pia, ohne mit der Wimper zu zucken. »Danach einmal Hühnchen Kung Po, einmal Rindfleisch Chow Mein, einmal Schweinefleisch süßsauer, zweimal Bratreis und den *Spezial*tee, bitte. Was das auch sein mag.«

Der Mann sah seine Frau an. Schweigend saßen sie da.

Pia zwinkerte mir zu.

»Ich kann das nicht ewig so weitermachen«, erklärte ich ihr. »Aber es macht Spaß.«

Sie neigte den Kopf und schenkte mir noch einen heimlichen Schluck vom nachsperrstündlichen Bier aus der Teekanne ein.

»Wieso kannst du nicht ewig so weitermachen?«

»Weil man irgendwann sein eigenes Leben leben muss.«

Und da legte sie ihre Gabel hin.

Minuten später wurde mir bewusst, wie viel wir an diesem Abend gelacht hatten. Seit meiner Kindheit hatte ich nicht mehr so gelacht. Ich vergaß.

Das alles ließ mich *vergessen*.

SIEBZEHN

Zwei Tage später bekam ich nach der Sendung eine Nachricht von Pia, in der sie schrieb, sie wolle sich mit mir draußen beim Zeitungsladen an der Ecke treffen. Ich ging hin und sah schon von Weitem eine junge Frau unter der Laterne stehen.

»Yo«, sagte sie, als ich näher kam.

Blondiert. Schwarze Brille. Knallrote Lippen. Hübsch geschnittenes schwarzes Kleid.

Aber Pias Gesicht.

»Oh … du hast … hast du …?«

»Jep«, sagte sie. »Neuer Look.«

»Basierend auf …?«

»Erinnerst du dich an Alice im Randolph?«

»Ich erinnere mich ganz gut an Alice im Randolph«, sagte ich vorsichtig. »Aber erinnerst *du* dich an den Film *Weiblich, ledig, jung sucht …* ?«

»Ich fand sie irgendwie interessant«, sagte sie.

»Wenn ich Hirnchirurg wäre, würde ich *dich* interessant finden.«

»Ich färbe es heute Abend zurück.«

Einen Moment lang glotzte ich sie an.

»Mal ehrlich: Fragst du dich nicht manchmal, ob es vielleicht ein erstes Anzeichen für eine Erkrankung sein könnte?«

Sie boxte mir gegen den Arm, nahm mich nicht so ernst,

wie ich es mir erhofft hatte, was ich mehr oder weniger als Beweis für meinen Verdacht deutete.

»Ich hab was für dich«, sagte ich und überreichte ihr mein Geschenk.

Sie starrte es an.

»Internationale Woche der Roten Pandabären«, sagte sie. »Ich hatte schon überlegt, wann die wohl sein mag.«

»Ich glaube, eine Baseballkappe mit Panda-Augen ist genau das, was deinem Look noch fehlt«, sagte ich.

»Wusstest du, dass es auf der ganzen Welt keine zehntausend Roten Pandabären mehr gibt und sie aufgrund von Inzucht oft unter Depressionen leiden?«

Ich blinzelte.

»Wusste ich nicht«, sagte ich.

Wo hatte sie das denn plötzlich her? Oder nahm sie mich auf den Arm?

»Und … taugt er was?«

Sie deutete auf den Mann, den ich hinter mir zurückgelassen hatte. Er steckte seine Nase in den *Daily Express*, das Schokoladencroissant unangetastet auf seinem Teller, genau wie auf dem Tisch links von ihm mein Schokoladencroissant noch unangetastet neben meinem *Daily Express* lag.

»Nee«, sagte ich. »Wir haben nur im Café gesessen und nichts gegessen.«

Sie lächelte.

»Ich war früh dran«, sagte ich.

»Langsam kommst du auf den Geschmack«, sagte sie und setzte ihre Mütze auf. »Ich wusste es.«

»Ich hör bald wieder damit auf«, sagte ich.

Pia dachte, dass ich flüchtete. Etwas Neues ausprobierte. Aber in Wahrheit war *sie* für mich das Besondere. Ein neuer Freund.

Jemand, mit dem ich reden konnte wie sonst nur mit Calum. Ja, sie hatte einen kleinen Schaden, und sie konnte wirklich nervig sein, aber ich war nicht so arrogant zu behaupten, ich hätte keinen Schaden. In diesem Moment fühlte es sich gut an, denn es hatte mich aufgeheitert, weil es mich dazu brachte, mal an andere Menschen zu denken. Es bedeutete, dass ich mit jemandem über Hayley reden konnte, der mich vielleicht verstand. Der mir vielleicht helfen konnte, das Ganze zu verstehen.

»Und was willst du jetzt machen?«, fragte ich und freute mich auf Ablenkung. »Die Welt ist unsere Auster.«

Sie fuhr herum.

»Ich dachte mir … der Typ da«, sagte sie eher wahllos, und wir hängten uns an einen Mittzwanziger mit zerschrammten Budapestern und braunen Cordhosen, der einen Fahrradhelm trug.

Es war halb eins an einem sonnigen Tag, wie man ihn aus der Werbung kennt. Wie er den Touristen die Stadt schmackhaft macht.

»Was gibt's Neues?«

»Eigentlich habe ich nur gearbeitet«, sagte sie, und wir wurden langsamer, als der Typ bei den Leihrädern an der Clerkenwell Green in seiner Tasche herumwühlte.

Draußen vor dem Crown Tavern standen die Leute unter Union-Jack-Wimpeln, die von irgendwas hängen geblieben waren, und bei den Bäumen standen zwei Telefonzellen stramm.

»Ja, um diese Zeit ist hier viel los«, sagte sie, und ich fand meine Kreditkarte und steckte sie in den Automaten an der Straßenecke.

»Ich habe dich nie gefragt, was du eigentlich arbeitest«, sagte ich. »Ich war mir nicht sicher, ob es okay wäre. Ich war mir nicht sicher, ob du es überhaupt tust.«

»Ob ich was tue?«

»Arbeiten.«

»Was habe ich nur an mir, dass ich so unprofessionell wirke?«, sagte sie und knuffte mir in die Rippen.

»Du schlägst mich gern, stimmt's?«

Drüben bei den Leihrädern hatte der Mann Probleme, eins davon aus dem Ständer zu bekommen.

»Das gibt's doch nicht«, knurrte er.

»Das kann ja wohl nicht *wahr* sein!«, schimpfte Pia, und bis er sich umgedreht hatte, stemmte sie die Fäuste in die Hüften und schüttelte den Kopf. »Menschens*kind* noch mal!«

Ich bekam meinen Code und suchte mir ein Rad am Ende der Reihe.

»Ich bin schon seit einer Ewigkeit nicht mehr gefahren«, sagte Pia grinsend und nahm sich lautstark scheppernd ein Fahrrad aus dem Ständer. »Siehst du? Es macht Spaß!«

Inzwischen hatte der Budapester seinen Helm aufgesetzt. Knochige Finger fummelten am Riemen herum. Er sah aus, als würde er Gitarre spielen. Wahrscheinlich verbrachte er seine Sonntagvormittage mit der Suche nach altem Vinyl auf Flohmärkten und lauschte den Scheiben dann den ganzen Nachmittag auf einem uralten Plattenspieler, den er vom Schrottplatz in Dalston hatte, während er die Zeitung las und auf seiner Mandoline herumdudelte und handgepressten Espresso zubereitete. Er sah aus, als wären seine Freundinnen bisher allesamt Französinnen gewesen.

Immer wieder musterte er Pia. Offensichtlich gefiel sie ihm.

»Du hast es schon wieder geschafft, mir nichts zu erzählen«, sagte ich, als ich mich auf meinem Sattel niederließ. »Du bist arbeitslos, oder? Irgendwie würde es ins Bild passen.«

»Ja«, sagte sie. »Arbeitslose sind ständig auf Leihrädern unterwegs. Wir sind gänzlich sorgenfrei.«

Sie kletterte auf ihr Rad, und wir fuhren die Clerkenwell Road hinunter. Der Budapester hielt die Hand raus, um anzuzeigen, dass er links abbiegen wollte, und wir taten es ihm nach.

»Weichst du den Fragen aus, weil dir die Antworten nicht gefallen?«, fragte ich. »Magst du deinen Job nicht?«

»Ich mag meinen Job«, sagte sie. »Manchmal denke ich, er ist das Einzige, was mich in Gang hält. Und das hier.«

»Das hier?«, fragte ich.

Das hier? Wir?

»Das hier«, sagte sie und deutete in alle Richtungen.

Ach. Das hier.

Wir fuhren die Farringdon Road entlang, die breite Straße hinunter, mit stolzen Bauten, Banken, Bankern und Banausen.

»Meinst du, er hat Hunger?«, fragte ich nach etwa einer Minute, als uns ein Bus überholte. »Denn *ich* habe Hunger.«

»Wer?«

»Der Typ, dem wir folgen.«

»Ach, dem folgen wir doch schon gar nicht mehr«, sagte sie.

»Was? Wem folgen wir dann?«

»*Dem* da«, sagte sie und nickte zu einem älteren Mann, der sein Rad gerade vor einem Blumenladen abstellte. Wir hielten Abstand, als er sein Fahrrad gegen eine Laterne lehnte, warteten einen Moment, dann folgten wir ihm und fanden ihn am Kassentresen, mit leuchtend roten und violetten Blumen in der Hand.

Pia nahm einen Strauß weißer Lilien, strich fast zärtlich über die Blüten und sagte: »Wir nehmen diese, bitte«, als der Mann an uns vorbeiging, uns anlächelte und darauf achtete, dass das Seidenpapier nicht litt.

Fünf Minuten später überquerten wir die Blackfriars Bridge, wir drei – ein Zug rumpelte links von uns über die Brücke –, Pia mit den Blumen in der Hand, genau wie der Mann vor uns.

Doch dann streckte er den rechten Arm aus, und wir kamen zum River View.

Wir bremsten, stellten die Räder ab, folgten ihm und seinen Blumen noch ein Stück den Milroy Walk hinauf und etwas weiter bis zum weitläufigen Empfangsbereich am Fuße eines hohen Gebäudes.

»Gute Idee«, sagte ich. »Mittagessen.«

Acht Stockwerke weiter oben, im Restaurant des Oxo Tower – London lag unter uns ausgebreitet –, hatte der ältere Herr seinen Fahrradhelm abgenommen und seine Verabredung gefunden.

»Folgen Sie mir, bitte«, sagte der Empfangschef.

»Liebend gern«, sagte Pia. »Gefällt Ihnen meine neue Mütze?«

Ein weiterer Blick zeigte uns, dass die Frau, die der ältere Herr hier traf, sich sehr freute, ihn zu sehen. Küsschen auf die Wange und eine lange Umarmung, die damit endete, dass sie einander die Hände auf die Schultern legten und tief in die Augen schauten. Dann also keine Arbeitskollegen, und auch nicht der Beginn einer Romanze. Sie waren verheiratet, und zwar offenbar miteinander. Hochzeitstag?

Wir nutzten eine kurzfristige Stornierung und wurden auf den Balkon geführt, wo Pias Lilien zwischen uns auf dem Tisch standen. In der Nähe blickten Touristen mit Fotoapparaten auf London herab. Der Ausblick war einfach zu gut, um ihn den zahlenden Gästen vorzuenthalten. Jeder konnte hereinkommen und fragen, ob er mal gucken durfte, was man allerdings selbst herausfinden musste, weil das Restaurant es verständlicherweise lieber nicht an die große Glocke hängte.

Drinnen hatte das Pärchen mit einem Bellini begonnen.

Unsere kamen auch.

»Möglicherweise will mich bei der Arbeit jemand umbringen«, sagte ich.

»Cool«, sagte sie. »Wer?«

»Der Marmeladennazi-Mann.«

»Kann ich verstehen«, sagte sie und nickte verständnisvoll.

»Apropos« – Mann, war ich clever –, »lass es mich noch mal versuchen: Was arbeitest du? Was treibst du so?«

Ich dachte mir, wenn ich unverblümt nachfragte, blieb ihr wenig Raum, um sich herauszuwinden.

»Wir sind hier, um über *dich* zu sprechen«, sagte sie. »Im Übrigen scheinst du ja das Stadtgespräch zu sein. Ich habe es heute früh gehört – dieses neue Ding, das ihr macht …«

Cass hatte darauf bestanden. Eine neue Rubrik namens *Was hat Tom gestern Abend so getrieben?*. Sie fragte mich, und ich antwortete aufrichtig. Es hatte nach dem Überfall angefangen, und bei allem, was danach passiert war, wusste ich einiges zu erzählen. Für die nächste Sendung zum Beispiel …

Ich habe ein Fahrrad gemietet!

Ich habe Blumen gekauft!

Ich habe oben im Oxo Tower gegessen!

Ich habe einen Bellini getrunken, in Gesellschaft eines Mädchens mit einer Panda-Mütze.

Aber genau das war Pias Trick … das Gespräch von sich abzulenken …

»*Bitte*, Pia, gib mir einen Anhaltspunkt. Wo arbeitest du?«

»Ich arbeite im Zoo.«

Ich seufzte.

»Na gut, okay …«

»Tu ich aber.«

»Nein, tust du nicht. Die trägst eine Panda-Baseballkappe von einem Safaripark bei Chidwell, und deshalb gibst du dich jetzt als Expertin aus.«

»Ich möchte dich auf mein Panda-Wissen von vorhin hinweisen«, sagte sie. »Außerdem arbeite ich mit Marmosetten.«

»Na klar. Du arbeitest mit Marmosetten.«

»Ich habe mit ihnen gearbeitet.«

»Du hast mit Marmosetten nichts zu tun. Du arbeitest in einem Büro oder so was. Was sind Marmosetten?«

»Primaten.«

»Affen?«

Sie nahm mich auf den Arm. Ich zog eine Grimasse, um ihr zu zeigen, dass ich nicht mehr mitspielte. Ich winkte ab. Gab nach. Sie seufzte, dann lächelte sie.

»Marmosetten sind Primaten aus Brasilien.«

Klar. Das klang überzeugend.

»Wir sollten nachts mal hingehen«, sagte sie und nippte an ihrem Bellini. Das Glas war pfirsich-orange und leuchtete und glühte im goldenen Sonnenlicht, das die Welt aussehen ließ wie in einem Traum.

»Ich werde nicht nachts hingehen. Da darf man nachts gar nicht sein. Du tust so, als wärst du flippig. Ich wette, du hältst dich für flippig. Es gibt einen Unterschied zwischen flippig und schräg. Flippig ist charmant. Du bist nur schräg.«

»Du kannst mich mal.«

»Siehst du? Flippige sagen so was nicht. Nur Schräge sagen so was. Und zwar ständig. Sie kommen aus den Büschen gesprungen und schreien so was. Ich habe dir eine Panda-Mütze geschenkt, und du machst was Flippiges daraus. Ich habe nur die Voraussetzung geschaffen.«

Ich versuchte es noch mal.

»Erzähl mir was von dir. Was ist deine Lieblingsfarbe? Wie alt bist du? Sechsundzwanzig? Siebenundzwanzig?«

»Lass mich lieber dich was fragen«, sagte sie und beugte sich vor. Ich machte mich bereit. Ich beschloss, ihr willig alles zu erzählen. »Und es klingt vielleicht ein bisschen komisch, aber du hast mich an was erinnert …«

»Ich höre.«

»Was glaubst du, was passiert, wenn man stirbt?«

Ich runzelte die Stirn.

»Wow. Ich habe dich daran erinnert, darüber nachzudenken, was passiert, wenn man stirbt? Willst du mir das damit sagen? Wie soll ich das denn verstehen?«

»Weil ich diesen Artikel gelesen habe, im *Reader's Digest* oder irgendwo«, sagte sie. »Da war diese gestylte Frau vor mir in der Schlange bei WH Smith, und die hat …«

»Du schweifst ab.«

»Jedenfalls stand in diesem Artikel, dass man an diesen Ort kommt und alle trifft, mit denen man verwandt ist, und die stehen allesamt in der Blüte ihres Lebens.«

»In der Blüte ihres Lebens?«

»Ja, sie stehen alle in der Blüte ihres Lebens. Wie du und ich jetzt. Also, wie ich zumindest. Und es ist völlig egal, wie alt sie waren, als sie das Zeitliche gesegnet oder den Löffel abgegeben oder ins Gras gebissen haben. Man trifft sie in der Blüte ihres Lebens wieder.«

Ihre Augen waren riesengroß, als wäre es das Beste, was sie je gehört hatte. Ich dachte darüber nach.

»Das könnte katastrophale Folgen haben«, sagte ich, und sie blickte fragend zu mir auf. »Da trifft man also seine Oma, und die sieht aus wie dreißig. Und dann trifft man seinen Onkel, und der sieht auch aus wie dreißig. Wo bleibt da die Hierarchie? Wer hat das Kommando? Der ganze Himmel sähe aus wie eine Folge von *Friends*.«

Sie lächelte, wandte sich ab.

»Aber, weißt du … wenn du dran glauben möchtest …«

»Ich habe nicht gesagt, dass ich daran glaube«, sagte sie. »Ich habe mich nur gefragt, ob es glaubwürdig ist.«

»Ich bin mir nicht sicher, ob ich in der Blüte meines Lebens stehe«, sagte ich. »Woher soll man das wissen?«

Drinnen bestellte der Mann eine Flasche Champagner. Seine Frau hatte ihm eine Karte gegeben, und was sie darauf geschrieben hatte, ließ ihn innehalten.

»Und bist du glücklich?«, fragte Pia, während sie den Mann nicht aus den Augen ließ.

»Was meinst du damit?«, fragte ich. »In diesem Moment?«

Ihr Blick schwenkte zu mir herum.

»Ich meine, bist du ein glücklicher Mensch?«

»Ich … ich wäre es gern.«

»Das wären wir alle gern. Niemand rennt rum und denkt: *Eigentlich wäre ich am liebsten eher unglücklich.* Aber was glaubst du: Werden glückliche Menschen geboren oder gemacht?«

»Ich glaube, dass man sich glücklicher machen kann.«

»Ich meine nicht, wie man sich zum Beispiel einen Cheeseburger kauft. Ich meine: Findet man das Glück? Wenn man lange genug sucht? Wenn man genügend Leuten folgt? Denn manchmal kommt es mir vor, als könnte ich es sehen, als wäre es in Reichweite. Aber wenn ich danach greifen will, stößt es mich zurück.«

»Ich denke nicht, dass das Glück ein ›Ding‹ ist. Ich denke nicht, dass … Ich weiß nicht, was ich denke.«

»Dein Problem ist, dass du denkst, du bist unglücklich. Du denkst nicht daran, wie du glücklicher werden könntest. Weißt du noch, wie ihr in der Schule den Magnetismus durchgenommen habt …?«

»Ich bin sehr gespannt, wohin das jetzt führt …«

»… und du wusstest, dass Magneten zusammenkleben, weil ihr welche am Kühlschrank oder sonst wo hattet, aber dann hast du gesehen, wie sich die falschen Seiten abstoßen? Als würden sie sich nicht verstehen? So fühlt sich mein Leben manchmal an. Als würde mich das Glück nicht wollen. Und sosehr ich mich auch bemühe, stößt es mich doch mit derselben Kraft zurück. Gerade so weit, dass ich es noch sehen kann. Gerade so weit, dass ich mich weiter bemühe. Gerade so weit, um mich aufzuhalten. Es lässt mich nicht an sich heran.«

Einen Moment lang saßen wir schweigend da.

Ich sah zu dem älteren Pärchen hinüber.

»Sollen wir jetzt auch Champagner bestellen?«, fragte ich.

»Kann ich meine Haare bei dir zurückfärben?«

Im Bus telefonierte ein pummeliger Typ mit seinem Handy und machte seine Wocheneinkäufe.

»Ja, Mann, eine mittlere Hackfleischpizza«, sagte er mit Blick auf die Beine einer Frau auf dem Gehweg. »Einen großen Eimer Hühnchen … Flasche Fanta.«

Pia stieß mich an, schob ihre Mütze aus dem Gesicht.

»Tut mir leid, wenn ich vorhin ein bisschen schräg war«, sagte sie.

»Ich würde es vorziehen, wenn du dir solche Themen für deine Affen aufsparst«, sagte ich. »Hör mal, ich will nicht so tun, als wüsste ich, was … mit dir los ist. Aber wenn ich dir helfen kann …«

»Das Ding ist, dass du all diese Fakten wissen willst. Lieblingsfarbe. Zeugnisnoten. Mädchenname meiner Mutter. Wen interessiert denn das? Nur Identitätsdiebe und die Leute, die sich diese Sicherheitsfragen fürs Online-Banking ausdenken. Das sind doch alles nur Fakten. Ich bin jetzt *hier*. Wieso reicht das nicht?«

»Aber das … macht man doch so. Ich bin vierunddreißig, und meine Lieblingsfarbe ist Blau«, sagte ich. »Und schon weißt du mehr über mich als ich über dich.«

»Du quälst dich immer noch wegen Hayley«, sagte sie.

»Würde es sie umbringen, mich mal anzurufen? Den Hörer in die Hand zu nehmen? Wie schwer kann das sein? Wo kommst du her? Ich schätze, Yorkshire.«

»Hörst du mir zu? Du kämpfst immer noch mit Hayley, aber du musst damit aufhören. Sie hat sich von dir abgelöst.«

Sie hatte *was?*

»Das sagt man so. Leute, die anderen folgen, lösen sich ab. Entweder lösen sie sich von den Leuten, mit denen sie zusammen waren, oder von denen, die sie verfolgen. ›Ablösung‹ ist der Fachbegriff für das, was Hayley mit dir gemacht hat.«

»Es gibt einen Fachbegriff dafür?«

»Für diejenigen, die anderen folgen, ja, und sie hat es doch selbst gesagt: Mach weiter wie immer.«

»Wie denn? Alles hat sich verändert. Ich kann nicht weitermachen wie immer, weil nichts mehr wie immer ist, und ich kann auch nicht was Neues anfangen, weil es kein richtiges Ende hatte.«

Sie lächelte. Boxte mir in die Rippen.

»Weshalb du das hier brauchst«, sagte sie. »Du brauchst etwas, das nicht wie immer ist. In dieser Ungewissheit kann man doch nicht leben. Du musst die dunkle Wolkendecke durchbrechen.«

Ich musterte dieses hübsche, kleine Mädchen neben mir.

Unter was für Wolken sie wohl lebte?

Zu Hause bestellte ich uns was zu essen, während sie sich die Dusche anstellte. Sie brachte es fertig, jede einzelne Flasche im Bad umzustoßen.

Himmel, war sie laut.

Ich hörte, wie draußen ein Auto hielt. Das raue Grollen eines schwarzen Taxis im Leerlauf. Edith von oben vielleicht. Zwei Türen wurden zugeschlagen.

Wow. Vielleicht bekam Edith Besuch.

»Hast du Handtücher?«, rief Pia. »Kann ich eins davon mit dem extrastarken Färbemittel einsauen, das ich für ein Pfund bei Happy Shopper gekauft habe?«

»Ja, ich …«

Wumm, wumm, wumm an der Tür.

Ich sah auf meine Uhr und hörte, wie das Taxi wegfuhr.

Viertel nach acht. Wer kam denn um diese Uhrzeit? Schon wieder Sainsbury's?

Noch mal *wumm, wumm, wumm*.

Verdammt. Hayley?

Ich trat ans Fenster, langsam.

Teilte die Jalousie, spähte hinaus.

Da stand ein Mann.

Irgendwie kam er mir bekannt vor.

[6]

»Ich sage es nur ungern, aber das Ganze kommt mir unnatürlich vor«, sage ich an unserem fünften gemeinsamen Nachmittag, während wir einem Mann folgen, der auf der 72nd Street ostwärts Richtung Central Park läuft.

Der Mann hat seinen Kragen hochgeschlagen, und wir haben es ihm gleichgetan.

Er hat einen Luftballon dabei, also halten auch wir jeweils einen Luftballon in der Hand.

»Es fällt mir nicht leicht«, sage ich.

Mein Ballon ist blau.

»Und doch ist es für uns so natürlich wie das Atmen«, sagt Cockroft.

Sein Ballon ist pink.

»Das will ich nicht bestreiten«, sage ich und bleibe stehen, als ich merke, dass der Mann vor uns stehen geblieben ist, um seine Schnürsenkel zuzubinden.

Einen Augenblick lang sind wir nur zwei Männer aus unterschiedlichen Generationen, die an einer Straßenecke stehen, mit Luftballons in Händen. Wir stehen da und schauen zu, wie der sanfte Wind nach ihnen greift, und ich verschränke die Arme, um mein Band zu sichern.

»Sie haben Ihre Arme verschränkt«, sagt er. »Sie haben sie verschränkt, kurz nachdem ich es getan habe. Und ich habe meine verschränkt, um zu sehen, ob Sie es auch tun würden.«

Eilig mache ich meine Arme lang und werde vor Verlegenheit ganz rot.

»Keine Sorge«, sagt er und legt eine Hand auf meinen Arm. »Denken Sie nur daran, wie Eltern den Gesichtsausdruck ihres Neugeborenen imitieren. Wie sie lächeln oder ihre Zunge rausstrecken. Es stellt eine Verbindung her. Das ist der Chamäleon-Effekt – instinktive Imitation als sozialer Klebstoff. Auf der untersten Ebene passen wir unser Verhalten jedem einzelnen Menschen an, dem wir begegnen. Auch Fremden.«

»Ich imitiere nicht jeden, dem ich begegne«, sage ich. »Ganz bestimmt nicht.«

»Doch, das tun Sie. Wir alle tun es. Das System der Spiegelneuronen. Wir tun es, ohne nachzudenken. Wir verändern die Art und Weise, wie wir sprechen, wie wir stehen, den Klang und Tonfall unseres Akzents, unsere Gesten, unser Sprachmuster. Alles, um uns an*zupassen*, weil wir Tiere sind und nichts weiter wollen, als Teil der Herde zu sein.«

Wir drehen uns um und sehen, dass der Mann sich wieder aufgerichtet hat. Mit finsterer Miene blickt er zum Himmel, die Hände an den Hüften, und sieht zu, wie sein Ballon immer kleiner und kleiner und kleiner wird und demnächst die Wolkendecke durchbricht.

Wir schauen einander an, dann lassen auch wir unsere Ballons los.

»Vergeuden Sie mit alldem nicht Ihr Leben?«

»Wie das?«, fragt er überrascht und wendet sich von unseren Ballons ab, blau und pink, die mittlerweile mit dem grünen tanzen, den der Mann verloren hat.

»Wer immer nur in den Spuren anderer wandelt, kann keine eigenen Spuren hinterlassen.«

»Haben Sie das auswendig gelernt?«, fragt er lächelnd, und ich weiche seinem Blick aus, weil mich der alte Mann mal wieder erwischt hat. »Es gab in meinem Leben so manchen, der das zu mir gesagt hat und meinte, er müsste sich daraufhin von mir … lösen. Aber diese Leute haben nichts begriffen.«

Der Mann ohne Ballon starrt verwundert zu uns herüber.

»Wie das?«, frage ich und will mich etwas absetzen.

»Ich vergeude mein Leben ganz und gar nicht. In einem vergeudeten Leben tut man immer dasselbe. Folgt man anderen, lernt man dazu. Man kann tausend Leben leben, minutenweise, und tausend neue Dinge lernen. Oder man kann denselben Mist machen, den man immer schon gemacht hat.«

Ich lächle.

Der Mann ist näher gekommen.

Wir wenden uns ab und traben los.

»Natürlich«, sagt Cockroft, »kann es auch mal schwierig werden, wenn man erwischt wird …«

ACHTZEHN

Ich wusste nicht, was ich tun sollte.

Hatte buchstäblich keine Ahnung.

Ich stand beim Vorhang, ein Fuß strebte fast schon zur Tür, der andere blieb, wo er war.

»Gehst du jetzt an die Tür?«, rief Pia.

Ich warf noch einen verstohlenen Blick aus dem Fenster, überlegte, ob ich aufmachen oder vielleicht doch lieber wegrennen und mich verstecken sollte.

»Was ist los?«, fragte Pia mit donnergrollender Miene neben mir, sodass ich zusammenzuckte. »Wer ist das?«

Der Mann sah herüber, entdeckte mich, winkte mir. Er zeigte zum Himmel. Es fing wieder an zu regnen. Sein Blick sagte: »Gerade noch rechtzeitig!«

Und dann trat er ein Stück zur Seite, sodass eine Frau zu sehen war – *seine* Frau? –, und ich wusste gar nichts mehr. Ich kannte die beiden. Aber was machten sie hier?

Da fiel es mir wieder ein. *Mittwoch, der 10. – 20:00 Uhr.*

Galt das denn immer noch?

»Alles okay?«, fragte Pia, und ich überlegte, wie ich es ihr beibringen sollte.

»Besuch«, sagte ich mit großen Augen. »Zum Abendessen …«

»Wo? Da draußen?«

»Nein«, sagte ich. »Hier drinnen …«

»Bestimmt nicht«, sagte sie und rümpfte die Nase.

Ich machte die Tür auf.

»Tom!«, sagte der Mann und griff freundlich nach meiner Hand. »Haben wir euch vielleicht bei irgendwas gestört?«

Er lachte jovial. Ich versuchte, mit einzustimmen.

Wäre es meine Aufgabe gewesen, das Essen abzusagen? Wieso hatte sich Hayley nicht selbst um ihre Verabredungen gekümmert?

»Hi, Tom«, sagte seine Frau und trat vor, um mir erst einen Kuss auf die eine Wange, dann auf die andere zu geben. »Entschuldige, dass wir ein paar Minuten zu früh dran sind!«

»Wir haben Hayley eine SMS geschickt, aber keine Antwort bekommen«, sagte der Mann. »Hoffentlich ist sie nicht allzu beschäftigt in der Küche.«

Ha.

Haha.

»Hier, für dich«, sagte er und reichte mir eine Flasche Rotwein, dann schnüffelte er theatralisch. »Was rieche ich denn da?«

Ich wusste nicht, wieso er schnüffelte, denn da gab es definitiv nichts zu riechen.

Ich überlegte, was ich sagen sollte.

»Kommt doch rein!«

Ich wünschte, mir wäre etwas anderes eingefallen.

Und außerdem – wie hießen die beiden noch? Sie waren Hayleys Freunde, das wusste ich. Oder *er* zumindest. Aber woher? Ich hatte es vergessen. Von der Uni? Nein! Er hatte irgendwo einen Käseladen! Ganz nobel, in einem dörflichen Teil Londons! Chiswick? Dulwich? Und er war immer *so* nett zu mir. Aber was war sie? Architektin? Anwältin? Irgendwas mit A?

»Hallo!«, sagte Pia, die im engen Flur plötzlich neben mir stand, wobei sie mit dem Ellbogen leicht über meine Taille strich. Im Bademantel.

Im Bademantel.

Na ja, am besten gingen wir gar nicht darauf ein. Denn sie würde sich schon selbst vorstellen. Sie spürte mein Unbehagen und würde gleich sagen, wie sie hieß, woraufhin auch die beiden anderen sagen würden, wie sie hießen, und niemand würde auch nur einen Gedanken daran verschwenden, dass Pia im Bademantel dastand.

Aber sie tat es nicht.

»Hi«, sagte der Mann und nickte Pia zu, wartete darauf, vorgestellt zu werden, mit hochgezogenen Augenbrauen …

»DasisPia«, haspelte ich in der Hoffnung, es würde als Vorstellung genügen, und wir könnten schnell zu anderen Themen übergehen. »Kommt ihr von weit her?«

»Immer noch aus Crouch End«, sagte die Frau lächelnd, und ich erinnerte mich dunkel daran, dass sie einmal etwas Schnippisches über mich zu Hayley gesagt hatte. Sie sah Pia an. Bademantel. Na super. Und Panda-Mütze.

»Crouch End!«, sagte ich laut, dann mit französischem Akzent: *»Crou-chon.«*

Beide lachten, als hätten sie das noch nie gehört, gefolgt von einem Schweigen, das länger als der Nil war.

Okay. Erklär's ihnen. Sag einfach: »Eure Freundin Hayley hat mich sitzen gelassen und fand euch nicht wichtig genug, um diese Einladung abzusagen.«

Ja. So machen es Erwachsene.

»Hört zu«, sagte ich. »Ich muss euch was gestehen …«

Das Gesicht des Mannes bot ein Bild der Sorge, das der Frau nicht so sehr.

Pia legte mir eine Hand auf die Schulter.

»Ja, und es ist sehr unangenehm«, sagte sie. »Wirklich sehr unangenehm.«

»O Gott, was denn?«, fragte der Mann.

Wie hieß er noch gleich?

»Ich habe ein ganz schlechtes Gewissen, dass ihr extra hergekommen seid«, sagte ich und spürte Pias sanfte Hand auf meinem Arm.

»Weil der Herd kaputt ist und wir improvisieren mussten«, sagte sie.

Bitte?

»Darf ich euch die Jacken abnehmen?«, fragte sie und schlüpfte in die Rolle der halb bekleideten, pandabemützten Gastgeberin.

»Wie war doch gleich dein Name?«, fragte der Mann.

»Pia.«

»Pia!«, sagte er. »Ich bin Fraser.«

»Mein Gott!«, sagte ich und nutzte die Gelegenheit. »Wie unhöflich von mir. Tut mir leid, ich dachte, ihr kennt euch. Also, das ist Pia, entschuldige, und das ist *Fraser*, und …«

Ich sah die Frau an.

»… seine Frau …«

»Iona«, sagte Iona, und da fielen mir ihre Namen auch wieder ein.

»IONA!«, sagte ich. »Und Fraser.«

»Dich finde ich interessant«, sagte Pia und deutete auf Iona.

»Oh … danke«, sagte Iona, und ich warf Pia einen Blick zu, dass sie damit *aufhören* sollte.

Meinetwegen konnte sie flippig sein, wenn sie wollte. Aber jetzt war nicht der richtige Zeitpunkt, schräg zu werden.

»Es gibt noch andere Neuigkeiten«, sagte ich. »Und …«

»Wo arbeitest du, Iona?«, fragte Pia, als sie ihr die Jacke abnahm.

»Am University College in Bloomsbury …«

»Cool«, sagte Pia. »Und um wie viel Uhr musst du morgens aus dem Haus, um hinzukommen?«

»*Wie dem auch sei* … hereinspaziert!«, sagte ich wirklich sehr laut, und in diesem Moment sah ich die Wohnung mit ihren Augen.

Zerbrochene Vase. Überall Zeitschriften auf dem Boden. Kartons vom Lieferservice auf dem staubigen IKEA-Tisch. Eine kleine Flasche Rum beim Fernseher.

Wir standen da und sahen uns um. Enttäuschung lag in der Luft.

»Ich … äh …«

»Bei uns ist *eingebrochen* worden«, sagte Pia. »Das ist die andere Neuigkeit.«

Na gut, warum nicht.

»O Gott, wie *schrecklich*«, sagte Iona. »*Eingebrochen?*«

»Verdammt«, sagte Fraser und sah sich im Zimmer nach Indizien um. »Das tut mir leid.«

»Ja, es ist ziemlich übel«, sagte Pia.

»Na ja, eigentlich nicht wirklich eingebrochen«, sagte ich.

»Katzen«, sagte Pia. »Wir nehmen an, dass ein paar Katzen hier drin waren.«

»So ein Katzenjammer!«, sagte Fraser, und alle lachten etwas zu laut.

»Also, nein, es waren keine Katzen«, sagte ich, weil das einfach lachhaft war. »Wir glauben, dass jemand eingestiegen ist … aber vielleicht kam danach ja noch eine Katze rein.«

Warum erzählten wir das? Und wie wollte ich das mit Hayley erklären?

»Was hat die Polizei gesagt?«, fragte Iona.

»Die meinten, es waren wahrscheinlich Langfinger«, sagte Pia nickend. »Wo hast du deine Halskette her? Die ist ja toll!«

»Die hier?«, fragte Iona verdutzt. »Ach …«

»Hört zu«, sagte Fraser. »Wir können auch ein andermal wiederkommen, wenn alles …«

»Nein!«, sagte Pia. »Bleibt doch!«

»Wirklich«, sagte Iona. »Ihr habt noch so viel zu klären und …«

»Iona, davon will ich nichts hören«, sagte Pia, nahm sie bei der Hand und führte sie zum Sofa. »Aber wir konnten leider nichts kochen.«

Ich wünschte, sie würde aufhören, dauernd »wir« zu sagen.

»Und … wo ist Hayley?«, fragte Fraser schließlich.

»Hayley, ja«, sagte ich.

Wortlos nahm er meinen Arm.

»Ist mit ihr alles in Ordnung?«

»Sie ist, na ja … sie ist …«

»Sie ist im Bett«, sagte Pia. »Das Ganze hat sie ziemlich mitgenommen.«

Meine Güte, Pia. Es reicht.

Ich musste es ihnen beichten.

»Die Einbrecher haben sogar ihre Krönchen mitgenommen«, sagte Pia mit grimmiger Miene. »Und alle ihre Manschettenknöpfe, die sie von eBay hatte. Und eine von den Katzen hat ihre Häubchen vollgepisst.«

Die Worte hingen in der Luft.

»Okay«, sagte ich. »Das klingt alles ziemlich schräg und …«

»O Gott«, sagte Fraser und schüttelte stirnrunzelnd den Kopf.

»Deshalb hat Tom *mich* gebeten vorbeizukommen«, sagte Pia. »Um gute Stimmung zu verbreiten.«

»Entschuldige, bist du Hayleys …?«, fragte Iona in der Hoffnung, dass Pia vielleicht die Leerstellen ausfüllte.

»Komet?«, fragte Pia.

Es reicht!

»Wein!«, sagte ich, als mir die Flasche in meiner Hand einfiel. »Machen wir den Wein auf!«

Wumm-wumm-wumm.

Pia sah zur Tür.

»Das Essen ist da.«

Wir saßen am Tisch, mit Papierservietten und zusammengewürfeltem Besteck. Keine stimmungsvolle Beleuchtung. Keine Kerzen. Keine Weingläser für den Wein, weil die schon seit über zwei Wochen in der Spülmaschine standen. Keine ausgefallenen Speisen, über die man sich auslassen konnte.

»Wir haben nur eine Pizza bestellt«, sagte ich. »Aber auch Chicken Wings. Ich hoffe, das ist okay.«

»Die Einbrecher haben seine Kreditkarten mitgenommen«, erklärte Pia, die mir einen großen Gefallen getan hatte, indem sie sich etwas anzog und die Panda-Mütze abnahm. »Außerdem haben wir eine Zwei-Liter-Flasche Fanta. Und eine Hackfleischpizza, sodass hoffentlich für alle was dabei ist.«

»Lecker!«, sagte Fraser und nahm ein hellrotes Hühnerbein. »Ich bin begeistert! Zu Hause essen wir *nie* so was.«

Iona lächelte mau. Ich fing ihren Blick auf.

»Bist du …?«

»Ich bin Vegetarierin, ja.«

»Wir haben Weißbrot!«, kreischte Pia und rannte zum Kühlschrank. Langsam kamen sie uns auf die Schliche. Irgendwas war im Busch. Sie wussten es. Sie konnten es uns nicht auf den Kopf zusagen, aber sie wussten es. Es war ziemlich offensichtlich. Die ganze Sache war einfach fürchterlich. Aber mir war mittlerweile alles egal, ich gab mich dem Abend hin, wohin er uns auch führen mochte. Vielleicht war das meine eigene kleine Rebellion.

O Gott, wie anders der Abend verlaufen wäre, wenn Hayley da gewesen wäre. Wir hätten schon am Nachmittag mit den Vorbereitungen begonnen. Ich hätte geputzt, sie hätte eine Nachspeise aus einem Jamie-Buch gekocht, um sie später triumphierend zu enthüllen und dann zu behaupten, es habe überhaupt keine Arbeit gemacht. Gegen vier etwa wäre ich rüber zum Weinladen gegangen und hätte zwei Flaschen mittelteuren Weißwein, zwei Flaschen anständigen Rotwein und ein paar Tüten Kettle Chips geholt, die wir wie Delikatessen in eine extravagante Schale geschüttet hätten. Irgendwer hätte gesaugt. Und inzwischen würden wir uns über Immobilienpreise unterhalten oder darüber, ob man heutzutage noch Lust hätte, zum Glastonbury Festival zu fahren, oder dass *The X Factor* auch nicht mehr so wie früher war, oder was auch immer eine schnelle Meinung generierte, damit wir bis Mitternacht durchhielten. Und wir hätten zusätzlich ein vegetarisches Gericht vorbereitet.

Was hatten wir stattdessen anzubieten? Einen Mann mit blessiertem Gesicht, eine nicht vorhandene Freundin, eine Fremde, die am Esstisch selbst gedrehte Zigaretten rauchte, eine mittelgroße Hackfleischpizza, ein paar Chicken Wings von einer Farbe, wie sie in der Natur normalerweise nicht vorkam, und eine Geschichte über Katzen, die auf Häubchen pissten.

Mein Blick zuckte zur Uhr.

Es waren erst fünfundvierzig Minuten vergangen.

Ich schätze, es sah wohl wirklich so aus, als hätte ich Hayley ermordet.

»Wir haben keinen Wein mehr«, sagte Pia, als sie aus der Küche kam. »Den müssen die Einbrecher gestern Abend mitgenommen haben. Elende *Weindiebe*.«

Sie stemmte die Fäuste in die Hüften und schüttelte den Kopf.

Ich merkte, dass Fraser und Iona Blicke und so etwas wie ein Lächeln tauschten. Iona legte ihr Marmeladenbrot weg. Stirnrunzelnd sah ich Pia an, um ihr zu zeigen, dass sie es nicht übertreiben sollte.

»Wir hätten also noch eine halbe Flasche Rum, eine Dose Beck's und diese Fanta.«

»Oh … hm … ich möchte bitte noch etwas Fanta«, sagte Iona, die sich für den Abend offensichtlich besonders hübsch gemacht hatte.

Anthropologin. An der UCL. *A für Anthropologin!* Natürlich.

»Hör mal, Tom«, sagte sie, als Pia die Fanta holen ging. »Bist du sicher, dass alles okay ist?«

War Anthropologie nicht das Studium menschlichen Verhaltens? Ich fragte mich, ob sie im Stillen schon ein Referat ausformulierte.

»Ja, alles gut!«, sagte ich, und sie sah Fraser an, der sie nickend aufforderte fortzufahren.

»Hayley ist gar nicht da, oder?«, fragte sie. »Sie liegt nicht wirklich im Bett.«

»Darf ich ehrlich sein?«, sagte ich. »Hayley ist tatsächlich nicht da.«

Kurzes Schweigen. Sie hatten es gewusst.

»Sie ist im Krankenhaus«, sagte Pia und nahm meine Hand, als sie sich setzte.

»Jetzt reicht's aber, Pia!«, sagte ich, und dann leiser: »Sie ist nicht im Krankenhaus.«

»Nein, sie ist nicht im Krankenhaus«, sagte Pia. »Aber hier ist sie auch nicht.«

Am Tisch machte sich Schweigen breit, während Pia Fanta einschenkte, die halb leere Rumflasche aufschraubte und sie mit einem kleinen Strohhalm vor mir abstellte. Gemeinsam lauschten wir, wie das Sprudeln der Fanta nachließ.

»Okay …«, sagte Iona. »Und wo ist Hayley dann?«

»In Frankreich«, sagte ich. »Sie hat mich verlassen.«

Pia drückte meine Hand ganz fest.

Sie sahen mich an, dann die Wohnung, dann das Mädchen an meiner Seite.

Dann die halbe Flasche Rum mit dem kleinen Strohhalm.

Plötzlich ergab das alles einen Sinn.

Fraser und Iona gingen, sobald wir keine Fanta mehr hatten.

Ich wickelte den letzten Chicken Wing in Frischhaltefolie und drückte ihn Fraser an der Tür in die Hand, als Entschädigung.

»Katzen, die auf Häubchen pissen?«, sagte ich, während Pia den Pizzakarton zusammenfaltete und in den Mülleimer stopfte.

»Es waren Hayleys Freunde, nicht deine. Wieso sollte dir irgendwas peinlich sein? Hayley sollte es peinlich sein. Denen sollte es peinlich sein. Nicht dir. Denk nur an heute Abend. Denk mal, wie schlecht es dich draufgebracht hätte. Wenn du das alles noch mal durchkauen müsstest. Nur um ihr Mitleid zu erregen. Sie wären immer noch da. Würden auf diesem Sofa sitzen und dir überzuckerten Tee bringen und Sachen sagen wie ›Du Ärmster‹ und ›Vielleicht ist es das Beste so‹.«

»Vielleicht möchte ich so was ja hören.«

»Das stimmt nicht, und du weißt es. Du musst aktiv werden. Und nehmen wir an, du hättest es über dich ergehen lassen. Irgendwann hätten sie sich verabschiedet – jeder von euch in dem Bewusstsein, dass ihr euch nie wiedersehen würdet –, und dann hätten sie im Taxi gesessen und gelacht. Über dich und wie langweilig du sein musst, dass Hayley dir weggelaufen ist.«

»Scheiße«, sagte ich. »Wie schwer kann es denn sein, mal kurz anzurufen? Würde es sie umbringen? Wenn man jemanden liebt, wenn noch ein *Hauch* von Liebe übrig ist, sollte das doch Grund genug sein, *mal den Hörer in die Hand zu nehmen*.«

Sie mied meinen Blick, ging an mir vorbei.

»Wahrscheinlich sitzen sie sowieso im Taxi und lachen mich aus«, sagte ich, als sie sich aufs Sofa gleiten ließ und eine von Hayleys Zeitschriften vom Tisch nahm.

»Ja, aber nach deinen Regeln«, sagte sie und fing an zu blättern. »Du hast es ihnen nicht gesagt, weil du es musstest. Du hast es ihnen gesagt, weil du es wolltest. Und wenn sie diese Geschichte bei ihrer nächsten Dinnerparty in Crouch End erzählen – denn sie werden deine Geschichte oft erzählen –, dann handelt diese nicht nur davon, dass dir deine Freundin weggelaufen ist, sondern außerdem von einem Mädchen im Bademantel, das ihnen Chicken Wings anbietet und von Katzen und Krönchen faselt und … O MEIN GOTT, SIEH DIR DAS AN …«

Ich fuhr herum.

NEUNZEHN

Super.

Hayley war also irre.

Sie war besessen. Na toll. Ich hatte mit einer Besessenen zusammengelebt. Gut zu wissen.

Ping.

Von: MAUREEN THOMAS

An: ALLE MITARBEITER

Ich bin ENTTÄUSCHT SAGEN ZU MÜSSEN dass nur DREI LEUTE zu Adewales SECURITY BRIEFING erschienen sind. Das ist ABSOLUT INAKZEPTABEL und die NAHMEN WURDEN DER GESCHÄFTSLEITUNG GEMELDET. MORGEN UM SIEBZEHN UHR wird es nachgeholt. KEINE AUSNAMEN!!!!

Löschen.

Und mal ehrlich – ich behaupte ja nicht, dass keiner von uns hin und wieder mal von irgendwas besessen ist. Schon als Kind. Ich zum Beispiel mochte den *Knight Rider*. Aber hier hatte ich es mit einer *Mittdreißigerin* zu tun, die alle Anzeichen einer Pubertierenden an den Tag legte.

Zeitschrift für Zeitschrift.

Seite für Seite.

Bild für Bild.

Post-it für Post-it für Post-it.

Einige dieser Post-its hatte ich schon mal gesehen, mir aber nichts weiter dabei gedacht. Ich hatte weder ein Muster erkannt noch die Menge bemerkt. Ich hatte angenommen, dass sie nur interessante Details kennzeichnen wollte – hier eine Marke, dort ein Restaurant –, doch wenn ich genauer hinsah … erkannte ich diese Kleider wieder. Ich kannte diese Restaurants.

Bubbledogs. Dieser seltsame Laden in Fitzrovia, in dem es nur Hotdogs und Champagner gab. Hatte sie ihn erwähnt? Oder ich?

»Popstar Aphra vor dem Londoner Restaurant Bubbledogs.«

Vielleicht. Möglich.

Ein dunkelblaues Top, das ich wiederzuerkennen glaubte, in aller Eile bei ASOS bestellt. Na ja, es war nur ein dunkelblaues Top. Vielleicht hatte sie sich so eins gekauft. Aber dann wiederum …

»Popstar Aphra glänzt bei den MOBO Awards in klassischem Blau.«

Gelbe Pumps.

»Aphra auf sonnengelben Sohlen im Chinawhite.«

Hayley trug auch gelbe Pumps. Nicht dieselben – die hier kosteten bestimmt zwei Riesen –, aber sie besaß *gelbe Pumps*. Okay, eher gelblich. Fast schon orange. Aber die Richtung stimmte. Die Richtung war dieselbe.

Und mehr und mehr und mehr davon.

Es war schräg. Es war traurig. Und irgendwie unheimlich.

Die Gefühle, die ich für sie empfunden hatte, verwandelten sich schnell in so etwas wie … Abscheu.

»Dieser Song«, sagte ich. »Meinst du, der ist …«

Pia war mir weit voraus. Sie drehte das Notebook um und drückte auf PLAY.

Verzeih, dass ich dir fern bin. Ich bin nur anderswo. Bestimmt bist du verletzt und fragst dich, ob ich dich noch will …

Und als er zum Refrain kam, dieser neueste Hit von Aphra, gaben meine Knie nach, und ich wurde totenblass …

Mach weiter, Baby, mach weiter … mach einfach weiter ohne mich …

Klar.

Warum auch nicht.

Die Fahrstuhltüren gingen auf und gaben Pippy preis.

»Gespenst gesehen?«

»Hayley hält sich für Aphra«, sagte ich lachend, lächelnd, ungläubig kopfschüttelnd, wie ich es schon auf dem ganzen Weg getan hatte.

Praktikant Paul rotierte grinsend auf einem hellblauen Bürostuhl herum, erwartete einen Brüller, der mein Gelächter rechtfertigte.

»Du bist ja schon früh da«, sagte ich, und er nickte traurig. »Jedenfalls hält Hayley sich für einen Popstar! Oder zumindest ist sie besessen von dieser Frau. Oder sie äfft sie nur nach. Aber jedenfalls weiß ich, dass es nicht an mir liegt! Nicht an mir! Sie ist nicht meinetwegen abgehauen!«

Diese Worte klangen wunderbar. Inzwischen war es mir egal. Es war mir egal, wer es wusste. Ich fühlte mich leicht, ich fühlte mich wie auf Droge, ich tastete nach einer Topfpflanze, um mich abzustützen.

»Sie ist abgehauen, weil sie nicht ganz dicht ist.«

Hallelujah. HALLELUJAH!

Ich weiß nicht genau, wieso es eine solche Erleichterung war. Ich weiß nicht, wieso es eine solche Freude in mir auslöste. Überhaupt eine Antwort zu haben? Selbst wenn die Antwort so ausfiel?

»Guck dir das an!«, sagte ich. Inzwischen saß ich an meinem Schreibtisch und suchte euphorisch im Computer herum. »Ich habe Paris *tatsächlich* erwähnt!«

Ich hatte recherchiert und die Meldung gefunden.

Ich sprach mit meiner Nachrichtenstimme.

»Aphra sagt, sie kann es kaum erwarten, mit Rapstar Blaze nach Paris zu ziehen. Hahaa! Wow. Ich vermute also, dass Hayley nach Paris gezogen ist, um sich einen Rapstar zu angeln, mit dem sie sich zur Ruhe setzen kann. Garantiert.«

»Tom, alles okay bei dir?«

Besorgte Miene. Stirnrunzeln. Praktikant Pauls Gesicht war in einer Art Semi-Furcht erstarrt.

»Bei mir ist alles bestens! Ich freue mich nur so für Hayley.«

»Du freust dich …?«

»O Gott, ja. Endlich hat sie sich selbst gefunden. Endlich hat sie sich selbst gefunden und festgestellt, dass sie Aphra ist.«

»Ich bin mir nicht sicher, ob du auf Sendung gehen solltest.«

»Nein. Alles okay, Pippy. Ich habe angefangen, Leuten durch London zu folgen, mit einem Mädchen namens Pia, das zuerst *mir* gefolgt ist.«

Sie kam auf mich zu, unsicher. Schnüffelte nach Alkohol. Instinktiv klopfte ich an meine Tasche. Ich hatte alles dabei, was ich brauchte. An diesem Morgen hatte ich schon meine Pille genommen.

»Es geht mir wunderbar. Ich bin einfach nur total begeistert«, sagte ich strahlend. »Hoffentlich gibt es noch mehr Rapstars in Paris. Es wäre doch wirklich schade, wenn man nach Paris zieht, aber keine anderen Rapstars mehr auftreiben kann.«

»Tom, ich sollte jemanden rufen.«

»Pippy, es geht mir gut.«

»Du siehst aber nicht gut aus. Du siehst aus, als müsstest du gleich heulen.«

»Tu ich nicht! Tu ich nicht! Es ist Freude! Es geht mir gut!«

Laut klopfte ich dreimal auf den Tisch, mit den Knöcheln, so wie man es tut, wenn man absolut sicher ist, dass es einem gut geht.

Das Telefon klingelte. Wir starrten einander an. Um diese Uhrzeit klingelte das Telefon nie.

Nur ein Wort auf dem Display: SECURITY.

»Da ist er ja – unser Goldjunge! Unser Held des Hörfunks«, sagte er und erstickte ein bitteres Lachen. Hätte er es ausspucken können, hätte er es getan. »Und hier muss er sich nun seiner Vergangenheit stellen.«

Mein Blick ging an ihm vorbei, über seine Schulter hinweg zum hell erleuchteten Empfang hinter Sicherheitsglas. Ich konnte es noch nie leiden, wenn er so redete. Adewale starrte durch die Glasscheibe herüber, wie üblich mit dem iPlayer im Notebook. Er zog die Augenbrauen hoch, um mir zu verstehen zu geben, dass er Leslie gesehen hatte. Dann schüttelte er langsam den Kopf, um mir zu verstehen zu geben, dass er ihm den Eintritt bereits verweigert hatte.

Ich war runtergekommen, weil sie nicht wussten, wem sie die Aufgabe sonst aufhalsen sollten, und einen Fremden zu schicken schien ihnen doch etwas zu herzlos. Leslie sah nicht gut aus. Jackett auf dem Schoß, das weiße Hemd zerknittert, eine Rotweinspur von seiner Tasche bis zur einstmals cremefarbenen Leinenhose. Unter seinem Schuh klebte eine Kippe. Kleines Plastikschildchen am Gürtel, sein Name über einem Sternschnuppenlogo in blassem Cyan. Irgendwo musste dringend mal eine Tintenpatrone gewechselt werden.

Vermutlich hatte er eine Firmenfeier moderiert und Urkunden für den besten regionalen Comet-Markt oder den besten Filialleiter eines Comet-Marktes oder sonst was verteilt. Wahrscheinlich im Hilton oder im Green Room des Dorchester. Auf jeden Fall in Mayfair. Vermutlich hatte er sich hinterher an den kostenlosen Alkoholika gütlich getan. Den Großen und Mächtigen der Haushaltsgerätebranche die Hände geschüttelt. Wahrscheinlich mit einem der Chefs Visitenkarten getauscht. Vielleicht war er mit einigen von ihnen weitergezogen. Am Ende war er allein in einer abgeschmackten Bar gelandet oder hatte sich mit jemandem ein Taxi zu irgendeiner Touristenfalle in Soho geteilt. Ich nahm an, dass er auf die Uhr gesehen, nicht richtig überlegt und sich auf den Weg zur Arbeit gemacht hatte. Er wollte rein, um seine Sendung zu moderieren. Musste es auf die harte Tour von Adewale erfahren.

»Hi, Leslie«, sagte ich. »Schön, dich zu sehen.«

Denn was sollte ich sonst sagen?

»Schön, mich zu sehen? Im Ernst?«

Kalte blaue Augen, die immer größer wurden, während er sich fragte, welches Maß an Verachtung meine Plattitüde verdienen mochte.

»Wie macht sich meine Nachfolgerin?«, fragte er und setzte ein falsches Lächeln auf.

»Gut«, sagte ich.

»Sie macht sich einen Namen«, sagte er. »Nicht schlecht für ein Senderluder.«

Das Wort gefiel ihm. Ich hielt den Mund. Es war nicht der richtige Moment. Leslie sah verändert aus. Verwirrt und zerzaust.

»Weißt du, wo ich hingehe?«, fragte er kopfschüttelnd. »Weißt du, wer die einzigen Leute waren, die mir überhaupt geantwortet haben?«

»Du meinst …«

»Jobmäßig, ja. Nicht Radio 2. O nein. Nein, der Freund, den ich da habe – zumindest dachte ich, er wäre mein Freund –, nein, der hat es gleich abgebügelt. Man sollte meinen, LBC Radio wäre ganz passend. Aber nein, das ist ein geschlossenes System, einer geht, einer kommt, schönen Dank auch.«

»Irgendwas wird sich schon ergeben, Leslie. Du hast doch gerade erst angefangen zu suchen.«

»Mein Agent teilt deinen Optimismus nicht, Tom. Also moderiere ich ab nächsten Monat eine Nachmittagssendung für Sunrise.«

»Das ist … dieses Online-Dings, nicht?«

Sender. Ich hätte »Sender« sagen sollen.

»Man hört viel Gutes über Sunrise«, sagte ich.

»Es ist kaum besser als das Gefängnisradio, Tom.«

»Die hätten wenigstens einen schattigen Innenhof.«

»Was *redest* du?«, sagte er, als hätte er seinen eigenen Scherz schon wieder vergessen.

Er stand auf.

»*Du* hättest gehen sollen«, sagte er. »So einen Fehler zu machen. Was hast du gegen sie in der Hand? Oder bist du nur hier, um die Quote zu erfüllen? Irgendwer hat sich die Vorschriften durchgelesen und festgestellt: ›Oha, wir brauchen mehr von *denen*‹.«

Ich sollte besser vorsichtig sein.

»Du meinst, weil …«

»Ich meine überhaupt nichts.«

»Klingt aber so.«

»Versuch nicht, mir irgendwas in den Mund zu legen. Das machst du immer. Genau deshalb sitzen wir jetzt hier.«

»Ich habe dir diese Worte nicht in den Mund gelegt, Leslie.«

»Nein, aber du hast sie *rausgelassen!*«

Er taumelte, hielt sich an der Bank fest. Er stank nach Schnaps und Zigaretten.

»Ihr Leutchen, ihr denkt …«

»Was für Leutchen bin ich denn, Leslie?«, fragte ich. »Wieso sagst du das dauernd?«

»Nein, so nicht! Hör auf, es so hinzudrehen, als wäre ich …« – er fing sich –, »… ihr *jungen* Leute, ihr meint, die Welt wäre immer so gewesen, wie ihr sie jetzt seht. Ihr wisst nicht, wie es war. Ich bin seit *fünfunddreißig Jahren* beim Rundfunk, ich habe Leute wie dich kommen und gehen sehen, junge Leute, die kein Talent haben. *Eine gute Kritik* in der *Times* hat nichts zu bedeuten. *Nichts.*«

Sein Zeigefinger war direkt vor meinem Gesicht.

»*Du* hättest gehen sollen, nicht ich. Ich wusste ja nicht mal, wie du heißt.«

»Komm schon, Leslie. Geh nach Hause, Mann.«

»Ich *bin* zu Hause. Das hier ist mein … *das* kann ich am besten. Weißt du, wieso? Weil ich weiß, wer ich bin, *Mann*. Ich weiß, wer ich bin, und das muss man wissen, wenn man hier Erfolg haben will. Ich habe es schon *immer* gewusst. Und was weißt *du?*«

Er wollte gehen, rempelte mich an, wenn auch nicht unbedingt absichtlich. Und als er fast schon auf dem Gehweg war, drehte er sich noch mal um.

»Weißt *du* überhaupt, wer *du* bist, Tom?« Er lächelte. »Ich sollte dir eigentlich die Hölle heißmachen, aber du hast nur überlebt, weil du ein Niemand bist. Du bist so durchgerutscht. Unwichtig. Du interessierst niemanden. Du bist egal. Niemand würde sich die Mühe machen, deinetwegen irgendwas zu unternehmen, denn was soll das schon bringen?«

Und er lachte, schüttelte den Kopf und trat – das Jackett über die Schulter geworfen – auf die Straße hinaus, wo er von einem Taxi angefahren wurde.

Bamm. Quietsch. Hupe.

Und ich weiß noch, dass ich *Augenblick mal* dachte, etwas später, als die Sirene des Krankenwagens näher kam und jemand – ein Tourist – mit seinem Handy fotografierte. *Welche Kritik in der* Times?

ZWANZIG

Ich wurde wieder nach Hause geschickt. Sonderurlaub aus familiären Gründen (einen Tag). Pippy meinte, es sei wegen der ganzen Sache mit Leslie. Aber der eigentliche Grund war wohl, dass sie glaubte, sie hätte die ersten Anzeichen eines Zusammenbruchs bei mir erkannt.

Und damit könnte sie vielleicht sogar recht gehabt haben. Der schwarze Hund schnüffelte schon. Suchte eine Stelle, an der er sich niederlassen konnte. Der schwarze Hund suchte sich ein gemütliches Plätzchen.

Ich saß im Wohnzimmer, fühlte mich nicht mehr wohl auf meiner Seite des Sofas, das wir gekauft hatten, auf den Stühlen, die wir gekauft hatten.

Auf meinem Schoß lag die *Times*. Es war nur eine kleine Kritik, aber für Radioleute ist das, als hätte man es aufs Cover von *Vanity Fair* geschafft. Entscheidend allerdings waren die Worte, die mich vorübergehend ablenkten.

DES BÜRGERMEISTERS RADIO-ALBTRAUM
Talk Londons neues Frühstücksradio rauscht, knackt und knistert sich eins mit Bürgermeister Jackson. Bitte mehr davon, sagt TIM EDMUNDS …

Ich las die Worte immer wieder.

Nach dem morgendlichen Schnarchfest, das sich London Calling mit Leslie James nannte (dessen Highlight in fünf Jahren die »Marmeladennazi«-Hasstirade war, die der US-amerikanische Sender NBC jüngst in seiner Late-Night-Talkshow mit Jimmy Fallon ausstrahlte und die schließlich zu James' unehrenhafter Entlassung führte), erfreut sich die Hauptstadt nun neuer Thronanwärter, die es auf das Gold der Morgenstund abgesehen haben …

Man nahm uns wahr. Natürlich drehte es sich vor allem um Cass. Ihr Bohren und Drängen während der ersten Sendung hatte uns den Artikel beschert, denn der Bürgermeister war davon ausgegangen, dass es ein kleines Plauderstündchen mit der Presse werden würde. Aber immerhin wurde ich namentlich genannt. Sogar lobend erwähnt.

Freimütig berichtete Adoyo von einem erschreckenden Erlebnis, das er kürzlich mit einem messerschwingenden Irren in den Straßen Londons hatte, und …

Die Presse entdeckt gern etwas, von dem sie sagen kann, sie habe es entdeckt. Von nun an würde man uns selbstverständlich wieder ignorieren, aber der Bericht hatte Leslie dennoch den Rest gegeben. Dafür reichte ein beiläufiger Blick auf diese Morgenausgabe und die Erkenntnis, dass er nie so gelobt worden war. Die Welt drehte sich auch ohne ihn weiter.

Ich ließ die Zeitung sinken und sah zum Fernseher hinüber, der so dringend meine Aufmerksamkeit suchte, machtlos und stumm. Nahm noch einen Schluck Bier. Dann betrachtete ich Hayleys Foto auf dem Kaminsims.

Es war schon vier Wochen her. Vier *Wochen*.

Vielleicht gab es doch eine harmlosere Erklärung für das alles. Jeder hat schräge Sachen, auf die er steht. Und manche Leute stehen auf richtig schräge Sachen. Allerdings ist es nicht allzu schräg, einen Popstar zu mögen. Es ist nichts Schräges daran, dessen Stil zu mögen, wofür er steht, was er repräsentiert. Vielleicht hatte Hayley etwas gewonnen, und es war ihr zu peinlich, mir davon zu erzählen. Vielleicht einen Wettbewerb von einem Schokoriegelhersteller oder einem Radiosender, woraufhin sie nicht Nein sagen konnte …

Der Morgen wurde warm und diesig, dank meiner Pille, das Licht wurde milder, die Welt ein wenig schwebender … die Schachtel ein wenig leerer.

Es wurde Zeit, Dr. Moon einen Besuch abzustatten.

Ich pfiff vor mich hin, während ich Hayleys Zeitschriften durchblätterte. *Grazia. Cosmo.* Alle, wie sie da waren. Und ich erfuhr mehr über den Popstar Aphra, als ich je erwartet hätte.

Erstens war es offenbar unmöglich, irgendwas über den Popstar Aphra zu schreiben, ohne diese Frau »Popstar Aphra« zu nennen. Als stünde es in ihrer Geburtsurkunde. Sollte das der Fall sein, dann schien Musik als Berufswunsch unausweichlich.

Geboren in Trinidad, ausgewandert nach Miami, entdeckt im Walmart, ein Jahr als Model in Paris und Mailand, in Kanye verliebt, bei Sony unterschrieben, auf Welttournee gegangen, in L. A. niedergelassen, mit einer kleinen Wohnung in Paris, Rapper-Freund, Parfum namens Raindance.

Vermutlich kannte ich den Duft längst. Vermutlich würde er mich an Hayley erinnern.

Aphra hatte sogar eine Reality-Show.

Mein Blick zuckte zum Fernseher.

Ich stellte ihn an. Fand die Fernbedienung für Sky. Suchte im Programm.

Oha. *Aphra: Pop Warrior.* Es wunderte mich, dass keine Aufnahmen programmiert waren.

Ich startete die erste Folge und widmete mich wieder den Zeitschriften, während im Hintergrund das Gewäsch und Gekreisch eines Popstars und seiner Entourage lief.

Aphra war außer sich, weil ein Hündchen, das sie in Schwarz bestellt hatte, in Dunkelbraun gekommen war. Ihr persönlicher Assistent, ein tuntiger Mann mit starrem Grinsen, wedelte sich Luft zu, als er vom »buchstäblich schlimmsten Tag aller Zeiten« sprach.

Wie viele Illusionen wollte sie mir denn noch rauben? Was kam als Nächstes? *Versuch doch wenigstens, jemanden nachzumachen, mit dem dich was verbindet! Damit du dich nicht selbst dafür verachten musst, dass du ihn magst.*

Ich stellte die Glotze ab. Ich hätte heulen können.

Zu Dr. Moon ging ich, seit ich in London gelandet war.

Seine Praxis lag an einer von Bäumen gesäumten Straße hinter Green Lanes. Messingschild an der Tür, Parkettboden, sehr gepflegt.

Er war vielleicht zwei, drei Jahre älter als ich und gab sich alle Mühe, professionell zu bleiben, aber ich wusste, dass er die Sendung hörte, weil das kleine Digitalradio in der Ecke seines Sprechzimmers ihn verriet: »Talk Radio« scrollte über das Display, um zwischen Patientenbesuchen angestellt zu werden.

Normalerweise widmete er mir sechs Minuten, was dem Londoner Durchschnitt entsprach. An diesem Tag allerdings waren es mehr, weil er gleich zu Anfang meines Termins noch schnell aufs Klo musste. Er ließ seine Facebook-Seite offen, also wusste ich, dass seine Lieblingsfilme *Shutter Island* und *Gangster Squad* waren, er die Musik von Leonard Cohen, Nick Drake und Kanye West mochte und die offiziellen Seiten von *Only Fools and Horses*, Olivia Wilde und – seltsamerweise – Smints geliked hatte.

»Wie geht es Ihnen?«, sagte er, als er sich wieder an seinen Schreibtisch setzte, eilig Facebook wegklickte, das Profilbild von ihm mit seinen Rugby-Freunden verbarg und so tat, als wäre er wieder nur Arzt und nicht ein Mensch mit eigenem Leben und eigenen Interessen.

»Unverändert«, bluffte ich, um nicht näher darauf eingehen zu müssen.

»Noch keine Besserung?«

Nicht wirklich, Herr Doktor, nein.

»Zu Hause alles in Ordnung?«

Nicht wirklich, Herr Doktor, nein.

Zumindest gab es diesmal einen Grund, eine Wurzel allen Übels. Wie würde man es normalerweise beschreiben? Es ist der vollständige Mangel von Willenskraft. Dem Willen zur Besserung, sogar dem Willen, danach zu suchen, wie es besser werden könnte. Es ist einem einfach alles egal.

Aber es ist ein Gefühl, das sich so geschickt und heimtückisch ausbreitet, dass schnell fünf, zehn, fünfzehn Jahre vergehen können, in denen man an dieses Gefühl der Leere gekettet ist, ohne je zu merken, dass es gar nicht langsam bergauf geht – im Gegenteil, es geht bergab. Das ist die Angst. Dass sich der langsame, stetige Abstieg ganz normal anfühlt. Der graue Schleier, der schwarze Hund, der Mantel, der sich langsam über einem ausbreitet.

»Wissen Sie, ich bin kein Psychiater«, sagte er. »Aber es gibt etwas, das Sie versuchen könnten. Das Ihnen helfen würde. Bewegung zum Beispiel …«

Er lächelte in der Hoffnung, dass ich mich ihm anvertrauen würde.

»Eigentlich wollte ich mir nur ein neues Rezept abholen«, sagte ich.

Dieser Typ da. Ja, der da drüben. Der so erhaben schreitet. Den nehme ich mir vor. Dem will ich folgen.

Ich war auf der Oxford Street, schob mich durch die Menschenmenge, meine Stimmung sediert und aufgeweicht vom Antidepressivum, mein Serotonin- und Noradrenalin-Spiegel vorerst gesichert, meine Stimmung gelöst, mein Gang leichter, als ich es mir ohne Medikament erhoffen konnte.

Wenn du es kannst, Hayley …

Die Welt war ein wenig lebendiger, die Szenerie um mich herum etwas diffus an den Rändern – das Antidepressivum nahm allem die Schärfe. Manchmal bekam ich von dem Zeug einen trockenen Mund. Hin und wieder wurde mir leicht schwindlig. Das nahm ich gern in Kauf dafür, dass es die schärfsten Spitzen glättete.

Dr. Moon hatte recht. Ich konnte etwas tun. Und vielleicht würde es mir helfen.

Der Typ, den ich mir ausgesucht hatte, war ein schlanker Weißer mit einem Gang, wie ich ihn auch gern gehabt hätte. Elegant, selbstbewusst, mehr ein Schreiten als ein Gehen.

Sieh ihn dir an. Na gut, los geht's.

Er hatte gepflegte Haare, dieser Mann. Teure Schuhe. Schlichter Ehering aus Platin, klobige Uhr, leicht gebräunt.

Er ging zu Selfridges und ich hinterher.

Erste Etage. *Herren Designer, Herren Modern. Herren, Herren, Herren …*

Ich sah, wie er die Namen betrachtete – Namen, vor denen ich im Leben nicht stehen bleiben würde. Das ist nicht meine Welt. *Dolce & Gabbana. McQueen. Westwood.* Hier hatte ich nichts verloren. Dieser Typ jedoch schon, so wie er am Futter eines Jacketts entlangstrich, einen Ärmel inspizierte, sich die Manschetten ansah.

Er war zur Anprobe hier. Ich setzte mich in der Nähe hin und tat, als würde ich auf eine imaginäre Freundin warten – *ich schätze, in mancher Hinsicht warst du mir die ganze Zeit über auch nur eine imaginäre Freundin, oder, Hayley?* –, als eine junge Frau seinen Anzug brachte und diesen wie ihr Meisterstück vor ihm ausbreitete. Er zog das Jackett über sein Hemd, machte die Arme lang, ließ den obersten Knopf offen, wie man es tun soll, strich den Stoff glatt, betrachtete sein Spiegelbild. Die junge Frau stand hinter ihm, spähte über seine Schulter, bewunderte ihre Schneiderkunst im Spiegel, stellte sich vielleicht für einen kurzen Augenblick ein gemeinsames Leben mit diesem Mann in diesem Jackett vor. Ich lächelte in mich hinein. Dieser Mann wusste, was er wollte. Er probierte ein Paar Schuhe an – nickte anerkennend. Sie brachte ihm eine Krawatte, von der sie glaubte, sie könnte ihm gefallen und zu ihm passen. Er zuckte mit den Schultern, dann klappte er seine Brieftasche auf und warf eine schwarze Karte auf den Kassentresen. Ich machte mir eine Notiz in meinem Handy. *Anzug: Duchamp dreiteilig, kariert. Schuhe: Paul Smith London Stamford, rote Schnürsenkel. Hemd: Canali Jacquard-Stripe mit Sportmanschette. Krawatte: Boss, Wolle, grau mit schwarzem Streifen.*

Natürlich hätte ich dieses Zeug nie gekauft. Das wäre zu weit gegangen und hätte bedeutet, dass ich dem Verfolgen einen zu großen Stellenwert beimaß. Dass ich ihm verfallen war, dass es mir mehr bedeutete, als ich zugeben wollte. Aber ich genoss den Augenblick. Mir gefiel der Gedanke, es tun zu können. Ich genoss die Farbe in meinem Leben, die mir gefehlt hatte.

Dann ging er los, und ich auch, hielt Abstand, ließ ihn nicht aus den Augen, vielleicht dreißig Schritte hinter ihm, als er den Laden verließ und links zum Manchester Square einbog, sich umsah, ein Taxi suchte, einen Arm hob und eins anhielt.

Dann saß ich selbst in einem Taxi. Mein Fahrer war ganz begeistert von der Situation. Er lachte vor sich hin und sagte, er hätte nie gedacht, jemals in einem Agentenfilm mitzuspielen, und wie sehr er sich gewünscht hätte, dass einmal jemand zu ihm sagen würde: »Folgen Sie dem Taxi da!« Ich behielt für mich, dass ich es schon zum zweiten Mal tat, das erste Mal in einer Rikscha, und als ich wieder aufblickte, bremsten wir ab.

Park Lane.

Ich wartete in der Lobby des Hotels, während der Mann den Anzug auf sein Zimmer brachte. Das wusste ich, weil er es dem Portier gesagt hatte, der ihn mit den Worten »Willkommen im Dorchester, Mister Davis« und einer Hand am Zylinder begrüßte.

Ich konnte Adewale beim Sender nicht mal dazu bewegen, sich ein Lächeln abzuringen.

Zehn Minuten später war er wieder da und setzte sein Schreiten fort. Kurzer Zwischenstopp im Piccolo für einen Coffee to go, dann stand ich hinter ihm in einer Schlange vor dem Yazu Sushi an der Curzon Street – schloss mich seinem Beispiel an und bestellte Sashimi Deluxe zum Mitnehmen.

Ich folgte ihm um die Ecke, kam mir vor wie ein Trampeltier und fühlte mich gleichzeitig, als würde ich schweben, weiter am Fox Club vorbei und über die Straße zum Green Park, die Sushi-Tüte raschelnd hinter meinem Rücken, damit sie ihm nicht auffiel, wenn er sich umdrehte, was er inzwischen ein-, zweimal getan hatte.

Ich könnte diesem Typen ewig folgen. Meinem Leben entfliehen. Sein Leben leben. Meine Pillen einwerfen, Sushi essen und umherschreiten.

Ich wusste nicht, was er von Beruf sein mochte. Banker?

Egal. Mir gefiel, *wie* er es anging. Mir gefiel, wie sich sein Leben *anfühlte*.

Und da war sie, wartete auf einer Bank. Das unvermeidliche Mädchen, dieses Traumbild, diese rothaarige Schönheit, schlank wie ein Model, und ihre Miene hellte auf, als sie ihn sah, sie machte sich bereit für die Umarmung, für den Kuss auf die Wange, den Kuss auf den Mund, das Umarmen eher ein Umschlingen, das kein Ende nehmen wollte.

Dann fingen sie an, aufgeregt miteinander zu reden, und mir fiel auf, dass sie keinen Ring trug, und ich warf noch einen Blick auf seine Hand und sah, dass auch er keinen Ring mehr trug, was ich merkwürdig fand, und ich folgte ihnen, als sie Arm in Arm losgingen, eng umschlungen wie eine Einheit, und er zeigte ihr das Sushi und sagte, er hoffe, es sei okay, und sie sog die Bäume und das Gras und den weiten grauen Himmel in sich auf, und ich dachte an das letzte Mal, dass Hayley sich zu freuen schien, als sie mich sah, das letzte Mal, dass wir uns so im Arm gehalten hatten, das letzte Mal, dass wir einander mit irgendetwas überrascht hatten.

Na ja, abgesehen von dem Tag, an dem sie mich damit überrascht hatte, dass sie nicht mehr da war. Aber Sie wissen, was ich meine. Und das war der Moment, in dem ich merkte, dass ich diesem Pärchen zu nahe gekommen war. Der Mann wandte sich zu mir um. Musterte mich.

Erinnerte sich an mich.

»Sie waren bei Selfridges«, sagte er. »Und in meinem Hotel.«

Er warf einen Blick auf meine Sushi-Tüte, dann den Kaffee von Piccolo. Seine Augen wurden groß.

»Was soll das hier eigentlich werden?«

Ich lächelte. Das Mädchen wirkte erst verunsichert, dann ängstlich.

»Also …«, begann ich, ohne recht zu wissen, wie ich enden würde.

Stoke Newington, Church Street. Weinladen. Es war fast schon sechs. Nach Hause. Schlafen. Alles wegschlafen. Den Tag, den Alkohol, die Pillen. Der Wein würde helfen.

Aber *wumm-wumm-wumm* an der Tür, als ich mir gerade heißes Badewasser einlaufen ließ.

»Hi«, sagte Pia, als ich aufmachte. »Meine Güte, siehst du fertig aus.«

»Du hast eine andere Frisur«, sagte ich.

»Bob«, sagte sie.

»Und offenbar auch einen anderen Namen.«

»Nein, das *ist* ein Bob.«

»Ich weiß. Was machst du hier?«

»Kam gerade vorbei.«

»Du meinst, jemand anders kam vorbei.«

»Genau.«

Ich ließ sie rein.

»Du hast getrunken«, sagte sie und machte die Jalousien auf. »Ich dachte, du trinkst nicht viel.«

»Tu ich auch nicht.«

»Du siehst ganz schön angeschlagen aus.«

»Ich kann nicht gerade behaupten, dass ich heute besonders glücklich bin.«

Sie wischte die Worte einfach weg.

»Das solltest du aber. Jetzt hast du einen Fokus und Klarheit und …«

»Ich bin heute jemandem gefolgt«, sagte ich.

Ihr Mund blieb offen stehen.

»Du bist jemandem gefolgt? Ohne mich?«, sagte sie. »Das ist fantastisch! Wer war es? Was hast du gemacht? Weißt du, was das bedeutet? Du bist frei!«

»Bin ich?«

»Ja. Du hast die Zügel wieder in der Hand.«

»Hab ich nicht, Pia …«

»Doch, hast du! Und du kennst den Grund, wieso Hayley weg ist. Und weil du den Grund kennst, kannst du wieder neu anfangen. Weißt du, wie?«

»Wie?«

»Heute ist *Mittwoch*.«

Das Holiday Inn Express in Wandsworth.

Wir saßen um den Tisch. Ich. Pia. Jackie. Tim. Felix. Und Andy.

Mir kam es so vor, als würde ich einem echten Urlaub niemals näher kommen als in diesem Holiday Inn Express. Wir hatten gemeinsame Ferien geplant, Hayley und ich. Ich hatte dafür gespart. Nur hatten wir nie Urlaub gemacht. Es kam mir vor, als hätte mich London im Griff.

»Freunde! Fangen wir an und berichten von unseren Erlebnissen der letzten Woche«, sagte Andy mit dem Klemmbrett in der Hand.

Ich nippte an meinem Kaffee, ließ das Koffein seine Wirkung tun.

Alle warfen mir verschämte Blicke zu. Sie schienen es spannend zu finden, dass ich da war, auch wenn keiner fragte, wieso eigentlich. Zwischendurch tätschelte Jackie Pias Hand. Ein »Gut gemacht!« vielleicht.

»Tim, fangen wir mit dir an«, sagte Andy putzmunter. »Erzähl uns deine Geschichte.«

»Also, ich hatte vielleicht eine Woche«, sagte Tim lächelnd. »Der Mann unter mir, dem das Wettbüro gehört, also normalerweise würde ich ihm montags folgen. Ein kleiner Spaziergang durch den Park, kurzes Mittagessen, dann taucht er ab, um seine Geliebte in Glenmore Villas zu besuchen, und ich treibe mich bei den Bänken gegenüber rum.«

Wie immer sprach er davon, als wäre es das Normalste von der Welt.

»Jetzt macht er diese Woche Urlaub. Da kann ich natürlich nicht mit, weil ich mich um meine Mutter kümmern muss, also habe ich was völlig anderes gemacht.«

Er setzte ein »Das wird euch gefallen«-Gesicht auf.

»Also bin ich stattdessen seiner Geliebten gefolgt!«

»Oh!«, sagte Jackie.

»Stellt sich raus, sie trifft sich außerdem mit einem Kerl in *Turnham Green!*«

»Ooh!«, sagte Jackie.

»Ich dachte mir: *Wenn es irgendwas gibt, das ihn grün vor Neid werden lässt, dann das.* Oder besser: grün vor *Eifersucht!*«

Nach seinem einstudierten Scherz spreizte er die Finger, und Jackie lachte auf eine Art und Weise, die andeutete, dass ihr bewusst war, dass sie es eigentlich nicht tun sollte.

»Ich war schon seit Jahren nicht mehr in Turnham Green«, sagte Tim. »Da gibt's jetzt sogar ein Starbucks.«

Ich merkte, dass Pia sich etwas abseits hinsetzte. Sie hatte mir alles über die anderen erzählt. Tim war ein Guter, das wusste ich, keine Untiefen, ein Optimist, aber er war an sein

Zuhause gefesselt. Die zwei Stunden täglich, in denen seine Mutter von der Frau betreut wurde, die auch zum Putzen kam, boten ihm die einzige Gelegenheit, vor die Tür zu kommen, um zu leben. Und das tat er auf diese Art und Weise.

Jackie litt unter lähmender Schüchternheit. In ihrem ersten Jahr bei CC hatte sie kein Wort gesprochen. In diesem Raum war sie jemand. Sie wurde akzeptiert. Inzwischen brachte sie sogar die Kekse mit. Obwohl ich mit einiger Sorge hören musste, dass Jackie eines Abends, als sie niemanden finden konnte, der es wert gewesen wäre, verfolgt zu werden, zwei Stunden einem Müllmann hinterhergelaufen war.

Felix war sein Leben lang gegängelt worden. Der neue Freund seiner Mutter, der bei der Army war, konnte nichts mit ihm anfangen. Das wirkte sich auf die Schule aus. Machte ihn zum Außenseiter. Er kämpfte mit seiner Identität. Er war Grufti gewesen, dann Headbanger, dann Boy-Band-Fan, alles bevor er vierzehn wurde. Jetzt experimentierte er mit Haar- und Bräunungsspray. Für Felix war es die reinste Form der Selbstfindung. Er wusste, dass er irgendwo da draußen war. Er wusste nur noch nicht, wer.

Und wieder dachte ich, dass der einzige Mensch, über den mir Pia nichts erzählt hatte, Pia war.

Und nun saß sie da, lehnte den Kopf an die Wand, hörte nur zu.

»Und was ist mit dir … Tom?«, sagte Andy freundlich. Jetzt kam, worauf alle gewartet hatten. »Wie ich sehe, bist du wieder da …«

Ich nickte.

»Und … gibt es dafür einen Grund? Als du letztes Mal hier warst …«

»Tom ist heute Nachmittag jemandem gefolgt«, sagte Pia und brach ihr selbst auferlegtes Schweigen, was die Stimmung schlagartig veränderte.

»Wie?«, sagte Jackie. »Wirklich?«

»Bei mir passieren in letzter Zeit … komische Sachen«, erklärte ich und hatte Probleme, die richtigen Worte zu finden. »Je mehr ich über Hayley herausfinde, desto … ja. Ich habe es mal probiert. Nicht der Rede wert. Ich bin jemandem kurz gefolgt.«

»Nicht der Rede wert?«, lachte Andy. »Jetzt bist du auf dem Weg, Tom. Auf dem Weg zum …«

»Sie haben ihn erwischt«, sagte Pia, und Jackie machte ein langes Gesicht. Tim fasste sich an den Kopf.

»Was hast du denen gesagt?«, fragte Felix.

»Er hat sich als Privatdetektiv ausgegeben«, kicherte Pia, und ich warf ihr einen bösen Blick zu. »Er hat behauptet, die Frau von dem Mann hätte ihn geschickt.«

»Hat denn heutzutage eigentlich *jeder* eine Affäre?«, fragte Tim.

»Andy, bevor noch was Schlimmeres passiert«, sagte ich, um das Gespräch voranzutreiben, weg von meiner eigenen Demütigung, »sollte ich vielleicht erst mal etwas mehr über diesen Club erfahren.«

Andy lächelte und ließ sein Klemmbrett sinken.

CC – von dem ich geglaubt hatte, es stünde für Copy Club oder vielleicht sogar Copy Cat – stand für *Carbon Copy*, was so viel wie »Kohlepapierdurchschlag« heißt.

Es hatte Ende der 1960er-Jahre in Berlin begonnen, dank eines New Yorker Wissenschaftlers namens Ezra Cockroft, während eines Austauschprogramms mit der Freien Universität. Ihm war ein Licht aufgegangen, als er eines Abends den

Kurfürstendamm entlangging – mit Akten unterm Arm, mal wieder einen arbeitsreichen Abend vor sich – und plötzlich ein Mann, den er als seinen perfekten Doppelgänger beschrieb, die Treppe aus der U-Bahn herauf und direkt in die Arme einer wartenden Familie lief.

»In diesem Augenblick«, schrieb er in einer Arbeit, die er einige Jahre später in Connecticut auf einer Konferenz über den Wandel der sozialen Mobilität vorlegte, »fragte ich mich, was in unser beider Leben passiert war, dass es uns in so unterschiedliche Richtungen geführt hatte, dieses andere Ich und mich. Wir teilten uns die Stadt, die Zeit, sogar das Aussehen – obwohl er jünger war als ich, viel jünger –, und was er besaß, schien mir so weit weg von meinem eigenen Leben, dass es für mich außerordentlich erstrebenswert wurde.«

Fasziniert war er dem Mann gefolgt, vorsichtig erst, auf Distanz, bis der Drang, mit ihm zu sprechen, so groß wurde, dass er an ihn herantrat. Der Mann war Finanzberater eines großen Verbandes deutscher Immobilienmakler, und er war begeistert, jemanden kennenzulernen, der ihm so ähnlich zu sein schien. Eine Vaterfigur vielleicht.

Sie wurden enge Freunde.

Die Idee breitete sich durch einen Artikel aus, den ein Student über ihn schrieb. Kleine Gruppen bildeten sich in New York, San Francisco, Boston, und während diese sich nach einer Weile wieder verliefen, hatte derselbe Student die Idee einige Jahre später nach London gebracht. Hier und da taten sich Grüppchen zusammen, normalerweise nicht mehr als sechs bis sieben Leute, trafen sich in Pubs oder Gemeindesälen. Die meisten stiegen aus, wenn das Leben übermächtig wurde, genauso wie in New York oder San Francisco oder Boston.

Aber einige machten weiter.

»Es gibt eine Gruppe in Rom«, sagte Felix. »Sogar eine in Doha. Und in mehreren größeren Städten in Spanien. Jeder macht es anders, aber die Grundidee bleibt dieselbe.«

»Beobachten, lernen, ablösen«, sagte Jackie.

»Und was ist mit dir, Andy?«, fragte ich. »Wie hast du damit angefangen?«

»Ich wurde eingeführt«, sagte er.

»Von wem?«, fragte ich.

Die Frage war ihm offensichtlich unangenehm. Sein Blick ging durch den Raum, blieb an Pia hängen.

»Einem Mann namens Jeremy.«

Ich sah zu Pia hinüber, die Andy wütende Blicke zuwarf.

»Na, egal«, sagte er. »Ist lange her.«

»Wer ist Jeremy?«, fragte ich.

»Niemand«, sagte Pia scharf. »Ein absoluter Niemand.«

»Vielleicht wäre es gut, über Jeremy zu sprechen«, sagte Jackie mit allem Mut, den sie aufbringen konnte.

»Nein«, sagte Pia mit einem Blick, den ich bei ihr noch nie gesehen hatte, voller Schmerz und Widerwillen. »Es wäre nicht gut, über Jeremy zu sprechen.«

Und in diesem Moment, angesichts der Art und Weise, wie sie diesen Namen aussprach, war ich mir ziemlich sicher, was für eine Geschichte Pia zu erzählen hatte.

»Also, was haben wir denn heute Abend alle so vor?«, fragte Andy, während er die Kekse abräumte. Was bedeutete, dass er sie aufaß.

»Nichts«, sagte Felix ausdruckslos. »Vielleicht folge ich Tom.«

»Haha«, sagte ich wenig begeistert.

»Hättest du was dagegen, wenn ich dir folge?«, fragte er. »Ich würde ganz unauffällig bleiben.«

»Warum solltest du mir folgen wollen?«, entgegnete ich verwundert.

»Wahrscheinlich gehst du auf coole Partys.«

Darüber musste Pia lauthals lachen.

»Wahrscheinlich triffst du haufenweise Prominente. Wahrscheinlich kennst du Will.i.am.«

Da schlug sie mit der flachen Hand auf den Tisch.

Andy wechselte freundlicherweise das Thema.

»Pia, was ist mit dir?«

»Ich nehme Tom mit in den Zoo«, sagte Pia und beruhigte sich.

Die anderen starrten sie nur an.

»Du nimmst mich *wohin* mit?«, fragte ich.

»In den Zoo«, sagte Pia.

»Das ist wunderbar«, sagte Jackie beeindruckt. »Das ist wirklich schön, P.«

Alle benahmen sich, als wäre es eine Riesensache.

»Wir gehen also in den Zoo?«, sagte ich. »Wie? Ganz allein?«

»Ja, ganz allein. Du hast es dir verdient.«

»Nein, ich meine, ohne jemandem zu folgen?«

»Ja«, sagte sie. »Wir werden uns unseres freien Willens bedienen.«

»In den Zoo«, sagte Andy lächelnd. »Bravo, Pia.«

[7]

Und so spreche ich schließlich 1968 an.

»Meine Hochschule hatte eine Vereinbarung mit der Freien Universität. Besonders was Wirtschaftswissenschaftler anging. Wir schickten sie für ein oder zwei Jahre rüber, und die schickten uns auch jemanden für ein, zwei Jahre. Da habe ich mich sofort gemeldet. Ich wollte Berlin wiedersehen, Deutschland wiedersehen, aber diesmal unter besseren Vorzeichen. Ich war 1944 in Aachen. Kam über die Siegfried-Linie. Man erliegt einer gewissen Faszination, wissen Sie? Man möchte wieder hin.«

Er wird immer aufgeregter.

»Also ziehe ich dahin, und ich arbeite und arbeite und arbeite. Und bald merke ich, dass ich gar nichts anderes mehr tue. Ich sehe nichts von der Stadt, ich war nicht wieder in Aachen, ich bereite nur Seminare vor, halte Vorlesungen, zensiere die Arbeiten, die ich in den Kursen schreiben lasse … da hätte ich auch drüben an der NYU bleiben können, wo mein Pendant – mein intellektueller Doppelgänger – vermutlich in diesem Augenblick in meinen Imbiss an der 5th Avenue ging und sich mein Lieblings-Sandwich bestellte.«

Er lacht und schlägt mit seiner Riesenhand auf den Tisch.

»Und da habe ich dann diesen Mann gesehen.«

Er macht eine Geste, als wolle er sagen: »Jetzt wissen Sie Bescheid.«

»Und was haben Sie gemacht?«

»Na, ich bin ihm gefolgt.«

Er steht auf und tritt an den Kaminsims.

Mir fällt ein Foto auf – ein hübsches Mädchen, seine Tochter. Ein Foto seiner Hochzeit. Ezra und Mae vor einer alten weißen Kirche oben in Amenia Union. Und da ist noch ein letztes Foto – von Ezra und einem anderen Mann.

»Ich habe ihn erst aus der Ferne beobachtet und mich über ihn gefreut. Er verbrachte die Wochenenden mit seiner Familie am Wannsee, saß am Strand, trank sein Weißbier oder irgendwas. Ich hatte als Tarnung immer eine *Berliner Zeitung* dabei. Damals waren die Menschen noch nicht so misstrauisch und Zufällen gegenüber aufgeschlossener.«

Einen Moment lang sieht er mich prüfend an.

»Täuschen Sie sich nicht. Ich bin mir sehr wohl darüber im Klaren, dass das alles recht ungebührlich klingt, aber hören Sie: Wir hatten eine Verbindung, dieser Mann und ich. Zugegebenermaßen keine, von der er wusste, aber das heißt ja nicht, dass da keine Verbindung gewesen wäre. Eine Katze muss nicht wissen, dass sie mit einer anderen Katze verwandt ist, um mit ihr aus derselben Schale zu trinken. Also habe ich ihn beobachtet und an ihm gesehen, was ich hatte. Nur dass er ein Mann war, der aufrecht durchs Leben ging, der anderen offen in die Augen sah, der *präsent* war. Er lebte den Augenblick, und in diesen Augenblicken konnte ich sehen, was ich versäumt hatte. Ich wollte ihn kennenlernen, denn natürlich wollte ich so sein wie er. Wie er, mit seiner hübschen Frau. Wie er, der mit seiner hübschen Tochter sprach, so einer Tochter, deren Augen den Himmel zum Leuchten bringen.«

Ich werfe noch einen kurzen Blick auf die Bilder. Er merkt es, erzählt aber weiter.

»Also habe ich eines Tages eine Begegnung arrangiert. Ich trug den gleichen Anzug, wie er ihn an Tagen trug, an denen er wichtige Termine hatte. Ich weiß noch, es war ein Anthony Sinclair, ein ›Conduit

Cut‹, den ich an so einem übermütigen Nachmittag gekauft hatte, als ich mich gut bei Kasse wähnte. Und ich stand neben ihm auf dem Kurfürstendamm und sagte: ›Mein Gott, wir könnten *verwandt* sein!‹«

Er schlägt auf den Tisch, amüsiert sich, und für einen kurzen Moment spricht wahre Freude aus seinen Augen. Er hat Kaffee verschüttet und wischt mit einer Hand daran herum, verteilt ihn auf diesem Plastiktischtuch mit den Wiesen und Blümchen und Kätzchen, damit uns der Kaffeefleck nicht weiter ablenken kann.

»Und er hat gelacht, dieser Mann, der mir tatsächlich wie ein kleiner Bruder werden würde, und wir unterhielten uns darüber, wo wir unsere Anzüge kauften, und ich weiß noch, dass ich genau so einen Regenschirm mitnahm, wie er auch einen hatte, und als wir uns dann am nächsten Tag an derselben Stelle wiedertrafen, kamen wir erst richtig ins Gespräch.«

Sein Blick wird sanfter.

»Und so blieb es dann ein paar Jahre«, sagt er. »Wunderbar.«

»Und dann?«, frage ich neugierig.

»Na ja, und dann …«, sagt er, und sein Lächeln verblasst. »Leider muss ich zugeben, dass ich es *komplett* vermasselt habe.«

EINUNDZWANZIG

»Das war echt schräg«, sagte ich und starrte stur geradeaus, während wir im Bus über die Westminster Bridge fuhren.

»Du bist doch derjenige, der hier rumrennt und sich Tom Ditto nennt.«

»Ich habe mich noch nie so genannt«, sagte ich und wandte mich kurz um. »Die Philosophie hinter dieser ganzen Sache … die Geschichte dahinter …«

Sie hauchte ans Fenster, wischte ihren Atem mit der Hand weg.

»Geschichte ist egal. Das ist nur Zeug, das schon passiert ist. Es geht einzig und allein um die Gegenwart. Und es ist ja nicht so, als wäre CC besonders weitverbreitet – obwohl sie sagen, das hätte es mal sein können. Entscheidend ist, dass man einen anderen Weg findet, sich dem Leben zu verschreiben.«

Ich schwieg. Ich nahm Anlauf, etwas zu fragen, und sie wusste es.

»Darf ich dir eine Frage stellen?«

»Nein.«

»Wieso nicht?«

»Weil du wissen willst, wer Jeremy ist. Und ich will mit dir nicht über Jeremy reden.«

»Und wieso willst du mit mir nicht über Jeremy reden?«

»Will ich eben nicht.«

»Es scheint dir viel zu bedeuten – das mit dir und Jeremy«, sagte ich und sah mich schnell noch mal um.

»Es gibt kein ›mit mir und Jeremy‹. Warum drehst du dich dauernd um?«

»Für den Fall, dass Felix plötzlich hinter mir sitzt. Er ist mir etwas unheimlich.«

Sie sah mich an.

»Darf ich *dich* mal was fragen?«

»Ja?«

»In diesem Augenblick reden Felix und Andy und Tim und Jackie wahrscheinlich darüber, was für ein süßes Paar wir doch wären. Nur weil wir viel Zeit miteinander verbringen. Nur weil ich dir helfe.«

»Weil du mir hilfst? So siehst du das?«

»Die Leute sagen immer, Männer und Frauen könnten keine Freunde sein, als wäre das ein Fakt.«

»Ist das kein Fakt?«

»Nein. Männer und Frauen können Freunde sein. Es kommt nur darauf an, wie wichtig einem Freundschaft ist.«

»Diese spezielle Freundschaft?«

»Freundschaft generell. Warum können sie nicht Freunde sein, wenn Freunde doch das Wichtigste im Leben sind? Wenn man doch einen Freund braucht?«

»Wer sind eigentlich deine Freunde?«, fragte ich, weil ich darüber noch gar nicht nachgedacht hatte.

»Bleib beim Thema«, sagte sie. »Selbstverständlich können Männer und Frauen Freunde sein. Warum sagt niemand zu einem schwulen Mann: ›Du magst Männer, also darfst du keine männlichen Freunde mehr haben!‹? Es wäre absurd.«

Sie sah mich an.

»Sind *wir* Freunde?«

»Natürlich sind wir Freunde«, sagte ich eher instinktiv als alles andere.

»Was macht uns zu Freunden?«

»Keine Ahnung«, sagte ich. »Wir mögen uns?«

Sie lächelte, nickte vor sich hin.

»Und wir müssen nichts anderes als Freunde sein«, sagte sie.

»Okay … gut zu wissen.«

»Weißt du denn, was ich meine? Es wird Leute geben, die glauben, dass wir zusammen sein wollen oder dass wir zusammen sein sollten oder dass wir eines Tages zusammenkommen werden. Aber das werden wir nicht, stimmt's?«

Ich schüttelte den Kopf.

»Hab ich nicht vor«, sagte ich.

Sie drückte mich fest an sich.

»Danke«, sagte sie.

Ich wusste nicht, wie ich mich fühlen sollte. Ich hatte einen Korb bekommen. Das war das Letzte, was ich brauchen konnte.

Der Bus bremste.

»Wer ist Jeremy?«, fragte ich.

Der Londoner Zoo kämpft genauso ums Überleben wie jede andere Einrichtung. Souvenirläden und Cafés und Eisbuden genügen nicht. Heutzutage kann man Suiten mieten, um seinen Einundzwanzigsten zu feiern. Man kann dort heiraten und Ringe tauschen, während ein Lama an einem vorbeisabbert. Und inzwischen hat der Zoo zunehmend auch spätabends geöffnet. Man schließt die Tore, die Kinder gehen nach Hause, man schließt heimlich wieder auf, damit sich die Städter einzeln, paar- oder grüppchenweise begegnen können, um zu trinken und mit nackten Fingern auf Tiere zu zeigen. Man weiß sofort, wen man tunlichst meiden sollte – alle, die als Tiere verkleidet sind. Mädchen mit Tigerohren zum Beispiel. Aber alles andere … Pop-up-Buden, Fast Food, Tierthemen. Eigentlich ganz okay.

»Warum war es für die anderen so erstaunlich, dass du mit mir hierhergehen wolltest?«, fragte ich.

»Du steckst voller Fragen, was? Darf ich dich an unseren Deal erinnern?«

»Welchen Deal?«

»Ich darf dich alles fragen, du darfst mich nichts fragen.«

Ich konnte mich nicht erinnern, diesem Deal zugestimmt zu haben. Sie zückte etwas, das wie ein Ausweis aussah.

»Also arbeitest du wirklich hier?«

»Du stellst immer noch Fragen«, sagte sie. »Ich habe hier mal ehrenamtlich geholfen. Das ist nur eine Mitgliedskarte. Ich kenn mich mit Tieren aus, das liegt mir. Einmal bin ich einer Katze gefolgt.«

Irgendwas in meiner Hosentasche vibrierte. Ich konnte nur hoffen, dass es mein Handy war.

»Entschuldige mal: Du bist einer Katze gefolgt?«, fragte ich, während ich mein Handy zückte und einen Blick auf das Display warf.

Pippy.

»Es war ein mauer Abend. Kein Mensch unterwegs. Da sah ich diese Katze, und sie wirkte so ruhig und gefasst, weißt du? Gelassen. Faszinierend. Also bin ich ihr ein paar Minuten gefolgt, und am Ende saßen wir auf dieser Bank, saßen nur da und … *waren* einfach.«

Ach herrje.

»Hey, Pippy«, sagte ich, als ich das Gespräch annahm und etwas zur Seite trat, immer noch mit Blick auf das Mädchen, das einer Katze gefolgt war. Vielleicht fiel ja meine Schicht aus.

»Zu deiner Info«, sagte sie. »Leslie wurde aus dem Krankenhaus entlassen.«

»Oh«, sagte ich.

»Er hat sich beide Arme gebrochen.«

»Okay …«

»Die sind jetzt eingegipst, was bedeutet, dass er seine Regler nicht mehr selbst bedienen kann.«

Entsetzt hielt ich mir den Mund zu.

»Er ist außer sich. Er gibt dir die Schuld. Er nennt dich seine Heimsuchung.«

»Es war nicht meine Schuld!«

»Morgen werden seine offiziellen Fotos für Sunrise gemacht, und er wollte wie üblich beide Daumen hochhalten. Er meint, das sei schon immer seine typische Geste gewesen, bei allen Sendern, bei denen er in den letzten zwanzig Jahren gearbeitet hat, aber das geht jetzt nicht mehr.«

»Sind seine Daumen denn noch zu sehen?«, fragte ich, und Pia rümpfte verdutzt die Nase.

»Na, jetzt hält er die Daumen doch permanent hoch, oder?«, sagte Pippy. »Was anderes ist von seinen Händen gar nicht zu sehen! Außerdem meint er, du hättest sein Leben zerstört, und es würde dir eines Tages noch leidtun. Wo bist du überhaupt?«

»Ich bin beim Einkaufen«, log ich.

Irgendwo trompetete ein Elefant.

Pause.

»Okay, bis dann.«

Armer Leslie.

»Komm mit«, sagte Pia entschlossen. »Wir müssen hier entlang …«

Sie führte mich weg von den Menschen, um eine Ecke herum. Ein Mann, dessen Gesicht wie ein Walross angemalt war, zog seinen Reißverschluss hoch und trat verlegen von einem Busch zurück. Wir ignorierten ihn.

»Wir müssen Ash finden«, sagte sie. »Er sollte heute Abend eigentlich arbeiten …«

»Auf keinen Fall«, sagte er. »Auf gar keinen Fall.«

»Du schuldest mir einen Gefallen«, sagte Pia mit einer unterschwelligen Aggression, die ich etwas beunruhigend fand, als wäre sie ein kleiner Mafioso, der Schutzgeld erpressen will.

»Wer ist der Typ da?«, fragte Ash.

»Tom. Er ist Nachrichtensprecher.«

Er zuckte mit den Schultern, verstand nicht, was ihm das sagen sollte.

Ash war groß und hager, mit schmalem Mund und Koteletten, die nicht recht wussten, was sie da machten. Er schleppte einen Eimer und stank nach Gott weiß was, sein grüner Overall war fleckig und um die Achseln dunkel. Er hatte zur selben Zeit wie Pia als ehrenamtlicher Helfer hier angefangen, was ihrem Gespräch nach zu urteilen vor etwa drei Jahren gewesen sein musste. Inzwischen arbeitete er Vollzeit im Zoo.

»Ich habe dich nie um irgendwas gebeten«, sagte sie. »Ich bitte dich jetzt. Nur fünf Minuten.«

Ash dachte darüber nach.

»Die werden mich rausschmeißen.«

»Die werden dich nicht rausschmeißen. Niemand wird es erfahren. Bitte. Du weißt, warum ich nie mehr hier war.«

Ashs Blick wurde sanfter.

»Was zum Teufel machen wir hier?«, fragte ich – wie ich fand – recht unbeschwert.

»Still jetzt!«, sagte sie plötzlich ruppig.

Wir schlichen hinein, die Tür knarrte hinter mir, Pia ließ die Schlüssel und den elektronischen Türöffner wie versprochen am Eingang zurück.

Das war doch verrückt. Das war verboten. Das war doch bestimmt verboten.

»Pass auf, dass sie nicht hinter uns ins Schloss fällt«, sagte sie leise, und ich nickte und tastete in meiner Hosentasche nach einer Münze oder irgendwas, um damit zu verhindern, dass die Tür zufiel. »Hier bin ich früher immer hergekommen …«

»Wird Ash nichts verraten?«, fragte ich, auf der Suche nach einem Ausweg aus der Situation.

»Ash ist mir was schuldig.«

Ihr Ton ließ keinen Zweifel an ihrer Entschlossenheit aufkommen.

Sie öffnete eine weitere hohe Tür, und wir stiegen dahinter auf eine Plattform – der Eingang für die Pfleger.

»Tom, darf ich vorstellen … die *Gang*.«

Drinnen schlief ein gutes Dutzend Marmosetten. Das leise Atmen, pfeifende Luft durch klitzekleine Nasenlöcher.

Es war … unglaublich.

»Das sind also …«

»Weißkopf-Büschelaffen«, sagte sie. »Für uns waren sie unsere Babys.«

»Das klingt nicht gerade gesund«, sagte ich, und sie boxte mir in die Rippen.

Sie sah verändert aus. Als würde sie hier Frieden finden.

»Hier habt ihr euch also getroffen … du und …?«, probierte ich in der Hoffnung, dass sie den Satz beenden, die Mauer einreißen und sich mir anvertrauen würde, doch sie tat es nicht.

Aber ich wusste, dass es sehr schwer für sie war, hierherzukommen. Sie war seitdem nicht mehr hier gewesen. Sie konnte es nicht. Hier hatte sie sich mit Jeremy getroffen. Vielleicht mit ihm gearbeitet. Oder sich von ihm getrennt. Was es auch sein mochte, es war schwer für sie. Und trotzdem hatte sie mich hergebracht.

»Pia, vielen Dank dafür«, sagte ich, und als ich mich hinkniete, blinzelten zwei kleine, feuchte schwarze Augen auf – ein Äffchen nahm mich wahr. »Ich fühle mich privilegiert.«

Pia packte meinen Arm.

»In letzter Zeit ist viel … Merkwürdiges passiert. Ich hatte niemanden, mit dem ich …«

»Schscht«, machte sie. *»Schscht!«*

»Entschuldige«, flüsterte ich. »Sie schlafen und …«

»*Schscht!* Verdammt noch mal!«

Sie packte mich fester. Kam da jemand? Bestimmt kam jemand.

Aber es blieb totenstill.

Was *war* mit diesem Mädchen nur immer los?

Und dann, hinter uns. Ich hörte einen Mülleimer, der ins Wanken kam.

»Pia!«, flüsterte ich.

»Was war das?«

Ich drehte mich um. Ich konnte nichts erkennen, worum ich mir Sorgen machen musste.

»Der Wind?«, schlug ich vor.

»SCHEISSE!«, fauchte sie, ging in die Hocke, sah sich hektisch um.

Marmosetten rührten sich.

»SCHEISSE!«

»WAS DENN?«, erwiderte ich und riss im Dunkeln die Augen auf, während Panik in mir hochkam, die ich mir nicht recht erklären konnte. *»Was denn?«*

Sie boxte mir fest gegen den Arm.

»BINKY!«, rief sie.

»Was? Was heißt *das* denn?«

»Binky ist raus! Binky ist raus!«

»Was ist denn ein Binky?«

Wild tastete sie die Wände ab – grün gestrichene Mauern, die kein bisschen nach Dschungel aussahen –, bis sie den Schalter fand … das Blinken von Neonröhren über uns … dann knallte die Außentür, und sie geriet in Panik und wusste nicht, wohin.

»Scheiße!«, sagte sie und deutete auf die Tür, durch die wir gekommen waren. Ich hatte den Feuerlöscher dazwischengeklemmt. Sie hatte gesagt, die Tür könnte hinter uns zufallen. Ich hatte doch nur helfen wollen!

Sie beugte sich nach unten und zählte die Marmosetten, die sie sehen konnte.

»NEIN!«

»Was?«

Als sie aufstand, boxte sie mir noch mal gegen den Arm.

»Weg!«

»Was denn?«, sagte ich, stellte mich dumm und hoffte, wenn ich weiter solche Fragen stellte, bekäme ich keine Antworten, die ich nicht hören wollte.

»Ein *Affe!*«, zischte Pia.

»Wie … *unseretwegen?*«

»Ach, was«, sagte sie. »Wahrscheinlich plant er es schon seit Jahren. Wahrscheinlich hat er sich eine kleine Leiter aus Zahnstochern gebastelt. *Natürlich* unseretwegen!«

»Als wir die Tür aufgemacht haben?«

»Bist du so blöd, oder tust du nur so? Natürlich – *als wir die Tür aufgemacht haben!* Genauer gesagt, als *du was dazwischengeklemmt hast, statt sie anzulehnen!*«

Das wäre tatsächlich die bessere Lösung gewesen. Denn von entflohenen Tieren hörte man immer wieder. Aber normalerweise gab es auch einen Anlass dafür … Tierschützer, Gegner von Tierversuchen. Nicht einfach nur eine junge Frau, die einem Freund ein paar Marmosetten zeigen wollte. Ihr Blick zuckte zur Überwachungskamera. Darunter das langsame, missbilligende Blinken eines grünen Lämpchens.

»Okay, was sollen wir machen?«, fragte ich.

»Wir rufen Ash«, sagte sie. »Dann suchen wir ihn.«

»Binky ist ein Männchen?«

»Ja.«

»Binky ist ein seltsamer Name für ein Männchen.«

»O Gott, Binky ist weg.«

»Na ja, wenigstens ist Binky in einem Zoo.«

»Ja, er ist in einem Zoo, in dem *Dingos* und *Löwen* gehalten werden. Die verstehen sich alle prima, wie in *Madagascar 3*.«

Vielleicht war es wirklich besser, jemanden zu rufen. Die Security. Oder die Polizei. Der Zoo musste abgeriegelt werden. Man konnte doch Marmosetten nicht frei herumlaufen lassen. Was war, wenn sie jemanden angriffen? Wen würde man dafür verklagen? Uns? Oder den Zoo? Hoffentlich den Zoo.

O Gott, sie würden uns verklagen.

»Ruf Ash!«, sagte ich. »Ruf Ash!«

»Ash wurde schon zweimal verwarnt. O Gott, die schmeißen ihn bestimmt raus!«

»Vielleicht ist es gar nicht so schlimm!«

»Wir haben ein wildes Tier auf London losgelassen. Das ist schlimm. Es ist 21:55 Uhr an einem Mittwochabend, und wir haben ein wildes Tier auf London losgelassen.«

»Sollten wir …?«

»Wir sollten gehen, ja.«

Wir suchten nach Binky, während wir uns im Dunkeln herumdrückten. Wir hielten die Köpfe gesenkt, um den Kameras zu entgehen, obwohl es dafür längst zu spät war. Wir konnten nur hoffen, dass sie es nicht bemerkten. Oder dass Binky wieder zurückkam, aus Loyalität zum angesehenen Londoner Zoo. Oder dass er Hunger bekam und irgendwo an einem sicheren Ort in Ohnmacht fiel.

»Ash«, wisperte Pia in ihr Handy. »Binky ist weg!«

Ich konnte Ash schreien hören, weit weg, blecherne Wut.

Pia zuckte mit den Schultern und legte auf.

Wir gingen nach Süden, zwei Mützen vom London Zoo, die wir beim Käfig gefunden hatten, tief ins Gesicht gezogen, und so tappten wir voran, ließen den Regenwald hinter uns, vorbei an Rentieren und Ottern, unter der Brücke hindurch, die Turteltauben links von uns, und durch ein Schlupfloch im Zaun dorthin, wo der 274er-Nachtbus auf dem Weg zur Baker Street über die Prince Albert Road an uns vorbeidonnerte.

»Die schlimmste Nacht aller Zeiten«, sagte ich, als sie auf einer Bank sank. »Vielen Dank auch. Du hast gesagt, es würde ein magischer Moment werden.«

»Du hast die Käfigtür offen gelassen. Die fehlende Magie ist dein Werk. Ich denke nicht, dass ich hier die ganze Schuld auf mich nehmen muss.«

»O nein. Natürlich nicht. Wahrscheinlich hätte ich das heute Abend sowieso getan.«

Sie lächelte. Ich hatte die Wolkendecke durchbrochen.

»Sind Marmosetten gefährlich?«, fragte ich ehrlich interessiert.

»Sie sind etwa zwanzig Zentimeter groß«, sagte sie. »Also ja, für dich bestimmt.«

Kurze Pause.

»Es ist nur ein Äffchen«, sagte ich leicht verwirrt. »Wenigstens ist es harmlos.«

Da fing sie an zu lachen.

»Wie Leslie«, sagte sie.

»Bitte?«

»Armlos.«

Und da musste ich dann auch lachen.

»Das ist wirklich der schlechteste Witz, den ich je gehört habe«, sagte ich.

»Tut mir leid«, sagte sie. »Ich warte schon seit Ewigkeiten darauf, den Spruch mal anzubringen …«

Und wir lachten immer weiter, erleichtert über unsere Flucht, bis mir die möglicherweise unangenehmen Konsequenzen bewusst wurden.

»Könnten wir dafür *verhaftet* werden?«, fragte ich, als mich plötzlich blankes Entsetzen überkam.

»Wir könnten *verhaftet* werden!«, prustete sie, als es auch ihr bewusst wurde, obwohl sie es irgendwie lustiger fand als ich.

»Wir sind bestimmt auf sechzig Kameras zu sehen!«, sagte ich. »Ich, du und ein Äffchen namens Binky.«

Und das war der Moment, in dem es für sie kein Halten mehr gab, mitten auf dem Bürgersteig, im Mondschein, und sie war so hübsch, als ich sie dort lachen sah, als wäre ihr eine schwere Last von den Schultern gefallen, und ich wusste, dass ich ihr irgendwie geholfen hatte, und irgendetwas in mir wollte sie in die Arme schließen und küssen.

Man kann wohl sagen, dass es uns vorkam, als gehörte uns die Nacht. Als könnte mir die Nacht immer weniger anhaben, als hätte sich die Finsternis verzogen, und wir hörten nicht auf zu lachen, als wir uns im Weinladen eindeckten und nicht entscheiden konnten, welche Kartoffelchips wir kaufen wollten, bevor wir zu mir gingen. Doch das Lachen verging uns, als ich die Tür aufmachte und mit offenem Mund den Koffer anstarrte, der mitten im Flur stand.

ZWEIUNDZWANZIG

So einen Koffer hätte ich mir niemals gekauft. Darüber hatte ich bisher zwar noch nie nachgedacht, aber knallpink, glänzend, Hartschale … das Ding sah nicht so aus, als gehörte es hierher – vorausgesetzt, es war real und stand tatsächlich in unserem Flur.

Der Koffer war mittelgroß. Ich hatte also richtiggelegen – sie hatte sich alle Optionen offengehalten. Und da war sie nun.

Wieder da.

»Wo ist sie?«, flüsterte Pia mit großen Augen. »Ich sollte lieber gehen, oder?«

Ich war ihr ein paar Schritte voraus. Ich konnte den Fernseher plappern hören – eine Quizsendung – und sah, wie das trübe Licht der Tischlampe durch den Türspalt fiel und so den Eindruck eines Heiligenscheins erweckte.

Ich schob sie auf, ganz langsam, meine Knie wurden weich, und mein Herz tat weh, als ich sie sah, wie sie dort auf dem Sofa lag und schlief, unter Omas Decke, mit der Fernbedienung in der Hand, einem kalten Becher Tee auf dem Boden neben ihrem Handy. Ich starrte sie an, diese Frau, die ich zu kennen geglaubt hatte, und dann spürte ich eine Hand an meinem Ellbogen und ließ mich zurückziehen, weg von ihr, nach draußen.

»Alles okay?«, fragte Pia leise vor der Tür.

Konnte ich nicht gerade behaupten. Ich fühlte mich wacklig. Schwach. Erleichtert. Wütend. Dankbar. Alles gleichzeitig.

»Ich finde das total unfair von ihr«, sagte sie mit verschränkten Armen, und da hätte ich am liebsten laut gelacht. »Scheiß drauf. Scheiß auf sie. Du kannst heute bei mir übernachten.«

Unbeholfen hielt sie mir die Hand hin. Biss sich auf die Lippe, gab etwas von sich preis, machte sich verwundbar. Bisher war ich bemüht gewesen, diesen Deal zu respektieren, den sie zur Bedingung gemacht hatte, um zu bewahren, was wir hatten, was es auch sein mochte. Ich stellte keine Fragen. Sie gab keine Antworten.

Außerdem war das der Weg des geringsten Widerstandes. Aber in diesem Moment musste ich eine Entscheidung treffen.

»Ich weiß nicht, was ich tun soll«, sagte ich achselzuckend.

»Sag ihr, sie soll verschwinden«, sagte Pia.

»Ich möchte mit ihr reden«, sagte ich. »Ich möchte rausfinden, was passiert ist.«

Sie schüttelte den Kopf.

»Tu es nicht. Sieh nicht zurück. Sieh nur nach vorn. Es wird dir nicht guttun zurückzublicken. Es wäre das Gegenteil von dem, worum es bei alldem hier geht.«

»Alldem? Alldem was?«

»Uns. Die Sachen, die wir gemacht haben. Es geht um Fortschritt. Sich dem Leben auf andere Weise zu verschreiben.«

»Hör zu«, sagte ich so sanft wie möglich. »Es führt kein Weg daran vorbei. Ich muss es einfach tun.«

»Aber inwiefern soll das helfen?«, fragte sie verzweifelt, ihre Hand wieder an meinem Ellbogen. »Was glaubst du denn, was du dabei herausfindest? Irgendwas, das alles wiedergutmacht? Bestimmt nicht. Was du auch findest, es wird dir nur wehtun. So war das schon immer. Es ist besser, nichts zu wissen. Es ist besser, sein eigenes Ding zu machen. Warum sich damit belasten?«

»Weil es nur menschlich ist, nach Antworten zu suchen.«

»Sie wird dir wehtun.«

»Es tut sowieso die ganze Zeit schon weh. Da kommt es jetzt auch nicht mehr drauf an.«

Und dann hörte ich die Tür knarren, eine Hand über den Rahmen streichen, als sie dort stand, sich anlehnte, beleuchtet von der Straßenlaterne gleich hinter uns.

»Tom«, sagte sie zögerlich. »Pia.«

Dann eine Pause, als sie die Arme verschränkte und alles, was sie eben noch an Wärme empfunden haben mochte, sich mit der kühlen Nachtluft mischte, über uns aufstieg und verflog.

»Na, wenn das nicht nach einem kuscheligen Abend aussieht.«

DREIUNDZWANZIG

Sie war wie ein Kampfhund, der nicht aufgeben konnte.

Ihre Haare waren anders, irgendwie kürzer. Und was war das da an ihrem Handgelenk? Pinke und grüne Bänder, geflochten … ein Freundschaftsband, wie Jugendliche es von Reisen mitbrachten? Das weiße T-Shirt ließ ihre Haut leicht gebräunt wirken. Wie wohl das Wetter in Paris gewesen sein mochte?

Das alles ging mir durch den Kopf, während sie wütend vor mir stand.

Eine Weile ließ ich sie auf mich einhacken, staunte fasziniert.

»Glaub bloß nicht, ich hätte keine Ahnung, was du getan hast«, grollte sie wie Blitz und Donner. »Glaub bloß nicht, ich hätte keine Ahnung, woher du sie kennst.«

Unser Wiedersehen hatte ich mir irgendwie ganz anders vorgestellt.

Ihre Dreistigkeit war bemerkenswert. Höhnisch grinsend ließ ich mich aufs Sofa sinken.

»Dieses Mädchen, diese Pia, die ist komisch«, sagte sie. »Die war schon immer komisch. Du hast ja keine Ahnung – sie ist eine schräge Braut, Tom, und ich weiß genau, woher du sie kennst. Ich weiß, was du getan hast.«

»Dann sag es mir«, sagte ich, bewahrte die Ruhe, blieb gelassen, ließ mir nicht in die Karten schauen.

»Du warst im Laden, stimmt's?«

»Das musst du nicht mehr sagen. Du kannst das Kind beim Namen nennen.«

»Wie hast du davon erfahren?«

Ich beobachtete, wie die Gedanken in ihrem Kopf herumschwirrten, außer sich vor Frust. Ich war hinter ihr kleines Geheimnis gekommen.

»Du bist hingegangen und hast die anderen kennengelernt, stimmt's? Wie? Was hast du denen von mir erzählt?«

Ich sagte nichts. Meine Macht lag im Schweigen, und es war das erste Mal seit einer ganzen Weile, dass ich so etwas wie Macht besaß.

»Denn was sie dir auch über mich erzählt haben, das ist alles Quatsch, Tom. Ich meine – *Gott im Himmel!* –, wie konntest du nur? Wie konntest du dort hingehen?«

»Wieso glaubst du, dass ich da war?«

Ich sprach leise, machte einen auf Therapeut, überließ ihr das Reden, ließ sie ihr eigenes Grab schaufeln, ließ sie den Strick über ihren Galgen werfen und seine Tragfähigkeit prüfen, ihn bereit machen …

»Du warst da, weil …«, sie stockte, setzte neu an, »… ich meine, wo ist dein *Vertrauen* geblieben, Tom? Das schockiert mich am meisten. Wo ist dein Vertrauen?«

Das war ein Köder. Damit wollte sie mich an den Haken kriegen. Das konnte sie schon immer gut, und – ja – am liebsten hätte ich angebissen. Aber dringender noch wollte ich wissen, wonach sie fischte, was sie als Nächstes sagen würde, wie ihre Logik funktionierte, inwiefern das Ganze meine Schuld sein sollte. Inzwischen sah ich sie offen an, versuchte emotionslos zu wirken, gab mich wie ein Kampfpilot.

»Ich hab dir doch geschrieben, dass ich dich nicht verlassen wollte«, sagte sie fast weinend, wenn auch mit aggressivem

Unterton. »Ich habe es dir *geschrieben*, ich habe ganz klar gesagt, dass du weitermachen sollst wie immer. Du hättest darauf vertrauen sollen, dass ich etwas tue, was ich tun musste. Dass es vielleicht etwas war, das ich *für uns* tun musste.«

Okay, das war einer zu viel. Sie hatte es *für uns* getan?

»Was denn? Eines Tages einfach zu verschwinden?«, fuhr ich sie an, und sie trat einen Schritt zurück, überließ mir das Wort, fast erleichtert, dass nun jemand anders dran war. »Mir irgendeinen kryptischen Zettel hinzulegen? Hast du dir je Gedanken darüber gemacht, was du mir damit antust?«

»Es ging nicht um dich, Tom. Nicht alles dreht sich immer um dich.«

Die Egoismus-Karte. Natürlich.

»Es ging sehr wohl um mich. Es ging darum, dass ich ohne ersichtlichen Grund alleingelassen wurde und der einzige Mensch war, der davon nichts wusste. Es hätte mir den Rest geben können, Hayley.«

Sie blieb unerschütterlich. Gab nicht nach. Ich fuhr eins meiner schwereren Geschütze auf.

»Du hattest sogar eine *Abschiedsfeier*.«

»Bist du genervt, dass du nicht eingeladen warst?«

»Genervt?«, sagte ich. Sollte das *ein Witz* sein? »Nein, ich bin nicht genervt, dass ich nicht eingeladen wurde. Du glaubst ernsthaft, das Schlimmste an der ganzen Sache wäre, dass ich nicht zur Abschiedsfeier eingeladen war? Genervt ist wohl kaum das richtige Wort dafür. Man ist genervt, wenn der Bus zu spät kommt. Man ist genervt, wenn eine Kollegin ständig in Hashtags spricht.«

Ich stand auf.

»Und wie kannst du es wagen, von Vertrauen zu sprechen?«

»Du hast hinter meinem Rücken herumgeschnüffelt.«

»Du warst verschwunden!«

»Ich hatte dir doch geschrieben, du sollst weitermachen wie immer!«

»Du hast mich einfach alleingelassen.«

»Du hättest mir vertrauen sollen.«

»Du hättest mich nicht verlassen sollen. Aber schlimmer noch war, dass du es nicht mal zugeben wolltest.«

»Ich habe dich nicht verlassen!«

»Stimmt. Was du getan hast, war noch schlimmer. Du hast mich im Ungewissen gelassen, um mit Gott weiß wem Gott weiß wohin zu fahren. Und glaub mir, du kannst Pia so schlechtmachen, wie du willst, aber du hast mich dazu gebracht, die seltsamsten und albernsten Dinge zu tun, von denen ich je gehört habe. Du tust mir leid. Das ist momentan mein vorrangiges Gefühl. Und ich weiß, so was sagen Leute normalerweise nur in schlechten Serien oder Filmen, wenn sie den moralischen Standpunkt für sich in Anspruch nehmen und verbergen wollen, dass sie verletzt sind, aber bei mir stimmt es wirklich. Ich, Tom, habe Mitleid mit dir, Hayley.«

Sie stützte sich auf einen Stuhl, dann setzte sie sich.

Schweigen.

»Warum tust du es?«, fragte ich. »Warum folgst du anderen?«

Sie sagte nichts, blickte nur zu mir auf, ganz rehäugig, ein wahrer Prinzessin-Diana-Blick, und ohne jede Vorwarnung sprudelten die Worte aus ihr hervor, als hätten sie schon seit Jahren darauf gewartet.

Hayley Grace Anderson war nicht die, für die ich sie hielt. Aber vor allem war sie nie die gewesen, für die ich sie gehalten hatte.

Sie hatte sich mit mir hingesetzt, als wir uns kennenlernten, und mir Fotos gezeigt. Glückliche Sommertage, ein Leben unter freiem Himmel, grüne Wiesen und Wimpel. Ein großes, altes Herrenhaus als Schule, ein Leben, das von Hockey und Lacrosse bestimmt war, und so weit weg von dem grauen Pudding und den kalten Fritten meiner staatlichen Schule in Fishponds, wie es nur sein konnte.

Die Fotos hatten mir ein – so glaubte ich – wohlerzogenes Mädchen gezeigt, geordnet, glücklich. Heute wusste ich, dass es die schönste Zeit ihres Lebens gewesen war.

Mit zwölf war sie aufs Internat geschickt worden, fünf Tage die Woche fort von ihren Eltern, und sie war ohne Halt, sehnte sich danach dazuzugehören. Bald schon trieb sie sich mit dem beliebtesten Mädchen ihres Jahrgangs herum. Die beiden wurden unzertrennlich, beste Freundinnen. Nur hatte das Mädchen eine Familie, zu der es gehen konnte, und Freunde zu Hause. Hayley forderte mehr und mehr von ihr – ihre ganze Zeit und Liebe –, bis es der Freundin zu viel wurde und sie den Kontakt abbrach. Hayleys ganze Identität hing an diesem Mädchen, das ihr das Herz gebrochen und sie mutterseelenallein zurückgelassen hatte.

»Ich glaube, ich habe es wohl schon immer getan«, sagte sie flehend, mit Tränen in den Augen. »Eigentlich habe ich immer das gemacht, von dem ich glaubte, dass die Leute es so haben wollten. Habe gesagt, was sie hören wollten, damit ich dem, wie ich sein wollte, näher kam … ich war nie ich selbst, wenn ich nicht jemand anders sein konnte … möglicherweise ist meine Persönlichkeit nicht stark genug, oder vielleicht *ist* das meine Persönlichkeit, aber so war ich schon immer … damit hatte ich Erfolg. Freunde finden. Kontakte herstellen. Und es macht mir Angst, Tom. Will ich, was ich will? Oder will ich nur, was andere wollen? Weiß ich noch, wer ich bin? Ist es zu spät für mich?«

Langsam schien es mir, als würde ich verstehen.

Um sich nach diesem ersten Mal zu schützen, hatte Hayley jemanden Neues gebraucht. Und das bestimmte fortan ihr Leben. Ändern, anpassen, anbiedern, alles nur, um diesen Drang zu befriedigen, gemocht zu werden. Und dann, an einer Universität, an der sie sich nicht sonderlich wohlfühlte, in einem Seminar, an dem das Herz eines anderen hing, lernte sie in einer Bar einen amerikanischen Studenten kennen, der Rotwein trank, spanischen Tabak rauchte und sich wie der weiseste Dreiundzwanzigjährige gab, den die Welt je gesehen hatte. Er erzählte ihr von Ezra Cockrofts Theorien. Diese stimmten mit ihren so sehr überein, dass sie sich darin verliebte. Und auch wenn sie nicht ihr ganzes Leben danach ausrichtete, so versuchte sie sich doch mit wachsender Begeisterung daran.

»Und es hat geklappt!«, sagte sie an diesem Abend in unserer Wohnung. »Dadurch habe ich einige meiner besten Freundinnen kennengelernt … Fran … Laura …«

Ich nickte. Ich brachte es nicht übers Herz.

»*Dich* habe ich auch dadurch gefunden«, sagte sie und griff nach meiner Hand.

»Ich verstehe«, sagte ich und zog meine Hand zurück. »Das kann ich alles verstehen.«

Sie blickte auf, hoffnungsvoll.

»Aber warum treibst du es dermaßen auf die Spitze?«

»Was meinst du damit?«, fragte sie mit Tränen in den Augen und wischte eine davon mit ihrem Pulli weg, dieses Mädchen, das ich liebte, so verletzlich, so zerbrechlich in meinen Händen.

»Komm schon«, sagte ich. »Ein Popstar.«

»Du meinst …«

»Ein *Popstar*, Hayley«, sagte ich sanft. »Das ist das eigentlich Traurige daran.«

Sie schniefte, wischte sich das andere Auge. Ich spürte den Drang, es für sie zu tun, doch etwas in mir war stärker und widersetzte sich. Vielleicht nur, um es ihr zu *zeigen*.

Aber sie sagte: »Ich verstehe nicht …«, und obwohl ich sauer war, weil sie das Spielchen immer weiter trieb, brachte ich es nicht fertig, allzu barsch zu sein. Ich konnte niemanden treten, der schon am Boden lag.

»Aphra«, sagte ich nur, um zu zeigen, dass ich Bescheid wusste. »Du bist Aphra nach Paris gefolgt.«

Wieder schniefte sie und blickte mit diesen riesengroßen Augen zu mir auf, bereit, erlöst zu werden.

»Tom«, sagte sie leise, und dieser Prinzessin-Diana-Blick hatte sein Comeback. »Wovon redest du?«

Sie stritt es ab. Stritt es ab, stritt es ab, stritt es ab. Nur eins gab sie zu.

»Cockroft …« Ein zaghaftes Lächeln, ein erstes Zeichen von Reue. »Also, er hat gelehrt, dass es okay ist, nicht zu wissen, was man sagen soll, wenn man mit Schmerz konfrontiert wird«, sagte sie. »Er meinte, es gibt Techniken, derer man sich bedienen kann, bis man stark genug ist, selbst damit fertigzuwerden.«

»Zum Beispiel?«

»Zum Beispiel, indem man *seine Emotionen mithilfe prä-etablierter Gedanken externalisiert*.«

Ich schüttelte den Kopf. Hatte keinen Schimmer.

»Wenn jemand es besser gesagt hat, sag es so, wie er es sagt.«

»Nachplappern?«

»Eine Zeile aus einem Film, einem Gedicht, egal was.«

»Abkupfern.«

»Nutze das, was da ist.«

»Auf deiner Postkarte war also …«

»Ein Song. Er war auf Nummer eins. Der Text passte einfach. Ich konnte sagen, was ich sagen wollte, ohne mir Sorgen darum machen zu müssen, wie ich es sagen sollte. Es lief ständig im Radio, wie ein Zeichen.«

»Und was war mit Paris?«, fragte ich.

»Ich war nicht in Paris«, sagte sie und winkte ab. »Ich bin nur *hingefahren*.«

»Du bist nur hingefahren? Das ist doch dasselbe.«

»Ich bin *eine Weile* nach Paris gefahren, um einen klaren Kopf zu kriegen, dann bin ich wieder nach Hause und irgendwo untergekommen.«

»Wo untergekommen? Du warst die ganze Zeit hier? Bei wem?«

Sag Laura. Sag Fran. Dann hab ich dich.

»Annie«, sagte sie. Ihre Schwester. Ich *wusste*, dass sie es wusste. »Du musst mir Raum lassen. Du musst mir wieder vertrauen.«

Ich hätte schreien können, aber unsere Friedensgespräche waren heikel geworden. Wenn ich den eifersüchtigen Freund gab, würden wir nur noch davon reden. Und außerdem war mir ein anderer Gedanke gekommen.

»Hast du die Sendung gehört?«, fragte ich.

Keine Ahnung, wieso das wichtig war. Wenn sie zugehört hatte und meine Stimme hören wollte, um zu erfahren, wie es mir ging, dann bestand vielleicht immer noch eine Verbindung zwischen uns.

»Nein«, sagte sie. »Das wäre kontraproduktiv gewesen. Ich musste mich eine Weile von dir ablösen. So nennt man es, wenn man es durchzieht – Ablösung. Man löst sich von seinem alten Leben, um es zu erneuern. Man findet raus, was wichtig ist.«

»Und hast du es rausgefunden?«

Ihr kamen die Tränen, als sie mich ansah, nach meiner Hand griff und sagte: »Ja, Tom, ich glaube schon.«

Ich überlegte, was ich sie noch fragen wollte, doch ihr Blick ging zur Uhr in der Zimmerecke, und sie sagte: »Hättest du was dagegen, wenn wir es für heute dabei belassen? Ich bin einfach so, so müde …«

Ich hatte noch tausend Fragen mehr.

»Ich liebe dich, Tom«, sagte sie, und in meinen Augen brannten Tränen, obwohl ich genau das hatte hören wollen. Aber um ihrem Blick auszuweichen, sah ich mich im Zimmer um und dann zum ersten Mal selbst zur Uhr hinüber.

Oh-oh.

[8]

Im Keen's nimmt Cockroft einen Schluck von seinem Drink.

Zum ersten Mal hat er sich selbst etwas bestellt, einen Old Crow, und mein Budweiser ignoriert.

»Der Mann, den ich da sah …«, sagt er, während er den Bourbon in seinem Glas schwenkt und damit das Licht einfängt. »Er war an einem wunderbaren Punkt in seinem Leben angekommen. Er traf Entscheidungen, die ich nicht getroffen hatte. Er war der Mann und Vater, der ich nie gewesen war.«

»Und Sie wollten – wie haben Sie es genannt? – sich von seiner Freude huckepack nehmen lassen?«

»Es mag kindisch klingen, aber ja«, sagt er. »Und als ich dann stark genug war, wollte ich, dass unsere Freundschaft real wurde. Ich betrachtete mich gern als seinen älteren Bruder. Seinen Vater vielleicht. Seinen Mentor? Ich weiß nicht. Aber ich wollte, dass die Freundschaft eine reale Basis bekam.«

»Also haben Sie es ihm erzählt?«

»Also habe ich es ihm erzählt. Ich habe ihm erzählt, dass unsere Begegnung kein Zufall war«, sagt er. »Dass ich ihn sechs Monate lang aus der Ferne beobachtet hatte. Dass ich unsere Freundschaft ganz nach ihm ausgerichtet hatte.«

»In Ihrem Buch nennen Sie seinen Namen nicht.«

»Sein Name tut nichts zur Sache. Sein Name ist nicht das, was ihn ausmacht. Diese Entscheidung hat jemand anders für ihn getroffen.«

»Ich würde den Namen gern wissen.«

»Er hieß Andreas«, sagt er.

Er nimmt einen Schluck von seinem Whiskey, dann rutscht er auf seinem Stuhl herum, als ihm ein neuer Gedanke kommt. Er ist wie ein Surfer, der eine neue Welle sieht, die ihn weit, weit tragen wird.

»Seinem Verfolger zu begegnen kann einen doch sehr unter Druck setzen. Aber die Welt, die sich dem Verfolger eröffnet, ist *so groß*, dass man das Risiko auf sich nimmt. Wenn es effektiv sein soll, muss es still und heimlich geschehen, im Verborgenen.«

Mittlerweile ist er voller Leidenschaft dabei. Fast predigt er.

»Sie verteidigen es trotz allem.«

»Es besitzt das Potenzial zur radikalen Verbesserung von …«

»Was ist passiert?«, unterbreche ich ihn. »Mit Andreas?«

»Was soll ich sagen?«, antwortet er, und ihm scheint buchstäblich die Luft auszugehen. »Ich habe reinen Tisch gemacht, 1971, in einer Bar an der Friedrichstraße.«

»Aber was ist *passiert?*«

»Er hat sich abgelöst.«

VIERUNDZWANZIG

»Es ist acht Uhr und eine Minute. Ich bin Tom Adoyo mit den taufrischen Meldungen für Aufgeweckte … «

Ich hatte das Gefühl, dass es schwierig werden würde. Nicht weil ich kaum eine Stunde geschlafen hatte. Sondern wegen dem, was in den Nachrichten kam.

Ich fürchtete mich direkt davor. Zog meine Meldungen in die Länge. Gab an Cathy James ab, die live von einer Massenkarambolage auf der M25 berichtete, ließ sie einfach reden. Und als sie fertig war, hakte ich gleich noch mal nach. Ich tat so, als wollte ich nur möglichst viel aus einer unserer seltenen Außenreportagen herausholen. Das macht man so. Selbst wenn sie nur drinnen am Telefon stattfinden.

»… und zu guter Letzt … «

Nun, ich hatte es so lange hinausgezögert, wie ich konnte. Die Presseerklärung war erst seit vierzig Minuten draußen. Ich hatte sie bei den 7:30-Uhr-Nachrichten weggelassen, weil wir da die meisten Zuhörer haben. Ich hatte die Meldung für 8:30 Uhr aufbewahrt, weil die Leute sich da die Zähne putzen. Darüber gibt es Studien.

»… die neueste Nachricht heute Morgen … «

Reiß dich zusammen, Tom. Putzt euch die Zähne, Leute. Hört nicht hin …

»… in einer Verlautbarung am frühen Morgen erklärte ein Spre-

cher des Londoner Zoos … dass einer der Weißkopf-Büschelaffen vermisst wird.«

Tu. Ganz. Normal.

Ich blickte auf. Hinter der Scheibe starrten mich acht wildfremde Gesichter an.

»Der … zwanzig Zentimeter große Primat wurde zuletzt gestern Abend gesehen …«

Wer zum Teufel waren diese Leute?

»… und läuft vermutlich frei in der Hauptstadt herum …«

Gab es vielleicht so was wie eine Affenpolizei?

»Marmosetten gelten als ungefährlich, doch Experten sagen …«

»In *London* läuft ein *Affe* frei herum?«, fragte Cass, unterbrach mich mit gespielter Überraschung, und mir wurde ganz flau, weil wir jetzt darüber reden mussten. »Warum ist diese Geschichte nicht größer aufgemacht? Warum ist das ein ›zu guter Letzt‹?«

Da hatte sie recht. Wahrscheinlich hatte ich versucht, es lustig klingen zu lassen. Aber nein, im Grunde lief ein wildes Tier in einer der am dichtesten besiedelten Städte der Welt frei herum. Am besten schürte man keine Panik.

»Ein Affe!«, sagte Cass, und die acht Leute – zu denen sich nun Mick vom Verkauf gesellt hatte – fingen alle an zu lachen, lautlos hinter der Doppelglasscheibe.

»Ein Weißkopf-Büschelaffe, eine Untergattung der Marmosetten, ist entlaufen, ja«, räumte ich ein. »Eigentlich ist es gar kein Affe, eher ein Primat, aber ja, stimmt schon, mehr oder weniger. Sie leben im südbrasilianischen Regenwald. Durchschnittliche Lebenserwartung zehn Jahre.«

»Er könnte also die nächsten *zehn Jahre* da draußen rumrennen?«

In diesem Moment wünschte ich, ich hätte meinen Mund gehalten.

»Und diese Nachricht, diese Neuigkeit ist gerade eben reingekommen?«, fragte sie.

»Eine neue Neuigkeit, ja«, sagte ich, eifrig darauf bedacht, zum nächsten Thema überzugehen. »Wie das bei Neuigkeiten eben so ist.«

»Nun, da sollten wir unsere Hörer fragen: Haben Sie den entlaufenen Affen gesehen?«, sagte sie und wechselte in ihren Moderatorenmodus.

»Primat«, sagte ich.

»Dann simsen Sie uns … vielleicht haben Sie ihn im Supermarkt beobachtet, wie er sich an eine Lammkeule heranpirscht. Egal wo Sie ihn gesehen haben … den kleinen … äh …«

»Binky.«

Binky! Dieser entwürdigende Name. Ich spürte, dass die acht Leute uns anstarrten und lautlos den Namen »Binky« sagten.

Dafür, dass es sich doch eher um etwas Beiläufiges handelte, hagelte es SMS – lang und schmutzig.

»Graham aus Swanley schreibt: *Ich habe Binky gesehen. Er war als ehemaliger französischer Präsident François Mitterand verkleidet und hat versucht, draußen vor einer Schlachterei eine Anti-Wurst-Demo anzuzetteln.*«

Cass lachte dieses Lachen, verzauberte London, brachte sogar mich zum Lächeln.

»Penny aus Notting Hill: *Ich habe Binky, den Büschelaffen, gesehen, als er einer Katze beigebracht hat, wie man einen Lieferwagen lenkt.*«

»Mehr davon«, sagte Cass während der Werbung. »Solche Meldungen sollten wir um acht bringen. Um sechs langsam aufwärmen, die wichtigen Nachrichten um sieben, was Lustiges um acht. Gute Idee, Tom.«

»Das Wetter heute?«, fragte wieder dieser Toningenieur und stopfte sich dabei ein Schinkensandwich in den Mund.

»Bis neunzehn«, sagte ich.

»Das war super, das mit dem Affen«, sagte Bron, als wir aus dem Studio kamen. »Gut gemacht, Tom.«

»Wer waren diese Leute, die uns da angestarrt haben?«, fragte ich.

»Die sind von Pringles. Sie überlegen, ob sie Sponsor der Sendung werden wollen.«

»Echt jetzt?«, stöhnte Cass. »Muss ich dann jedes Mal *London Calling mit Cass Tailor und Pringles* sagen? Ich weiß nicht, ob ich möchte, dass auf meinen Namen jedes Mal das Wort *Pringles* folgt.«

»Korrekt würde es heißen: *London Calling mit Cass Tailor und den brandneuen Pringles Cheese & Chili – Wenn Ihr Mund in Partylaune ist!*«, sagte Bron nickend.

»Na super«, sagte Cass. »Das lässt sich doch schön unauffällig einbauen.«

Ich warf kurz einen Blick auf mein Handy, während die beiden diskutierten. Ich hatte Pia auf dem Weg zur Arbeit eine Nachricht geschrieben. Ich wusste ja nicht mal, ob sie heil nach Hause gekommen war. Aber sie hatte nicht geantwortet. Dafür fand ich im Postfach eine E-Mail von Maureen, in der sie sich darüber beklagte, dass in der Küche wieder jemand Kaffee verschüttet hatte.

»Also, mal abgesehen von den brandneuen Pringles Cheese & Chili … wir werden diese Affentexte den ganzen Tag über für Promoteaser einsetzen«, sagte Bron. »Außerdem finde ich, dass wir es größer aufblasen sollten.«

Cass stimmte zu.

»Absolut. Man soll die Geschichte mit uns verbinden.«

»Ja?«, fragte ich. »Ich meine, ernsthaft?«

»Gott, ja«, sagte Bron. »Auf jeden Fall.«

Tatsächlich war diese Geschichte enger mit uns verbunden, als die beiden ahnten. Ich sah noch mal nach meinem Handy, als hätte mir Pia in den letzten Millisekunden geschrieben. Vielleicht hatte sie ja zugehört.

»Sie sollten also heute Morgen rüber zum Zoo fahren«, sagte Bron, was mich aus meinen Gedanken riss.

»Bitte?«

»Rufen Sie die Pressestelle an, besorgen Sie sich ein Interview und finden Sie raus, wie das passieren konnte.«

»Sie wollen, dass ich extra zum Zoo fahre?«, fragte ich. »Dem ein Büscheläffchen weggelaufen ist? Sie möchten, dass ich mich physisch dorthin bewege?«

»Sie sprechen unsere Sprache. Das ist gut.«

Ich konnte nicht dahin zurück! Das Ganze war noch nicht mal zwölf Stunden her!

»Aber es ist eine *Tier*geschichte«, probierte ich, und dann: »Gerade kommt mir eine tolle Idee.«

»Ja?«

»Wir schicken Praktikant Paul. Ich habe ihn beobachtet. Er mag unerfahren sein, aber er ist ambitioniert, und ich glaube, er wäre so weit.«

Praktikant Paul kam auf die Beine, plusterte sich auf, dann ließ er schnell wieder die Luft raus.

»Ehrlich gesagt, bin ich mir nicht sicher, ob ich schon so weit bin«, sagte er. »Seit ich hier bin, habe ich so gut wie nichts gemacht.«

»Mal ehrlich«, sagte ich, die Arme ausgebreitet, die Schulter hochgezogen. »Ist das denn wirklich so eine große Sache?«

Ich gab mir Mühe, es so klingen zu lassen, als wäre es nicht der Rede wert.

»Da läuft in London ein Affe frei herum, und *irgendwer* hat das zu verantworten«, sagte Bron. »Also ja. Ist es.«

Ich nahm mein Diktiergerät aus einer Schublade voller Notizblöcke und prüfte die Batterien. Ich war schwerfällig, schaffte es kaum, an etwas anderes als Hayley zu denken. Ich suchte meinen Schreibtisch nach Kopfhörern ab.

Sie hatte die ganze Sache mit Aphra rundweg abgestritten. Es war lächerlich. Und sie sagte, sie könne sich nicht erinnern, die vielen Post-its in die Zeitschriften geklebt zu haben, dass es wohl ein Zufall oder so was sein müsse, aber ich hatte das alles durchschaut. Es war Verlegenheit. Schlicht und einfach. Ich hatte sie erwischt, diese Frau, die einen Superstar anhimmelte und sich wie der unreifste Teenager aller Zeiten benahm, und nun wollte sie beweisen, dass sie sich wie eine Erwachsene verhalten konnte. Doch zumindest war sie wieder da. Wenigstens das. Jetzt konnte ich sie ausfragen, die Zügel in die Hand nehmen. Vorher musste sich der Sturm nur etwas legen, damit wir unsere Gedanken sammeln konnten, bevor wir eine Entscheidung darüber trafen, was wir tun wollten.

Denn ich würde entscheiden, was als Nächstes passierte.

Und ja, ich hätte einfach sagen können: »Ich will dich nicht mehr. Raus hier.« Aber wie sollte das gehen? Sie konnte ja nicht einfach ihre Sachen packen und ausziehen. Sie musste erst eine andere Wohnung finden, wir mussten die Rechnungen auseinanderdividieren, wir mussten sehen, ob wir unsere Gefühle entwirren, den anderen verstehen, ihm verzeihen oder ihn vergessen konnten.

Was ich mir auch vorgestellt haben mochte – einen würdigen Abschied vielleicht, bewegende, bedeutungsvolle Worte, während sie in der Tür steht, mit einer gepackten Tasche und

Tränen in den Augen, und ich entschuldige mich wie ein Gentleman, dann schließe ich die Tür und stehe gelassen am Fenster und sehe mir an, wie sie die Straße entlangschlurft, mit bebenden Schultern, weil sie sich schluchzend dafür verflucht, dass sie das Beste, was ihr im Leben je passiert ist, verloren hat –, die Wirklichkeit sah ganz anders aus, als sie wieder zur realen Person wurde. Sie war hier, in der Wohnung, als wäre nichts geschehen.

Ich sah auf mein Handy. Kein Wort von Pia. Ich sollte sie anrufen.

»Du siehst wie ausgekotzt aus, Mann«, sagte Pippy und stellte etwas auf meinen Schreibtisch, das sie immer »Bonzenkaffee« nannte. Wahrscheinlich weil er nicht aus dem Boiler kam.

»Ist der für mich?«, fragte ich gerührt. Vielleicht war die Welt doch gut.

»Was, der?«, sagte sie. »Nein, das ist meiner. Also, was ist los? Nicht früh genug den Weg nach Bettenhausen gefunden?«

»Hayley ist wieder da«, sagte ich.

»Was?«, fragte sie, witterte Klatsch und Tratsch, kam auf Ohrhöhe, damit es unter uns blieb. »Sie ist wieder da?«

»Gestern Abend. Aus heiterem Himmel.«

»Was hat sie gesagt?«

»Dass sie mich nie verlassen hat und jetzt wieder da ist.«

»Das war's? Keine Entschuldigung?«

»Keine Entschuldigung.«

»So was von daneben.com. Was willst du machen?«

Langsam schüttelte ich den Kopf. Keine-Ahnung.org.

Als sie spürte, dass es hier nichts mehr zu holen gab, verblasste ihr Grinsen.

»Dein bester Freund ist im Haus«, sagte sie und stand auf.

Mein bester Freund?

»Hallo, mein Freund!«, rief er, während er den Flur entlangschritt, frisch aus den Studios von Harmony, flankiert von zwei streng wirkenden Gestalten. Er blieb stehen, und bald darauf gesellte sich eine Woge von Aftershave zu uns.

»Oh«, sagte ich und sah mich um, für den Fall, dass ich gar nicht gemeint war.

»Bin auf PR-Runde«, sagte er. »Heute Abend startet bei BBC1 meine neue Serie. Ein moderner Spartakus, spielt in der Finanzwelt. Dann ab nach L. A. Und du?«

»Ich gehe in den Zoo.«

»Haha!«, machte er und schenkte mir ein klassisches Channing-Lächeln. »Im Ernst? Ich glaub, ich weiß, wieso. Diese Affen-Sache, oder? Ein *Klassiker*. Der Nachrichtenmann bei dem Sender gerade eben hat davon erzählt. Leute, das ist Tom – *Tom*, richtig? Ich hatte einen ausgesprochen unterhaltsamen Abend mit ihm im Randolph. Ihr erinnert euch an dieses Marmeladennazi-Ding, das ich euch vorgespielt habe, oder?«

»Omein*Gott*wardaslustig«, sagte die Frau, ganz straffe PR-Frisur und Mulberry-Alexa-Tasche, während der Mann – Halbschuhe ohne Socken, Pastellhemd unter dunklem McQueen-Jackett, ein Manager vielleicht – kaum mehr als keinerlei Interesse zeigte und sich lieber seinem Handy widmete.

»Begrüßt das Genie, das dahintersteckt!«

»Nicht wirklich«, sagte ich, als sich die Frau abwandte, um einen Anruf entgegenzunehmen. »Eigentlich war es eher ein Missgeschick.«

»Ein glücklicher Zufall.«

»Nein, es wird zu diesem Zeitpunkt keine Stellungnahme dazu geben«, sagte die Frau, die etwas von uns abrückte, und Matthew sah mich mit hochgezogenen Augenbrauen an, da er Ärger

witterte, aus dem er sich zweifellos mit seinem Charme herauswinden würde. *»Nein, dazu werden wir uns keinesfalls äußern.«*

»Ich habe die Aufnahme Oliver Stone geschickt. Hatte ich dir erzählt, dass ich das vorhatte? Er hat es an Matt Damon weitergeleitet, und der spielt es offenbar Leuten auf Partys vor.«

»Oh«, sagte ich. »Gut …«

»Angeblich kann Mila Kunis den Mann täuschend echt nachmachen.«

»Das werde ich ihm ausrichten«, sagte ich. »Und dann werde ich ihm erklären, wer Mila Kunis ist.«

»Ich hab deine Nummer, oder? Mach's gut.«

Er klopfte mir auf die Schulter und ging, Team Matthew auf dem Vormarsch, raus auf die Straßen von London, im Kielwasser eine La-Ola-Welle feuchter Hände, die nach ihren Smartphones griffen.

Ich schrieb Pia noch mal.

»Schöne Scheiße. Du errätst nie, wo ich gerade bin.«

Senden.

Ich saß in einem seelenlosen Raum am Rande des Zoos und hielt einen Styroporbecher mit dünnem, mahagonifarbenem Kaffee in der Hand. Ich ging nicht davon aus, dass es lustig werden würde. Ich schwitzte, und in meinem Nacken kribbelte es, als wäre ich auf feindlichem Territorium – ein Spion, der kurz davor stand, enttarnt und erledigt zu werden.

Mir gegenüber saß eine PR-Frau namens Tabitha, die ihr Bestes gegeben hatte, mich höflich zu begrüßen, und dann darauf bestand, in meiner Nähe zu bleiben, um sicherzustellen, dass es mir an nichts mangelte.

Die Stimmung war eher düster. Ich klapperte mit einem giraffenförmigen Kugelschreiber auf dem Tisch herum.

»Er müsste jeden Moment kommen«, sagte sie, ohne von ihrem Blackberry aufzublicken, auf das sie mit beiden Daumen eintippte.

»Und dieser Mann ist …«

»Ein Experte«, sagte sie. »Einer unserer Pfleger. Aber wenn Sie sich darauf konzentrieren könnten, den Fokus auf ›Suchen wir Binky!‹ zu richten statt auf ›Binky ist entlaufen!‹, dann wäre das sicher …«

Sie wurde unterbrochen, als die Tür aufging.

Ein hochgewachsener, hagerer Mann stand dort.

Wir musterten einander.

Schließlich legte Tabitha ihr Telefon weg und blickte auf.

»Das ist Ash«, sagte sie. »Ashley Bilton.«

»Oh«, sagte ich und stand auf.

Ash!

Da wir nicht wussten, was wir sonst tun sollten, gaben wir uns die Hand.

»Ash war gestern Abend hier und hat bei unserer Zoo-Nacht ausgeholfen«, erklärte Tabitha, und Ash warf mir einen zerknirschten Blick zu. War ich hier, um ihn auffliegen zu lassen? Würde er *mich* auffliegen lassen?

»Verstehe«, sagte ich. »Es wird nicht lange dauern …«

»Lassen Sie sich Zeit, wirklich«, sagte Tabitha. »Fragen Sie, was Sie wollen. Ash wird Ihnen gern behilflich sein, nicht wahr?«

»O ja«, sagte Ash, als er sich mit steifem Rücken hinsetzte, und ich lächelte ihn an, während wir einen Moment lang schweigend dasaßen.

Wie sollten wir es angehen? Wie sollten wir unsere Geschichten aufeinander abstimmen?

»Also«, sagte Tabitha. »Dieses Gespräch wird überall in den Nachrichten laufen, Ash. Tom ist von SoundHaus, und es läuft bestimmt auf …«

»… vielen Sendern«, sagte ich nickend, und Ash wurde aschfahl. Warum war ich plötzlich wieder aufgetaucht? Warum wollte ich ihn darüber ausfragen? Warum wollte ich es im *Radio* bringen?

»Und Cass Tailor wird es in ihrer Sendung bringen«, sagte Tabitha.

»Am Morgen, ja«, sagte ich. »Es wird eine Anrufsendung. Ganz London soll mit einbezogen werden.«

Ashs Gesicht war in diesem Augenblick schwerlich zu beschreiben.

»Legen wir los«, sagte Tabitha.

Ich stellte mein Diktiergerät an und hielt es Ash unter die Nase. Er betrachtete es, dann mich, panisch. Warum tat ich ihm das an?

»Wenn Sie sich also kurz vorstellen würden …«, sagte ich, als wäre das alles völlig normal. »Nur Ihren Namen und was Sie machen.«

»Mein … mein Name ist Ashley Bilton. Und ich arbeite mit Marmosetten. In London … im Londoner Zoo.«

Sein Blick zuckte zu mir auf.

»Und, Mr. Bilton … Sie waren der Verantwortliche an jenem Abend, an dem das Marmosettenmännchen – Binky – entflohen ist.«

»Ich war nicht der Verantwortliche«, sagte er ziemlich entschlossen. »Aber ja, ich war hier, ja.«

»Und wie um alles in der Welt war das möglich?«, fragte ich, um Tabitha zu zeigen, dass ich ein Profi war, dass ich der Sache auf den Grund gehen wollte.

»Na ja … ich arbeite hier.«

»Nein, ich meine, wie um alles in der Welt war es möglich, dass ein Affe entkommen konnte?«

Er machte große Augen. Er hatte Angst, was Falsches zu sagen. Ich lächelte aufmunternd. *Lass dir Zeit, Ash. Wir schaffen das gemeinsam.*

»Schwer zu sagen«, sagte Ash, weil er nicht wusste, was ich mir von ihm erhoffte, und ich merkte, dass ich ihn vielleicht zu hart angegangen war. Ich kränkte ihn. Ich musste mich etwas zurücknehmen.

»Aber versuchen Sie mir doch mal näher zu beschreiben, wie das möglicherweise passieren konnte«, sagte ich, machte ein freundliches Gesicht und nickte zum Mikrofon. »Dass ein solcher Affe aus einem vermeintlich sicheren Gehege entfliehen konnte.«

»Na ja«, erwiderte er etwas genervt. »Ich schätze, da muss ihn wohl jemand *rausgelassen haben*.«

Meine Augen wurden groß. Ich versuchte, den Kopf zu schütteln, ohne dass Tabitha es merkte.

»Wenn ich mich kurz einmischen darf, Ash«, sagte sie. »Wir sollten lieber bei dem bleiben, was wir wissen. Wir wollen doch nicht mit Anschuldigungen um uns werfen wie die Affen mit ihrer Du-weißt-schon-was. Am Ende kriegt nur jemand Schwierigkeiten!«

Sie heuchelte ein Lachen, also heuchelte ich mit. Ash nicht.

»Gutes Argument«, sagte ich. »Also … können Sie Binky beschreiben?«

»Süßer kleiner Bursche«, sagte er. »Ein echter Charmeur.«

»Ich meinte eher äußerlich, falls er jemandem über den Weg läuft.«

»Na, wie wird ein Weißkopf-Büschelaffe schon aussehen?«

Tabitha hustete.

»Okay, und nur der Vollständigkeit halber … *wie* ist er rausgekommen?«

»Wir können zu diesem Zeitpunkt noch nicht sagen, wie er rausgekommen ist«, sagte Ash, als würde er es von einem Zettel ablesen, und Tabitha nickte, wirkte schon etwas ruhiger.

»Haben denn die … Überwachungskameras nichts ergeben?«, fragte ich, und darauf erhoffte ich mir nun wirklich eine präzise Antwort. »War da etwas … *Verdächtiges* zu erkennen?«

Ash seufzte und machte einen ziemlichen Auftritt daraus, als er sagte: »Leider waren die Kameras in diesem Teil des Zoos ausgefallen.«

»Waren sie?«, sagte ich.

»Waren sie«, sagte er.

»*Waren* sie?«, sagte ich.

»Ja«, sagte er.

»Wie *praktisch*«, sagte ich.

»Ich könnte ja noch mal *einen Blick darauf werfen*«, sagte er.

Tabitha ließ ihren Stift fallen und bückte sich, um ihn aufzuheben.

Ashs Mund formte lautlos die Worte: »Was soll das?«

Mein Mund formte lautlos die Worte: »Keine Ahnung, tut mir leid!«

Ich setzte neu an.

»Wir wissen also *nicht*, wer – wenn überhaupt jemand – schuld daran ist. Darauf können wir uns heute definitiv einigen?«

»Ja«, sagte er. »Es ist ein Rätsel.«

»Es könnte also etwas sein, das eben einfach passiert ist?«

»Das ist eine der Möglichkeiten, die ich durchaus für vorstellbar halte«, sagte er.

»Und es gibt kein Back-up-System in Form von Festplatten, das …«

»Leider hatten wir gestern Abend mehrfach längere Stromausfälle«, sagte Ash. »Was auch …«

»… dazu geführt haben könnte, dass sich die Türen von selbst geöffnet haben!«, beendete ich seinen Satz und sah mir an, wie er nickte, mit geschlossenen Augen. »Gut!«

Ich fing einen Blick von Tabitha auf.

»Womit ich meine: *gut gemacht*, ganz toll, typisch Technik …!«

Ich rollte mit den Augen.

»Wir hoffen alle, dass Binky unversehrt wieder in unseren Zoo zurückkommt«, sagte Ash, und seiner Miene nach zu urteilen sagte er: *»Übertreib's bitte nicht!«*

»Nun, ich danke Ihnen. Vielen Dank. Dafür, dass Sie sich so gut um alles kümmern.«

Der nächste Blick von Tabitha.

»Die Marmosetten, meine ich.«

Ash seufzte.

»Ich meinte es nicht ironisch.«

Wir starrten einander an, vielsagend, während Tabitha vergeblich versuchte, sich einen Reim darauf zu machen.

»Darf ich Sie etwas fragen?«, sagte sie und legte ihre Hand auf meinen Arm, als sie mich hinausführte.

»Natürlich«, sagte ich.

»Ich habe Sie heute Morgen bei Talk London gehört«, sagte sie. »Und da ist mir was aufgefallen.«

Sie blieb stehen, sah mich an.

»Woher wussten Sie, dass der Affe Binky heißt?«

Inzwischen war sie kühler. Ihre Stimme klang nicht so sehr nach PR, eher nach MI5.

»Wie meinen Sie das?«

»In der Presseerklärung hatten wir den Namen nicht genannt. Und doch wussten Sie ihn.«

»Ich glaube, Sie haben ihn mir gesagt.«

»Wir sind uns eben zum ersten Mal begegnet.«

»*Sie*, der Zoo. Ich hatte angerufen.«

»Das kann doch nicht wahr sein«, sagte sie. »Eigentlich soll alles über mich laufen. Das wird ein Nachspiel haben. Da kriegt jemand Ärger. Danke, Tom.«

Auf dem Weg nach draußen holte ich Ash ein.

»Dann ist alles geklärt zwischen uns?«, raunte ich ihm zu, während ich mich nervös umblickte.

»Vorerst«, sagte er. »Ich hab mich drum gekümmert, soweit ich konnte. Aber du solltest beten, dass Binky wieder auftaucht. Die PR-Abteilung ist begeistert. Die sind auf so was vorbereitet. Normalerweise spielen sie den schlimmstmöglichen Fall durch – ein Löwe oder ein Nashorn. Alle sind froh, dass es nur ein Äffchen ist. Außerdem ist Binky nicht gerade ein Intelligenzbolzen.«

»Es schien für Pia eine große Sache zu sein, wieder herzukommen«, sagte ich.

»Stimmt schon«, sagte er. »Für sie hat dieser Ort eine ganz besondere Bedeutung.«

»Warum?«

»Du wusstest es nicht?«, sagte er. »Hier hat sie geheiratet.«

»Hey, Pia, hier ist Tom … hör zu, tut mir leid, gestern Abend ist alles irgendwie schräg gelaufen«, sagte ich, während ich auf den Bus wartete. »Ich … äh … also, ich hatte nicht damit gerechnet. Wie auch? Sie … also, wir haben eine Menge zu klären, wie du dir vorstellen kannst. Aber ich wollte unbedingt wissen, wie es dir geht. Könntest du mich zurückrufen?«

Ich wusste nicht, was ich danach noch sagen sollte. Ich beließ es bei einem »Bis dann«.

Ich dachte wieder an das, was Ash mir erzählt hatte.

Verheiratet?

Pia war verheiratet?

Oder verheiratet *gewesen?*

Langsam ergab das alles immer mehr Sinn. Ihr Widerwille, über ihr Leben zu sprechen, über Jeremy, die Eiseskälte in diesem Konferenzraum des Hotels in Wandsworth, als sein Name zum ersten Mal fiel …

Sollte ich sie darauf ansprechen? Sie schien mich zu ignorieren. Es sei denn, es wäre nur ihre Art, mir Raum zu lassen. Sollte das der Fall sein, fühlte ich mich damit nicht wohl. Ich hatte mich an sie gewöhnt. Ich mochte es, jemanden zu haben, mit dem ich reden konnte. Vielleicht war sie der einzige Mensch, der mich verstand.

Mein Handy vibrierte.

»Okay, ich sage es offen und ehrlich«, legte Pia los, während ich sie mir im Stillen als Braut vorstellte. Sie hatte mich vom Bus abgeholt, und wir liefen die Hauptstraße entlang, als sie losplapperte. »Ich weiß, dass du vielleicht weich wirst, denn so verletzt, wie du bist, wünschst du dir etwas, das den Schmerz lindert, und das Einfachste wäre, sie wieder zurückzunehmen. Aber du solltest nicht mit Hayley zusammen sein. Du solltest dich von ihr trennen, denn wenn man in einer schlechten Beziehung steckt, sollte man da raus, glaub mir.«

In diesem Moment verstand ich. Es zu erwähnen schien mir jedoch wenig feinfühlig. Und logisch betrachtet, hatte sie recht.

Aber in Wahrheit – und ich hasste mich dafür – war ich froh, dass Hayley wieder da war. Ich hielt wieder ein paar Zügel in der Hand. Ich konnte entscheiden, was ich tun wollte, es wurde nicht für mich entschieden – ich brauchte nur Zeit und Energie.

»Ich weiß, dass etwas in dir es nicht beenden will, aber das liegt nur daran, dass sie dich verunsichert hat. Sie hat deinen Willen gebrochen. Sie hat dich getreten, und jetzt möchtest du einfach wieder gemocht werden.«

»Das stimmt nicht.«

»Es ist das klassische Verhalten verprügelter Frauen«, sagte sie und nickte mit flehendem Blick. »Passiert ständig. Überleg mal, was sie dir angetan hat, Tom.«

»Sie ist abgehauen. Und sie hat mich hängen lassen, und sie hat sich nicht bei mir gemeldet, und deswegen bin ich auch sauer. Aber außerdem glaube ich, es könnte so etwas wie ein Zusammenbruch gewesen sein, Pia. Womöglich war es nicht wirklich grausam von ihr – verglichen mit dem, was *andere* Leute durchmachen müssen.«

»Es war grausam, Tom. Sie wusste, was sie tat.«

Vielleicht sagte sie es aus Freundschaft. Oder vielleicht weil ihre eigene Ehe nicht gehalten hatte, weil der Typ nicht der richtige gewesen war. Ich suchte in ihrem Gesicht nach Hinweisen, sah aber nur Hoffnung.

»Hör mal, vielleicht muss ich eine Weile Mitgefühl zeigen, um mir ein Bild zu machen.«

»Schieb es nicht auf, Tom – es geht um dein Leben.«

»Ich weiß«, sagte ich nickend. »Du hast recht. Ich weiß.«

»Komm heute Abend mit.«

»Wohin?«

»Egal. Wir müssen niemandem folgen. Wir könnten einfach nur … sein.«

Ich war so müde. Ich hatte kaum geschlafen, war zur Arbeit gegangen und musste dann ewig lange über Marmosetten reden. Ich lächelte kraftlos und schüttelte den Kopf.

Sie boxte mir gegen den Arm.

»Komm schon. Wir müssen nicht verrücktspielen. Wir könnten wir selbst sein.«

Oha.

»Vorher müsste ich erst mal nach Hause.«

»Verstehe.«

»Ich ruf dich an.«

»Ich werde warten. Aber du rufst an, ja?«

»Ich ruf dich an.«

Ich ging nach Hause und schlief. Seit einiger Zeit wollte ich am liebsten nur noch schlafen.

Als ich aufwachte, machte Hayley mir eine Suppe. Sie kam ganz nah heran, versuchte sich anzukuscheln, während ich mit leerem Blick vor einer Gameshow saß. Ich wollte wegrücken, tat es aber nicht. Ich war zu müde und zu erschöpft, ihre Nähe zurückzuweisen.

Und Pia rief ich auch nicht an.

[9]

»Ich weiß«, sagt Cockroft und stößt mir in die Rippen. »So etwas passiert auch für meinen Geschmack viel zu oft.«

Er schüttelt den Kopf, zieht seinen Hut etwas tiefer in die Stirn. Er ist ganz wild darauf, mir noch mal zu zeigen, wie es geht.

Wir fahren mit der U-Bahn von der Wall Street zur Bleecker. Wir sind einem Mann dorthin gefolgt und folgen ihm jetzt zurück. Daraus schließen wir, dass er wohl seine Brieftasche vergessen hat.

Cockroft seufzt schwer. Ich höre ihn atmen.

Uns gegenüber sitzt ein Mädchen im T-Shirt, schminkt sich die Augen und zwirbelt die Locken. Auf dem T-Shirt steht »Holiday«. Über einem Bild von einem gelockten Mädchen mit geschminkten Augen.

»Man sieht heutzutage immer häufiger, dass es leichter ist, durch jemand anderen zu leben, als sich selbst zu vervollkommnen«, flüstert er verschwörerisch, mit einem frechen Grinsen im Gesicht, obwohl er hier in der U-Bahn älter aussieht, als ich ihn je zuvor gesehen habe.

»Das ist ein Zitat, oder?«, frage ich.

»Betty Friedan«, sagt er. »Langsam begreifen Sie, Mr. Kosinski.«

Er hustet. Ein langes, langsames, müdes Husten. Der Winter macht ihm zu schaffen.

Zwanzig Minuten später, etwas abseits der Christopher Street, sitzen wir am Fenster im Lion's Head. Er kommt schon seit Jahren hierher, erklärt er mir. Hier hat er sie alle gesehen: Norman Mailer, Frank McCourt, einfach alle.

»Meiner Meinung nach hat Friedan recht. Leben ist Freiheit. Eine leere Straße. Sicher, da sind noch andere Autos, aber alle fahren in dieselbe Richtung wie man selbst. Nur wo biegt man ab? Die meisten von uns fahren einfach weiter, folgen der Herde, bleiben auf der Straße, mit dem Fuß auf dem Gas, bis man eines Tages einfach da ankommt, wo wir alle ankommen.«

Ich merke, dass ich ihm nicht mehr folgen kann.

»Die Frage ist«, sagt er, »ob es besser ist, einfach nur der Straße zu folgen, oder ob man sich seinen eigenen Weg dorthin suchen soll.«

»Es ist doch bestimmt besser, sich seinen eigenen Weg zu suchen. Ohne jemandem zu folgen.«

Er zuckt mit den Schultern.

»Das schreiben Sie jedenfalls in Ihrem Buch. In *Carbon Copy* heißt es …«

»Wissen Sie, dass es inzwischen sogar Gruppen gibt?«, fragt er, und sein Blick geht irgendwo ins Leere. »Die treffen sich im ganzen Land. Da würde ich zu gern mal hingehen …«

»In *Carbon Copy* …«

»Ich weiß, was ich in meinem Buch geschrieben habe, aber in Wahrheit bin ich selbst noch auf der Suche, Junge«, sagt er, während sich der nächste Hustenanfall ankündigt. »Shakespeare hat gesagt: ›Wir wissen, was wir sind, aber nicht, was wir sein könnten‹.«

»Ist es nicht merkwürdig, dass Sie von Originalität sprechen, aber ständig die Worte anderer zitieren?«, frage ich und fürchte im selben Moment, zu viel gesagt zu haben.

»Nein, Junge«, sagt er, schüttelt den Kopf und legt seine Hand auf meine. »Genau darum geht es.«

Wir kommen zu seiner Wohnung. Cockroft hat mit der Treppe zu kämpfen.

»Was war Ihr Fehler?«, frage ich, nachdem wir nun mehr Zeit miteinander verbracht haben und ich mich dazu in der Lage sehe. »Der Fehler bei Ihrem ersten Versuch?«

Er überlegt sich seine Antwort gut, und ich sehe den Wissenschaftler in ihm.

»Mein Fehler war«, sagt er, während er die Tür aufschiebt, »dass ich nicht zum Nächsten übergegangen bin. Ich hielt an diesem einen Mann fest. Ich hätte mich an ihm erfreuen und dann weiterziehen sollen.«

Er geht zur Küche in der Ecke und nimmt seinen verbeulten Wasserkessel.

»Wissen Sie, dass es jetzt überall auf der Welt diese CC-Clubs gibt? In denen Leute zusammenkommen und über meine Arbeit und mein Buch und das alles sprechen?«

»Ich weiß«, sage ich und runzle die Stirn. »Deshalb bin ich hier.«

»Stimmt«, sagt er. »Natürlich, stimmt ja. Nun, das finde ich wirklich lustig. Ganze Gruppen, die sich der Idee verschrieben haben. Man sagt, es könnte eine Bewegung werden. Wie wunderbar das wäre.«

Er grinst sein endlos breites Grinsen, und ich grinse zurück, wenn auch nur, um meine Sorge zu verbergen.

FÜNFUNDZWANZIG

Zu Hause war etwas anders. Da war Musik.

Editors. *An End Has a Start.*

Das hatte hier gefehlt. Nicht nur Hayley.

Musik.

Die Fenster standen offen, die Wohnung war sauber, irgendwie heller.

Hayley stand in der Küche und kochte Bolognese, sang mit.

Seit sie wieder da war, verhielt sie sich, als wäre sie nie weg gewesen. Sie tat, als würde sie sich für die Rolle der Freundin des Jahres in irgendeiner romantischen Komödie bewerben. Wir redeten nicht so viel darüber, wie ich erwartet hatte. Beide gewöhnten wir uns wieder aneinander, umkreisten einander, behandelten einander wie rohe Eier. Wir waren höflich zueinander. Als könnte ein Zusammenbruch der Etikette dazu führen, dass alles heraussprudelte, wie flüssige Lava, die sich heiß und wütend durch die Erde frisst. Vorerst brauchten wir beide Ruhe und Frieden. Um uns wieder aneinander zu gewöhnen.

Hin und wieder kochte der Zorn in mir hoch. Aber ich erstickte ihn. Verdrängte ihn. Ich musste klar denken. Ich brauchte Ruhe. Aber ich wusste, dass mich jeder Tag der Ruhe weiter von Pias Rat entfernte.

Auf dem Tisch lag ein kleiner Stapel von Briefen, zum Abschicken bereit.

»Was ist das?«, fragte ich, und ihr Kopf kam hinter der Ecke hervor.

»Bewerbungen. Als ich heute Morgen aufgewacht bin, war mir klar, dass ich was machen muss. Ich kann nicht rumhängen. Bei Zara komme ich nicht weiter, aber möglicherweise ist das gerade meine Chance. Warum sollte ich wieder in mein altes Leben zurück?«

»Ein paar von den Briefen gehen nach Bristol«, sagte ich verdutzt.

Sie kam zu mir.

»Ich weiß, dass du schon seit einer Ewigkeit zurück möchtest«, sagte sie. »Und vielleicht könnten wir ja gemeinsam gehen.«

Ich lächelte schief. Das war zu früh, zu schräg. Aber irgendwie gefiel mir die Vorstellung, dass sie etwas für mich tat.

»Ich habe hier einen Job.«

»Der dir keinen Spaß macht.«

»Das stimmt nicht. Es hat sich einiges verändert.«

»Aber überleg doch mal, wie viel sich sonst noch verändern könnte. Was wäre, wenn wir wirklich nach Bristol ziehen würden? Ich könnte da neu anfangen, du könntest zu City Sound gehen. Die Schicht wechseln. Weg vom Frühstück.«

Ich starrte sie an. Sie machte alles richtig, sie sagte all die Dinge, die ich mir von ihr gewünscht hatte, bevor sie weggegangen war.

»Es könnte wundervoll werden«, sagte sie. »Wegzugehen gab mir die Gelegenheit, meinen Standpunkt zu überdenken. Ich schätze mich glücklich, dich wiederzuhaben.«

Wiederzuhaben.

»Ich brauchte etwas Zeit, um zu erkennen, was ich hatte. Was wir hoffentlich immer noch haben können.«

In den letzten paar Nächten hatte ich auf dem Sofa geschlafen. Ich hatte darauf bestanden, obwohl sie mir das Bett überlassen wollte. Sie flehte mich an, ihr zu sagen, ob ich eine andere hätte, ob es Pia sei, und erzählte, dass Iona ihr von dem denkwürdigen Abend bei uns berichtet hatte, dass Pia halb nackt aus der Dusche gekommen sei und sich benommen habe, als sei das ihre Wohnung.

Mir war aufgefallen, dass sie meine Decke zusammengelegt und mein Kissen weggepackt hatte. Da standen Blumen in einer bunten, neuen Vase. Sie hatte meine DVDs wieder in die Hüllen zurückgesteckt.

»Und diese Idee mit Bristol …«

»Wir könnten einfach sehen, was passiert. Das wolltest du doch eigentlich.«

Mir fehlten die Worte. Ich hätte eigentlich immer noch stinksauer sein sollen. Aber wenn ich meine Wut stattdessen unterdrückte? Darüber hinwegging? Einfach mitmachte? Was, wenn das Ganze nur eine verkorkste Auszeit gewesen war? Wenn sie recht hatte und es eben passieren sollte? Um uns stärker zu machen?

»Ich würde dir dorthin folgen, Tom. Ich würde *dir* folgen.«

Pia hatte mir ein, zwei Nachrichten geschickt, nachdem ich sie versetzt hatte.

Sie hatte gesagt, es sei okay, anfangs, aber jetzt herrschte eine gewisse Spannung zwischen uns. Ich wusste, warum sie mit mir reden wollte. Sie wollte sichergehen, dass ich die Beziehung beendet hatte. Aber ich war müde. So müde. Im Moment wollte ich nur sein. Keine großen Gefühle mehr. Kein Drama mehr. Keine Aufregung oder Wut. Ich wollte einfach meine Ruhe.

Ich wusste nicht, ob ich Hayley noch liebte. Vielleicht. Nicht wie vorher. Aber so viele Paare erleben schlechte Zeiten. Und diese Sache mit Bristol … dadurch konnte sich so einiges regeln, oder? Ich wäre wieder in meinem alten Revier, bei meinen alten Freunden … ich hätte die Zügel endlich wieder in der Hand.

»Wir finden einen Ausweg aus allem«, sagte Hayley bei Avocado-Quinoa mit Grünkohl in diesem veganischen Laden an der Ecke, und sie küsste mich auf die Wange, nahm meine Hand.

Es widerstrebte mir immer noch.

Ich zog die Hand zurück. Sie biss auf ihre Lippe.

Wenn Pia mir damals an diesem Abend nicht gefolgt wäre, dann hätte ich es leichter gehabt. Aber nachdem ich mich jemandem anvertraut hatte, nachdem sie mir so lange zugehört hatte und nun Anteil daran nahm, was ich als Nächstes tun würde … Hätte ich Pia nicht getroffen, wäre Hayleys Rückkehr sicher das größte Geschenk meines Lebens gewesen. So schwach, so jämmerlich dankbar wäre ich.

Pia hatte mir Kraft gegeben.

»Oh!«, sagte Hayley, legte ihre Gabel weg, erinnerte sich an etwas. »Guck mal.«

Sie holte eine Zeitschrift aus ihrer Tasche.

FASHION. STYLE. FOOD. GLAMOUR. TRAVEL.

Für die Frau, die alles will – und es für gewöhnlich auch bekommt!

»Diese Seite hier …«

Sie blätterte darin herum, fand eine Menge Post-its, dann das eine, das sie suchte.

»Was?«, sagte ich.

Sie war tapfer. Bisher hatte sie das Thema Post-its eher gemieden. Meinte, sie müsste es wohl in Gedanken getan haben, oder schob es mir in die Schuhe. Vielleicht war es ihr wieder eingefallen, oder sie hatte eine neue Ausrede gefunden. Sie zeigte mit dem Finger darauf, schweigend, sah mich an, die Augenbrauen hochgezogen.

»Hier … sieh sie dir an.«

Schuhe.

»Ehrlich?«, sagte sie. »Ach, komm.«

»Was?«, sagte ich noch mal, und sie machte ein überraschtes Gesicht.

»Glaubst du wirklich, ich würde so was kaufen?«

Ich sah noch mal hin. Genauer.

Das waren die hässlichsten Schuhe, die ich je gesehen hatte.

»Du würdest es tun, wenn du so sein wolltest wie …« Ich las die Bildunterschrift. *»Lindsay Lohan genießt einen ihrer seltenen freien Abende im Spago in Beverly Hills.«*

Sie lächelte, nahm einen Bissen von ihrem Essen.

»Was?«, sagte ich.

»Nichts«, sagte sie.

»Na los.«

Seit einer ganzen Weile versuchte sie, mir irgendwas zu sagen.

»Ich dachte nur«, sagte sie, klappte die Zeitschrift zu und warf sie auf den Tisch. »Sofern Lindsay Lohan nicht in der Nähe war … wenn du raten müsstest: Wer könnte das sonst noch gemacht haben? Diese Post-its hier reingeklebt?«

»Du«, sagte ich.

»Und wer sonst noch?«, fragte sie.

Ich schüttelte den Kopf, war nicht sicher, worauf sie hinauswollte.

SECHSUNDZWANZIG

Sie war liebend gern bereit, sich mit mir zu treffen. Ich hatte ihr eine Nachricht geschickt. Sie sagte, sie habe schon darauf gewartet. Sie freute sich, dass sich zwischen uns nichts ändern musste, nur weil Hayley wieder da war. Hätte ich sie angerufen und mit ihr gesprochen, hätte ich nicht an mich halten können. Ich wollte ihr dabei in die Augen schauen, wollte versuchen zu verstehen, warum sie mir das angetan hatte.

Sie schrieb, sie wolle sich mit mir um sechs am Trafalgar Square treffen.

Ich war besonders früh da, stand bei den großen Löwen, als ich ihre Nachricht bekam.

Noch fünf Minuten. Wir laufen gerade die Downing Street runter.

Ich wandte mich um, rüber nach Whitehall. Ich sah nur etwa vierzig identisch gekleidete, südkoreanische Studenten, die leuchtend weiße Rucksäcke mit kleinen Fähnchen trugen und sich bereit machten, die Straße zu überqueren.

Und dort, zwischen ihnen, mitten im Pulk – Pia.

Sie winkte, strahlte.

»Man vergisst, wie erstaunlich diese Stadt ist, bis man sie mit den Augen eines anderen betrachtet«, sagte sie, als sie zu mir kam. »Wusstest du, dass die Victoria Line ursprünglich Viking Line heißen sollte?«

»Nein, wusste ich nicht.«

»Apropos Underground: Wusstest du, dass sie 2001 ihren eigenen Duft namens Madeleine in die Bahnhöfe geblasen haben und schon am nächsten Tag wieder damit aufhören mussten, weil so vielen Leuten kotzübel wurde?«

»Nein.«

»Wusstest du, dass Londons kleinstes Haus nur anderthalb Meter breit ist und nebenan Nonnen wohnen?«

»Ich weiß, was du getan hast, Pia.«

Sie blinzelte verwundert, trat einen Schritt zurück, aber ich ließ mich nicht beirren.

»Ich *weiß* es.«

»Du weißt das mit den Morden in den Achtzigern?«

»Das ist nicht komisch. Ich weiß, dass du die Post-its in die Zeitschriften geklebt hast. Es war so absurd, so *albern*, und ich habe es nicht gemerkt, weil ich geblendet war von all dem anderen, das genauso absurd war.«

»Ich weiß nicht, was du meinst«, sagte sie und sah plötzlich etwas hilflos aus, als hätte ich sie überrumpelt oder reingelegt.

»Du hast die Zeilen aus dem Song erkannt. Und dann hast du auf meinem Sofa gesessen und dir überlegt, wie du es noch etwas weitertreiben könntest. Du hast es so aussehen lassen, als wäre Hayley besessen von seichtem Pop, weil dir auf die Schnelle nichts Besseres einfiel. Du hast meine Aufmerksamkeit darauf gelenkt und mich in dem Glauben gelassen, sie hätte etwas Schwachsinniges getan.«

»Aber sie *hat* etwas Schwachsinniges getan. Sie hat dich verlassen. Ich würde dich nicht verlassen.«

»Du hast deine Spielchen mit mir getrieben.«

»Ich habe dich beschützt!«

»Das Problem ist doch … ich glaube, dass du gar nicht weißt, was du willst, Pia«, sagte ich, wobei ich versuchte, so sanft wie möglich zu klingen und derart harsche Worte sorgsam einzusetzen. »Ich glaube, in gewisser Hinsicht bist du genauso verkorkst wie Hayley.«

Es kam irgendwie falsch heraus. Was ich meinte, war: *Wieso können wir nicht alle cool bleiben? Warum muss immer alles so kompliziert sein?*

»Du kannst mich mal«, sagte sie und suchte in ihren Taschen nach dem Tabak.

Aber ich war auch immer noch wütend auf sie – eine dumpfe Wut, denn die Pillen dämpften meinen Zorn. Und ich war müde. Ich wollte mein unbeschwertes Leben zurück. Ich wollte klare Verhältnisse. Ich wollte, dass alle Menschen klar und deutlich sagten, was Sache war. Pia versuchte immer, mir mit unbequemen Wahrheiten weiterzuhelfen. Vielleicht konnte ich ihr nun helfen.

»Du glaubst, wenn du einfach immer weitersuchst, wirst du schon irgendwas finden. Aber wie kannst du etwas finden, wenn du gar nicht weißt, wonach du suchst?«

Sie runzelte die Stirn, kniff die Augen zusammen.

»So funktioniert das nicht«, sagte sie. »Es wäre ein Leben ohne Überraschungen. Du sagst, man kann nur glücklich sein, wenn man das Glück *definiert*. Dafür müsstest du wissen, was es ist. Du denkst an Sachen, die du kennst. Geld oder ein Haus oder Normalität oder was weiß ich.«

»Willst du das denn nicht? Geht es dir in Wahrheit nicht auch darum? Du hast mich doch selbst gefragt, ob ich nicht normal sein möchte.«

»Du redest, als gäbe es nichts anderes auf der Welt. Was ist mit all den Erfahrungen, die du sonst nie gemacht hättest?«

»Was denn? Irgendein neues Restaurant? Ein neuer Kaffee, den man noch nicht probiert hat?«

»Nein«, sagte sie mit Nachdruck. »Nicht nur Dinge, die man sehen kann. Dinge, die man fühlen kann.«

»Du redest immer davon, dass du mich beschützen willst«, sagte ich, und sie zuckte mit den Schultern.

»Ich hatte das Gefühl, du könntest es brauchen.«

»Du hältst mich für einen Verlierer, der betreut werden muss. Vielleicht habe ich einfach nur die Kontrolle verloren und wollte sie zurückhaben.«

»Was glaubst du, wieso Hayley abgehauen ist?«, fragte sie.

»Nein«, sagte ich. »Was glaubst du, wieso sie *zurückgekommen* ist? Weil sie gemerkt hat, dass es ein großer Fehler war.«

Düster starrte sie ihre Schuhe an.

»In Wahrheit«, sagte ich, »ist sie weggefahren, hat viel nachgedacht, hat es bereut und ist zurückgekommen. Mehr ist nicht dran. Hätte sie mich wegen eines anderen verlassen, na gut, es würde wehtun, aber dann wäre es nun mal so. Wenigstens begegnet man sich auf Augenhöhe. Dafür muss man sich nicht schämen. Aber ich will keinen Stillstand. Ich will nicht, dass mein ganzes Leben ein Kampf ist. Und ich will nicht mehr, dass die Leute hinter meinem Rücken lachen. Ich bin kein Verlierer.«

»Ich habe nie gelacht.«

»Nein, aber du kannst nachvollziehen, was in ihrem Kopf vor sich geht. Du kannst dieses ganze Ding mit dem Am-eigenen-Leben-scheitern-also-kopiert-man-jemand-anderen nachvollziehen.«

Sie blinzelte mich an.

»Am eigenen Leben scheitern?«

»Du weißt, was ich meine.«

»Du meinst, ich bin an meinem Leben gescheitert.«

Es war schwierig, die richtigen Worte zu finden. Ich hatte es vermasselt. Inzwischen waren die koreanischen Touristen wieder da, redeten laut und deuteten zur Spitze von Nelsons Säule. Mir fiel auf, dass Pia ein Fähnchen an der Jacke trug. Sie sah damit wie ein schutzbedürftiges Kind aus, aber ich musste stark sein.

»Hör mal … ich glaube, du und Hayley – und eine Weile auch ich –, wir haben alle Trost darin gefunden, die Kontrolle abzugeben.«

»Hast du diesen Satz auswendig gelernt? Außerdem bin ich nicht an meinem Leben gescheitert.«

»Deine Ehe ist gescheitert. Das hat dich schwer getroffen.«

Abrupt blieb sie stehen, und der Schock war ihr deutlich anzusehen.

»Von wem hast du das?«, fragte sie. »Wer hat dir erzählt, dass ich …«

»Ist doch ganz egal, wer es mir erzählt hat. Und ich möchte dir sagen, dass es mir leidtut. Aber du musst dich wieder in den Griff kriegen. Du musst aufhören, dein Leben zu verspielen.«

»Das *tue* ich nicht«, sagte sie, und in ihrem Augenwinkel bildete sich eine Träne. »Was willst du überhaupt? Ich *umarme* das Leben! Das sage ich doch die ganze Zeit. CC ist nur ein Hilfsmittel. Und ja, die Leute mögen es seltsam finden, keine Frage, aber *am Leben gescheitert* ist echt eine Nummer zu hart, Tom.«

Ich wollte etwas einwerfen, aber sie war noch nicht fertig.

»Du möchtest übers Scheitern am Leben sprechen? Da können wir gleich bei dir anfangen. Du versteckst dich. Still und leise wie ein Mäuschen. Innerlich tot. Der Weg des geringsten Widerstandes. Wieso sollte man so leben wollen? Das ist doch

Verschwendung. Manch einer würde alles geben, um zu haben, was du hast, Tom.«

»Ich habe nichts.«

»Du hast *alles*. Du kannst tun und lassen, was du willst. Aber was tust du stattdessen? Was machst du aus deinem Leben?«

»Pia, du solltest …«

Und dann sah ich es.

Ihre Hand zitterte, und sie lehnte sich an eine Laterne, um sich zu stützen. Gleich würde sie weinen.

»Du hast so ein unglaubliches Glück, Tom, und du siehst es nicht einmal. Das wollte ich dir nur zeigen.«

»Pia …«

»Aber offenbar bin ich gescheitert.«

Sie wandte sich zum Gehen.

»Also lass mich gehen und woanders scheitern.«

Ein letztes Mal noch drehte sie sich um, und Tränen liefen über ihr Gesicht.

»Aber du solltest sie verlassen, Tom. Du solltest dich abwenden und einen Schlussstrich ziehen. Du wirst es bereuen, wenn du es nicht tust, weil es wieder passieren wird. Immer und immer wieder.«

Sie schob sich durch das Knäuel von Südkoreanern und verschwand.

SIEBENUNDZWANZIG

»Wie spannend London ist«, sagte sie, während sie an der South Bank meine Hand hielt. »Man vergisst es, oder? Man muss eine Weile weg sein, um sich wieder in diese Stadt zu verlieben.«

Sie blickte zu mir auf. Diese großen Augen, hinter ihr der Fluss.

»Schon möglich«, sagte ich.

»Was wollen wir heute Abend machen?«

Es war eine Woche her. Ich hatte nichts mehr von Pia gehört. Ich hatte nicht versucht, sie zu kontaktieren. Wozu auch? Sie war einfach zu weit gegangen. Das konnte nicht gut gehen. Wir waren befreundet gewesen, eng befreundet, aber nur, weil ich jemanden brauchte. Es wurde Zeit, erwachsen zu werden, die Ärmel hochzukrempeln, das Leben anzugehen.

»Es gibt da einen guten Thailänder an der Percy Street«, sagte sie. »Wir könnten was trinken, einen Happen essen und dann … ich weiß nicht …«

»Chinawhite?«

Darüber ging sie lachend hinweg. Ich hatte nicht bitter klingen wollen, es sollte ein Scherz sein, aber irgendwas in mir wollte einfach nicht aufhören, solche Sachen zu sagen. Sie konnte sich meiner Stimmung nie sicher sein, wusste nicht, wie sie mit mir umgehen sollte.

»Übrigens hat Rupert sich wieder bei mir gemeldet«, sagte sie, um das Thema zu wechseln.

»Rupert?«

»Rupert Bryant, mein alter Chef. Er meint, bei Zara könnte sich was ergeben. Er meint, ich soll mich unbedingt bewerben.«

»Zara in …«

»Na ja, Sloan Square. Die Hauptfiliale. Wieder stellvertretende Leiterin mit der Perspektive, im nächsten Jahr eine kleinere Filiale zu übernehmen. Das wäre ein echter Aufstieg.«

Mir war nicht entgangen, dass sie aufgehört hatte, von Bristol zu sprechen, seit ich zugelassen hatte, dass sie meine Hand hielt.

Wir schliefen auch wieder im selben Bett. Es war nichts passiert. Musste auch nicht. Aber sie hatte mich da, wo sie mich haben wollte.

Ein Jogger wetzte vorbei.

Sekunden später der nächste.

Ich sah ihnen hinterher, fragte mich, wohin sie wohl wollten. Ein wenig stach mich der Neid.

»Hättest du denn Lust?«, sagte sie. »Auf den Thailänder?«

»Wie bist du auf den Laden gestoßen?«, fragte ich.

Sie rollte mit den Augen.

»Nicht das schon wieder.«

»Es interessiert mich nur.«

»Ich war zu Katyas Geburtstag da, okay? Ist das akzeptabel? Ich habe es dir doch gesagt – es war eine Phase. Eine dumme Phase, in der ich nicht wusste, was ich tat. Also gut, um es dir zu beweisen: Du darfst aussuchen.«

Der Oxo Tower. Die Terrasse.

Der Abend wurde zur Nacht. Der violette Himmel wurde schwarz. St. Paul's war hell erleuchtet, die Boote auf der Themse tuckerten vorbei, hin und wieder das winzige Blitzen eines Smartphones in der Ferne.

»Wow«, sagte sie. »Dieser Ausblick.«

»Du warst noch nie hier oben?«, fragte ich.

Wie traurig es war, dass ich mir solcher Sachen nicht mehr sicher sein konnte.

»Einmal«, sagte sie. »Ja, einmal. Warst du schon mal hier?«

Ich zog eine Grimasse.

»Oh«, sagte sie. »Mit ihr?«

Sie blickte über die Stadt hinaus. Es war wie ein erstes Rendezvous, als würden wir alles zum ersten Mal erleben.

»Ich habe sie nie gemocht, weißt du«, sagte sie fast traurig.

»Ich weiß«, sagte ich. »Das sagst du ziemlich oft.«

»Sie steht so … abseits. Weißt du, was ich meine? Als würde sie über andere urteilen.«

Mehrmals schon hatte Hayley in dieser Woche von Pia angefangen. Es war unangenehm. Als wollte sie, dass ich Pia schlechtmachte, in ihren Chor mit einstimmte. Als wäre es ein Sieg für sie – sie hatte mich zurückerobert.

»Vielleicht beobachtet sie die Leute nur, und die missverstehen ihre Absichten«, sagte ich. »Vielleicht zeigt sie nur Interesse.«

»Trotzdem ist sie schräg.«

»Sie ist anders. Aber das ist doch nichts Schlechtes. Alle Menschen wollen gern anders sein. Du wolltest anders sein. Und sie ist bestimmt anders, aber vielleicht möchte sie es gar nicht sein.«

Mir widerstrebte das alles. Ich versuchte, die Ruhe zu bewahren, nahm einen Schluck Wasser. Ich wusste, dass ich noch eine Pille in der Tasche hatte. Die letzte in der Packung. Zu Hause lag noch eine volle. Den ganzen Abend hatte ich an kaum was anderes gedacht.

»Sie hat versucht, uns auseinanderzubringen, Tom«, sagte sie. »Aber trotzdem nimmst du sie in Schutz.«

»Dann gibst du also zu, dass du sie angreifst.«

»Nein, ich bin … hör mal, Tom, früher oder später musst du damit aufhören. Mit dieser Wut.«

»Du bist kaum eine Woche wieder zurück, Pia.«

Sie starrte mich an.

»Was?«, sagte ich. »Was denn?«

Pause.

»Ich bin Hayley.«

Mein Handy vibrierte auf dem Tisch. Gott sei Dank.

Eine SMS.

Ich kannte die Nummer nicht.

Sechs Wörter.

Ich muss dringend mit dir reden.

»Hi, Tom Adoyo hier – Sie wollten mich sprechen?«

Ich stand bei den Toiletten. Meine Stimme hallte in dem kleinen Gang, und die Türen quietschten jedes Mal, wenn jemand hindurchging.

»Tom – hallo!«, sagte ein Mann. »Schön, dass du zurückrufst. Ich weiß es sehr zu schätzen.«

Vertraute Stimme. Kultiviert. Wohlerzogen.

»Hier ist Matthew Canning.«

»Oh«, sagte ich, entfernte mich von den Toiletten, winkte Hayley durch die Scheibe, dass es einen Moment dauern würde. Sie nippte an ihrem Drink, war stinksauer.

»Hey, können wir uns treffen?«

In der oberen Bar des Randolph – gedämpftes Licht und neugierige Blicke – hatte Matthew schon drei Negroni intus, Krawatte gelockert, leichtes Lallen.

»Da braut sich was zusammen«, sagte er, nachdem ich bestellt hatte und wir wieder allein waren. »Ich hab Mist gebaut.«

»Verstehe«, log ich.

Er rührte in seinem Drink, nahm das Stäbchen heraus und tippte damit an den Rand des Glases.

»Kurzfristige Unzurechnungsfähigkeit. Vielleicht ein Negroni zu viel.«

Ein unsicheres Lächeln blitzte auf.

Unten saß Old Man Stokey wieder am Klavier. Ein eifriger Trinker johlte, als »Let It Be« angestimmt wurde.

»Okay … und was hast du angestellt?«

»Erinnerst du dich noch an das letzte Mal, als wir hier waren?«, fragte er und ließ seinen Drink nicht aus den Augen. »Dass ich essen gehen wollte?«

»Ja?«

»Ich bin nicht essen gegangen.«

»Oh.«

Seine Augen waren jetzt auf mich gerichtet.

»Erinnerst du dich auch noch daran, dass hier ein Mädchen war?«

»Pia?«

»Wer?«

»Das Mädchen, mit dem ich hier war.«

»Oh«, lachte er. »Ja, nein, die nicht. Wie geht es ihr? Eine aparte Person!«

»Gut«, sagte ich nur, denn darauf wollte ich nicht näher eingehen.

»Na ja, da war noch ein anderes Mädchen.«

Ich versuchte mich zu erinnern.

»Alice«, sagte er.

Schwarzer Rock. Whiskyglas mit Salzstangen. Jetzt wusste ich es wieder.

»Oh«, sagte ich. »Also …«

»Die schnüffeln rum. Suchen Beweise. Die *Sun* hat schon welche.«

Das klang gar nicht gut. Es blieb die Frage, warum er mir das alles erzählte.

»Na, ich schätze, am besten passt du auf, dass ihr nicht zusammen fotografiert werdet.«

»Aber es gibt schon Fotos. Sie stand direkt neben uns, als ich dich an diesem Abend in den Schwitzkasten genommen habe. Sie hat gelacht und mir ihre Hand auf die Schulter gelegt. Mich zu meinem Wagen gebracht. Und zwar nicht zum ersten Mal.«

»Wo ist sie jetzt?«, fragte ich und sah mich um. »Hast du denn keine Angst, sie hier zu treffen?«

»Sie ist eine Weile auf Ibiza«, sagte er. »Ich hab da eine Finca. Es ist nur … ich lebe außerdem in einer festen Beziehung.«

»Verstehe.«

»Wahrscheinlich hast du darüber gelesen.«

»Mh-hm«, log ich erneut.

»Und diese Beziehung erwartet, wie du vielleicht weißt, demnächst Nachwuchs.«

Er hob die Hände, *mea culpa*. Ich konnte nicht sagen, ob er schauspielerte, aber er wirkte kleinlaut, beschämt. Ich wusste immer noch nicht, warum ich hier war.

»Hör mal, ich brauche jemanden auf meiner Seite«, sagte er. »Meine PR-Leute sind schon völlig panisch, mein Management glaubt, es könnte von gewissen Projekten in den Staaten ablenken oder sich sogar negativ darauf auswirken. Mit jemandem, der Ärger macht, will niemand zu tun haben. In den Staaten muss man sympathisch sein. Immer sympathisch, sympathisch, sympathisch. Und was ich getan habe, ist natürlich nicht besonders sympathisch.«

»Und wie komme ich dabei ins Spiel?«

»Na ja, mir wurde gesagt, ich müsste die Situation selbst in die Hand nehmen. Meine Fehler eingestehen. Ich habe eine ganze Liste mit Namen bekommen, aber wenn ich mir diese Namen ansehe, weiß ich schon, was die damit anfangen. Es wird emotional werden. Sie werden Fotos von mir haben wollen, auf denen ich weine und reumütig den Kopf hängen lasse. Das ist alles so verdammt entwürdigend. Tom, ich möchte, dass du mich für deine Sendung interviewst, objektiv und sachlich, und das wird dann mein Statement sein. Danach soll meine Arbeit wieder für sich sprechen. Ich möchte keine große Inszenierung. Nur ein Interview, um die Fakten klarzustellen und mich zu entschuldigen. Danach kann ich weitermachen wie immer.«

Weitermachen wie immer.

»Warum ich?«

»Weil du mir … echt vorkommst. Kompromisslos. Ich glaube, ich kann dir vertrauen.«

Er machte eine Pause.

»Wir werden versuchen, es zu verheimlichen. Wir ziehen alle Register. Aber falls es doch rauskommen sollte, egal ob nächste Woche oder nächsten Monat … würdest du das für mich tun?«

Selbstverständlich würde ich. Schließlich wäre es ein Exklusivinterview. Er war eine große Nummer. Und mein Name wäre mit dieser Geschichte eng verbunden. Cass wäre begeistert, Bron würde ausflippen.

»Klar«, sagte ich.

»Aber andererseits«, sagte er mit rastlosem Blick, »sind wir nicht auf Augenhöhe.«

»Wie meinst du das?«

»Ich meine, ich vertraue dir, okay? Aber du musst mir auch was anvertrauen. Irgendwas, das keiner über dich weiß. Es mag albern klingen, aber ich brauche hier eine Art Sicherheit. Schließlich setze ich mein ganzes Vertrauen in dich. Erzähl mir irgendwas – als Geste der Verbundenheit.«

Ich überlegte, was ich ihm anvertrauen sollte. Musste ich ihm überhaupt etwas anvertrauen? Aber andererseits tat es auch gut – das Vertrauen eines anderen Menschen zu gewinnen. Welches dunkle Geheimnis sollte ich also beichten? Was wäre ein angemessener Tausch? Wie sollte ich ihn von meiner Aufrichtigkeit überzeugen, ohne dabei Kopf und Kragen zu riskieren?

Von einem Tag auf den anderen war meine Freundin plötzlich weg. Und obwohl sie damit bewiesen hat, dass sie die schlechteste Freundin der Welt ist, habe ich seit ihrer Rückkehr trotzdem nicht das Gefühl, als hätte ich mein Leben im Griff.

Das war wohl zu viel des Guten.

Den einzigen Menschen, der auf mich aufgepasst hat, habe ich verloren, weil ich zu schwach bin, die richtigen Entscheidungen zu treffen.

Lieber nicht.

Oh, Moment mal.

»Hast du von dem Affen gehört, der aus dem Londoner Zoo abgehauen ist?«, fragte ich, und er beugte sich vor, mit einem Lächeln im Gesicht.

In der unteren Bar stand Hayley bei fremden Leuten und unterhielt sich mit einem Mann.

Flirtete sie?

Ihre Hand lag eine Sekunde länger als nötig auf seiner Schulter. Woher hatte sie diesen Drink?

»Tom!«, rief sie und winkte mir. »Das ist Trevor.«

Trevor trug einen albernen, kleinen Hut.

»Und Jay – und Rob? Und Anna.«

Ich lächelte alle an, sagte Hallo. Es war laut. Schummrig. Das Licht flimmerte vor den Augen. Das Mahagoni, das Messing. Ich kam mir vor wie auf einem alten Segelschiff.

»Wollen wir gehen?«, fragte ich.

»Trevor ist Musiker. Cool, oder? Seine Band heißt ... wie heißt sie noch?«

»Disused Disco«, sagte Trevor.

»Toll«, sagte ich, und Anna – ganz Bikerjacke und Jeans – johlte, als Old Man Stokey eine Nummer ausklingen ließ.

»Ich steh *total* auf deine Jacke«, sagte Hayley und betastete den Kragen, während Anna leicht zurückwich. »Ist die von Stella McCartney? Die ist von Stella McCartney, stimmt's?«

Kellner in Schwarz brachten Getränke, während Männer mit großen Augen junge Frauen anglotzten, die so taten, als würden sie nichts merken.

»Okay, hör mal – ich muss früh raus, also ...«

»Nehmen wir noch einen Cocktail. Nur einen. Kann nicht schaden. Was *trinke* ich hier eigentlich?«

Sie hielt ihren Drink ins Licht. Sie wirkte beschwipst. Als wäre sie hier zu neuem Leben erwacht.

»Wir gehen rüber in Gerry's Bar«, sagte Trevor, aber zu Hayley, nicht zu mir. »Du kannst dich uns gern anschließen, wenn du magst.«

Hoffnungsvoll sah sie mich an.

»Wollen wir mit?«

»Ich muss wirklich los«, sagte ich.

»Und was wollte der große Matthew Channing von dir?«, fragte sie, als sie sich bei mir unterhakte. »Man liest so viel über ihn.

Wie lange kennst du ihn schon? Er ist mit dieser Schauspielerin verheiratet, aus dieser Serie. Ist sie nett?«

Ich hatte keinen Schimmer.

»Ich sollte lieber nicht zu viel davon erzählen«, sagte ich. »Du weißt schon. Hat mit meiner Arbeit zu tun.«

Sie stupste mich an.

»Früher hast du mir alles erzählt.«

»Na ja, es steht mir nicht wirklich zu, es dir zu erzählen.«

»Mein Gott, muss der ein aufregendes Leben haben! Kann ich ihn kennenlernen?«

»Nein.«

»Ich wünschte, ich wäre Schauspielerin geworden. Vielleicht ist es dafür noch nicht zu spät. Vielleicht könnte ich es lernen. Vielleicht steht das für mich als Nächstes an.«

»Ja«, sagte ich, hörte kaum zu, versuchte, ein Taxi zu finden.

»Schauspielern. Jemand anders sein.«

»Mh-hmm.«

»Hey, wäre es nicht lustig, mit so einem Ding nach Hause zu fahren?«, fragte sie mit leuchtenden Augen, als sich Trevor mit seinem albernen, kleinen Hut und einer Flasche Wein in der Hand zu ein paar prominent wirkenden Gestalten in eine Rikscha zwängte.

ACHTUNDZWANZIG

Eine Woche ging lautlos in die nächste über. Es könnte sogar die übernächste gewesen sein.

Talk London war okay. Die Routine war wieder da. Früh hinlegen, früh aufstehen.

Zu Hause gewöhnten Hayley und ich uns zunehmend aneinander. Es ist doch erstaunlich, wie schnell man wieder ein gewisses Maß an Geborgenheit erreichen kann, indem man einfach nur zusammen ist.

Ich hatte aufgehört, ihr Fragen zu stellen. Sie hatte aufgehört, sich Antworten zu überlegen. Ich sparte mir die spitzen Bemerkungen und bohrte nicht mehr weiter. Einmal hatte ich sie sogar zum Lachen gebracht – ein echtes Lachen –, und der Schreck darüber, sie so unbeschwert zu sehen, als säße die alte Hayley neben meinem alten Ich, genügte, um mich für einen Moment alles vergessen zu lassen, um die dunkle Wolkendecke zu durchbrechen, um ein wenig Freude auf mich herabscheinen zu lassen …

Aber der Hund.

Ach, der Hund.

Bisher hatte der Hund draußen vor der Tür gestanden, doch nun saß er mit am Tisch.

Montag. Oder Dienstag.

Die Sendung lief normal. Der Blackwall-Tunnel war gesperrt. Stockender Verkehr am Ted-Danson-Abzweiger. Wussten Sie, dass es einen Ted-Danson-Abzweiger gibt? Es gibt einen Ted-Danson-Abzweiger. Also eigentlich ist es der Danson-Abzweiger, aber manchmal nennen die Kollegen ihn auch Ted-Danson-Abzweiger. Witzigkeit kennt kein Pardon.

Praktikant Paul knallte ein Tablett mit Instant-Kaffee auf den Tisch. In den letzten Wochen hatte er nach und nach seine gesunde Gesichtsfarbe eingebüßt.

Ich starrte aus dem Fenster. Demnächst musste ich das Wetter ansagen. Wie sah es da draußen eigentlich aus?

Bewölkt.

Ich würde einfach bewölkt sagen. Höchsttemperaturen um die neunzehn Grad.

Cass hatte an diesem Morgen eine rasante Sendung hingezaubert. Es lief bestens. Es war alles drin: Politik, Entertainment, der »satirische Seitenblick« in den Nachrichten, von dem Bron immer sprach. Sie hatte diesen Comedian mit der Brille, Matty Collins, für den Pressespiegel ins Boot geholt, und als der ein paar schlüpfrige Witze über weibliche Oberschenkel gerissen hatte, fand sie problemlos eine elegante Überleitung. Es lief gut für Cass. Gleich nach der Sendung hatte sie eine Fotosession für das Magazin des *Evening Standard*. BBC3 fragte an, ob sie in diesem Jahr die *Fragestunde junger Wähler* moderieren könne. Auch Bron schien von ihr begeistert zu sein, allerdings wohl weniger aus professionellen Gründen.

Aber das war natürlich nur Klatsch und Tratsch, und damit habe ich bekanntlich nichts am Hut.

Vielleicht sollte ich mich erst mal sortieren, noch mal neu ansetzen, mich richtig auf Talk London einlassen, mich auf dieses Leben einlassen, weiterhin in aller Herrgottsfrühe aufstehen, um unseren Zuhörern etwas vorzulesen. Vermutlich sollte ich mich meinem Schicksal fügen.

Doch da winkte mir Cass, und ich schüttelte den Gedanken ab.

»Und jetzt«, sagte sie, »wird es Zeit für unsere regelmäßige Rubrik hier bei *London Calling* … also, wollen wir doch mal sehen …«

Sie drückte eine Taste.

»Was hat Tom gestern Abend so getrieben?«

Sie sah begeistert aus. Die Kollegen hatten einen Jingle vorbereitet. Sie wollten mich damit überraschen. Schweigend warteten wir darauf, dass er zu Ende ging, während meine Gedanken rasten – was hatte ich denn gestern Abend so getrieben?

»Also … Tom?«, fragte Cass.

»Ach … na ja … nichts Besonderes eigentlich«, sagte ich.

Pause.

Totenstille.

Sie nickte mir zu, trieb mich an.

Entschuldigend zuckte ich mit den Schultern.

Sie drückte wieder auf die Taste.

»Das hat Tom gestern Abend so getrieben!«

»Alles okay bei dir?«, fragte Cass in der Küche. Ich machte mir gerade einen Kaffee und starrte entsetzt die Krümel an, die ich verschüttet hatte. »Du wirkst so … anders in letzter Zeit.«

»Du meinst, ich bin auf Sendung nicht zu gebrauchen.«

»Nein, nein …«, sagte sie. »Aber … ja.«

»Es geht mir gut«, sagte ich so fröhlich wie möglich. »Ja, wirklich. Vielleicht habe ich mir nur was eingefangen. Ich weiß nicht. Ich lass es lieber ruhig angehen und schone mich ein bisschen. Und wie geht's dir so?«

Sie schien zu überlegen, wie sie es in Worte fassen sollte.

»Was hat sich verändert?«, fragte sie.

»Ehrlich, mir geht's gut.«

»Möchtest du reden?« Und ohne jede Vorwarnung kam plötzlich dieser Toningenieur herein.

»Das Wetter heute?«, fragte er.

»Bis neunzehn Grad«, sagte ich. »Ach … und bewölkt.«

Zufrieden zog er seines Weges.

»Ich bin dann mal weg«, sagte ich und wollte los.

»Tom, sag mal, hättest du Lust, heute Abend was zu unternehmen?«, fragte sie. »Ich hab Tickets für die *M* Style Awards, und meine Schwester ist abgesprungen. Was mich echt überrascht, weil Michael Fassbender da sein wird und sie schon seit einem halben Jahr überlegt, wie der Name Fassbender wohl zu ihr passen würde. Und da dachte ich, dass wir gut mal was unternehmen könnten.«

Unternehmen? Ging es hier um Arbeit? Oder um … irgendwas anderes? Konnte das sein?

Ich überlegte, was mich sonst so erwartete. Ein weiterer beklemmender Abend mit Hayley, an dem wir so taten, als wäre nichts passiert, an dem wir über die Frisuren bei den *EastEnders* lästerten. Dann würde ich ins Bett schlurfen, und sie würde etwa eine Stunde später hereinschleichen, um zu sehen, ob ich noch wach war. Und ich würde so tun, als würde ich schlafen.

»Klar«, sagte ich und spürte eine tiefe Erleichterung, weil sich mir eine vorübergehende Flucht bot.

»Aber … du musst einen Anzug anziehen. Dich ein bisschen in Schale werfen.«

»Jep«, sagte ich.

»Und was hast du jetzt so vor?«, sagte sie. »Machst du Mittag?«

Ich sah nach, ob ich meine Brieftasche und mein Handy dabeihatte.

»Würde ich gern«, sagte ich. »Aber ich muss noch was erledigen.«

Ich war um halb eins verabredet. Es war 12:29 Uhr. So sind sie, die Radioleute.

Auf meinem Schoß lag eine Ausgabe des *Standard*. Ich hatte da was entdeckt. Nicht für mich, sondern für Pia. Das würde ihr vielleicht gefallen. Vielleicht brachte es sie zum Lächeln.

Sollte ich die Seite rausreißen? Sie in meine Brieftasche stecken? Für alle Fälle? Wenn wir uns zufällig über den Weg liefen, konnte ich vielleicht damit das Eis brechen …

Aber wem wollte ich was vormachen? Das hatte sich erledigt. Ich bildete mir was ein. Klammerte mich an etwas fest. Ich musste einfach akzeptieren, dass mein Leben inzwischen wieder in geregelten Bahnen verlief.

Ping.

Von: MAUREEN THOMAS
An: ALLE MITARBEITER

Wenn alle Mitarbeiter BITTE BEACHTEN würden dass die Küche von ALLEN benutzt wird und es absolut INAKZEPTABEL ist ÜBERALL MIT KAFFEE HERUMZUKRÜMMELN. Die Mülleimer stehen KEINESWEGS NUR ZUR ZIERDE da, und wenn Sie diese nicht endlich gebührend WAHRNEHMEN, werden wir sie Ihnen WEGNEHMEN.

Löschen.

»Es ist schon eine Weile her, Tom – wie geht's Ihnen denn?«

»Mal so, mal so.«

»Und die …«

»Mal mehr, mal weniger.«

Er überflog seine Notizen. Ich betrachtete sein Namensschild. *Dr. J Moon.* Ein Job mit Namensschild hat den Vorteil, dass kein Zweifel daran besteht, wer man ist.

»Sie haben vor einer Weile aufgehört, Ihr Antidepressivum zu nehmen, habe ich recht?«

Er blickte zu mir auf, versuchte in meinem Gesicht zu lesen, ob ich glücklicher war, ob ich mit etwas weniger Last auf meinen Schultern zu kämpfen hatte.

»Das stimmt. Es war keine Absicht. Ich habe nur … ich bin da auf etwas gestoßen.«

»Und in dieser Situation haben Sie gemerkt, dass Sie das Medikament nicht brauchen?«

»Das stimmt«, sagte ich.

»Keine Vorfälle?«

Na ja, wir hatten einen Weißkopf-Büschelaffen laufen lassen.

»Keine Vorfälle«, sagte ich.

»Das ist gut«, sagte er und notierte sich etwas. »Ist denn in letzter Zeit irgendetwas vorgefallen, das Ihnen das Gefühl gibt, die Tabletten würden Ihnen guttun?«

»Nein. Ja. Ich meine, die Lage hat sich einfach … wieder normalisiert. So wie sie vorher war.«

Er blickte mir tief in die Augen.

»Als wir uns das letzte Mal gesehen haben, hatte Ihre Freundin Sie gerade verlassen.«

»Sie hat mich nicht verlassen. Sozusagen. Sie war nur … weg.«

»Und jetzt ist sie wieder da?«

»Ja.«

Die Worte hingen in der Luft.

»Vergessen Sie nicht: Allgemeinmediziner«, sagte er und deutete auf sich selbst. »Kein Psychiater. Aber Sie sollten sich nicht grundsätzlich vor Veränderungen fürchten.«

Ich schlug die Beine übereinander, verschränkte die Arme, machte dicht.

»Ich möchte eigentlich nicht über meine Beziehung sprechen«, sagte ich.

»Nun, dann weniger tiefgreifend, ich meine nur – bekommen Sie genug Bewegung?«

Das schon wieder. Bewegung. Die Vorstellung, dass sich Depressionen – wenn auch nur milde – mit ein paar Hampelmännern aus der Welt schaffen ließen.

»Und Sonne? Der Einfluss, den das Sonnenlicht auf den menschlichen Körper hat, ist nicht zu unterschätzen.«

Ich stehe auf, wenn es draußen dunkel ist. Ich hocke in einem Raum voller Neonröhren und ziehe zwischendurch immer wieder in ein unbelüftetes Kabuff um. Wenn ich im Winter nach Hause komme, hau ich mich gleich hin, und wenn ich dann aufwache, ist es schon wieder dunkel.

»Oder wie sieht es mit neuen Möglichkeiten aus, mit der Enttäuschung umzugehen? Haben Sie Menschen, mit denen Sie sprechen können? Oftmals wird alles schlimmer, wenn man niemanden hat, mit dem man reden kann.«

Da war Pippy.

»Und falls es Ihnen unangenehm ist, mit einem Freund zu sprechen, könnten Sie Ihre Enttäuschung auch verantwortungsbewusst auf ungefährliche Weise abbauen. Durch Gehen. Laufen. Tanzen.«

»Tanzen?«

»Tanzen, ja.«

»Sie wollen, dass ich meine Sorgen *wegtanze?*«

»Also, nein, nicht wirklich wegtanzen, aber Sie sollten sich Ihre Ängste eingestehen.«

»Durchs *Tanzen?*«

»Wissen Sie, manchmal, wenn Menschen so etwas durchmachen …«

Er überlegte, wie er es formulieren sollte.

»… liegt es möglicherweise daran, dass sie wütend sind. Auf sich selbst. Manchmal aus gutem Grund, oft genug auch ohne. Es könnte sein, dass Sie Ihren Ärger gegen sich selbst richten, Tom. Fragen Sie sich, wieso.«

Ich ließ meine Arme sinken und bedachte seine Worte.

Der schwarze Hund hatte mich gefunden, nachdem meine Mum gestorben war.

Ich war sechzehn. Sie war erst zweiundvierzig. Sie gehörte zu diesen quirligen Menschen, deren Leben voller Farbe ist, die in allem Musik sehen. Ich war ihre Welt. Das sagte sie mir ständig, während der gesamten Schulzeit, küsste mich auf die Stirn, sog ihr Baby förmlich in sich auf. Stellte sich dafür auf die Zehenspitzen, als ich sie schon weit überragte. Ich war ihre Welt, und wie jeder Pubertierende kam ich an den Punkt, an dem ich dasselbe nicht mehr von ihr sagen wollte. Das habe ich mir nie so recht verzeihen können. Schuld mochten die Hormone sein, meine Jugend, mein verzweifelter Versuch, endlich herauszufinden, wer ich war. Aber hätte es mich denn umgebracht, mir einen Moment Zeit zu nehmen, kurz durchzuatmen, sie zu umarmen und noch ein paarmal zu drücken, statt mich loszumachen oder auf die Uhr zu starren, um zu sehen, wie lange es noch dauerte, bis ich in den Park rennen konnte, um mit Calum Cider zu trinken, anstatt mit Mädchen zu reden?

Wie sich herausstellen sollte, lagen noch viele, viele Jahre vor mir, in denen ich nicht mit Mädchen reden würde.

Keiner hatte es kommen sehen. Die Ärzte sagten, es habe sich zu schnell zu weit ausgebreitet. Sie hatte eine Krankheit – *die* Krankheit –, der sie nicht gewachsen war.

Nach wenigen Wochen war alles vorbei.

Schock, Wut, Ablehnung, Akzeptanz, Hilfe. Die fünf Stadien, denen man sich stellen soll. Ich war schon bei der Wut angekommen, als sie von uns ging, und danach musste ich wieder ganz von vorn anfangen.

Doch statt mich dem Schmerz zu stellen, hatte ich versucht, eine Schublade zu finden, in der ich das alles aufbewahren konnte, bis ich stärker war. Ich hatte es verdrängt. Hatte dem Hund ein Zimmer eingerichtet, statt ihn einschläfern zu lassen. Ich hoffte, wenn ich den Schmerz nur dämpfte, ihn mir nicht anmerken ließ, würde ich schon zurechtkommen.

Aber ich war damit nie wirklich zurechtgekommen, denn irgendwie fühlte es sich an, als wäre ich schon immer allein gewesen. Dad kam besser damit klar. Er fing schon bald wieder neu an. Das scheint wohl die Regel zu sein. Als ich drei Jahre später zur Uni ging, zog er nach Neuseeland, nach Invercargill, ganz am unteren Ende der Insel, 19 154 Kilometer weit weg von seinem alten Leben, von seinen Erinnerungen, von mir. Eines Abends hatte er im Grain Barge in Bristol eine Kiwi-Krankenschwester kennengelernt und die Gelegenheit beim Schopfe gepackt. Ich weiß noch, wie er mich im Arm hielt und sagte, wie leid es ihm tat, aber ich sei nun erwachsen und bräuchte ihn nicht mehr, wenigstens nicht sehr, und dass es seine letzte Chance für einen Neubeginn sein könnte und dass Mum sich für ihn freuen würde. Meiner Meinung nach sagte er es vor allem zu sich selbst. Ich versicherte ihm, ich würde schon zurechtkommen, auch wenn ich wusste, dass es nicht stimmte. Ich versicherte ihm, dass ich ihm keinen Vorwurf machte, wusste aber, dass ich es doch tat. Inzwischen freue ich mich für ihn. Ich liebe ihn. Aber damals, in diesem Augenblick, fühlte ich mich, als hätte ich beide Eltern verloren, als hätte ich alle Liebe verloren, alle Bedeutung, und ich fühlte mich …

Nun.

Verloren.

Ich hatte mich schon immer verloren gefühlt.

»Soll ich Ihnen sagen, wie ich mich gerade fühle?«, fragte ich, nachdem die Geschichte erzählt war und der Doktor schwieg. »Ich fühle mich beraubt. Ich fühle mich, als hätte man mir meine Möglichkeiten genommen. Als dürften alle anderen mitreden, nur ich nicht. Ich glaube, das ist schon so, seit meine Mum tot ist. Als hätte ich in einer behüteten Welt gelebt, die dann Stück für Stück weggebröckelt ist, und als ich mit vierunddreißig kurz aufgewacht bin, musste ich feststellen, dass ich keinerlei Kontrolle über mein Leben besaß.«

Ich hatte ihm nie davon erzählt, hatte mich weder ihm noch sonst wem anvertraut, bis auf Hayley. Ich versuchte immer, das Gespräch irgendwie am Laufen zu halten, bis er seinen Block zückte und das nächste Rezept ausstellte.

»Dann nehmen Sie die Kontrolle wieder an sich«, sagte er. »Suchen Sie eine Gelegenheit, Ihre Entscheidungen umzusetzen. Zeigen Sie sich selbst, wer das Kommando hat. Es ist sehr unprofessionell von mir, so etwas zu sagen, aber warum sollten Sie das Opfer sein? Suchen Sie sich so eine Gelegenheit, selbst wenn sie unbedeutend erscheinen mag.«

»Aber wo?«

»Sie könnten einem Verein beitreten«, sagte er, und als ich lachen musste, *laut* lachen musste, hielt er daran fest und bohrte nach. »Ich meine, suchen Sie sich Gleichgesinnte. Sie müssen nicht allein sein, Tom. Sie könnten etwas Last von Ihren Schultern nehmen.«

»Ich lache nicht über die Idee mit dem Verein«, sagte ich. »Ich lache über den Verein, der mir vorschwebt.«

Er lächelte.

»Ich weiß, Sie halten das für simpel«, sagte er.

»Ich glaube, mit Hampelmännern lässt sich alles heilen«, sagte ich und lächelte.

»Sie sind krank«, sagte er. »Aber Sie können sich *wehren*.«

Ich seufzte und blickte zur Uhr. Dreiundzwanzig Minuten. Neuer Rekord.

»Danke, Doktor«, sagte ich nach einem Moment. »Aber wenn es Ihnen nichts ausmacht, nehme ich lieber einfach die Pillen.«

Er lehnte sich auf seinem Sessel zurück, gab sich geschlagen und klappte seinen Block auf.

Die *M* Style Awards fanden im Troxy in Stepney statt, diesem Art-déco-Theater in einem Teil von London, der in der Verbrechensstatistik weit genug unten steht, dass auch prominente Gäste kommen, und gesellschaftlich weit genug oben angesiedelt ist, um cool und trendy zu sein. Zumindest für diesen einen Abend. Ohne die Prominenten hätte die Hälfte der Leute da drinnen vermutlich noch nie von Stepney gehört. Es ist ja nicht so, als würde man sich im Rajboy Tandoori oder Michael's Chinese Food jeden zweiten Tag mit Harry Styles oder Cara Delevingne durchs Gedränge schieben.

Man musste zuerst an dreißig Models in knappen schwarzen Kleidern vorbei, um hineinzukommen. Ein grausamer Spießrutenlauf. Es war so ein Abend, an dem man mit einiger

Wahrscheinlichkeit gefragt wird: »Wer kleidet Sie ein?«, worauf man in Panik gerät und antwortet: »Ich mich selbst.«

Ich mische mich gern unters Volk. Falle nicht gern auf.

Cass hakte sich bei mir unter, und wir stolzierten an all diesen Frauen vorbei, die da draußen standen, schweigend, mit den Händen an den Hüften, wie lächelnde Schaufensterpuppen, und als ich aus dem Fahrstuhl trat, ließ ihr kühles Desinteresse keinen Zweifel an meiner Unzulänglichkeit.

»Du siehst toll aus«, sagte Cass, strich meine Krawatte glatt, wischte etwas von meinem Kragen. »Ich sollte wohl fragen, wer dich einkleidet.«

Anzug: Duchamp dreiteilig, kariert. Schuhe: Paul Smith London Stamford, rote Schnürsenkel. Hemd: Canali Jacquard-Stripe mit Sportmanschette. Krawatte: Boss, Wolle, grau mit schwarzem Streifen. Um ehrlich zu sein, wusste ich gar nicht, wer der Typ war, der mich eingekleidet hatte.

»Ich fühle mich etwas fehl am Platz«, sagte ich.

»Sei einfach du selbst«, sagte sie. »Das ist der beste Rat von allen. Außerdem können wir morgen im Radio darüber reden. *Was hat Tom gestern Abend so getrieben? Nun, Cass, ich habe mich von dreißig Sexrobotern aus der Zukunft anstarren lassen.*«

Cass passte hierher. Sie hätte eine von denen sein können, mit ihren hochgesteckten Haaren und dem engen goldenen Kleid, das alles hervorhob, was hervorgehoben werden sollte. Ein Bürschchen von einer Boyband nickte Cass zu und grinste breit. Sie schenkte ihm ein strahlendes Lächeln, mit dem feurigen Selbstbewusstsein einer erwachsenen Frau. Er lief rot an und ging weiter.

»Damit wäre das auch geklärt«, sagte sie und reichte mir einen Drink, während wir uns auf die andere Seite dieses Jahrmarkts der Eitelkeiten durchschlugen.

Dr. Moon hatte gesagt, ich dürfe hin und wieder was trinken. Gott sei Dank.

»Guck mal da drüben!«, sagte sie. »Ronnie Wood.«

Da stand er, schmale Krawatte und wilde Haare, bei Typen, die man in Zeitschriften wie *M* sah – M für Männer, aber für *solche* Männer.

David Gandy lächelte geheimnisvoll ins Leere. Jake Bugg nickte Miles Kane zu. Russell Brand schwebte vorbei, und ich nahm einen großen Schluck Champagner. Cass reichte mir noch ein Glas, als eine Kellnerin in unsere Nähe kam.

Heilige Scheiße.

Bradley Cooper.

»Wer möchtest du sein?«

Und hier war ich nun! Ich tat genau dasselbe wie Bradley Cooper! Vielleicht sollte ich ihm an diesem Abend folgen. Um der alten Zeiten willen. Um zu sehen, ob ich es bis in die Bar des Savoy schaffte. Hoffentlich war Axl Rose nicht auch hier.

Bewegung kam in die Menge, als die Leute möglichst unauffällig zum Eingang deuteten und ein wahres Blitzlichtgewitter losbrach, weil Justin Timberlake eintraf. Ich nahm noch einen Schluck Champagner.

»Ich verschwinde mal kurz zur Toilette«, sagte Cass, und ich bekam weiche Knie.

»Lass mich bloß nicht allein.«

»Ich bin doch gleich wieder da.«

»Lass. Mich. Nicht. Allein.« Doch sie lachte nur, machte auf dem Absatz kehrt, und schon war sie weg.

Verdammt.

Mein Blick zuckte hin und her. Schwarze Krawatten. Samt. Diamanten. Riesige, maskuline Breitlings. Am liebsten hätte ich mein Handy genommen und so getan, als würde ich eine

Nachricht schreiben. Doch das wäre ein eindeutiges Zeichen dafür gewesen, dass ich allein war und mich unwohl fühlte. Es würde auffallen, dass ich versuchte, nicht aufzufallen. Ich musste einfach nur nicht auffallen, und am ehesten fällt man nicht auf, wenn man gar nicht erst nicht versucht, nicht aufzufallen.

Plötzlich stand eine junge Frau neben mir, die auch allein war. Meine Rettung. Bildschön und teuer gekleidet, blickte sie über die Menge hinweg, kühl, ausdruckslos, im Einklang mit sich und ihrer Einsamkeit, gänzlich unbeeindruckt. Vielleicht konnten wir uns zusammentun. Uns gegenseitig retten.

In der Hand hielt sie das kleinste Häppchen, das ich je gesehen hatte.

»Wenn das kein kleines Häppchen ist«, sagte ich, zog die Augenbrauen hoch und deutete darauf.

»Ich bin verheiratet«, sagte sie und ließ mich stehen.

Ich nahm noch einen großen Schluck Champagner.

Da fiel mir auf, dass ich vor einem riesigen *M*-Titelblatt stand, das überlebensgroß aufgeblasen war. Es zeigte das braun gebrannte, ebenmäßige Gesicht eines absolut gigantischen Matthew Channing.

»BRITANNIAS GOLDJUNGE«, lautete die Headline, daneben kleinere Zeilen wie »Der Bauch muss weg!«, »Wie du sie rumkriegst!« und »Zehn Tipps für wilde Nächte!«.

Mit einem Mal fühlte ich mich doch ein wenig unzulänglich. Als Cass wiederkam, war ihr sofort klar, was ich dachte.

»Ist doch erstaunlich, dass wir immer etwas sein wollen, was wir nicht sind«, sagte sie mit zwei vollen Gläsern Moët in Händen, und gleich hinter ihr sah ich den Mann höchstpersönlich: Matthew Channing.

Ich versuchte mich zu verdrücken.

»Mann, ist das peinlich«, sagte ich.

»Was denn?«, fragte sie.

»Matthew Channing. Wir haben uns neulich Abend erst auf einen Drink getroffen. Und im Sender habe ich auch mit ihm gesprochen. Und vorher einmal.«

»Bitte was?«

Und da kam er auch schon, ließ die Meute der Fotografen hinter sich, war auf dem Weg direkt an uns vorbei, hielt eine Frau fest bei der Hand und zog sie hinter sich her …

»Oh!«, sagte er und blieb stehen.

Cass zog die Augenbrauen hoch, schien beeindruckt.

»Tom, hi …«, sagte er etwas nervös, dann lächelnd: »Verfolgst du mich?«

»Hallo, Matthew«, sagte ich, gab mich lässig, obwohl ich nur denken konnte: *Hinter mir ragt ein gigantisches Du auf.* Matthew sah Cass an.

»Das ist Cass«, sagte ich. »Cass, das ist Matthew Channing, Britannias Goldjunge.«

Das zu sagen war wirklich lächerlich.

»Ich komme mir ein wenig narzisstisch vor, wenn ich hier stehe«, sagte Matthew lächelnd und deutete auf das Titelblatt.

»Ich kann Narzissten nicht leiden«, sagte Cass. »Am liebsten spreche ich über mich selbst.«

Matthew lächelte entzückt und wollte darauf offenbar gerade etwas Cleveres entgegnen, als die Frau, die er hinter sich hergezogen hatte, vortrat.

»Ich bin Olivia«, ging sie dazwischen, offen, freundlich, voller Wärme, aber sehr entschieden. »Guten Abend.«

Sie war schön – atemberaubend geradezu – und hochschwanger. Elegant legte sie Matthew eine Hand auf den Arm.

»Liebling, wir haben versprochen, dass wir uns noch mit Piers treffen …«

Matthew warf mir einen bedauernden Blick zu, doch sprach daraus auch Scham. Immerhin kannte ich seine Geschichte. Ich wusste, was möglicherweise kommen würde. Und in diesem Augenblick erkannte ich, was er zu verlieren hatte. Ich begriff das ganze Ausmaß seiner Dummheit. Ich sah überdeutlich, warum er mich brauchte.

»Sehen wir uns nachher noch …?«, fragte er. »Nett, dich kennenzulernen, Cassandra.«

Sie zogen weiter, Köpfe drehten sich, Blicke musterten sie kritisch.

»Er ist *sehr* charmant«, sagte Cass, als sie ihnen hinterherblickte. »Und sie ist *sehr* schwanger.«

Ich nahm noch einen großen Schluck Champagner und nickte.

Die Preisverleihungen nahmen ihren Gang. Selbstbewusste, laute Männer erklommen die Bühne und gratulierten sich gegenseitig zum »Modebewusstesten Mann« oder »Bestaussehenden Britischen Kummerbundträger« oder sonst was. Scheinwerfer, Stroboskope und Lautsprecher auf einer Bühne, die von einem gigantischen M aus unzähligen Lämpchen beherrscht wurde. Einen Großteil des Abends verbrachte ich damit, Jeremy Piven anzustarren.

Matthew Channing wurde der Plexiglaspokal für den *New Man Award gefördert von Bulgari Man* verliehen, und er hielt eine eher kleinlaute Rede, in der er so tat, als wäre er direkt eingeschüchtert und überwältigt von der Gesellschaft, in der er sich hier plötzlich wiederfand.

»Suchen wir uns einen Pub«, raunte Cass mir zu und gähnte übertrieben, doch kurz darauf beugte sich ein muskelbepackter Osteuropäer über unseren Tisch und flüsterte ihr etwas ins Ohr. Sie lächelte, dann nickte sie.

»Erinnerst du dich noch an diesen Knirps von der Boyband, den wir vorhin getroffen haben?«, fragte sie.

»Dieser Fünfzehnjährige?«, sagte ich.

»Er hat mich gerade zur After-Show-Party eingeladen ...«

Der Plan war gewesen, sich diese Awards anzusehen und dann nach Hause zu gehen. Das hatte ich zu Hayley gesagt. Aber ich wollte noch nicht nach Hause. Ich wollte keinen Becher Tee, dieses Wie-war-dein-Tag, dieses verklemmte Küsschen auf die Wange, um dann doch nur schweigend im Dunkeln dazuliegen. Außerdem konnte ich Cass ja wohl kaum allein gehen lassen. Was, wenn dieser Fünfzehnjährige sie küssen wollte? Und im Grunde hatte ich genug davon, immer zu wissen, was als Nächstes passierte. Ich wollte wieder mehr Ungewissheit in meinem Leben. Ich wollte mit alten Gewohnheiten brechen.

Hinter zwei Eichentoren in einer ansonsten unscheinbaren Straße in Camden suchten die Macher und die Mächtigen Entspannung, lachten, schnieften und tranken in der Gewissheit, dass zwischen ihnen und dem Pöbel zwei Tore und zwanzig Wachleute standen.

»Das ist Damien Laskins Haus«, sagte Cass.

»Der PR-Typ?«

Es war riesig, weitläufig, modern. Ein zentraler Innenhof von Glasfaltwänden eingefasst, das ganze Haus eher eine Galerie als ein Zuhause. Ich zählte vier Banksys, ein paar Damien Hirsts und ein grauenvolles Gemälde von einer Zigarettenschachtel mit Beinen, das wahrscheinlich eine Million Pfund gekostet hatte.

Ach, du Schande – da stand Axl Rose.

»Dieses Haus ist unglaublich«, sagte ich und wandte mich Cass zu, doch …

»Cass!« Eine nicht mehr ganz junge Blondine mit schriller Stimme stürmte auf sie zu, im siebten Himmel, sie entdeckt zu haben. Gleich würde ich mich wieder ausgeschlossen fühlen. Cass warf mir einen betretenen Blick zu und flüsterte: »Ich habe nicht den leisesten Schimmer, wer das ist.« Dann quiekte sie und breitete die Arme aus, um sich von dieser unbekannten Frau drücken zu lassen.

»Verdammt, du bist aber auch wirklich überall«, sagte plötzlich eine Stimme. Es war Matthew. Leicht zerzaust und dadurch nur noch cooler. »Hör mal, Tom, versteh mich nicht falsch, aber vielleicht sollten wir lieber nicht zusammen gesehen werden …«

»Ich folge dir nicht«, sagte ich.

»Bitte?«

»Nur für den Fall, dass du wirklich glaubst, ich würde dich verfolgen.«

»Ach nein, das habe ich nicht gedacht«, sagte er. »Warum sollte ich das denken?«

Ich zuckte mit den Schultern.

»Nein, ich meinte nur … hör zu, es wird immer wahrscheinlicher, dass wir dieses … *Interview* machen müssen …«

»Ah. Und du meinst, wenn es so aussieht, als wären wir befreundet …«

»Genau. Ich meine, wir sind ja Freunde. Meine PR-Leute wollen lieber einen namhaften Journalisten haben. Du weißt schon – einen Gordon Smart, einen Clemmie Moodie, so jemanden –, aber ich versuche ihnen schon die ganze Zeit klarzumachen, dass es so besser rüberkommt. Es wirkt ehrlicher. ›Tom und ich‹, sage ich immer. Ich sage denen: ›Leute, dieser

Typ hat keinen Namen, er ist ein Niemand, und das kommt uns zugute …‹«

Er biss sich auf die Zunge, schlug verlegen die Faust an die Stirn. Ich lächelte, schüttelte die Kränkung ab.

»Ich meinte nicht *Niemand*. Das wollte ich nicht sagen. Du bist kein Niemand. Du gehörst einfach nicht zu den …«

»Schon gut.«

Tatsächlich hatte ich das in letzter Zeit öfter gehört.

»Ich meinte nicht, dass du ein Niemand bist. Ich meinte nur, wir können dich besser *kontrollieren*.«

Wir wussten beide, dass das noch schlimmer klang.

»Womit ich meine, dass du zum Team gehörst. Weil wir Freunde sind, wie ich schon sagte. Oh, Scheiße, hab ich's versaut? Habe ich dich gekränkt?«

Im Grunde war ich nicht gekränkt. Ich wusste, was er meinte. Er meinte damit, dass sich die Aufmerksamkeit auf ihn konzentrieren würde. Ich würde nichts beweisen müssen. Ich verfolgte keine eigenen Ziele. Ich hatte keinen Redakteur, dem ich gefallen musste, keine Leser, die härtere Fragen von mir erwarteten.

»Ich wollte damit sagen: Es wird uns beiden nützen.«

Er machte ein gequältes Gesicht, aber das war nur Schauspielerei wie bei der Preisverleihung. Er war ein charmanter Schauspieler, aber eben ein Schauspieler.

Ich glaubte nicht, dass wir Freunde waren. Ich glaubte nicht, dass er mich jemals wieder anrufen würde, wenn das alles erst vorbei war. Das machte mir nichts aus. Wenigstens etwas würde meinen Namen tragen. Eine Geschichte. Ausnahmsweise holte ich meine Infos nicht aus dem Netz. Ich war mittendrin. Und außerdem wollte ich ihm gern helfen. Er hatte einen Fehler gemacht. Einen schlimmen Fehler zwar, aber eben nur einen Fehler.

»Ich denke wirklich nicht, dass du ein Niemand bist«, wiederholte er sich, diesmal um einiges aufrichtiger. »Ich meine nur … für mich ist es total wichtig, dass wir alles richtig machen. Du hast Olivia heute Abend kennengelernt. Die Ärmste hasst solche Veranstaltungen und musste nach Hause, aber du hast ja selbst gesehen, wie …«

»Schwanger sie ist?«

»Ja.«

»Und du musst sympathisch bleiben …«

»Ja! Genau! Du weißt es noch. Du verstehst mich.«

Sein Blick blieb an Cass hängen, drüben in der Ecke, wo das Bürschchen von der Boyband sie belagerte.

»Mit der hast du einen Volltreffer gelandet«, sagte er, und ich fühlte mich einigermaßen unwohl, während er sie genüsslich in Augenschein nahm. Dann boxte er mir freundschaftlich gegen den Arm.

Cass winkte mich zu sich herüber, nachdem sie den Bengel abgeschüttelt hatte, und wir beobachteten gemeinsam, wie ein Wachmann einen bekannten Komiker höflich davon überzeugte, dass es an der Zeit war, nach Hause zu gehen.

»Könnte sein, dass ich einer Story auf der Spur bin«, sagte ich und lehnte mich an die Wand. »Einer heißen Story.«

»Über dich?«

Ich lachte.

»Nein, nicht über mich.«

»Heute Abend will ich nur noch Geschichten über dich hören«, sagte sie, und für jeden anderen hätte das vielleicht geklungen, als wollte sie mit mir flirten, aber ich glaubte, einen schwesterlichen Blick erkannt zu haben. »Eigentlich wollte ich sagen … ich habe gehört, dass deine Freundin wieder da ist.«

Ich seufzte und sagte: »Jep.« Geschickt eingefädelt. Es war wohl unausweichlich.

»Das muss schräg sein.«

»Jep.«

»Und hat sie gesagt, weshalb sie weg war?«

Ich lachte. Der Wodka brannte in meinem leeren Magen.

»Du würdest es mir nie im Leben glauben, wenn ich es dir erzähle.«

»Jetzt sollte ich ›Wetten, doch?‹ sagen, oder?«

Ich lächelte, starrte in meinen Drink.

»Komm schon. Wir sind nicht nur Kollegen. Wir sind doch Kumpels.«

Also erzählte ich es ihr.

Ich erzählte ihr von dem Brief. Von der Verwirrung und der Wut. Ich versuchte, sie nicht zu erschrecken, als ich den Hund erwähnte. Und dann, nachdem sie mir Geheimhaltung geschworen hatte, verriet ich ihr etwas, das ich noch niemandem verraten hatte, weil es einfach zu schräg war, zu peinlich, zu schwierig zu erklären.

Ich erzählte ihr davon, wie ich bei CC gelandet war, dass ich eine Szene gemacht hatte und von einem Mädchen verfolgt worden war.

Daraufhin legte sie den Kopf schief, trank etwas und nickte mir aufmunternd zu.

Also erzählte ich ihr von diesem Mädchen, dieser superschrägen Braut, die mir gehörig auf die Nerven gegangen war, bis sie mich an jenem Abend gerettet hatte. Dieses Mädchen namens Pia, das mich wütend und glücklich und neugierig und traurig machte. Davon, dass noch nie jemand so viele widersprüchliche Gefühle in mir ausgelöst hatte. Dass sie sagte, sie wolle mich beschützen, und dass ich ihr glaubte, obwohl die Fakten dagegensprachen.

»Erzähl mir von ihr«, sagte Cass und suchte nach einem Kellner, der uns etwas zu trinken bringen sollte. »Was treibt sie so?«

Ich lachte und zuckte mit den Schultern.

»Das wollte sie mir nie verraten«, sagte ich.

»Wo kommt sie denn her?«

»Yorkshire vielleicht?«, sagte ich.

Dieser Bengel tauchte wieder auf, stützte sich mit einem Arm an der Wand ab und grinste.

»Jetzt schon mal gar nicht«, sagte Cass. Er schaute bedröppelt und machte auf dem Absatz kehrt.

»Das meine ich ja gerade«, sagte ich. »Ich kenne ihren Namen, und ich habe ihre Nummer. Aber mehr wollte sie mir nicht anvertrauen.«

Cass dachte nach.

»Verheiratet? In einer Beziehung?«

»Sie war schon mal verheiratet. Ich glaube, mit einem gewissen Jeremy. Hat nicht gehalten.«

»Stimmt das auch?«, fragte sie. »Was, wenn sie einfach nur unglücklich ist? Was, wenn sie das alles vor jemandem geheim hält? Viele Menschen leben in unglücklichen Beziehungen.«

Die Worte hingen in der Luft.

»Ich glaube nicht, dass sie gelogen hat.«

»Warum wollte sie dir dann nichts von sich erzählen?«

»Ich hab's ja versucht. Aber sie hat ihre eigenen Regeln, an die ich mich halten muss. Sie meinte, es ginge nicht um sie, sondern um mich.«

Cass lächelte.

»Vielleicht ist sie ein Engel.«

»Ein Engel im Parka, der Selbstgedrehte raucht.«

»Dann eben ein gefallener Engel.«

Unsere Drinks kamen. Ich nahm einen großen Schluck und wartete, dass der Kellner wieder ging.

»Klingt jedenfalls, als hätte sie auf dich aufgepasst«, sagte Cass.

»Hat sie auch, glaube ich«, sagte ich, und da klopfte Cass mit dem Finger auf den Tisch und sah mir tief in die Augen.

»Und wer passt auf sie auf?«

Die Worte ließen mich nicht los.

Ich wusste es nicht. Ich hatte keine Ahnung, wer auf sie aufpasste.

An diesem Abend schrieb ich Pia gleich mehrere Nachrichten. Ich bekam keine Antwort. Ich warf die nächste Pille ein. Ich wollte, dass die Welt freundlicher, überschaubarer wurde.

Sie fehlte mir. Daran war auch der Wodka nicht ganz unschuldig. Aber ich wusste, dass sie mir schon fehlte, seit wir uns zuletzt gesehen hatten.

Ich war blind gewesen. Ich war gemein gewesen.

Ich schrieb ihr noch mal, blieb etwas abseits der Party.

Pia. Bitte – melde dich. Ich würde dich lieber anrufen, aber ich möchte, dass du auch mit mir sprechen willst. Schreib mir, und ich ruf dich sofort an.

Ich starrte auf mein Handy, als könnte ich es beeinflussen, dann wurde mir das alles zu viel – der Lärm, das Gelächter, die Musik, die Party, und ich merkte, dass ich gehen wollte, dass ich ging, dass ich Cass winkte und sie mir mit freundlichem, hoffnungsvollem Blick zunickte.

Und als ich zum Ausgang kam und einer von der Security mein Jackett musterte, um sicherzugehen, dass ich nichts geklaut hatte, fing ich einen Blick auf …

Felix.

Felix Echo.

Er trug einen Smoking mit schwarzer Fliege. Die pechschwarzen Haare standen stachelig vom Kopf ab. In dieser Umgebung wirkte seine orangefarbene Haut plötzlich völlig normal.

Er sah *cool* aus. Er hielt eine *Goodie Bag* in der Hand.

»Was zum …?«, sagte ich lautlos, die Augen weit aufgerissen, und er lächelte mich an.

Er unterhielt sich mit vier Männern, von denen einer Justin Timberlake war.

Er bedeutete mir mit zwei Fingern, dass ich wieder reingehen sollte.

Er folgte mir und nickte, als er sah, dass ich begriff.

»Du hier?«, formten meine Lippen. Ich war verstört, aber auch beeindruckt.

»Ja!« Er nickte heftig und machte wieder diese kleine Geste mit den Fingern. Wahrscheinlich hatte er gehört, wie Cass im Radio davon sprach. Hatte im Smoking draußen vor der Tür gewartet und sich hinter uns reingeschlichen. Ich lächelte.

»Amüsierst du dich?« Eine lautlose Frage, die ich mit einer kleinen Pantomime untermalte, die aussah, als würde ich Twist tanzen.

Er zeigte auf Justin Timberlake. Ich erinnerte mich an sein T-Shirt von ’N Sync. War wohl doch nicht so ironisch gemeint.

Ich lachte, als ich hinaus auf die Straße trat, und die Nachtluft gab mir den Rest, sodass ich eher torkelte als ging.

Auf dem Weg zur Hauptstraße hörte ich, wie sich von hinten ein Taxi näherte. Doch als ich mich umdrehte, sah ich, dass es besetzt war, da das gelbe Licht nicht leuchtete. Zwei Personen saßen auf der Rückbank, eng umschlungen …

Und als sie an mir vorbeifuhren, erkannte ich sie.

Es war Matthew.

Und neben ihm – das war Alice.

Eine Nachricht. *Pling-pling*.

Hayley.

Wo bist du?

Ich steckte das Handy weg.

Warum war sie nicht einfach offen und ehrlich zu mir gewesen?

Pia, meine ich.

Ich stolperte. Ich war etwas wacklig auf den Beinen. Vielleicht hätte ich diese Pille nicht nehmen sollen. Aber auf jeden Fall hätte ich die Finger vom Alkohol lassen sollen.

Hätte Pia mir denn ihre Geschichte erzählt, wenn ich darauf bestanden hätte? Sie hatte sich immer gewehrt, aber ich hatte sie auch nie gedrängt. Ich redete mir ein, ich hätte es aus Respekt vor ihr getan. Doch im Grunde war ich nur von mir selbst besessen gewesen. Ich hatte jemanden gebraucht, mit dem ich reden, der mich ablenken konnte, und da war sie aufgetaucht, dieser gefallene Engel, diese schräge Braut, und ich hatte sie ausgenutzt und mich selbstsüchtig in den Mittelpunkt gestellt. Aber was, wenn *sie mich* gebraucht hatte?

Moment – wieso saß *Alice* mit *Matthew* im Taxi?

Und wenn Pia mich wirklich gebraucht hatte, würde das nicht erklären, wieso sie mir damals gefolgt war?

Ich antwortete Hayley nicht. *Was geht es dich an, wo ich bin … sag du mir lieber, wo du warst.*

Ich hielt mich an einem Baum fest.

Also traf sich Matthew immer noch mit Alice?

Und hatte er recht? War ich ein Niemand?

Pia war immer für mich da gewesen. Sie dachte nicht so über mich. Und sie war nur einen Anruf entfernt.

Ich fand ein Taxi, mir wurde schwindlig, ich kurbelte sofort die Scheibe runter, mit einer Tüte Pommes in der Hand, Gott weiß, woher, und eine Viertelstunde später kam ich nach Stoke Newington.

In der Wohnung würde es nicht gehen.

Scheiß drauf.

Ich wählte ihre Nummer.

Eine Erinnerung: *»Wow, das ist meine Lieblingsnummer!«*

Und ich glaube, zum ersten Mal überhaupt stimmte dieser Satz tatsächlich.

Ich wartete.

Ein einsamer Ton.

Diese Nummer ist nicht länger verfügbar.

[10]

»Das Problem ist«, sagt Cockroft, »wenn man hat, was andere haben, weiß man nicht mehr zu würdigen, was man selbst schon hatte.«

Wir sprechen über Cockrofts Tochter. Darüber, was er alles hinter sich zurückgelassen hat.

»Es war nicht so, als hätte ich sie nicht geliebt«, sagt er. »Ich habe mich nur verändert, nachdem ihre Mutter … nachdem ich wusste, welche Entscheidungen ihre Mutter getroffen hatte. Ihr gefielen meine Vorstellungen nicht, meine Art zu leben. Mit ihrer Mutter war unser Leben ganz anders gewesen. Vermutlich könnte man mein Verhalten in dieser Zeit – nachdem ich nach Berlin gezogen war und dort eine Weile unterrichtet hatte –, vermutlich könnte man von einer Art Zusammenbruch sprechen. Sie war noch ein Kind. Meine Schwester nahm sie zu sich. Ich arbeitete weiter an meinen Theorien.«

»Sehen Sie sie manchmal?«

»Nein, leider nicht«, sagt er leise. »Aber glauben Sie mir: Sie ist ein hübsches Mädchen mit hübschem Haar und einem hübschen Lächeln und Augen, die den Himmel zum Leuchten bringen.«

»Es hat doch bestimmt noch andere gegeben«, sage ich. »Die an Ihnen gezweifelt haben.«

»Es gab viele, die an mir gezweifelt haben«, sagt er. »Die meine Ideen als Spinnereien abtaten. Und das muss man natürlich respektieren. Ich musste mich ablösen, und ich glaube, sie haben es akzeptiert.«

»Sie sprechen oft vom Ablösen.«

»Ablösung ist ein notwendiger Teil der menschlichen Erfahrung.«

»Sie haben sich von Ihrer Tochter gelöst.«

»Und sie hat sich von mir gelöst.«

»Sie haben sich von Andreas gelöst.«

»Nicht freiwillig.«

Ich sage nichts.

»Was?«, fragt er. »Glauben Sie etwa, man müsste sich auf ewig an jeden binden, dem man einmal begegnet? Man müsste an jedem festhalten, mit dem man in der Schule war oder als dessen Nachbar man zufällig geboren wurde oder mit dem man rein zufällig verwandt ist?«

Er klingt unwirsch, und seine Miene verdunkelt sich, als er ein Argument vorbringt, das gewollt und einstudiert wirkt.

»Verbindungen sind Zufall. Man wohnt neben dem, neben dem man eben wohnt. Man sitzt im Bus neben dem, neben dem man eben sitzt. Finden Sie, man müsste diese Leute mögen? Bestimmt nicht. Man muss sich dafür entscheiden, sich abzulösen. Man muss sich dafür entscheiden, Entscheidungen zu treffen.«

»Aber Sie treten dafür ein, *anderer Leute* Entscheidungen zu treffen. Sie treten dafür ein, sich den Entscheidungen *anderer* zu fügen.«

»Ja, aber nur um den Schmerz zu lindern, Junge«, sagt er kopfschüttelnd, und seine Stimme klingt schon wieder sanfter. »Nur um den Schmerz zu lindern.«

NEUNUNDZWANZIG

Ich kam auf dem Sofa zu mir.

Junge, hatte ich einen Schädel.

Es war hell, und ich blinzelte, hob meine Hand, um mich vor dem Licht zu schützen.

Moment mal.

Welches Licht? Ich stehe nicht bei Licht auf. Ich lebe im Dunkeln.

Wie spät war es? Hatte ich verschlafen? Scheiße, bestimmt hatte ich verschlafen. Es war schon hell. Normalerweise ist Sonnenlicht was Gutes, oder? Nur in meinem Beruf ist es schlecht, ganz schlecht.

Lieber Gott, bitte nicht. Ich fing an zu schwitzen. Mir wurde ganz heiß. Übel. Es war 9:03 Uhr.

Mein Handy. Schwacher Akku. Es war die ganze Nacht an gewesen. Drei Nachrichten. Sechs verpasste Anrufe. Zwei Nachrichten auf der Mailbox. Alles unbekannte Nummern. Das Studio.

Ich kam auf die Beine, schleppte mich rüber zur Küche, stellte das Radio an.

»… und die Welt des Theaters beklagt heute Morgen den Verlust des West-End-Mimen Stephen Langbridge … ›Er war einmalig. Einen Stephen Langbridge wird es nie wieder geben‹, sagte Stephen, der Sohn des verstorbenen Schauspielers.«

Wer war das?

»... Höchsttemperaturen von neunzehn Grad heute in unserer Hauptstadt – und jetzt sind Sie wieder, also ... äh ... jetzt wissen Sie wieder Bescheid.«

Bron! Bron las die Nachrichten höchstpersönlich. Sie kam grauenvoll rüber, und wenn sie grauenvoll rüberkam, konnte ich mir die Flut an SMS vorstellen, die im Studio einging, die in Echtzeit auf dem Bildschirm vor ihrer Nase erschien: »Wer ist das denn? SCHMEISST SIE RAUS! Wieso kann die nicht mal richtig vorlesen? Wo ist Tom?« Wie Menschen es tun, die an etwas gewöhnt sind und plötzlich etwas anderes bekommen.

Das war alles gar nicht gut. Offenbar hatten sie keinen Ersatz für mich gefunden. Meine Chefin musste die Arbeit selbst machen. Um welche Uhrzeit mochte man sie aus dem Bett geholt haben?

»Morgen!«, sagte Hayley fröhlich, als sie mit einem Handtuch um den Kopf aus der Dusche kam. »Du hast gar nichts davon gesagt, dass du heute freihast.«

Ich konnte sie kaum hören. Ich las meine SMS. Mit jeder Nachricht wurde Cass' Sorge größer.

Wollte nur sehen, ob du unterwegs bist.

Hab versucht anzurufen. Dein Handy ist an – wo bist du?

Bist du gleich da?

Scheiße, schläfst du noch?

Hast du Kate Manns Nummer?

Verdammt, Bron musste extra früh reinkommen, um es selbst zu machen! Ich hab mir was einfallen lassen! Wenn sie anrufen, sagst du, du hast gestern was Schlechtes gegessen!

Im nächsten Moment klingelte das Telefon.

Ich ging ran.

»Einen wunderschönen guten Morgen«, sagte eine Stimme, wenn auch eine, der es an der Wärme mangelte, die man in einem solchen Satz erwarten würde.

»Bron, ich hab gestern was Schlechtes gegessen!«, sagte ich, und schon war der Akku leer, sodass es klang, als wollte ich ihr nur kurz sagen, was ich am Vortag zum Abendbrot hatte, um dann schnell wieder aufzulegen.

Ich lehnte mich auf dem Sofa zurück. Bestimmt rief sie mich in diesem Moment wieder an. Landete bei der Mailbox. Ich stellte mir vor, wie viele Schimpfwörter sie wohl benutzen würde. Womöglich hatte sie die Liste der Medienaufsicht vor sich und las sie einfach nur vor.

»Ich dachte, du wolltest nach den Awards gleich nach Hause kommen«, sagte Hayley auf diese unschuldige, aber eisige Art, wie Leute es tun, die eigentlich stinksauer sind. »Ich habe mir Sorgen gemacht. Ich habe dir geschrieben, aber du hast mich ignoriert. Ehrlich gesagt, wäre ich dir dankbar, wenn du das nicht noch mal mit mir machen würdest.«

Langsam drehte ich mich um und starrte sie nur an, bis ihr die eigenen Worte in den Ohren klangen und sie wegging.

Ich schloss die Augen.

Pia.

Nichts von Pia.

Aber jetzt wusste ich, worum es hier ging.

Pia hatte an diesem einen Abend im Bus davon gesprochen. Hayley hatte es an dem Abend erwähnt, an dem sie wiedergekommen war.

Ablösung.

Die Cockroft-Methode. Einige Abende zuvor hatte ich eine Ausgabe seines Buches *Carbon Copy* im Regal bemerkt, zwischen einem Lonely-Planet-Reiseführer von Kreta, den ich optimistischerweise gekauft hatte, in der Hoffnung auf einen gemeinsamen Urlaub, und einem Bildband über Stühle, in den ich noch keinen einzigen Blick geworfen hatte.

Ich stand auf und suchte das Kapitel über die Ablösung.

Sich entbinden.
Leicht ablösbar sein.

Sie betrachtete sich selbst als leicht ablösbar. Als jemanden, der isoliert war und weder gebraucht noch vermisst wurde.

Pia hatte sich von mir abgelöst, und ich war mir ganz sicher, dass ich sie wiederhaben wollte.

DREISSIG

Mittwoch. 19:45 Uhr.

Seit etwa einer Viertelstunde trieb ich mich in der BP-Tankstelle gegenüber herum und tat so, als könnte ich mich nicht zwischen M&Ms oder einem Bounty entscheiden.

Von hier aus hatte ich den Eingang des Holiday Inn Express gut im Blick. Ich wollte Andy allein erwischen. Ich vermutete, dass er dann vielleicht offener mit mir sprechen würde. Wenn niemand dabei war, der dazwischenquatschte, ihn warnte oder vom Thema ablenkte. Niemand, der mich daran hinderte herauszufinden, was ich wissen musste.

Erst sah ich Tim, der seinen kleinen, roten Polo aufpiepte und einstieg, wobei der Klassiksender kurz aufbrüllte. Dann röhrte er davon.

Schon im nächsten Moment kam Andy heraus, stopfte das Klemmbrett in seinen kleinen roten Eastpak, der auf seinem hektargroßen Rücken eher lächerlich aussah. Felix und Jackie waren bei ihm. Gemeinsam gingen sie zum Bus.

Ich entschied mich für M&Ms und bezahlte.

»Knifflige Entscheidung«, sagte der Kassierer. »Sind Sie sicher, dass Sie nicht noch mal darüber nachdenken wollen?«

Ich hängte mich ihnen an die Fersen – ein seltsamer Trupp. Jackie, die Älteste, deren Silberschopf auf ihren Schultern wippte und deren Hinken hier in der realen Welt nun nicht mehr zu übersehen war. Felix in seinen engen schwarzen Jeans und dem Slayer-T-Shirt hielt seinen iPod bereit, wahrscheinlich Death Metal oder Hardcore, für einen strammen Marsch nach Hause. Andy mit seinem winzigen Rucksack auf dem Rücken nahm die Brille ab und putzte sie mit seinem Schlips. Eine seltsame, aber eng verbundene Familie. Sie waren so, wie Menschen eben sind, die ein gemeinsames Geheimnis haben.

Ein Bus kam, und Jackie und Felix winkten zum Abschied, als Andy in den Doppeldecker hüpfte – falls *hüpfen* denn das richtige Wort ist. Ich sprintete über die Straße, wich den Autos aus, zückte meine Oyster Card und zwängte mich durch die Tür, wobei meine Jacke kurz eingeklemmt wurde und der Fahrer – blauer Pulli, Nikotinfinger – mit den Augen rollte und sanft Gas gab.

Offenbar war Andy nach oben gegangen. Hier konnte ich nicht mit ihm reden. Nicht im Bus. Zu viele Leute, zu viel Öffentlichkeit, also setzte ich mich ans Fenster bei der Treppe. So konnte er mir nicht entkommen.

Ich wollte ihn draußen abfangen oder dort, wo er wohnte. Wo das wohl sein mochte? Was war das für ein Bus? Der 22er? Kaum ein halbes Dutzend Haltestellen später sah ich ihn wieder, weiße Knöchel am Geländer, die andere Hand an der Wand, um sich abzustützen, angestrengtes Schnaufen, als er sich auf jeder Stufe konzentrieren musste, um nicht die Balance zu verlieren.

Old Church Street. Chelsea.

Er stampfte an mir vorbei. Ich stand auf, sprang hinter ihm zur Tür hinaus, wollte seinen Namen rufen und ihm einen Kaffee vorschlagen, als ich sah, was er vorhatte.

Er folgte jemandem.

Andy war nicht der beste Verfolger, den die Welt je gesehen hatte. Im Grunde war er ziemlich schlecht. Plump, schwerfällig. Ohne Eleganz. Seine Größe machte es ihm natürlich schwer, in der Menge unterzutauchen. Aber es lag auch an seiner Kleidung. Die blaue Hose. Die Baseballkappe. Der knallrote Rucksack. Dieser Typ war ein Amateur.

Er war zwei jungen Schwarzen aus dem Bus gefolgt, bis zu einem Café, in dem der eine zu arbeiten schien. Er hatte überhaupt keinen Abstand gelassen und sie vor der Tür fast angerempelt, dann suchte er sich einen Tisch und nahm die Speisekarte unter die Lupe, während ich in der dicken Persil-Luft des Waschsalons gegenüber Schutz vor dem Nieselregen fand. Schließlich deutete er auf die Folienkartoffel eines älteren Mannes.

Ich hatte nicht den Eindruck, dass er aus seiner Methode alles herausholte. Es war ja nicht so, als hätte er noch nie eine Folienkartoffel gegessen.

Hinter ihm kam einer der beiden Typen, denen er gefolgt war, mit einer Schürze bekleidet aus der Küche. Andy behielt ihn im Auge, und ich sah, wie er ihn musterte. Sein Blick wanderte von den Haaren des Mannes über die Kleidung und die Uhr bis zu den Schuhen. Er holte sein Klemmbrett hervor und machte sich Notizen.

Hinter mir, auf einem Bildschirm an der Wand, plapperte eine Gameshow vor sich hin.

»Die nächste Frage kommt aus der Kategorie Meeresfrüchte«, sagte der Moderator. Ich betrachtete den Mann auf dem Plastikstuhl mir gegenüber, im Halbschlaf, mit Sabber im Mundwinkel. Ich war mir nicht sicher, wer von uns beiden sich in dieser Sendung besser machen würde.

Fünf Minuten später war Andy mit seiner Folienkartoffel und der Dose Fanta fertig. Er notierte etwas auf seinem Klemmbrett, dann hielt er die Dose hoch und las wohl die Liste der Inhaltsstoffe, die er sich ebenfalls notierte. Er bat um die Rechnung und legte mit großer Sorgfalt und spitzen Fingern einen Fünfer auf den Teller.

Er stand auf, verließ das Café und schlurfte mit hängendem Kopf zur Bushaltestelle zurück. Sein großes Folienkartoffelabenteuer war vorbei.

Ich konnte mir nicht erklären, wieso er diesem Mann gefolgt war. Ich konnte mir weder erklären, was er in ihm gesehen hatte, noch, wer Andy überhaupt sein wollte. Was hatte er davon? Bei Pia machte es irgendwie Spaß, vermittelte einem das Gefühl von Abenteuer. Es ging darum, sich selbst zu verbessern, seine Zeit so gut wie möglich zu nutzen, indem man sich beispielsweise in einem Pulk von Koreanern verlor. Es ging doch nicht darum, seine Zeit totzuschlagen.

Ich überlegte, ob ich ihn ansprechen sollte, als ich die fragenden Blicke im Waschsalon hinter mir zurückließ. Aber Andy war schon unterwegs, und wo Andy hinwollte, da wollte ich auch hin.

Wie sich herausstellte, ging Andy zum Trocadero Centre, um sich den neuesten Film mit Jason Statham anzusehen. Das also machte Andy, wenn Andy er selbst war.

Ich konnte ihn doch nicht so leiden lassen.

»Hey, Andy«, sagte ich, als ich mich setzte. Popcorn purzelte über den Rand seines Bechers und hüpfte vor Schreck von seinen strammen Hosenbeinen.

Andy hatte nichts. Niemanden. Er hatte nur das hier. Na ja, und seinen Job.

»Datenbankadministrator«, sagte er verlegen.

»Cool«, sagte ich. »Datenbanken werden immer gebraucht.«

Den Leuten bei CC stand er mit Rat und Tat zur Seite. Aber er meinte, bei ihm selbst würde es nicht so gut funktionieren.

Er wusste einfach nicht, wonach er suchen sollte. Er wusste nicht, wer er sein wollte. Aber er half gern, hatte gern Gesellschaft.

»Vielleicht bist du einfach nur du«, sagte ich mit meinem Kaffee in der Hand. Wir saßen im Costa an der Regent Street, umgeben von italienischen Studenten, die auf ihre MacBooks starrten und mit billigen Gummistöpseln im Ohr nach Hause skypten.

»Einfach nur ich, ja … genau das macht mir Angst«, sagte er. »Als ich Cockrofts Buch gelesen habe, fand ich die Idee unglaublich faszinierend. Millionen Möglichkeiten für andere Entscheidungen. Es ist wie ein Bus, bei dem man ein- und aussteigen kann. Ich nenne es *Life*-Jacking. Man lässt sich von dem Spaß, den andere Leute haben, huckepack nehmen. Man …«

»Gönnt sich eine Folienkartoffel und eine Dose Fanta.«

»Na gut, okay … es gibt verschiedene Stufen. Es kommt nicht immer was dabei heraus. Die japanischen Gruppen haben es sehr weit getrieben, bevor sie geschlossen wurden. Ein Typ in Kyoto hat ein Jahr lang in der Wohnung einer fremden Frau gelebt. Nachts hat er sich in einem Schrank versteckt. Hat immer gewartet, bis sie die Wohnung verließ, dann kam er aus seinem Versteck und aß ihre Reste auf, bevor er sich auf den Weg zur Arbeit machte. Aber es steckte nichts Schräges dahinter.«

»Nichts *Schräges?*«

»*Sexuell,* meine ich. So was würden wir hier nie machen. Allerdings hab ich auch schon einiges erlebt. Ein paar echt tolle Sachen.«

»Zum Beispiel?«

»Zum Beispiel habe ich Kunst gesehen, die ich mir sonst nie angesehen hätte. Wusstest du, dass Leonardo da Vinci zwölf Jahre damit verbracht hat, die Lippen der Mona Lisa zu malen?«

»Du hast die Mona Lisa gesehen?«

»Nein, aber ich bin einem Mann zu einem kunsthistorischen Vortrag gefolgt, bei dem er davon erzählt hat. Wäre ich zu Hause geblieben und hätte vorm Fernseher gehockt, wäre mir das entgangen. Und ich war oben im Big Ben. Da bin ich gleich mehreren Leuten gefolgt. Einer Gruppenführung. Hab mich als Deutscher ausgegeben. Wusstest du, dass Big Ben, was im Übrigen nur die Glocke ist, so viel wiegt wie ein kleiner Elefant und breiter ist als hoch?«

Ich schüttelte den Kopf.

»Offen gesagt, war ich der Einzige aus der Gruppe, der das verstanden hat«, sagte er. »Aber das sind die Momente, für die ich lebe. Das *Unerwartete*. Und ich werde immer besser.«

»Pia hat mir erzählt, warum Tim es macht …«

»Tim sitzt in der Falle. Seit Jahren schon, in dieser Doppelhaushälfte mit seiner Mum. Er hat keine Zeit für sein eigenes Leben, weil er sich um das Leben seiner Mutter kümmern muss. Und wenn er dann tut, was er tut, dann tut er es, weil jemand die Vorarbeit dafür bereits geleistet hat. Andere können in Restaurants essen, Beziehungen eingehen, sich Kenny G in der O2-Arena ansehen, sie können machen, was sie wollen. Tim nicht. Das meinte ich mit Life-Jacking! Er wirft einen kurzen Blick darauf, wie sein Leben hätte sein können.«

Ich nahm einen Schluck von meinem Kaffee, als Andy sich vorbeugte.

»Du bist doch auch jemandem gefolgt«, sagte er. »Ich weiß, dass du es getan hast. Heute Abend erst! Ich weiß, dass du es nachempfinden kannst.«

Er hatte recht. Ich konnte es tatsächlich nachempfinden. Ich sah den Sinn darin. Aber ich war damit durch. Ich hatte andere Sorgen. Ich bekam mein Leben gerade wieder auf die Reihe.

Und dann dachte ich an Hayley, an die angespannte Situation, die dicke Luft in der Wohnung.

»Für Felix ist es anders«, sagte er. »Er ist jünger und in seinem Leben noch nie wirklich gescheitert. Er macht es, weil es ihm an Geduld mangelt. Er will so schnell wie möglich wissen, wer er ist. Ich sage ihm ständig: ›Warte einfach ab! Du wirst es schon noch herausfinden!‹ Ihm ist nicht klar, dass er das ganze Leben noch vor sich hat. Er will es jetzt wissen.«

»Und Jackie?«

»Nun, wenn ich ehrlich sein soll, ist Jackie schon etwas seltsam.«

»Verstehe.«

»Aber das tut der Idee dahinter keinen Abbruch. Jemand wie Pia, die es früher dringend brauchte, kann es heute genießen. Pia hat die richtige Einstellung dazu.«

Ich ergiff die Gelegenheit.

»Deshalb bin ich eigentlich hier. Es geht um Pia.«

»Was ist mit ihr? Ist alles okay?«, fragte er mit sorgenvoller Miene.

»Ich weiß nicht, ob alles okay ist. Wir hatten Streit. Hayley ist wieder da.«

Seine Kinnlade klappte nach unten.

»Sie ist wieder da? Hat sie gesagt, wieso?«

»Sie hat gesagt, sie musste weggehen, um herauszufinden, weshalb sie wieder zurückkommen sollte.«

Er nickte, verbarg den Mund hinter seiner Tasse.

»Pia meinte, ich sollte es lieber sein lassen. Hayley würde mir nur wieder wehtun. Ein Wort ergab das andere, und jetzt reagiert sie nicht mehr auf meine Anrufe. Dauernd sehe ich mich um für den Fall, dass sie hinter mir steht. Tut sie aber nie.«

Andy stellte seine Tasse ab und suchte nach den richtigen Worten.

»Vielleicht hat sie recht. Mit Hayley.«

Ich blinzelte.

»Ich dachte, du wärst dafür, dass man so was macht. Immerhin hast du Hayley dazu ermutigt.«

»Ich habe sie nicht ermutigt. Ich habe ihr gesagt, dass sie ihrem Herzen folgen soll.«

»Das klingt für mich, als wäre es ziemlich genau dasselbe.«

»Aber ich habe ihr auch gesagt, dass ich nicht mit ihrem Verhalten einverstanden bin.«

Über Hayley wollte ich eigentlich gar nicht reden. Mir ging es um Pia. Wichtig war Pia.

»Weißt du, ich glaube, nach der Trennung von Jeremy ist sie in so eine Art Depression verfallen. In ein tiefes Loch. Das kann ich verstehen.«

Andy zog die Augenbrauen hoch. »Dann hat sie sich also von ihm getrennt?«

»Ja«, sagte ich. »Oder?«

»Sehr gut. Er ist kein guter Mensch. Offen gesagt, bin ich froh, dass du von ihm weißt. Er benutzt andere. Starke Persönlichkeit, unwiderstehlich, aber *über*mächtig. Das war schon immer ihr Problem: Starke Persönlichkeiten ziehen sie magisch an. Wir haben so viel darüber gesprochen. Ihr ganzes Leben war so. Ich schätze, es war wohl unvermeidlich, dass sie sich von ihm angezogen fühlte.«

»Glaubst du, sie ist über ihn hinweg?«

»Ich weiß nicht«, sagte Andy. »Hat sie das gesagt?«

»Sie hat jedes Mal das Thema gewechselt. Ich meine, eine Trennung ist natürlich schwer. Besonders wenn man verheiratet ist.«

Andy stutzte, rührte sich nicht, saß wie versteinert da, während ich fortfuhr.

»Und dann war da noch diese Sache mit dem Zoo«, sagte ich.

»Augenblick mal«, sagte er, der Bann war gebrochen. »Warte.«

»Und wenn ich sie danach gefragt habe, nach ihrer Ehe, hat sie nur gesagt, das sei gegen die Regeln. Sie sei da, um mit mir über mich zu reden, um mich zu beschützen, nicht um sich selbst zu helfen. Als wäre sie mein Schutzengel oder so was.«

»Stop!«, sagte Andy. »Könntest du bitte noch mal ein Stück zurückspulen? Ich bin gerade etwas verwirrt.«

»Pia«, sagte ich.

»Du redest von Pia?«

»Natürlich rede ich von Pia. Von Pia und diesem Jeremy.«

Er seufzte, sah sich um, wusste nicht, wie er es mir sagen sollte.

»Tom, Pia war nicht mit Jeremy zusammen«, sagte er so einfühlsam wie möglich. »Pia hatte mit Jeremy überhaupt nichts zu tun.«

»Und wer zum Teufel ist dieser Jeremy dann?«, fragte ich, und Andy hielt sich die Hand vor den Mund.

[11]

Ezra Cockroft verschwand kurz nach jenem Abend aus meinem Leben, an dem wir über den Schmerz gesprochen hatten, vor dem er weggelaufen war und den er immer noch empfand.

Er löste sich ab.

Natürlich rief ich ihn an und fuhr zu seiner Wohnung, doch es war alles vergebens. Vielleicht war er wieder in den Sonnenschein geflohen, vielleicht brauchte er Wärme in seinem Leben.

Wann immer ich konnte, kehrte ich ins Keen's zurück, und dann saß ich am Tresen und hielt die Augen offen, für alle Fälle.

Sechs Wochen vergingen, bis ich einen Zettel fand, der an meiner Tür klebte, einmal gefaltet, eine Träne von königsblauer Tinte rann auf der einen Seite herab, wo er im Regen nass geworden war.

Ich war gerade einem hochgewachsenen, jüdischen Mann gefolgt, auf den ich bei den Azaleen im Botanischen Garten gestoßen war – den ich, wie ich zu meiner Schande gestehen muss, noch nie besucht hatte. Nach einem Abstecher zu einem Buchladen an der West 155th Street kamen wir in einen kleinen Diner am Broadway, wo wir schweigend Latkes mit Schmetten aßen und in unseren neuen Büchern lasen (*Menschenjagd* von Richard Bachman).

Zu Händen von Michael Kosinski
CC: Rest der Welt

Michael, ich kam gerade vorbei und musste an etwas denken.

Vielleicht wird eines Tages ein Mensch geboren, der das alles durchschaut.

Statistisch gesehen könnte es eines Tages passieren. Ich wünschte nur, ich wäre dieser Mensch gewesen.

Die Wahrheit ist, dass ich es vermasselt habe. Als ich jung war, habe ich zu viel gearbeitet, weil ich versuchte, so zu sein, wie ich glaubte, dass alle Welt mich haben wollte. Ich hatte nie das Gefühl, genügen zu können. Aber vielleicht konnte ich es doch, und wenn ich nicht so sehr versucht hätte, jemand anders zu sein, hätte ich gemerkt, dass alle anderen ganz zufrieden damit waren, dass ich war, wie ich war. Aber ich wollte unbedingt jemand anders sein, Michael, um mich in der Welt eines anderen zu verstecken.

Also suchte ich mir jemanden, der wie ich war, jedoch die richtigen Entscheidungen getroffen hatte. Ich beschloss, in seinem Schatten zu wandeln, denn in seinem Schatten zu leben war besser, als meinen eigenen Schatten an den Hacken zu haben. Erst wenn ich jemand anders war, konnte ich ich selbst sein. Und schon bald lebte ich ein Leben, das nicht mehr mein eigenes war.

Vielleicht, Michael, trotz allem … der Freude, der Streitereien, der Mädchen … vielleicht hätte ich einfach mein eigenes Leben leben sollen. Vielleicht ist das Verfolgen etwas, das man gemeinsam tun sollte. Denn Verfolgen bedeutet ja dem eigentlichen Wortsinn nach, dass man trotz der Gegenwart des Menschen, der man sein könnte, doch allein ist.

Aber das ist alles nur Geschwätz eines dummen, alten Mannes.

Unser alter Freund Oscar Wilde würde sagen: Sei du selbst. Alle anderen sind schon vergeben.

Und ich? Ich nehme einen anderen Weg. Sei Du, wer immer Du auch sein willst, Michael. Sei Du selbst, sei ich, sei der kleine Junge, der Dir auf der Treppe entgegenkommt. Aber was Du auch machst, mach's gut.

Ezra

EINUNDDREISSIG

Da war sie nun also: die Banalität der Wahrheit.

Kein Popstar, kein großes Abenteuer, keine »Ablösung«, keine »Selbstfindung«, keine Sechzigerjahre-Psychoscheiß-Verarsche – nur ein Investmentberater namens Jeremy, der sie mit der ganzen Macht seiner unglaublichen Investmentberaterpersönlichkeit in seinen Bann gezogen hatte.

Sie hatte mich verlassen. Aber sie hatte nicht den Mumm gehabt, mich richtig zu verlassen.

Schockiert war ich darüber, dass es ihr so leichtgefallen war. Dass sie unsere Beziehung auf derart profane Weise aufs Spiel gesetzt hatte.

Sie war eines Abends mit Fran unterwegs gewesen. Hatte sie in Spitalfields abgeholt, auf dem Weg nach Mayfair. Am Nachbartisch saßen ein paar Männer, die irgendeinen Gewinn feierten. Sie lauschte ihnen, wie sie prahlten und sich ihres Erfolges brüsteten. Fran hatte sich gelangweilt, weil Hayley dauernd abgelenkt war und lieber die Ohren zum Nachbartisch hin spitzte. Sie kriegte nichts mit, war ganz woanders. Fran hatte sich entschuldigt – »seltsame Tapas« – und war gegangen. Nach diesem Streit musste Hayley selbst sehen, wie sie nach Hause kam. Nach Hause zu mir. Aber sie wusste, dass ich schon schlafen würde. Zu Hause würde sie nichts Spannendes erwarten. Und außerdem hatte sie schon den Nächsten gefunden, dem sie folgen wollte.

Also war Hayley geblieben, hatte gut zugehört, dafür gesorgt, dass sie zur gleichen Zeit gingen, hatte in der Garderobe Jeremys Blick aufgefangen, über seine Witze gelacht und behauptet, sie sei versetzt worden. Nur zu gern war sie bereit gewesen, die Einladung anzunehmen und sich der Gruppe anzuschließen.

Bald schon waren sie nur noch zu zweit gewesen.

Ich lief zur U-Bahn, die Schultern hochgezogen, die Fäuste so fest geballt, dass es fraglich war, ob ich sie jemals wieder würde öffnen können.

Sie war nicht spontan nach Paris gefahren. Sie hatte die Stadt nicht in irgendeiner Reisesendung gesehen und sie toll gefunden. Sie war auch nicht auf direktem Weg zurück nach England gekommen und hatte bei ihrem Dad in King's Lynn oder ihrer Schwester in Brighton gewohnt, oder was sie mir sonst alles erzählt hatte, um mich ruhigzustellen.

Sie war bei Jeremy gewesen.

Ich suchte nach den Pillen in meiner Tasche. Fand die Packung. Holte sie hervor.

Starrte sie an.

Als ich nach Hause kam, fand ich einen Zettel.

Bin nur kurz weg. Bald wieder da.

Wohin jetzt? Wohin diesmal?

Da stand eine Tasche bei der Tür, cremefarben mit braunen Leinengriffen, Seidenpapier lugte daraus hervor. Ich spähte hinein. Sie hatte sich eine neue Bikerjacke gekauft.

Stella McCartney.

Ich ging ins Schlafzimmer. Fand, wonach ich suchte, in der Schublade beim Fenster.

Ich nahm es heraus und starrte das Foto in ihrem Reisepass an. Diese großen Augen. Die Locken. Ich war dabei gewesen, als dieses Bild entstand. Wir hatten in einem U-Bahnhof einen Passfotoautomaten gefunden und später noch eine Serie von uns beiden gemacht. Eins steckte immer noch in meiner Brieftasche. Eins klebte immer noch an unserem Kühlschrank.

Ich holte tief Luft. Blätterte weiter.

Natürlich bekam man nicht überall einen Stempel.

Aber da! Ich hatte es geahnt.

SÜDAFRIKA. Ein Visum. Gestempelt.

Sie hatte ein Visum beantragen müssen. Das warf ein ganz neues Licht auf ihr Verschwinden.

Ich setzte mich hin.

Seelenqualen. Flauer Magen.

Ich blätterte um.

DUBAI. Gestempelt. Derselbe Monat.

Angewidert, mit brennendem Herzen, saß ich in der Dunkelheit, bis ich den Schlüssel im Schloss hörte.

ZWEIUNDDREISSIG

Ich hielt ihn immer noch in der Hand, als sie hereinkam, mit Sainsbury's-Tüten unterm Arm und einer Tüte Milch in der Hand.

Sie sah mich, sah den Reisepass, stellte die Tüten langsam ab.

»Baby, ich kann dir alles erklären.«

»Du warst also in King's Lynn bei deinem Dad, ja?«, sagte ich. »Und du warst in Brighton bei Annie?«

»Tom …«

»Aber eigentlich warst du überall und nirgends«, sagte ich, und dann versetzte ich ihr den Todesstoß: »Mit Jeremy!«

Ich spie den Namen aus, und sie wurde ganz blass. Als würden ihre Knie gleich nachgeben. Sie hob die Hände, vielleicht um mich zu beschwichtigen, vielleicht um sich zu verteidigen. Ich hatte den Namen ausgesprochen, den sie um jeden Preis vor mir verbergen wollte.

»Aber wie?«, fragte ich. »Wie konntest du dir das alles überhaupt leisten?«

Und da wurde es mir klar.

»Es war eine Geschäftsreise, oder?«, sagte ich. »Gute Hotels, gute Weine, Spesenkonto, Branchenrabatt …«

Sie schluckte. Überführt. Bloßgestellt.

»Es war eine Geschäftsreise«, sagte sie.

»Zu schön, um wahr zu sein? Besser als noch ein weiterer Abend in Stoke Newington?«

»Ich … es klang …«

»Du bist mit einem anderen Mann abgehauen, Hayley.«

Meine Stimme war tonlos, kalt und leer.

»Ich weiß nicht, was ich sagen soll, Tom«, sagte sie und setzte sich, ließ den Kopf in ihre Hände sinken. Alles deutete auf Tränen hin, doch es kamen keine. »Es tut mir so leid.«

»Sicher.«

»Es ist einfach so passiert.«

»Ja, schon gut, ich gehe auch ständig mit irgendwelchen fremden Männern auf Geschäftsreise. Das kann einem schon mal passieren.«

»Ich hätte es dir erzählen sollen.«

»Ja, aber außerdem hättest du nicht abhauen sollen.«

»Ich weiß, ich weiß. Ich hasse mich dafür. Wirklich. Bitte glaub mir, es sollte nicht … ich habe mich mitreißen lassen, ich …«

»Und warum hast du es eigentlich getan? Die Affäre war doch keine spontane Entscheidung. *Diese* Art von Spontaneität muss geplant werden.«

Sie zuckte mit den Schultern. Ich klang immer verbitterter, aufgebrachter, kampfbereiter. *Denn mal ehrlich, Hayley, wieso erzählst du mir nicht, warum du es getan hast? Tu mir weh, sei brutal, ganz egal, aber sag es mir einfach!*

»Er war anders.«

Wow. Normalerweise hätte mich das hektisch nach meinen Pillen suchen lassen, doch in diesem Moment fand ich eine bessere Lösung. Ich tat, was Dr. Moon mir empfohlen hatte …

»Anders als ich?«, sagte ich.

»Anders als alle. Jedenfalls als ich. Er war völlig anders. Selbstbewusst. Bei ihm passte irgendwie alles zusammen. Ich wollte sehen, was sich daraus ergibt.«

»Also hast du deinen Job gekündigt und mir einen Zettel hingelegt.«

»Ich habe meinen Job gehasst, Tom. Ich habe ihn gehasst. Er ist so langweilig. Ich wäre fast gestorben. Ich saß in der Falle.«

»Und doch willst du in Chelsea wieder bei denen anfangen?«

»Ich will wieder normal sein. Normal mit dir.«

Diese Worte ließen mich erschauern. Ich wollte nicht mehr normal sein. Ich wollte nicht das sein, was jemand anders als »normal« empfand.

»Ich wollte dich nicht verlassen, Tom. Ich wusste, dass es ein Fehler war, weshalb ich dir auch den Brief geschrieben habe …«

»Der dir alle Optionen offenhielt.«

»Ich musste sichergehen, dass es keine … ich weiß nicht …«

»*Bessere* Option gab?«

»Nein!«, sagte sie. »Ich liebe dich. Ehrlich. Ich habe diese andere … Sache beendet. Aber unser Leben, ich meine, ist das schon alles? Ist diese Wohnung die beste, die wir je haben werden? Sind unsere Jobs das, was sie sein sollten? Du schläfst schon längst, wenn ich zu Bett gehe, du bist weg, wenn ich aufwache, wir haben uns fast gar nicht mehr gesehen …«

»Der ganze Quatsch, wie du als kleines Mädchen warst, dass du eigentlich nie wusstest, wer du bist …«

»Das ist die Wahrheit! Ich hab nur …«

»Du hast mir nur Puzzleteilchen gegeben und mich meine eigenen Schlüsse ziehen lassen. Und gerade eben hast du es wieder getan. Du hast mir das gesagt, von dem du meintest, dass ich es hören wollte. Aber die Realität ist viel banaler. So viel *enttäuschender*.«

Sie setzte sich, eingeschüchtert, stumm, ertappt.

»Du hättest mit mir reden sollen«, sagte ich.

»Du warst immer so müde. Du musstest dich an deine Routine halten.«

»Ich bin nur für dich hierhergezogen«, sagte ich. »Es war *unsere* gemeinsame Routine.«

»Aber Routine ist nicht das, was ich will …«

Wie sich herausstellte, wollten wir letztendlich dasselbe. Wir wollten beide etwas anderes.

»Und was ist mit Jeremy?«

»Jeremy ist nicht das, was ich will«, sagte sie. »Bitte glaub mir. Ich habe nie geglaubt, dass er es ist. Ich habe mich nur gefragt, ob sein *Leben* es vielleicht sein könnte. Ist es aber nicht, Tom.«

»Es hat also nicht geklappt.«

»So ist das nicht.«

»Es hat mit dem Typen nicht geklappt, also muss der Notnagel wieder herhalten.«

»So *ist* das nicht.«

»Du hast mit ihm geschlafen, Hayley.«

Darauf sagte sie nichts. Es gab kein Zurück. Keine Entschuldigung. In diesem Augenblick wurde mir klar, dass sie zumindest eines richtig gemacht hatte. Sie hatte sich auf die Suche nach sich selbst begeben. Nur würde sie sich nie finden. Denn so traurig es auch sein mochte – sie würde nichts finden.

»Ich bin überrascht, dass du so lange gebraucht hast, es rauszufinden«, sagte sie, mit einem Glas Wein in der Hand an den Rahmen der Schlafzimmertür gelehnt und einem Ausdruck von verletztem Stolz in ihrer Stimme, während ich eine Tasche packte. »Wenn man bedenkt, dass deine kleine Freundin es die ganze Zeit über wusste.«

»Sie ist nicht meine kleine Freundin«, sagte ich. »Wir sind Freunde.«

Und dann richtete ich mich auf. Hielt inne. Drehte mich um. Schnappte nach dem Köder.

»Wie meinst du das?«, fragte ich.

»Sie wusste es«, sagte sie. »Alle wussten es. Andy. Dieser Schwächling Felix. Deine *Freundin* Pia. Ein Wunder, dass sie mich nicht in die Pfanne gehauen hat. Sie kann ein ziemlich selbstgerechtes, kleines Biest sein.«

»Alle wussten Bescheid?«

»Anfangs habe ich ihnen erzählt, dass ich ihm gefolgt bin. Jede Woche habe ich davon berichtet. Sie haben alles mitverfolgt. Wie ihre eigene kleine Seifenoper. Nur hätten sie nie gedacht, dass ich es durchziehen würde. Tja, das habe ich aber. Schon traurig – sie wollten nur noch mein Leben mitleben.«

Sie sah trotzig aus.

»Wer macht denn so was?«, sagte ich. »Leute, die nur noch das Leben anderer Leute mitleben wollen …«

Sie senkte ihren Blick ein wenig. Meine Worte waren eine Delle in ihrer Rüstung, eine Schramme an ihrem neuen Auto.

Ich hatte hier nichts mehr verloren.

»Bis dann, Hayley«, sagte ich. »Versuch einfach, weiterzumachen wie immer.«

»Warte«, sagte sie. »Kommst du wieder?«

Ich ging hinaus.

»Tom, *kommst du wieder?*«

Der Taxifahrer fragte mich, wohin.

Ich wusste nicht, was ich sagen sollte, also sagte ich: »Zum Holiday Inn Express in Wandsworth.«

Um diese Uhrzeit ging die Fahrt durch London schnell. Bunte Lichter spiegelten sich im Fluss, das blaue Neon beleuchteter Brücken, das Orange der Straßenlaternen, das Weiß von St. Paul's, jedes Licht ein schwebender Moment an einem tintenschwarzen Himmel, der bis in alle Ewigkeit zu reichen schien.

DREIUNDDREISSIG

»Es ist sechs Uhr. Hier ist Tom Adoyo mit den taufrischen Meldungen für Aufgeweckte ... «

Ich hatte mehrere verpasste Anrufe auf meinem Handy.

Hayley, Hayley, Zuhause, Zuhause, Unbekannt.

Die unbekannte Nummer war sie wahrscheinlich auch, versteckte sich dahinter, wollte mich austricksen. Ich hatte genug von ihren Tricks.

Das beschäftigte mich natürlich. Außerdem beschäftigte mich die Tatsache, dass Pia über diesen Kerl, diesen Jeremy, Bescheid wusste, es aber vor mir verheimlicht hatte. Was sie sich alles ausgedacht hatte, um es zu verschleiern. Auf wessen Seite stand sie eigentlich?

»Arsène Wenger hält unbeirrt an seiner Mannschaftsaufstellung für kommenden Samstag fest ... «

Am Morgen hatte ich ein Foto von Leslie James bei Digital Spy gesehen.

Zu seiner ersten Sendung bei Sunrise erwarteten ihn bereits die Fotografen, um seinen Abstieg zu dokumentieren. Er hatte eine Erklärung abgegeben, in der er verlauten ließ, wie stolz er sei, diese neue Nachmittagssendung für Kent moderieren zu dürfen, besonders da es sich um eine derart spannende Online-Plattform handele.

Dann war er mit seinen eingegipsten Armen in der Drehtür des Gebäudes stecken geblieben.

Er hatte um sich geschlagen wie eine Motte hinter einer Fensterscheibe.

Die Fotografen hatten bestimmt schon tausend Fotos geschossen, bevor jemand auf die Idee kam, ihm zu helfen.

Ein Passant machte ein Video, das auf YouTube bereits für Furore sorgte.

»Und in der Welt des Showbiz kündigt der vielfach preisgekrönte Popstar Aphra an, dass ihr nächstes Album unter Umständen das letzte sein könnte ...«

Wirklich? Sehr gut.

Ich legte eine kleine Kunstpause ein.

»Und schon sind Sie wieder auf dem neuesten Stand.«

Gleich nach der Sendung stellte ich mein Handy wieder laut und setzte mich an meinen Schreibtisch.

Der Schreibtisch war leer, wie immer. Eigentlich war das gar nicht meiner.

Ein Schreibtisch als Sinnbild für mein Leben.

Ping.

Von: MAUREEN THOMAS
An: ALLE MITARBEITER

Bitte BEACHTEN SIE unsere VORSCHRIFTEN FÜR EINEN SAUBEREN SCHREIBTISCH. Persönliche Gegenstände sind VERBOTEN. Wir arbeiten PAPIERLOS. Persönliche Gegenstände, die NACH ENDE DER BÜROZEIT vorgefunden werden, landen im MÜLL.

Langsam gingen mir diese E-Mails an die Nieren. Ich las sie noch mal. Vorschriften für einen sauberen Schreibtisch?

Dann war es wohl das Beste, erst mal diese Mail zu löschen.

Leslie hatte immer gesagt, es habe damit noch etwas anderes auf sich.

»Das hat nichts mit Umweltschutz zu tun«, zeterte er dann. »Die wollen einen nur bei Nacht und Nebel verschwinden lassen, wie ein mexikanisches Drogenkartell.«

Irgendwie fehlte mir Leslie.

»Die Schreibtische haben leer zu sein, damit keiner es merkt, wenn sie weg sind. Darum geht es doch! Genau das ist mit Jenny Stevens passiert!«

Jenny Stevens von Harmony. Fast elf Jahre war sie dabei gewesen. Eines Freitags, als ihr Vertrag zur Verlängerung anstand, nahm man sie beiseite. Erklärte ihr, sie habe eben ihre letzte Sendung moderiert.

Ein Sender will stets verhindern, dass man sich bei seinen Hörern verabschiedet. Angeblich ist für Rührseligkeiten keine Zeit, nicht in einem kommerziell geführten Unternehmen. Völlig egal, wie lange man im Leben seiner Hörer eine Rolle gespielt hat. Diese empfinden es angeblich als Belastung. Am besten verschwindet man einfach. Verkrümelt sich. Man wird erst hinterher darüber informiert, damit man während der Sendung nichts verraten kann, und freitags gehen alle früher nach Hause – das verringert die Gefahr einer unschönen Szene. Man hat das ganze Wochenende Zeit, sich zu beruhigen, seine Möglichkeiten zu überdenken, an seiner Erklärung zu arbeiten, in der es heißt, man sei dem Sender dankbar für elf tolle Jahre, doch nun sei es an der Zeit, »neue Herausforderungen zu suchen«. Sie danken einem für die schöne Zeit und sprechen davon, wie aufregend das neue Radio Harmony sein wird. Scheint mir ein guter Lebensansatz. Am besten schickt man Presseerklärungen an Freunde und Familie. »Ich möchte mich bei Hayley für zwei wirklich interessante Jahre bedanken. Ich bin stolz auf alles, was wir in unserer gemeinsamen Zeit erreicht haben – unter anderem, dass wir den alten Pedal-Mülleimer in der Küche durch einen rostfreien Brabantia mit herausnehmbarem Plastik-Inneneimer ersetzt haben, eine Idee, die ich auf meinem Weg in die Zukunft mit an Sicherheit grenzender Wahrscheinlichkeit mitnehmen werde – doch ist nun der Moment gekommen, sich neuen Herausforderungen zu stellen, die sich am Horizont abzeichnen.«

Mein Handy klingelte.

Unbekannte Nummer.

Bestimmt wieder Hayley. Vielleicht hatte sie die Sendung gehört oder einfach nur auf ihre Uhr gesehen – sie wusste, dass ich um diese Zeit nicht mehr im Studio war.

Aber wenn sie es nicht war?

Wenn es Pia war?

»Hallo«, sagte ich, ließ das Handy beinahe fallen, nahm den Anruf entgegen.

»Tom?«

Nicht Hayley. Auch nicht Pia. Wer dann?

»Hier ist Jo Ward. Ich arbeite für Matthew Channing.«

»Oh«, sagte ich und setzte mich aufrecht hin. »Ja?«

»Matthew dreht zurzeit in L. A., aber er hat mich gebeten, Ihnen etwas auszurichten.«

»Okay.«

»Er sagt, er würde Sie gern morgen Abend anrufen, und Sie möchten sich bereithalten.«

»Verstehe.«

»Wissen Sie, was das bedeutet?«

»Ja«, sagte ich. »Es bedeutet, dass der Stein ins Rollen kommt.«

»Das stimmt«, sagte sie. »Es bedeutet, dass der Stein ins Rollen kommt.«

»Ich muss ein Studio buchen«, sagte ich. »Für morgen Abend.«

»Wozu?«, fragte Pippy. »Wieso morgen Abend?«

»Eine Story.«

»Oh, ich liebe Storys.«

»Gut.«

»Was für eine Story?«

»Eine große Story.«

»Eine geheime Story?«

»Eine große, geheime Story.«

»Ich buch dir 6A.«

Die Matthew-Channing-Story war eine gute Ablenkung. Darauf sollte ich mich konzentrieren. Und meinen Namen unter die Leute bringen.

Pia wäre begeistert. Sie würde darüber lachen, wie es dazu gekommen war. Ein älterer Herr mit Pfeife. Eine U-Bahnfahrt. Eine Bar. Eine Lüge.

Und vielleicht hatte auch Hayley ihren Teil dazu beigetragen. Vielleicht hatte sie instinktiv recht gehabt, als sie meinte, ich solle wieder zu City Sound gehen. Sie hatte nur gesagt, was ich ihrer Meinung nach hören wollte, aber es hatte seinen Grund, wieso ich es hören wollte. Und diese Story würde mir bestimmt helfen, meinen alten Job wiederzubekommen. Nur wäre es diesmal anders. Kein frühes Aufstehen. Eine gemütliche, entspannte Show zur Hauptsendezeit. Gegen Mittag aufschlagen. Ein bisschen im Büro rumsitzen. Um vier ins Studio. Bis um sieben noch ein bisschen rumsitzen. Um acht Uhr Abendessen unten am Hafen. Vielleicht eine ganz normale Frau kennenlernen, die in ihrem ganzen Leben noch keinen Fremden verfolgt hat.

Yeah! *Hauptsendezeit*.

Ich würde mir eine Wohnung im Zentrum suchen. In einem von diesen Neubauten. Nur ein Zimmer, oder vielleicht zwei. Meine Freunde treffen. Mit dieser ganz normalen Frau ausgehen, die in ihrem ganzen Leben noch keinen Fremden verfolgt hat.

Ich wusste, was ich zu tun hatte. Sobald die Channing-Story raus war, würde ich sie schneiden. Die Aufnahme meinem alten Chef schicken. Mal sehen, was sich daraus ergab.

Ich musste positiv denken. Ich durfte mich nicht unterkriegen lassen. *Auf keinen Fall.* Ich musste die Initiative ergreifen. Meine eigene Story vorantreiben.

Ich hatte also meine Fragen beisammen – geradeheraus, auf den Punkt, damit Matthew die Fakten präsentieren konnte. Genau das wollte er von mir – seinem Niemand. Aber es würde einiges auf mich zukommen, wenn die Medien meine Story übernahmen. Wahrscheinlich würde man auch mich interviewen wollen. Man würde in mir seinen Vertrauten sehen, und da musste ich auf der Hut sein. Ich musste mich als seriösen Journalisten präsentieren, der die Geschichte aufgedeckt hatte. Und wenn diese eine Fortsetzung erfahren sollte, musste ich mich Matthews Regeln fügen. Ich durfte ihn nicht als Buhmann hinstellen oder als Kerl, der seine Ehefrau auf eine Preisverleihung mitnimmt und die Aftershow-Party mit seiner Geliebten verlässt. Ich tat das Richtige, indem ich ihm half. Das Richtige für mich. Es war wichtig. Es ging nicht nur um Klatsch und Tratsch.

Also …

Können Sie mir mit Ihren eigenen Worten sagen, was vorgefallen ist?
Wie fühlen Sie sich damit?
Glauben Sie, dass Sie daraus etwas gelernt haben?
Was wollen Sie jetzt tun?

Ich starrte die Fragen an. Ich schüttelte den Kopf. Was machte ich da?

Mein Telefon summte.

Zuhause.

Ich dachte an Hayley. An Jeremy, wer das auch sein und wie er auch aussehen mochte. Diesen Mann, der so viel besser war als ich. So viel interessanter. So *anders*.

Investmentberater.

Dubai. Kapstadt. Paris.

Ich drückte den Anruf weg.

Ich musste die Oberhand behalten.

Ich durfte mich nicht verrückt machen lassen.

Er arbeitete in Covent Garden.

Sein Foto hing an der Wand beim Empfang, unter »Partner«.

Jeremy Minshall. Senior Investmentberater. Jellico/Slade.

Er grinste, als hätte ihm jemand gerade einen Witz erzählt, tippte sich dabei mit dem Finger an die Stirn und zeigte mit dem Kugelschreiber auf jemanden außerhalb des Fotos.

Arschloch.

Er war leicht zu finden gewesen. Via Google, innerhalb von einer Stunde. Andys Beschreibung war ausführlich gewesen, die Firma eine von nur dreien dieser Art in der Gegend.

Ich folgte ihm von seiner Arbeitsstelle aus, einem silbernen Hammerhai von einem Gebäude – gläserner Fahrstuhl an der Außenwand, schmale Seitengasse voller Raucher.

Er hatte einen unbeschwerten Gang, lief schnell, vorbei an den aufdringlichen Spendensammlern und Obdachlosen, dieser Industriekapitän, dieser Herr über sein Universum. Keine Ahnung, wieso ich davon ausgegangen war, dass er stämmig wäre. Er war groß und schlank, im schimmernden grauen Anzug. Rotbraune Halbschuhe mit dünnen braunen Schnürsenkeln. Kurze silberne Haare, braun gebrannt. Klobige Uhr. Samsung Galaxy in einer Hand, mattschwarze Brieftasche in der anderen.

Er steuerte auf das Bear & Staff zu.

Ich folgte ihm.

»Mädels!«, rief er und klopfte seinen Freunden auf die Schultern. Sie sahen aus wie ein Rugby-Team, das nie Rugby spielte.

Ich suchte mir einen Stuhl, wandte mich ab, lauschte, das Fernsehprogramm der *Times* aufgeschlagen auf meinem Schoß, machte mich unsichtbar.

Er sagte, er sei mit einem Mädchen zusammen, und da war mein Interesse endgültig geweckt. Kolumbianerin. Offenbar total gestört. Er hatte sie im Spearmint Rhino an der Tottenham Court Road kennengelernt. Nicht gerade sein Lieblingsladen, er bevorzugte die Pubs in der Nähe des Tower, da waren die Frauen nicht so zynisch, leichter zu beeindrucken. Jedenfalls hatte er sie mit nach Paris genommen und mit billigem Grand Marnier aus der Hotelbar abgefüllt, bis sie sich übergeben musste. Die Fotos waren auf seiner Facebook-Seite. Nein, nicht auf seiner *eigentlichen* Facebook-Seite. Auf seiner *anderen* Facebook-Seite. Sie war total ausgeflippt, als sie es rausfand. Aber wenigstens rief sie ihn nicht dauernd an wie diese Joanna oder wie sie hieß. Marketing. Gesicht wie ein Arsch mit Ohren. Wie hatte Alec noch gesagt? Körper von *Baywatch*, Gesicht von *Crimewatch*, so ungefähr.

Alle lachten, als hätten sie den Spruch noch nie gehört. Er fuchtelte mit einem Zwanziger herum und deutete in die Runde: Alec war ein Weichei, das nichts vertragen konnte, Jaime lebte von der Hand in den Mund, Welshie würde nie eine abkriegen, Graham hatte allen Ernstes die Technische Hochschule in Bristol besucht … und alle lachten und hingen ihm an den Lippen, diesem Alphatier mit seinen Ansichten und seinen Sprüchen und seinem arroganten Zwanziger und seiner fetten Brieftasche und seinem dreckigen Grinsen.

Und dann fragte ihn jemand nach der Braut, die er eine Weile herumgezeigt hatte.

»Vergiss es, Mann, die hab ich abgehakt. Ein Albtraum, die Alte.«

Sein Blick wandte sich keinen Moment von dem Mädchen am Nachbartisch ab. Er trank von seinem Bier, ließ sie nicht aus den Augen, wie ein Raubtier, das nach leichter Beute Ausschau hält.

»Ihre traurigen Augen hatten es mir angetan. Sie bekam zu Hause nicht, was sie brauchte.«

Meine Hand schloss sich fest um mein Bierglas.

»Kaum hatte ich sie angelächelt, da wollte sie schon was Festes!«, sagte er. »Ich hab ihr gesagt: ›Sei nicht traurig, es liegt nicht an mir – es liegt an dir‹.«

Sie trommelten vor Vergnügen auf den Tisch. Dieser Typ war ihr König.

»Erst mal was essen!«, rief er. »Los, ihr Penner!«

Jemand wie ich würde ihnen nicht auffallen, und inzwischen war ich ganz gut darin, anderen Menschen zu folgen. Aber solche Männer besitzen ohnehin keinen Blick für die Unscheinbaren. Es ist, als könnten sie nur ihresgleichen wahrnehmen. Die Anzüge, die Schuhe, die Uhren, nichts anderes zählt.

Ich fragte mich, wie Pia wohl fand, was ich hier tat. Informationen sammeln, um mit der Sache abzuschließen. Es war erlösend. Ich befreite mich.

Seit ich Jeremys Welt entdeckt hatte, sah ich klarer, war das Universum deutlicher umrissen.

Ich saß in der Ecke des Restaurants, ließ mir Zeit mit meinen Papadams.

Sie bestellten vor allem Bier. Nach einer halben Stunde versuchte einer, sich eine Zigarette anzustecken. Der Kellner blieb ruhig, höflich, redete es ihm aus. Doch sobald er wieder gegangen war, fingen sie an, ihn nachzuäffen. Sie grölten vor Lachen.

Danach gingen sie ins Casino am Leicester Square, mittlerweile nur noch zu viert, die Krawatten gelöst, die Gesichter gerötet, und zogen eine Schnapsfahne hinter sich her.

Ich saß da, gegenüber vom Empire, eineinviertel Stunden lang, bis er herauskam und die frische Luft ihn umhaute. Ein Rausschmeißer wollte ihn stützen, wurde jedoch mit einem Schwall von Obszönitäten zurückgewiesen.

Diese Leute. Diese Leute, die sich nur um sich selbst drehen. Die leben, als wären sie die Krone der Schöpfung. Die gar nicht merken, wie sie sind. Woher nehmen die ihr Selbstvertrauen? *Die* sollten sich ändern. *Die* sollten sich selbst finden, nicht wir.

Unsere Blicke trafen sich kurz, und ich sah, wie er mich abschätzig musterte. Oder vielleicht versuchte er auch, mich einzuordnen. Er gab auf und machte sich auf den Weg. Ich ließ ihn gehen. Wozu ihn ansprechen? Ich bedeutete ihm nichts. Er würde mir sowieso nichts erzählen.

Ich hatte getan, was ich tun wollte. War dem Mann begegnet, der gewonnen hatte. Dem *besseren* Mann.

Und dann, drüben beim Burger King, nur ein paar Meter weiter, sah ich jemand anderen am Boden kauern.

Ich ging näher heran.

Mein Herz blieb stehen, als ich ihn erkannte. Dann fing es an zu rasen, meine linke Hand zitterte vom Adrenalin, die Nackenhaare stellten sich mir auf, weil ich nicht wusste, ob ich kämpfen oder fliehen sollte.

Blutrote Augen.

Derselbe Kapuzenpulli.

Er war es.

Starr stand ich da, als die Erinnerung mich mit sich riss.

Doch dann kam ich zu mir.

»Hey«, sagte ich, und dieser Mann blickte auf, verdutzt, fahrig. Er sah kleiner aus, hungrig, nicht so aggressiv, nicht wie der Typ, der mich in einer Gasse abseits der Hauptstraße in die Falle getrieben, verprügelt und bestohlen hatte. Doch das war alles nebensächlich.

Er erkannte mich nicht.

Ich verlor kurz den Mut, zögerte.

Scheiß drauf.

»Soll ich dir was sagen?«, fragte ich und versuchte, härter zu klingen, als würde ich mich mit dem Leben auf der Straße auskennen. »Dieser Typ da hat eben *mächtig* beim Roulette abgeräumt.«

Ich deutete auf Jeremy, der die Straße entlangstolperte und gerade einen Passanten mit einer Tüte Pommes anschnauzte, dass er sich verpissen solle.

Vielleicht hatte Dr. Moon auch das damit gemeint, als er sagte, ich müsse die Kontrolle wieder übernehmen.

Ich beobachtete, wie der Mann mühsam auf die Beine kam, mir dankend zunickte und Jeremy langsam in die Nacht hinaus folgte.

VIERUNDDREISSIG

»Und schließlich«, sagte ich mit meiner Radiostimme, *»auch wenn wir lieber mit einer positiven Meldung enden würden … trotz aller Bemühungen Talk Londons sah sich Bürgermeister Jackson einmal mehr gezwungen, seine Enttäuschung über die neueste Verbrechensstatistik zu äußern, welche erneut bestätigt, dass die Überfälle in der Hauptstadt zunehmen …«*

Angewidert schüttelte Cass den Kopf.

»Höchsttemperaturen heute von neunzehn Grad – es ist sechs Uhr dreiunddreißig, und schon sind Sie wieder auf dem neuesten Stand.«

»Okay, bevor er geht …«, sagte Cass. »Bringen wir es hinter uns …«

Sie drückte eine Taste.

Jingle.

»Was hat Tom gestern Abend so getrieben?«

Ich habe einen Mann gefunden, von dem ich mir ziemlich sicher bin, dass er ein Straftäter ist, und ich glaube, ich habe ihn angestiftet, einen Nebenbuhler zu verprügeln.

»Hab in der Stadt was gegessen und bin über den Leicester Square geschlendert!«, sagte ich.

Dann habe ich mein Antidepressivum in die Hand genommen und mithilfe des Wasserkessels in meiner dreckigen Spüle zerstampft.

»Danach früh ins Bett, mit einer Tasse Tee!«

Vielleicht gibt es irgendwann ein Wiedersehen. Vorerst jedoch: Leb wohl, mon ami.

»Wie schön!«, sagte Cass und drückte die Taste.

»Das hat Tom gestern Abend so getrieben.«

»Pippy meinte, du hättest für heute Abend 6A gebucht«, sagte sie und stieß mich an. »Was hast du vor? Neues Demoband?«

»Darf ich helfen?«, fragte Praktikant Paul. »Ich meine … bitte?«

»Leslie James will dich abwerben, was?«, sagte sie.

Ich lachte.

»Diese Story«, sagte ich. »Ich möchte irgendwann nach fünf mit jemandem reden. Zwischen fünf und acht.«

»Oh, die Story«, sagte sie. »Die große, geheimnisvolle Story, von der nur du was weißt.«

»Darf ich es wissen?«, fragte Praktikant Paul.

»Ich hab das Okay bekommen«, fuhr ich fort, während ich gleichzeitig in Pauls Richtung den Kopf schüttelte. »Du wirst begeistert sein. Es ist für unsere Sendung morgen früh.«

»Dann sollten wir in der Abfolge also Platz lassen, oder? Bist du dir ganz sicher?«

»Ja, bin ich«, sagte ich. »Lass ein bisschen Platz …«

Ich hätte es ihr erzählen können. Aber es war meins. Ich durfte nicht riskieren, dass es vorher rauskam. Ich wollte nicht, dass sich Steve Penny oder Lydia Barnes wie die Geier darauf stürzten.

»Da wir gerade von Storys sprechen, was macht denn deine? Was ist mit …«

Beide starrten wir Praktikant Paul an, bis er den Wink verstand und woanders hinging.

»Pia?«, fragte ich.

»Pia.«

Ich seufzte und schüttelte den Kopf.

»Die ist völlig von der Bildfläche verschwunden«, sagte ich. »Ich war bei jemandem, von dem ich dachte, er könnte mir helfen. Er hat mir auch geholfen, aber anders als gedacht.«

»Facebook? Twitter?«

»Beides Fehlanzeige. Was komisch ist, weil man doch meinen sollte, dass Twitter für jemanden, der so erpicht darauf ist, anderen zu folgen, genau das Richtige wäre.«

»Kennst du denn noch jemanden, der sie kennt?«

Andy wusste nicht, wo sie wohnte. Sie war bei ihm zu Hause gewesen, einmal, nach ihrem ersten Treffen. Sie war ihm einfach gefolgt, hatte ihn vor seiner Haustür überrascht und gefragt, ob er vielleicht einen Saft für sie habe. Andy hatte sie hereingebeten. Er meinte, er sei noch nie jemandem begegnet, der so verloren war. Er hatte mir eine Menge erzählt.

Dann war da noch Ash. Ich rief ihn im Zoo an. Er meinte, ich solle ihn nie wieder anrufen. Ich fragte, ob es was Neues von Binky gebe. Er meinte, ich solle diesen Namen nie wieder in den Mund nehmen. Ich fragte, ob er was von Pia gehört habe. Er meinte, ich solle der Menschheit einen Gefallen tun und mich von einer Brücke stürzen.

Sie war und blieb verschwunden.

Langsam wurde mir bewusst, dass Pia alles Mögliche hätte sein können.

Vielleicht war sie ein Soldatenkind gewesen, musste dauernd umziehen, musste sich immer anpassen, immer einfügen. Lernte überall neue Freunde kennen, hatte aber nie Freundschaften, die hielten.

Vielleicht war sie auch auf der Flucht. Oder sie war ein Waisenkind. Was, wenn sie ihren Eltern Geld gestohlen hatte und weggelaufen war?

Cass sagte, ich solle am Empfang auf sie warten. Wir würden was essen gehen, Ideen sammeln, uns würde schon was einfallen.

Ich saß unter einem Bildschirm, auf dem stand: HERZLICH WILLKOMMEN, LIEBE FREUNDE VON TOYOTA! Die Frau am Empfang, deren Namen ich mir nie merken konnte, nahm Anrufe entgegen.

»Hallo, SoundHaus, welche Abteilung, bitte?«

Knopfdruck.

Pia passte nirgendwo dazu, das hatte sie mal gesagt, also passte sie sich vielleicht allem und jedem an, um damit klarzukommen. Und wenn sie allzu beliebt gewesen war? Vielleicht fühlte sie sich damit unwohl und hatte ihr Leben entsprechend umgekrempelt?

Vielleicht war sie alles gleichzeitig, vielleicht nahm sie harte Drogen, vielleicht litt sie unter Gedächtnisschwund, vielleicht war sie nichts davon.

Nichts an ihr schien so richtig zusammenzupassen.

Weshalb alles, was genau zu passen schien, herausstach.

Selbstverständlich trug sie diesen Parka. Er passte zu ihr.

Selbstverständlich wusste sie obskure Dinge über Pandas. Auch das passte.

»Hallo, SoundHaus, welche Abteilung, bitte?«

Meine Güte, ich wünschte, diese Frau könnte endlich damit aufhören. Wie machte sie das bloß? Diese Unerbittlichkeit, die ewige Wiederholung. Jemand sollte sie mal ordentlich wachrütteln. Sie sollte jemandem folgen.

Ich starrte sie an. Lauschte ihr. Diese Worte, dieser Rhythmus, die Silben dieser Sätze hatten sich bestimmt schon in ihr Unterbewusstsein gemeißelt und verfolgten sie bis in ihre Träume.

Dem zu entgehen – genau dafür war CC da.

Als ich noch mal *»Hallo, SoundHaus, welche Abteilung, bitte?«* hörte, war mir, als würde sich vor meinem inneren Auge ein Bild formen. Ein Gedanke. Eine Idee.

Das Bild wurde deutlicher, klarer, bis ich merkte, dass das Bild Wirklichkeit werden könnte. Ich stand auf.

»Wo ist Praktikant Paul?«, rief ich etwas zu laut, während ich auf den Fahrstuhl zustürmte, aus dem Cass gerade hinaustrat. »Ich brauche Praktikant Paul!«

Und die Frau am Telefon hielt inne und blickte starr zu mir auf, denn solche Worte hatte in diesem Gebäude noch nie jemand gehört.

FÜNFUNDDREISSIG

»Und es ist wirklich für die Story?«, fragte Praktikant Paul, als er den Hörer vom Festnetztelefon nahm, seine Miene voller Eifer, Bereitschaft, Dankbarkeit. Niemand im Nachrichtenraum wusste davon. Ich hatte gewartet, bis Bron Mittag machte.

»Es ist für eine Story, ja«, sagte ich. »Das stimmt.«

»Ihre Story, meine ich«, sagte er. »Von der Sie erzählt haben.«

Ich überlegte.

»Ja, belassen wir es dabei«, sagte ich, und begeistert fing er an zu wählen.

Mir war etwas Seltsames aufgefallen, an jenem ersten Abend mit Pia – diesem Abend, an dem wir auf der Church Street standen, kurz bevor wir Old Man Stokey entdeckten, kurz bevor ich zum ersten Mal jemandem gefolgt war.

Ich hatte mir nicht erklären können, was mir an diesem Abend seltsam vorgekommen war, weil mir an diesem Abend alles seltsam vorgekommen war … doch endlich wurde es mir klar: Es lag daran, dass diese eine Sache zwischen all dem anderen so *normal* gewirkt hatte.

Auch ich suchte eine Nummer raus und wählte.

Ich kenne mich mit Worten aus, klar tue ich das. Ich weiß, wie sie klingen. Ich weiß, wie sie aussehen, wenn sie aus dem Mund eines Menschen kommen. Ich weiß, wann jemand abliest, ich weiß, wann jemand improvisiert, und ich weiß, wann jemand etwas schon Millionen Mal gesagt hat.

»Hallo, ich hätte da mal eine Frage. Ich rufe für Sound-Haus Radio an«, sagte Paul, als am anderen Ende jemand ranging, und als jemand meinen Anruf annahm, sagte ich dasselbe …

Pia hatte etwas gesagt, was sie schon Millionen Mal gesagt hatte. Das wurde mir nun bewusst.

Es war ihr zu beiläufig, zu schnell, zu *leicht* über die Lippen gekommen.

Paul legte auf, schüttelte den Kopf, suchte die nächste Nummer auf einer unfassbar langen Liste von Küchenbedarfsläden im Norden, Osten und Nordosten Londons und fing aufs Neue an zu wählen.

[12]

Ezra Cockroft verstarb am 17. September 1983. Er wurde einundachtzig Jahre alt.

Ich war auf seiner Beerdigung. Ich habe weiße Lilien mitgebracht, dieselben weißen Lilien, die er Mae, seiner angebeteten, wenn auch fehlbaren Frau, aufs Grab gelegt hatte, jeden Sonntag seit 1973, seit seiner Rückkehr nach New York.

Ich war nicht der einzige Trauergast bei seiner Beerdigung. Die kleine weiße Kirche in Amenia Union ließ ihre Glocken an diesem Morgen laut erklingen. Einem Schild entnahm ich, dass sie als eine der schönsten Nachbauten einer englischen Dorfkirche im ganzen Land gilt. Ich schätze, das hätte ihm gefallen.

Ich stand ganz hinten bei den Leuten, die Ezra jeden Tag in Greenwich Village getroffen hatte. Ray von Ray's Pizza und das Mädchen vom chinesischen Imbiss an der Franklin Avenue mischten sich unter die Männer, mit denen er das Kriegsende erlebt hatte, und die wenigen Wissenschaftler von der Universität, die noch bereit gewesen waren, überhaupt mit ihm zu sprechen.

Der Pastor fand freundliche Worte, und ganz vorn in der ersten Reihe fiel mir eine hübsche Frau mit hübschen Haaren und einem hübschen Lächeln auf, deren Augen den Himmel zum Leuchten bringen konnten.

Sie weinte.

Ich wusste, dass ich nach Hause fliegen würde, doch als der Gottesdienst zu Ende war, die Trauergemeinde sich in Bewegung setzte und die Autos angelassen wurden, folgte ich ihr dennoch.

Fand mich an ihrer Seite wieder.

Die Wahrheit ist, dass ich mir nicht sicher bin, ob Cockrofts Ansatz richtig war.

Sein oder Nichtsein. Leben oder leben wie ein anderer.

Er verfiel dem Folgen, weil sein Leben plötzlich außer Kontrolle geraten war.

Er sah einen Mann, der aussah, als hätte er, was Ezra nicht mehr hatte.

Er wollte es wiederhaben, denn es hatte ihm gehört, früher einmal.

Und er konnte es nur ertragen, indem er so tat, als ob. Er war ein Imitator.

Er würde es selbst zugeben. Er zuallererst.

Oder natürlich als Zweiter – Imitator, der er war …

Er mochte einen Großteil seines Lebens als jemand anders verbracht haben. Aber wer er auch war und wann das alles auch gewesen sein mag – er war der großartigste Mensch, dem ich je begegnet bin.

Ich nahm denselben Bus zurück in die Stadt wie die Frau mit dem Lächeln.

Wir saßen neben einem Mann, der mit seiner ganzen Familie zu der Beerdigung gekommen war. Mir fiel auf, dass sie mehr Gepäck als die meisten anderen hatten.

Ich reichte ihm die Hand und stellte mich vor.

»Andreas«, sagte er mit leichtem Akzent.

SECHSUNDDREISSIG

Graues Büro, Neonlicht und vermutlich haufenweise Pippys und Maureens.

Autos rasten vorbei, Busse in beiden Richtungen.

Es war Viertel nach fünf. Ich stand auf der anderen Straßenseite, der Wind wehte Styroporschachteln die Straße hinunter, Schokoladenpapier und Chipstüten umtanzten die Mülleimer.

Paul hatte einen Volltreffer gelandet. Das Einzige, was wir wussten, war ihr Name. Wir hatten es unter Küchenbedarf, Küchen- und Haushaltsbedarf, Küchen- und Haushaltsgeräte, Kücheneinbau, Küchenmontage, Küchen- und Haushaltsberatung, Küchenhersteller, Küchenschrankhersteller, Großküchenbau und Großküchenschrankhersteller versucht. Die Liste wollte gar kein Ende nehmen und enthielt immer die Worte »Küche« oder »Haushalt«.

Doch dann, nach fast drei Stunden …

Ich hatte Paul reich entlohnt. Hatte ihm ein hervorragendes Zeugnis versprochen. Hatte ihm meine Goodie Bag von den *M* Style Awards geschenkt. Hatte den Gewinnspielschrank geplündert und ihn mit CDs, Premierentickets und T-Shirts eingedeckt. Und gelobt, ihn nie wieder Praktikant Paul zu nennen.

»Endlich«, erklärte ich ihm, »wirst du die Früchte dafür ernten, dass du undankbare, unterbezahlte Botendienste für Londons drittbeliebtestes kommerzielles Radiounternehmen erledigen musstest. Und du wirst diese Früchte von nun an täglich ernten.«

Da kam Pippy herein und sagte, er solle ihr einen Bonzenkaffee holen.

Seit einer Stunde trieb ich mich nun schon auf dieser Straße herum. Hatte eine Weile in dem Café unter der Brücke gesessen. Hatte die *Sun* von vorne bis hinten durchgelesen. Es hieß, am Wochenende sei eine explosive Story zu erwarten, *»die alles auf den Kopf stellen wird, was Sie über einen großen britischen Star zu wissen glauben – diesen Sonntag exklusiv in der* Sun!«.

Ich sah wieder zur Tür hinüber. Das Ganze machte einen ziemlich schäbigen Eindruck. Blätternde Farbe, zerkratztes Glas. Verblasstes himmelblaues Logo, seit den Achtzigern nicht mehr erneuert. Rostige Gitter schützten billige Doppelverglasung. Uralte, gewölbte PC-Bildschirme.

Eine Frau stieß die Tür auf, wünschte jemandem drinnen eine gute Nacht. Der Wind fing sich in der Tasche in ihrer Hand, und sie strich ihre Jacke glatt, die der Abendwind aufwehte.

Mein Handy summte.

Unbekannt.

Ich wusste ja, worum es ging. Ich konnte rangehen, ihn hinhalten. Aber ich brauchte Zeit.

Nein, ich sollte rangehen.

»Hallo?«

»Tom, hier ist Jo Ward. Ich wollte nur kurz checken, ob Sie da sind und Ihr Telefon an ist.«

»Ja, hi …«, sagte ich. »Ich bin noch nicht im Studio, aber ich bin unterwegs.«

»Sie sind …?«

»Kein Problem. Bis gleich.«

Ich legte auf.

Noch immer keine Spur von Pia.

Ich kam zu dem Schluss, dass ich es tun musste. Ich konnte in zwanzig Minuten im Studio sein, wenn die U-Bahn mitspielte. Ich drückte gegen die Tür. Sie war verschlossen. Ich drückte auf die Klingel. Man summte mich herein.

Im kleinen Büro der Firma »Mandrake Küchen- und Haushaltsbedarf« standen kreuz und quer und dicht gedrängt sechs Schreibtische. Ansonsten war es leer, abgesehen von einer kleinen, rotgesichtigen Frau in der Ecke. Das Radio quasselte vor sich hin. Die Frau trug ein dunkelblaues Firmen-Sweatshirt und saß unter einem Plakat für Schrauben, Nieten und MDF-Platten.

»Kann ich Ihnen helfen?«, fragte sie und war die Freundlichkeit in Person.

»Hi«, sagte ich. »Hören Sie, es klingt vielleicht komisch, aber arbeitet Pia hier?«

Sie strahlte.

»Pia Jones?«

Als sie mich einmal gefragt hatte: »Möchtest du denn nicht normal sein? Jeden Freitagabend dasselbe Essen aus demselben Laden holen? Einen Bürojob haben, am Telefon sitzen: *Küchenbedarf, guten Morgen, Tom am Apparat ...?«,* hatte ich mir nichts dabei gedacht. Aber es war ein kleines Stückchen grauer Wirklichkeit in einer Welt, die für sie doch am liebsten bunt wie ein Regenbogen sein sollte.

»Pia ... Jones«, sagte ich. »Ja.«

Die Frau zeigte auf ein Foto, vergrößert, aber verblasst, an die Wand gepinnt. Personalweihnachtsfeier. Alle lachend, betrunken in einem Pub, mit gerstengelbem Bier in den Händen,

Pia kichernd. Zum ersten Mal sah ich, dass sie irgendwo *dazugehörte*.

»Ja, die arbeitet hier. Also, *hat* gearbeitet. Also, *arbeitet*.«

»Bitte?«

»Morgen ist ihr letzter Tag. Gestern war ihre Abschiedsfeier.«

Warum überraschte mich das nicht?

»Entschuldigung, aber wer sind Sie denn?«, fragte die Frau.

Ich wusste nicht recht, was ich sagen sollte.

»Ich bin ein Freund«, sagte ich. »Ich bin ihr bester Freund.«

Sie stand auf.

»Tom!«

Sie wusste von mir, diese Frau. Schien hocherfreut. Sagte, Pia habe im Büro unsere Sendung angestellt. Habe stolz von mir erzählt. Hier kannte man meine Stimme.

»Wann müssen Sie denn morgens aufstehen?«, fragte sie und kam auf mich zu. »Und müssen Sie so richtig früh ins Bett?«

»Wenn es noch dunkel ist, und ja«, sagte ich.

»Wie ist eigentlich Cass privat?«, fragte sie. »Sie klingt nett. Warum waren Sie denn nicht bei der Abschiedsfeier? Ach, Sie hätten dabei sein sollen! Sie hätten Cass mitbringen können! Die Jungs sind allesamt …«

»Hören Sie, ich möchte wirklich nicht unhöflich wirken, aber darf ich fragen, wo Pia im Moment ist?«

»Haben Sie sie angerufen?«

»Ja«, log ich. »Da sprang gleich die Mailbox an.«

»Dieses Mädchen …«, sagte sie und lachte kopfschüttelnd. »Na, sie ist heute früher gegangen. Sie konnte eher Feierabend machen. Es hat ja keinen Sinn, hier rumzusitzen, wenn nichts zu tun ist.«

»Und wo wohnt sie?«, fragte ich langsam, versuchte mein Glück.

»Gleich um die Ecke«, sagte sie unsicher. »Nicht weit von hier. Aber wenn Sie es nicht wissen, bin ich mir nicht sicher, ob ich es Ihnen sagen darf. Ist denn alles okay? Hatten Sie Streit mit ihr oder so was?«

»Wieso?«

»Ich hatte in letzter Zeit eigentlich das Gefühl, dass es ihr richtig gut ging. Und dann lief plötzlich gar nichts mehr, und sie spielte sogar mit dem Gedanken, wieder nach Hause zu ziehen, und morgens wollte sie auch Ihre Sendung nicht mehr anstellen und …«

»Nach Hause?«

»Ich weiß. Ich dachte, sie hätte in letzter Zeit vielleicht die Kurve gekriegt.«

Ich dachte, das könnte vielleicht auf uns beide zutreffen.

Kurz sah ich, wie die Frau unsicher einen Blick auf etwas an der Wand neben ihrem Schreibtisch warf – ein eselsohriges DIN-A4-Blatt, das mit Knetkleber am bröckelnden Putz befestigt war.

»Hören Sie … ich möchte auf keinen Fall, dass Sie sich diesen Zettel ansehen. Das ist unsere Adressenliste. Wir wollen doch nicht, dass Sie etwas entdecken, was Sie nichts angeht. Also, möchten Sie vielleicht ein Tässchen Tee?«

Sie ging hinaus und nahm ihren Becher mit. Maureen wäre bestimmt stolz auf sie.

Ich sah mir den Zettel an. Dann noch mal das Foto von Pia.

»Darf ich Sie was fragen?«, rief ich, und die Frau kam zurück, schob den Kopf hinter der Tür hervor und nickte auffordernd.

»Ich finde nur, dass dieser Laden so gar nicht … zu Pia passt.«

Ich hoffte, sie fand mich nicht zu unverschämt.

»Gott bewahre, da haben Sie wohl recht«, sagte sie. »Ich glaube, sie wollte hier arbeiten … na ja, weil sie *in der Nähe* bleiben wollte.«

Sie machte ein Sie-verstehen-schon-Gesicht.

Ich nickte, als würde ich verstehen, als wüsste ich, was sie meinte.

Aber ich hatte nicht den leisesten Schimmer.

Sie entdeckte mich im selben Moment, als sie vor die Tür trat, in ihrem Parka, dessen Kapuzenfell wie ein Schal um ihre Schultern lag. Ich sah sie an, wie sie dort stand, draußen vor der ramponierten Haustür ihrer Wohnung im zweiten Stock an der Eric Street, eingerahmt von Satellitenschüsseln und englischen Nationalflaggen, und sie schaute direkt zu mir herüber.

Die Kids aus dem Wohnblock kickten einen Fußball gegen ein Auto.

Ich hatte meine Hände in den Taschen, versteckte mich nicht, versuchte nicht, mich unsichtbar zu machen. Unsere Blicke trafen sich, und obwohl sie kurz überrascht wirkte, verstand sie doch.

Ich war nicht hier, um zu reden.

Ich dachte an das, was Andy mir erzählt hatte, während Pia und ich losgingen, einer hinter dem anderen, Abstand hielten, sie voraus, ich immer hinterher, den ganzen Weg die Eric Street entlang auf die Mile End Road und durch die Fahrkartensperre am U-Bahnhof.

Wir fuhren zusammen Bahn, sie drei Sitze von mir entfernt. Den Hinterkopf an die Scheibe gelehnt, starrte sie in die Lichter an der Decke. Wir taten, als würden wir sowohl einander ignorieren als auch das, was hier vor sich ging.

Hayley hatte recht gehabt: Pia wusste alles über sie. Sie wusste alles über Jeremy. Sie hatte es gewusst und war mir an jenem Tag von CC aus gefolgt, um mich nicht länger im Unklaren zu lassen. Sie wollte, dass ich die Wahrheit erfuhr – zum Teil aus Freundlichkeit, zum Teil weil sie Hayleys arrogante Art und Spinnereien verachtete –, doch als sie mir gefolgt war, hatte sie etwas Zerbrechliches in mir erkannt, etwas, das der Wahrheit nicht gewachsen sein würde. Und als wir uns auf der Brücke in die Augen gesehen hatten und ich auf den Tesco zuhielt, war sie mir hinterhergelaufen, zum Teil weil sie mir nach wie vor von meiner Freundin und deren Liebhaber erzählen wollte, aber auch weil sie neugierig war, was passieren würde, wenn sie es nicht tat. Was, wenn ich es nicht ertragen konnte? Was, wenn sie mir stattdessen den Rücken stärkte?

Wir stiegen in East Ham aus. Liefen ein paar Hundert Schritte, warteten schweigend an der Bushaltestelle auf den 101er, fanden Plätze auf dem Oberdeck, sechs bis sieben Leute zwischen uns. Keiner sagte ein Wort. Mehr Pullover in den letzten Tagen, hin und wieder ein Hut, der Herbst stand vor der Tür. Niemand ahnte, dass wir uns kannten, niemand würde erraten, dass wir dasselbe Ziel hatten, niemand merkte, dass ich ihr folgte.

Wieder mein Handy.

Unbekannt.

Nicht hier.

Ich drückte ihn weg.

Da stand sie auf, blickte sich um, weil sie sichergehen wollte, dass ich es mitbekommen hatte, und drückte auf den Knopf. Ich folgte ihr, als sie aus dem Bus stieg. Mit den Händen in den Taschen und gesenktem Blick lief sie an all den anderen ganz normalen Londonern vorbei, auf die zu Hause ihre Liebsten warteten, oder vielleicht auch nur ein einsames Mikrowellenmenü.

Aber jetzt wusste ich, wohin wir gingen. Jetzt war ich mir sicher. Die Schilder führten uns dorthin, wo wir eines Tages alle enden werden.

Andy hatte lange für sich behalten, was Pia mit dem Zoo verband, und erst unter Druck nachgegeben. Doch ich wollte es selbst sehen, und wichtiger noch …

Pia musste es mir zeigen.

Sie blieb bei einem Blumenladen stehen, wartete auf mich, dann ging sie hinein.

Gemeinsam kamen wir mit weißen Lilien wieder heraus, sie ein paar Schritte vor mir, und schon bald erreichten wir das mächtige Eingangstor des Londoner Stadtfriedhofs.

Pia hatte alles verloren, eines Tages im Dezember vor zwei Jahren.

Ihre Familie hatte sie vor dem Mann gewarnt, für den sie nach London gezogen war. Nicht nur gewarnt. Sie hatten gesagt, er würde sie ins Unglück stürzen.

Nicht etwa weil er trank oder Frauen schlug oder ein Kiffer war. Sondern weil er so sehr, sehr normal war. Er sei ja ein ganz netter Typ, meinten sie, nur mangele es ihm an Ehrgeiz. Er würde sie runterziehen, sie behindern, er habe »nichts an sich«. Er sei langweilig.

Nur Pia fand ihn nicht langweilig.

Er war Biologe. Er mochte Amphibien. Sie hatte eben ihre Abschlussarbeit als Tierpflegerin der Fachrichtung Zoo am Sparsholt College geschrieben. Hatte ihr Diplom bekommen. Die Welt lag ihr zu Füßen – und wenn nicht die Welt, so doch zumindest das Königreich der Tiere.

Sie hatten sich kennengelernt, als er gerade erst zwei Wochen aus China zurück war, nach einem Gastseminar an der Royal Society. Er war sechs Monate weg gewesen, hatte freiwillig für die Zoological Society of London gearbeitet, sich mit einem Projekt für Riesensalamander in Zentral- und Südchina befasst, und er sprach begeistert, wenn auch mit großer Sorge von den Tieren. Der Salamander starb aus, weil es ihm schwerfiel, sich an seine Umwelt anzupassen.

Sie verliebten sich bis über beide Ohren. Und sechs Monate später hatten Simon Jones und Pia Kosinski geheiratet, im Beisein einiger weniger Freunde, im Zoo.

An jenem Tag sollte sie die Marmosetten kennenlernen. Simon meinte, Ash würde sie heimlich reinlassen. Er meinte, sein Trauzeuge müsse ihm an seinem Hochzeitstag jeden Wunsch erfüllen.

Nur Pias Mutter war nicht gekommen. Für sie ging das alles zu schnell. Ihre Tochter nabelte sich ab. Sie heirateten in einem *Zoo*, ausgerechnet. Die Kluft wurde größer.

Pia wusste, dass ihre Mutter nicht die große Liebe ihres Vaters gewesen war. Es war eine Vernunftehe gewesen, für die er von New York hierhergezogen war, ein Mann mit traurigen Augen, der damals auf die dreißig zuging. Eines Abends an Weihnachten hatte er sich ihr anvertraut, beseelt von den Daiquiris, nach dem Rezept seiner Großtante, doch auch beseelt von der Erinnerung, und er sprach von einem Mädchen, dessen Augen den Himmel zum Leuchten brachten, der Tochter des Mannes, mit dem er Anfang der Achtziger für ein paar Monate eng befreundet gewesen war und dessen Arbeit er mit seiner allerersten Veröffentlichung bekannt gemacht hatte. Ein Essay, der es schließlich bis in den *New Yorker* schaffte und inzwischen irgendwo unbeachtet in den Tiefen des Internets vor sich hin vegetierte.

Pia rief ihre Mutter nicht an, um sie um Verzeihung zu bitten. Warum sollte sie auch? Pia liebte diesen Mann. Doch wie sollte sie der Mutter erklären, dass sie ihrem Herzen folgen musste, ohne ihren Dad als abschreckendes Beispiel anzuführen? Die Kluft wurde zu einer Schlucht.

Die Schlucht zu einem Ozean.

Die letzten fünfzig Meter ließ ich sie allein gehen.

Mein Handy summte. Ich ignorierte es.

Sie beugte sich über ein Grab. Legte die Blumen sachte nieder. Dachte still an diesen Mann, ihren Simon.

Selbst als er gestorben war – die Krankheit kurz und tragisch –, brachte ihre Mutter es nicht über sich, sie anzurufen.

Stattdessen hatte sie ihr, wie ich von Andy wusste, als gute Christin eine Beileidskarte geschickt.

Ohne ein Wort.

Konnte Pia nach allem, was passiert war, tatsächlich wieder »nach Hause« ziehen? Vergeben und vergessen? Eines Tages vielleicht. Sie war noch nicht bereit, ihren Mann zu verlassen. Doch um in dieser Stadt bleiben zu können, hatte sie arbeiten müssen. Sie musste zusehen, dass ihr Leben irgendwie funktionierte.

»Jetzt weißt du es also«, sagte sie, als sie plötzlich da war, die Hände tief in den Parkataschen vergraben, ohne stehen zu bleiben, ohne mir in die Augen zu sehen.

Pia hatte weniger als alle, die ich kannte.

Wieder summte mein Handy. Ich holte es hervor.

Unbekannt.

Ich drehte mich um, sah sie weggehen.

Diesmal ging ich ran.

»Matthew?«

»Scheiße, Tom, was soll das werden?«

Er klang drängend, wütend.

»Tut mir leid, ich bin noch nicht so weit. Ich glaube, ich kann das nicht.«

»Was?«, schrie er. Im Hintergrund hörte ich Stimmen. Zwei Männer stritten lauthals. »Tom, tu mir das nicht an! Wir *müssen* das machen! Ich *brauch* dich dafür. Es wird dir *nützen*.«

»Ich kann nicht, Matthew«, sagte ich.

»Das kann nicht wahr sein!«, sagte er. »Du warst doch einverstanden. Es war abgemacht. Warum tust du das? Es *muss* heute Abend über die Bühne gehen!«

Pia erreichte das Tor. Sie ging hindurch.

»Matthew«, sagte ich. »Ich geb dir jetzt eine Nummer …«

SIEBENUNDDREISSIG

»Ich hätte nicht gedacht, dass wir uns noch mal wiedersehen«, sagte sie, und wir beobachteten beide, wie der Dampf von dem Becher aufstieg, den sie so fest mit beiden Händen hielt.

Wir saßen in Pias Wohnung in der Eric Street.

Ehemalige Sozialwohnung. Zwei Zimmer. *Wumm-wumm-wumm* von der Stereoanlage nebenan, dann Stille.

Wir ließen die Stille gewähren.

Dann der nächste Song … »Carry On« von Aphra.

Wir mussten lachen.

»Du hast mir nichts erzählt«, sagte ich, als wir damit aufhörten. »Von deinem Mann. Von Simon.«

»Hätte ich es getan, hättest du nur das Tragische in mir gesehen«, sagte sie. »Im Büro war es genauso. Aber dieser Mensch wollte ich nicht länger sein. Und bei dir musste ich es nicht.«

»Deshalb folgst du anderen«, sagte ich.

»Es ist, als würde ich Forschung betreiben«, sagte sie. »Mein Dad meinte, Cockroft habe ihm erzählt, Forschung sei nur eine Umschreibung dafür, sich ungestraft verlieren zu dürfen. Und ich wollte mich verlieren. Früher war ich anders, bevor das alles passiert ist. Ich war glücklich. Kannst du das glauben?« Sie lachte und schüttelte den Kopf. »Ich hatte keine Sorgen und sah in allem das Gute. Immer hatte ich was vor, immer neue Ideen. Und eines Tages war das alles weg. Ich dachte, es würde wiederkommen, aber in mir blieb alles düster.«

»Mit düster kenne ich mich aus«, sagte ich.

»Das weiß ich«, sagte sie. »Amitriptylin. Ich habe es nachgeschlagen.«

»Woher wusstest du davon?«

»Was glaubst du wohl, wieso ich meine Haare in deiner Wohnung zurückfärben wollte? Um einen Blick in deine Schränke zu werfen. Ich wusste, dass du was nimmst.«

»Du hast dir die Haare gefärbt, nur um in mein Badezimmer reinzukommen? Warum hast du nicht einfach gesagt, dass du zur Toilette musst?«

Sie zuckte mit den Schultern.

»Es war einfach dramatischer«, sagte sie. »Aber ich konnte es dir ansehen. An diesem Tag, an dem wir uns zum ersten Mal begegnet sind, wollte ich dir von Hayley erzählen – wo sie war, wieso und mit wem.«

»Ich weiß.«

»Es sah aus, als wolltest du dein Leben aufgeben, und das wollte ich nicht zulassen.«

»Durch dich wurde mein Leben besser«, sagte ich. »Du hast mir eine andere Seite von allem gezeigt.«

»Ich glaube, wie du jetzt bist, so solltest du eigentlich sein«, sagte sie sanft. »Oder zumindest bist du auf dem besten Weg dorthin.«

»Und du?«

»Ich weiß nicht.«

»Beim Forschen sucht man manchmal etwas, ohne zu wissen, was. Menschen wie Andy, Jackie und die anderen machen es, weil sie ein neues Leben finden wollen. Du machst es, weil du dein altes Leben wiederfinden willst.«

Sie starrte in ihren Tee.

»Du möchtest zurück«, sagte ich. »Du möchtest sein, wer du warst.«

Sie nickte.

»Das stimmt.«

»Und was willst du jetzt tun?«

Sie seufzte.

»Mich dem Leben stellen. Ich glaube, ich könnte wieder zu meiner Mom ziehen. Wir haben am Telefon ein bisschen geredet. Daran bist du nicht ganz unschuldig.«

»Ich?«

»Du hast mal gesagt: ›Wie schwer kann es denn sein, den Hörer in die Hand zu nehmen?‹ Du hast dich über die Liebe ausgelassen, und zwar sehr überzeugend. Ich dachte, ich sollte deinem Beispiel folgen.«

»Und was dann?«

»Ich werde mir einen Job suchen. Sue bei Mandrake meinte, sie würde mir eine Empfehlung schreiben. Ihr Bruder hat da oben eine Holzhandlung, und vielleicht kann ich da als Aushilfe anfangen.«

»Du willst Holzfällerin werden?«, fragte ich.

»*Büro*arbeit«, lächelte sie und boxte mir gegen den Arm.

Das würde mir fehlen.

»Und was ist mit dir?«, fragte sie. »Was willst du jetzt machen? Wieder zurück zu Hayley?«

Ich lächelte.

»Sie hat ein paarmal auf meine Mailbox gesprochen«, sagte ich. »Sie meint, sie will jetzt doch zurück nach Bristol ziehen. Sie möchte wieder mit mir zusammen sein. Sie möchte mit mir zusammenziehen, eine Familie gründen …«

»Glaubst du ihr?«

»Wahrscheinlich hat sie das bei den *EastEnders* aufgeschnappt und findet, dass es gut klingt. Nein, ich war heute Morgen nach der Arbeit da. Hab den Rest von meinen Sachen geholt. Und ihr einen Zettel dagelassen.«

»Einen Zettel? Was stand drauf?«

»Da stand: ›Hayley – ich verlasse dich. *So* macht man das‹.« Sie lachte.

»Diese schreckliche Bude wird mir fehlen«, sagte sie.

Ich sah mich um.

»Vielleicht nehme ich sie«, sagte ich. »Ich kann ja nicht ewig im Holiday Inn wohnen.«

»Die haben einen hübschen Freizeitraum«, sagte sie. »Und kostenloses WLAN.«

Ich trank meinen Tee aus, stellte ihn ab, stand auf.

»Du hast immer gesagt, ich wüsste nicht, was ich will«, sagte sie. »Aber ich glaube, dass ich es finden werde. Ich glaube, dass ich es erkenne, wenn ich es sehe.«

Da kam mir ein Gedanke. Eine Erinnerung. Dr. Moons Wartezimmer.

Ich nahm meine Brieftasche hervor, klappte sie auf.

»Was machst du?«, fragte sie. »Willst du mir einen Büchergutschein schenken?«

Dort, hinter meinen Bankkarten, da hatte ich es hingesteckt.

Ich reichte es ihr.

»Als ich das hier sah, musste ich an dich denken. Betrachte es als mein Abschiedsgeschenk.«

Sie lächelte. Hielt es in Händen. Überlegte einen Moment.

»Ich heiße Pia«, sagte sie. »Ich bin siebenundzwanzigeindrittel, und meine Lieblingsfarbe ist auch Blau.«

Ich lächelte. Sie nahm meine Hand.

»Leb wohl, Tom Ditto.«

ACHTUNDDREISSIG

Soll ich Ihnen mal was sagen?

Leslie James' Interview mit Matthew Channing war am Ende *die* Sensation.

Er hatte den Anruf von Matthew an jenem Abend entgegengenommen, das Gespräch über die ISDN-Leitung in seinem Haus aufgezeichnet und am nächsten Tag bei Sunrise eindrucksvoll zum Besten gegeben. Die *Sun* hinkte etwas hinterher. Aber die Story war groß aufgemacht. Große Schlagzeile auf dem Titelblatt. Nannte Matthew einen »Windhund«. Verwendete das Foto von ihm draußen vor dem Randolph, so zurechtgeschnitten, dass man Alice und ihn deutlich erkennen konnte – und mich, den er im Schwitzkasten hielt.

Leslie hatte ihm genau das gegeben, was er brauchte, genau das, was ich ihm nicht hätte geben können: nämlich Kontra. »Wir sind hier, um zu berichten«, hatte Leslie mal gesagt. »Nicht um zu helfen.« Man stürzte sich auf diese Aufzeichnung und verwendete sie sofort landauf, landab – jede Nachrichten-Website brachte sie, jeder Tweet schien darauf einzugehen. Es lief bei *Newsnight* während einer Diskussion über die Pressefreiheit, und es lief bei *Lorraine* während einer Diskussion über verantwortungslose Väter.

Und jedes Mal war ich dabei – der namenlose Freund im Schwitzkasten.

Man bat Leslie, noch weitere Interviews zu führen. Plötzlich war er nicht mehr nur der irre Marmeladennazi. Er war der Typ mit zwei gebrochenen Armen und einem blauen Auge, der ein Exklusivinterview mit dem Mann bekommen hatte, über den alle Welt Bescheid wissen wollte. Er war der exzentrische DJ, den *TMZ*, *Deadline* und *Hollywood Reporter* alle früher oder später als den »abgebrühten Radioreporter Leslie James« bezeichneten.

Er war mir so dankbar, dass es fast peinlich wurde. Als man ihm ein halbes Jahr später bei Talk London die Hauptsendezeit anbot (und er seine Arme wieder benutzen konnte), ließ er sie eine Weile zappeln, bevor er zusagte – und fragte mich, ob ich mitmachen wolle. Diesmal sorgte Leslies Agent dafür, dass ihm für seine Marmelade ein eigener Schrank vertraglich zugesichert wurde.

Ich dachte über sein Angebot nach. Wägte es gegen Bristol und das Frühstücksradio ab. Hauptsendezeit bedeutete, dass ich aus dem Bett sein musste um ... mal überlegen ... so gegen Viertel nach elf. Außerdem bei besserer Bezahlung. Und einem festen Vertrag. Die allerersten Anzeichen von so etwas Ähnlichem wie einer Würdigung.

Ich ließ ihn eine Weile zappeln, bevor ich ablehnte. Ich sagte ihm, ich sei ganz zufrieden mit meinem Job.

Was mein Glück war, weil Leslie einen Monat später verhaftet wurde, wegen des Verdachts auf sexuelle Nötigung in mehreren Fällen in den Siebzigern und frühen Achtzigern.

Mike Brundell bekam die Hauptsendezeit und konnte sein Glück kaum fassen.

Das Stück Papier, das ich Pia gegeben hatte. Sie hatte es an jenem Tag sofort auseinandergefaltet, und der Ausdruck in ihren Augen veränderte sich. Eine gewisse Entschlossenheit sprach daraus. Als hätte sie ein Zeichen gesehen. Tatsächlich hatte sie eine Jobanzeige gesehen.

Sie hatte sich darum beworben. Hatte sich auf mich berufen, und auf Ash. Prompt wurde sie zu einem Vorstellungsgespräch eingeladen. Sie war sehr nervös, konnte sich aber zusammenreißen, und man kannte sie ja dort bereits. Man sagte, man habe schon darauf gewartet, wann sie wohl wiederkommen würde. Sie besaß Erfahrung. Sie hatte ihr Diplom. Langsam fand sie ihren Enthusiasmus wieder.

Vielleicht hatte sie sich schließlich sogar selbst gefunden.

Und so wurde Pia Jones Juniorpflegerin im Zoo von Whipsnade, für dreiundzwanzig Riesen pro Jahr plus Pensionsansprüche. Sie meinte, Simon wäre begeistert gewesen.

Sie kaufte sich ein kleines blaues Auto und trug eine Dienstmarke, auf der »Säugerteam« stand. Wochenlang konnte ich es mir nicht verkneifen, mich darüber lustig zu machen.

Denn obwohl wir an diesem Abend in der Eric Street Lebewohl gesagt hatten, taten wir es doch nur, um zwei Wochen später wieder Hallo zu sagen, irgendwo anders, nachdem sich der Staub gelegt hatte und wir wieder Hallo sagen konnten, als wäre es das erste Mal.

Ich hatte mich umgedreht – in einem Tesco Express –, und da war sie. Stand an der Selbstbedienungskasse hinter mir, machte mir alles nach und blickte strahlend im selben blauen Parka zu mir auf.

Binky wurde übrigens nie gefunden. Ich stelle mir gern vor, dass er immer noch da draußen ist. Ich stelle mir gern vor, dass er den Weg zu CC gefunden und vielleicht gelernt hat, sich anzupassen, sich einzufügen, zu tun, was Pia immer sagte: »Sich dem Leben auf andere Weise zu verschreiben.« Vielleicht ist er da draußen endlich ein Teil der Gesellschaft, kein Außenseiter mehr, der gern dazugehören will, findet Freunde, amüsiert sich, nimmt sich eine Geliebte, freut sich des Lebens, folgt jemandem. Äfft andere nach …

Oder vielleicht ist er von einem Auto überfahren worden.

Ping.

E-Mail.

»Von wem?«, fragte Pia und lehnte ihren Kopf an meine Schulter. »Ist sie von Cass?«

Es war zehn Uhr morgens. Ein sonniger, klarer Tag. Wenn ich schätzen sollte, würde ich sagen, die Höchsttemperatur lag wohl bei neunzehn Grad.

Wir saßen im Heathrow Express. Wir hatten mit unseren Taschen in Paddington gewartet, bis wir jemanden fanden, der passte.

Es war sieben Monate, zwei Wochen und einen Tag her, seit ich Hayley verlassen hatte. Hayley – eine Frau, bei der ich mir nicht sicher bin, ob sie wirklich jemals zu mir gehört hat. Schließlich bekam ich meinen Urlaub. Es war Pias Idee, und für Freunde, die zusammenwohnen, sind die möglichen Folgen nicht zu unterschätzen. Man verbringt so viel Zeit miteinander, redet über alles Mögliche, schimpft, streitet und lacht, dass es schon seltsam anmutet, dieses Programm in der Fremde zwei Wochen lang fortsetzen zu wollen.

»Nicht Cass, nein«, sagte ich.

»Du hast Glück«, sagte sie. »Andere Frauen würden dich dafür umbringen.«

»Um ehrlich zu sein, glaube ich nicht, dass du in Cass' Augen eine Bedrohung für unsere Beziehung darstellst«, sagte ich. »Du bist ein kleines Mädchen in einem großen Parka, mit einer Pandamütze auf dem Kopf. Ich sehe aus wie dein Betreuer.«

Dad hatte mich an Weihnachten besucht. Er war ganz begeistert von Cass und meinte, Mum wäre es sicher auch gewesen. Hayley hatte er nie gemocht.

»Wieso nicht?«, fragte ich. »Du hast sie doch nie kennengelernt!«

»Sie hat mich an niemanden erinnert«, sagte er, nachdem er eine Weile darüber nachgedacht hatte. »Ich weiß, es klingt ungewöhnlich, Tom. Aber immer wenn du von ihr erzählt hast … ich konnte nie so recht sagen, wer sie eigentlich war.«

Der schwarze Hund blieb natürlich. Da gab es bisher kein Happy End. Ich glaube nicht, dass er jemals ganz weggehen wird. Das machen die bestimmt nicht. Aber jetzt ist es eine kleinere Rasse. Ich glaube, ich kann voller Hoffnung sagen, dass ich inzwischen immerhin weiß, wo die Leine liegt.

Pia war aus der Eric Street ausgezogen und ich natürlich aus Wandsworth. Man kann sich ja nicht ausschließlich von Chicken Tikka Masala im Holiday Inn Express ernähren. Wir fanden eine kleine Dreizimmerwohnung in Hackney, über dem Hard Wok Café. Da konnten wir auf unserem Balkon mit einer Tasse Tee sitzen und die Beine baumeln lassen, um die Passanten zu beobachten und uns zu überlegen, wohin sie gehen mochten, wohin ihre Reise sie wohl führen mochte.

Beide haben wir Menschen verloren, Pia und ich. Beide haben wir uns selbst verloren. Fast hätten wir einander verloren.

»Wahrscheinlich ist es nur das Übliche«, sagte ich und holte mein Handy hervor. »Spam. Oder vielleicht … Spam.«

»Meinst du, das bringt was?«, fragte sie. »Ich meine, dieser Typ könnte sonst wohin fliegen.«

Sie neigte ihren Kopf und nickte zu dem Mann hinüber, den wir uns ausgesucht hatten. Baseballmütze tief ins Gesicht gezogen, Sonnenbrille, gepflegte Jeans, teure Tasche, ahnungslos.

Los Angeles? Paris? Monaco?

»Das bringt bestimmt was«, sagte ich. »Es wird ein Abenteuer.«

Sie lächelte.

Ich warf einen Blick auf mein Handy und wurde enttäuscht.

Von: MAUREEN THOMAS
An: ALLE MITARBEITER

Alle Mitarbeiter werden gebeten, BITTE keine KEKSE in den SCHRÄNKEN aufzubewaren, denn diese SCHRÄNKE sind NICHT für LEBENSMITTEL gedacht.

IST DAS DENN SO SCHWER ZU BEGREIFEN?

Ich starrte die Nachricht an.

Holte tief Luft.

Meine Finger schwebten über der Tastatur.

»Ich hab dich lieb«, sagte Pia plötzlich.

Ich sah sie an.

»Ich hab dich auch lieb«, sagte ich.

Irgendwo musste jemand niesen.

»Aber nicht *so*«, sagte sie und wandte sich wieder ab.

»Himmel, nein«, sagte ich und widmete mich wieder meiner E-Mail. »*So* doch nicht.«

Ich drückte auf ANTWORTEN.

Es war das erste Mal, dass ich das tat.

Von: TOM ADOYO
An: MAUREEN THOMAS

Ich dachte darüber nach.

Soll ich?

Scheiß drauf.

CC: ALLE MITARBEITER

Was sollte ich schreiben?

Wie sollte ich es ausdrücken?

Ah, ja.

BITTE MICH VON DER MAILINGLISTE ZU STREICHEN

Ich drückte auf SENDEN, dann legte ich meinen Arm um Pia, zwei Freunde in der Bahn, die sich fragten, was wohl als Nächstes passieren würde.

Und was dann als Nächstes passierte, war, dass der Mann mit der Mütze sein Ticket zückte.

Wir hielten die Luft an.

DANKSAGUNG

Mein erster Dank geht an Matt Dyson, einem von Großbritanniens besten Nachrichtensprechern, der mir erlaubte, aus nächster Nähe seine Arbeit zu studieren, und zwar vier Stunden am Tag, fünf Tage die Woche im Zeitraum vom 1. August 2011 bis 21. Dezember 2012. *Das* nennt man Recherche.

Matt ist nicht Tom Adoyo, aber er hat ihm alles beigebracht, was er weiß.

Gleichzeitig danke ich Dave Masterman, Andy Ashton, Steve Ferdinando und Simon Fowler sowieso allen bei Global Radio (das bitte nicht mit SoundHaus gleichzusetzen ist ...). Und natürlich den Hörern von Xfm – ich danke euch.

Dank gebührt meinem Lektor Jake Lingwood. Ferner Emily Yau, Gillian Green, Louise Jones, Amelia Harvell und allen bei Ebury.

Danke auch George Cockroft bei Canaan, New York.

Ich danke Greta und Elliot, und natürlich Mum und Dad, die immer alles zuerst zu lesen bekommen.

Und – natürlich – danke ich Ihnen, liebe Leserinnen und Leser.

www.dannywallace.com